In der Gewalt des Jadedrachen

Lena Morell

In der Gewalt des Jadedrachen

Erotischer Roman

Plaisir d'Amour Verlag

Lena Morell

In der Gewalt des Jadedrachen

Erotischer Roman

© 2007 Plaisir d'Amour Verlag, Lautertal
www.plaisirdamourbooks.com
info@plaisirdamourbooks.com
Plaisir d'Amour Verlag
Postfach 11 68
D-64684 Lautertal
Coverfoto: © Jiang Jingjie/ Fotolia
ISBN: 978-3-938281-31-4

Vorwort

Die Personen in dieser Geschichte sind natürlich alle frei erfunden, jede Ähnlichkeit ist rein zufällig und unbeabsichtigt.

Eigentlich schade.

Gewissen Leuten darin, wie zum Beispiel Mark Forrester, würde ich ganz gerne einmal im richtigen Leben begegnen. Und zwar nicht nur auf der Straße oder bei einer Party ...

Aber immerhin hat er ja doch eine gewisse Ähnlichkeit mit einem bestimmten anderen, den ich sehr wohl kenne – auch wenn dieser nicht in Hongkong lebt, sondern ganz woanders.

Auf jeden Fall wünsche ich Ihnen viel Spaß beim Lesen und gute Unterhaltung!

Lena Morell
April 2007

Kapitel 1

Lana drückte den Kopf ihres Liebhabers zwischen ihre Beine. Ihre Finger krallten sich in die blonden Haare und führten ihn unmissverständlich genau dorthin, wohin sie ihn haben wollte. In diesem Moment schob sie ihn etwas tiefer, sodass seine Zunge wie von selbst zwischen ihre kleinen Schamlippen rutschte und tiefer hineinbohrte, seine Nase sich auf ihre Klitoris presste und diese – sowohl mechanisch als auch durch seinen raschen Atem – stimulierte. Sie stieß ein kehliges Seufzen aus und drückte sein Gesicht noch enger an sich. Genau so war es gut. Er mochte so seine Schwächen haben, aber wie man mit weiblichen Genitalien umging, wusste er – fast – perfekt.

Sie kraulte gedankenverloren seine kurzen Locken, während sie sich dem Genuss hingab, korrigierte von Zeit zu Zeit die Stellung seiner Nase und seiner Lippen und schloss dann wieder genießerisch die Augen. Im Hintergrund lief der Fernsehapparat, und das eintönige Stimmengewirr und die Musik nahmen beide kaum wahr. Diese Zunge war wirklich Gold wert, mal spitz, mal breit labbernd, dann wieder heftig und schmerzlich bohrend. Vor allem, wenn er damit ihre Klit bearbeitete. Sie warf den Kopf hin und her, schlang die Beine um seine Schultern und versuchte, ihn noch näher zu ziehen. Die Spannung hatte sich sehr langsam aufgebaut. Aber jetzt war sie endlich von ihrer Scham auf ihre Schenkel übergegangen, hatte sich hinaufgearbeitet, ihren Nabel erreicht. Ihre Nippel standen empor, immer noch feucht von seinen Bemühungen, bevor sie ihn an sich hinuntergeschoben hatte. Dieses Mal war es wirklich gut. Noch ein bisschen mehr, und ihr Körper würde endlich wieder einmal glühen, ihre Haut prickeln, bis sie an nichts mehr dachte, nichts anderes mehr fühlte, im Orgasmus verloren ging.

Es war höchste Zeit, wieder einmal in einem Mega-Höhepunkt aufzugehen. Sie hatte schon viel zu lange darauf verzichten müssen. Oder verzichtet – wie man's nahm. Aber jetzt nicht nachdenken, das machte den Körper wieder kälter. Nur genießen ... fühlen ... spüren, wie das erste Ziehen von ihrer Scham ausging, sich ausbreitete und ihren ganzen Körper erfasste.

Plötzlich hörte ihr Liebhaber jedoch auf zu lecken und tauchte zwischen ihren Beinen hervor.

Lana wollte seinen Kopf nicht loslassen. „Was ist denn? So mach doch weiter."

„Gleich." Er entzog seine Locken ihrem Griff, wischte sich mit dem Handrücken über den Mund und wandte sich zum Fernsehapparat um.

„Bist du ... Charles! Was fällt dir ein, jetzt dorthin zu sehen! Du bist hier noch nicht fertig!"

„Warte, gleich." Er warf ihr ein vielversprechendes Lächeln zu. „Du wirst die Unterbrechung nicht bereuen, glaub mir. Auf dich wartet danach etwas ganz Besonderes." Ohne auf ihren empörten Blick zu achten, griff er nach der Fernbedienung. Die Stimme des Sprechers wurde deutlicher, und was er zu sagen hatte, oder besser, was kurz darauf auf dem Schirm zu sehen war, ließ Lana vergessen, dass sie nur noch ein Zungenlecken von einem Orgasmus entfernt gewesen war.

„Heute Mittag kam es mitten in New York zu einem Anschlag auf einen Wagen des FBI. Explodierende Geschosse wurden auf das Fahrzeug abgefeuert, in dem sich nicht nur mehrere FBI Agenten befanden, sondern auch ein wichtiger Zeuge, der in einem Prozess aussagen sollte. Der Wagen befand sich unter strengsten Sicherheitsvorkehrungen auf dem Weg zum Gericht ..."

Das Gesicht des Sprechers wurde durch einen Film ersetzt. „Was Sie hier sehen, stammt aus einer privaten Videoaufzeichnung, die uns freundlicherweise von einem Touristen zur Verfügung gestellt wurde."

Eine dicht befahrene Straße. Menschen auf den Gehsteigen, dahinter Geschäftslokale. Im Vordergrund eine Autokolonne. Ein großer, schwerer Wagen kam ins Blickfeld, hielt an.

Lana zuckte zusammen, als die Motorhaube des Wagens zerbarst. Stichflammen schossen heraus. Panik auf der Straße. Leute liefen schreiend fort, andere blieben wie angewurzelt stehen. Die Wagentür wurde aufgestoßen, ein Mann taumelte heraus, mehr durch einen anderen gestoßen, der hinter ihm aus dem Wagen drängte. Sein Gesicht war blutig, er stürzte, aber der zweite zerrte ihn hoch und schleppte ihn aus der Nähe des brennenden Wagens. Der zweite Mann war deutlich zu sehen, der Tourist konnte mit seiner Kamera gut umgehen, und er zoomte den Mann ganz heran. Ein hartes Gesicht, dunkle Augen, schwarzes Haar, das ihm in die Stirn fiel. Er bewegte sich rasch und entschlossen.

Lana sah, wie er wieder auf den Wagen zulief, die Fahrertür aufriss und einen bewusstlosen Mann herausziehen wollte. Er klemmte fest.

Sie fühlte, wie sich auch der letzte Rest sexueller Erregung in ihr auflöste. Sekunden davor hatte sie noch explodieren wollen wie dieser Wagen, aber nun krallte sie nicht aus Leidenschaft, sondern aus ängstlicher Spannung die Finger in die weiche Decke. Sie konnte sich die blutrünstigsten Filme mit ruhiger Gleichmut ansehen, aber das, was sich hier abspielte – oder vor einigen Stunden abgespielt hatte – war echt. Gleich konnte das verdammte Auto in die Luft fliegen, und dieser Verrückte hielt sich mit einem Mann auf, der vermutlich schon längst tot war. Sie hätte ihm am liebsten zugerufen, sich endlich in Sicherheit zu bringen, aber da war schon ein Polizist da und half ihm, den Verletzten zu bergen.

Ein weiterer Tumult. Kleine Explosionen. Splitter wirbelten durch die Luft. Sie stöhnte verhalten auf, als der Polizist zu Boden sank. Großaufnahme. Seine rechte Schulter war blutüberströmt.

Aufschreie im Video. Der dunkelhaarige Mann duckte sich, als würde auf ihn geschossen werden. Die Wagentür verformte sich. Einschläge. Sein dunkelgrauer Anzug war schwarz angesengt, aber er schaffte es, den Fahrer aus der Gefahrenzone zu schleppen. Und dann waren noch weitere Polizisten da. Sie kümmerten sich um den angeschossenen Kollegen. Das Dach des Wagens wurde aufgerissen, als wäre eine Rakete darauf abgefeuert worden. Und dann stand plötzlich das ganze Gefährt in Flammen.

Hier brach das Videoband ab.

Lana setzte sich auf, konnte keinen Blick vom Bildschirm lassen, auf dem jetzt wieder das ausdruckslose Gesicht des Sprechers erschien. Was war mit den Leuten? Mit dem Verrückten, der noch den verletzten Fahrer aus dem Wagen gezerrt hatte, obwohl er genau gewusst haben musste, dass er sich damit in Lebensgefahr brachte? Man hatte ihn auf dem Band nicht mehr gesehen. War er verletzt? Tot?

Die ruhige Stimme des Sprechers fuhr fort: „Wie sich herausstellte, wurde bei dem Anschlag niemand getötet, auch wenn zwei der Verwundeten in Lebensgefahr schweben. Angeblich befand sich einer der Kronzeugen, der im morgigen Prozess gegen führende Mitglieder des Syndikats aussagen sollte, im Wagen. Mark Forrester, der Leiter der Einsatzabteilung, wurde ebenso wie mehrere seiner Leute verletzt, befindet sich jedoch, wie wir erfahren haben, auf dem Weg der Besserung."

Charles, der mit dem Rücken an der Couch und dem Kopf zwischen ihren offenen Schenkeln gelehnt hatte, drehte sich zu ihr um. Er verzog spöttisch den Mund.

Sie wandte nur mit Mühe den Blick vom Fernsehschirm ab. Der Nachrichtensprecher war bereits zur nächsten Meldung übergegangen und berichtete von einer Unwetterkatastrophe in Südindien. Sie sah ihren Liebhaber fragend an.

Seine Finger strichen spielerisch über die Innenseite ihres Schenkels. „Da wird jemand ziemlich sauer sein, nachdem er sich so viel Mühe gegeben hat, den Kerl endlich zu erwischen."

„Was meinst du? Wen wollten sie erwischen?" Sie hatte einige Mal tief durchgeatmet, um wieder normal zu klingen und sich nicht ihr tiefes Unbehagen anmerken zu lassen.

Der Zusammenhang, in dem dieser Anschlag stattgefunden hatte, machte ihr Angst. Der Sprecher hatte einen Zeugen gegen das Syndikat genannt, der sich im

9

Wagen befunden haben sollte. Dieses Syndikat hatte in den letzten Monaten Schlagzeilen gemacht. Zuerst war es nur gelegentlich in den Medien aufgetaucht, aber seit einiger Zeit war es fast täglich präsent. Kein noch so kleines oder großes Verbrechen, in das es nicht verwickelt war. Sie hatte diese Berichte aber nicht sonderlich interessiert verfolgt. Als Lehrerin an einer Schule, die weit von der Ostküste und ihrem Tagesgeschehen entfernt war, beschäftigte sie sich ausschließlich mit Schülern und den kleinen Alltäglichkeiten einer Schulstadt. Zumindest in den letzten beiden Jahren. Sie wäre auch jetzt dort, hätte Charles sie nicht so sehr gedrängt, ihn in New York zu besuchen, wo er einen kleinen Antiquitätenhandel betrieb.

Sie hatte Charles Pratt vor einigen Monaten in Philadelphia kennengelernt, als er einen Händler aufsuchte. Er hatte sie in einer kleinen Bar getroffen und sich sofort für sie interessiert. Hatte sich um sie bemüht, war ihr sogar nach Hause nachgereist. Und nach drei Wochen, in denen er seinen Aufenthalt immer wieder verlängert hatte, hatte sie nachgegeben. Seitdem hatten sie ein Verhältnis. Manchmal besuchte er sie, dann besuchte sie ihn. So wie jetzt.

„Forrester", beantwortete Charles ihre Frage. „Das ist nicht der erste Anschlag auf ihn, wenn man die Berichte verfolgt. Irgendjemand scheint ihn auf dem Kieker zu haben. Jemand, dem er zu oft auf den Schlips getreten hat."

„Forrester?"

„Sagt dir der Name nichts? Man hört ihn in letzter Zeit öfter. Immer im Zusammenhang mit dem Syndikat. Er ist der Chef einer Spezialeinheit des FBI, die man ins Leben gerufen hat, um dem Syndikat das Handwerk zu legen. Er scheint sich da gut auszukennen." Der gut aussehende blonde Mann lächelte amüsiert. „Da ist wohl jemand ganz wild darauf, ihn auszuschalten. Wenn du mich fragst, ging es allein um ihn und nicht um irgendwelche Zeugen."

„Wie kommst du darauf?"

Charles zögerte ein wenig, bevor er antwortete: „Im Antiquitätenhandel habe ich viele Kontakte. Vor allem nach Asien – du weißt ja, dass ich mich auf asiatische Kunstgegenstände spezialisiert habe. Einer meiner Händler hat mir unlängst erzählt, dass einer der obersten Schmugglerbosse in Hongkong sitzt. Der Typ ist in letzter Zeit ziemlich wütend geworden, weil Forrester ihm viele Geschäfte versaut hat. Forrester hat nämlich seine Zwischenmänner erwischt und Zeugen gefunden, die helfen sollen, ihn zu identifizieren. Das FBI braucht Beweise, wenn es die chinesische Polizei zur Kooperation bringen will. Handfeste Beweise. Es geht um groß angelegten Schmuggel. Weltweit organisiert."

„Du meinst, das FBI befasst sich mit Antiquitätenschmuggel?"

Charles lächelte nachsichtig. „Das ist nur ein kleiner Teil der Aktivitäten. Jener, über den ich Bescheid weiß. Den weitaus größeren Batzen machen zweifellos lukrativere Geschäfte aus – wie Drogen und Waffenhandel."

Lana setzte sich auf. „Charles, wie kommt es, dass du mit solchen Leuten Kontakt hast?"

„Habe ich doch nicht, meine Süße. Jedenfalls nicht direkt. Aber gewisse Beziehungen muss man in meinem Geschäft schon pflegen." Er lachte, als er ihr Gesicht sah. „Woher glaubst du, kommt ein Großteil meiner Waren? Wenn ich die alle legal gekauft hätte, wäre mir entweder das Doppelte dafür abgeknöpft worden, oder ich hätte sie erst gar nicht gefunden. Da sind Sachen dabei, die aus chinesischen Gräbern, zum Teil aus Museen, gestohlen wurden."

„Aber wenn man dir dahinterkommt!"

„Da ist wenig Gefahr. Vielen Sammlern geht es nur darum, die Sachen zu besitzen. So", seine Stimme vertiefte sich, nahm jenen erotischen Touch an, der ihr gleich zu Beginn ihrer Bekanntschaft an ihm aufgefallen war, „wie ich dich besitzen will. Und zwar jetzt und hier." Er küsste sie aufs Knie, leckte darüber. Lana atmete schneller. Was von dem eben Gehörten kommen konnte, aber auch von seiner Hand, die ihren Oberschenkel massierte, die Hüfte.

„Gut so?" Er zog seine Lippen mit Bedacht ganz hinauf über die Innenseite ihres Schenkels.

„Sehr gut." Lanas Lächeln war mühsam. „Und dieser Forrester war jetzt dabei? Auf diesem Video, das wir gesehen haben?"

„Der Typ, der die anderen weggezerrt hat." Charles lachte leise. „Jeder andere wäre dabei entweder mit dem Wagen verkocht oder von den Kugeln getroffen worden, die die Scharfschützen auf ihn abgefeuert haben. Aber der Kerl ist ja offenbar zäh wie eine Katze."

„Das klingt, als wäre er dir ebenfalls im Weg."

„Nun, wenn er mir meine Handelspartner vergrault …" Charles lachte in ihre Scham hinein. Sein Atem kühlte die Feuchtigkeit.

Sie schloss die Augen und lehnte sich zurück. In ihrem Kopf tauchten immer wieder die Bilder von dem explodierenden Wagen auf. Der Mann, der sich in Lebensgefahr begeben hatte, um die anderen zu retten. Ein Idiot. Jeder vernünftige andere Mensch hätte sich sofort in Sicherheit gebracht. Aber Typen wie der kamen sich noch heldenhaft vor. Sie spürte einen starken Widerwillen in sich aufsteigen. Und ihr war kalt. Die erwartungsvolle Hitze in ihrem Körper war vergangen, ausgelöscht worden durch das, was sie im Fernsehen gesehen hatte, und noch mehr durch die Tatsache, dass Charles – wenn auch indirekt – mit diesem Syndikat Geschäfte machte. Mit einer Organisation, die über Leichen ging.

Sie griff hinunter und zog ihn zu sich aufs Bett. „Ich muss sagen, dass ich jetzt ein wenig Angst vor deinen Geschäftsfreunden habe." Sie bettete Charles' Kopf auf ihren Busen und zog mit ihren Fingerspitzen kleine Kreise über seine Brust, seinen Bauch, bis sie seinen Penis erreicht hatte. Er war erregt, während ihre eigene Lust sich beträchtlich abgekühlt hatte. Genug, um jetzt keinen Bedarf mehr daran zu haben, Charles' Zunge in ihrer Möse zu spüren und sich in einen Orgasmus fallen zu lassen.

„Angst?" Er begann an ihrem linken Nippel zu knabbern.

„Dieses Syndikat ist gefährlich."

„Nicht, wenn dieser Forrester einmal eliminiert ist."

Lana, die ihre Finger um seinen Schwanz gelegt hatte, griff unwillkürlich fester zu.

„He, du willst es mir heute wohl auf die spezielle Art machen, was?" Charles grinste, aber sein Schwanz hatte an Dicke und Härte zugenommen.

„Wenn dir das gefällt?" Sie küsste ihn. „Ich möchte dich auf jede Art verwöhnen, die du magst. Aber trotzdem, die Sache ist mir unheimlich."

„Das muss es nicht. Du stehst unter meinem Schutz. Was immer auch meine Geschäfte sind, und mit welchen Leuten ich mich auch abgebe, auf dich werde ich aufpassen." Charles klang ungewohnt ernst, als er das sagte.

„Wirst du das wirklich?"

„Natürlich, weil ich nämlich vorhabe, unsere Beziehung zu vertiefen, meine Süße." Er zog sie näher an sich, ließ seine Lippen auf ihrem Mund spielen, berührte sie sachte mit seiner Zunge. „Immerhin kennen wir uns schon etliche Monate, und mir gefällt es nicht, von dir getrennt zu leben. Ich möchte dich ganz bei mir haben."

„Du meinst …"

„Ich möchte, dass du zu mir nach New York ziehst. Du musst dich nicht gleich entscheiden. Denk darüber nach. Du hast einige Wochen Zeit. Wie du weißt, reise ich morgen nach Hongkong, um dort neue Antiquitäten zu kaufen. Wenn ich dann zurückkomme, reden wir weiter. Es sei denn", fügte er schmeichelnd hinzu, „du kommst doch noch mit."

„Darüber haben wir doch schon gesprochen. Das geht jetzt nicht."

„Schade. Das heißt aber dann", sein Finger kreiste um ihre Brustwarze, „dass wir auf Vorrat vögeln müssen."

Als er über sie glitt und seinen Schwanz in ihre Pussy schob, begann Lana sich zu winden, zu stöhnen. Aber innerlich war ihr kalt. Und sie hatte Angst.

***

Mark Forrester lag in seinem breiten Doppelbett und schwelgte in der Behandlung, die Sabrina Webster, die Ärztin des Militärspitals, ihm angedeihen ließ. Sabrina war eine von jenen Schönheiten, die in jedem Mann das Verlangen weckte, sie von ihrem weißen Arztkittel zu befreien und den darunterliegenden Körper einer näheren Untersuchung zu unterziehen. Allerdings prallten die meisten dieser Versuche an einer kühlen, professionellen Mauer ab. Forrester konnte jedoch für sich in Anspruch nehmen, die Wand durchbrochen – und nicht nur das darunterliegende Ziel erreicht zu haben, sondern auch in den Genuss von Hausbesuchen zu kommen. Sie hatten nun schon seit einigen Monaten ein Verhältnis, was, wie Forrester gelegentlich mit einem Anflug von Galgenhumor feststellte, jemandem in seinem Job sehr gelegen kam.

Nicht, dass er in seiner Position nicht ohnehin Anspruch auf eine Sonderbehandlung gehabt hätte, aber diese Art von Heilmethode hatte einiges für sich: Sich wiegende Hüften, die fest auf seinen aufsaßen, nackte, gespreizte Schenkel, eine volle Brust, schlanke Hände, die über ihn strichen, während er dalag, den rechten Arm bequem unter dem Kopf, den linken, mit der fast schon verheilten Brandwunde, vorsichtig auf ein Kissen gebettet, und genoss, was ihm hier geboten wurde.

Es tat ihm gut, lenkte ihn ab. Linderte den Frust, der seit dem Anschlag an ihm nagte. Er war in die Falle gelaufen wie ein Anfänger. Und das, obwohl er Vorkehrungen getroffen hatte. Einer seiner Leute war tot, am Vortag seinen Schussverletzungen erlegen. Ein anderer war schwer verletzt, ein Polizist ebenfalls. Aber diese beiden würden durchkommen.

Der warme Körper der Ärztin fühlte sich gut an auf seiner Haut. Ihre Lippen waren weich und geschickt, als sie sich nach vorn beugte, um ihn zu küssen. Sie war in den ersten Tagen, nachdem man ihn nach dem Anschlag ins Krankenhaus gebracht hatte, kaum von seiner Seite gewichen. Und jetzt kam sie täglich vorbei – für Nachbehandlungen. Er hatte hintergründig ein schlechtes Gewissen, weil er genau wusste, dass sie ihm weitaus mehr Zuneigung entgegenbrachte als er ihr. Er mochte sie, war aber auch nicht gerade verrückt nach ihr. Sie war jedoch eine intelligente, schätzenswerte Frau, deren Talente und Fähigkeiten weit über jene Art von Behandlung hinausgingen, die sie ihm jetzt zukommen ließ.

Er war kein Kostverächter, niemals gewesen, aber sein Verhältnis zu Frauen war üblicherweise nicht das eines zärtlichen Liebhabers. Er nahm sich, was er brauchte, und vermied seit einiger Zeit jede engere Beziehung. Wobei die Frauen ohnehin nicht danach drängten, die Distanz, die ihn umgab, mit mehr als ihren Körpern zu durchdringen. Einige hatten sogar Scheu vor ihm. Und nicht zu Unrecht. Das brachte schon sein Beruf mit sich. Er war, bevor er die Leitung des Einsatzteams gegen das Syndikat erhalten hatte, seit vielen Jahren beim Geheimdienst gewesen und war dabei in seinen Methoden nicht immer sanft vorgegangen.

Während sein Körper auf Sabrina reagierte, glitten seine Gedanken wieder zu dem Anschlag ab, dem er nur durch Glück entkommen war.

Sie hatten durchsickern lassen, dass einer der Zeugen gegen das Syndikat im Wagen sitzen würde, und damit gerechnet, dass das Syndikat die Herausforderung nicht unbeantwortet ließ. Einer seiner Leute hatte den Zeugen gespielt. Überall waren Schützen postiert gewesen. Unter die Passanten hatten sich Agenten und Polizisten gemischt.

Und dann war alles schiefgegangen. Sie hatten nicht damit gerechnet, dass das Syndikat im Besitz von ferngesteuerten Waffen war. Oder zumindest nicht, dass es diese auch gegen einen einfachen Zeugen einsetzte.

Was verdammt einfältig gewesen war.

Die Aktivitäten des Syndikats hatten schon vor etlichen Jahren, nämlich nach dem Fall des Eisernen Vorhangs und der Beendigung des Kalten Krieges begonnen. Einige der damals für die verschiedensten Länder agierenden Spione hatten es als grandiose Idee angesehen, sich zusammenzuschließen und eben diese Organisation zu gründen. Sie hatten die besten Voraussetzungen dafür: eine hervorragende Ausbildung, die nötigen Beziehungen, jede Menge Geheiminformationen. Und inzwischen mussten sie schon weitaus besser organisiert sein, als er bisher gedacht hatte.

Sie hatten einige davon geschnappt. Drei davon waren ehemalige Kollegen von ihm. Einer hatte Selbstmord begangen, bevor sie ihn hatten verhören können. Der zweite, ein beinharter Kerl, schwieg wie das Grab – und sie waren in ihren Verhörmethoden nicht gerade liebenswürdig. Der dritte war bei der Festnahme erschossen worden.

Seine Aufmerksamkeit kehrte zu Sabrina, ihrer Möse und seinem darin gepressten Schwanz zurück. Gleich war es so weit. Er fühlte schon das bekannte Ziehen, den Krampf in seinen Hoden, der sich auf seinen Unterleib ausbreitete und nur darauf wartete, endlich durch einen Abschuss die Spannung zu lösen. Dieser Augenblick war immer der Beste. Derjenige kurz vorm Durchbruch – und dann jener, bei dem alles andere aussetzte, bis er wieder zur Gegenwart zurückfand. Sekunden meist nur, aber die waren großartig. Es hatte einmal eine Zeit – und eine Frau – gegeben, da waren ihm diese Sekunden wie Minuten erschienen. Manchmal eine ganze Ewigkeit. Aber diese Frau war aus seinem Leben verschwunden.

„Oh … ich störe wohl …“

Sabrina erstarrte auf seinem Schwanz, und Forresters Kopf ruckte zur Seite. Ein Blick auf eine Pistole, ein verdutztes Gesicht, dann hatte Joe sich auch schon umgedreht und schleunigst wieder den Raum verlassen. „Die Tür war nicht ganz geschlossen", hörte er ihn von draußen sagen. „Ich wäre sonst nicht so reingeplatzt, aber ich war besorgt. Vor allem nach den Anschlägen der letzten Zeit."

Sabrina war die Letzte gewesen, die die Wohnung betreten hatte. Er war sonst nicht so großzügig bei der Verteilung seiner Schlüssel, aber Sabrina hatte er einen gegeben. Um es jetzt zu bereuen. Wäre er aufgestanden, um sie reinzulassen, hätte er niemals die Tür offen gelassen, gleichgültig, wie geil er schon auf sie war. Unfassbar. Eine intelligente und fähige Frau, aber blöd genug, ihn bei offener Tür zu vögeln.

Sabrina und er sahen sich sekundenlang an. Sabrina mit schlechtem Gewissen, er unterdrückt vorwurfsvoll, und beide sichtlich überlegend, ob sie weitermachen sollten oder aufhören angesichts Joes Anwesenheit im Nebenzimmer.

Sein Assistent entschied die Sache. Seine Hand erschien in der Tür und wedelte mit einer Akte herum. „Der Bericht über die Geschosse, Sir. Sie wollten ihn sofort haben, deshalb bin ich extra noch heute Nacht reingekommen."

Zwei Minuten später wäre auch noch früh genug gewesen, dachte Forrester frustriert. Der Orgasmus hätte ihm gut getan. Ihnen beiden. Sabrina war so besorgt um ihn gewesen, und er so versessen darauf, kurzzeitig alles hinter sich zu lassen.

Die Ärztin rutschte von ihm herab, griff nach seinem Bademantel und warf die Decke über ihn. Die Ausbuchtung zwischen seinen Beinen war trotzdem mehr als verräterisch. Er setzte sich also auf und zog die Knie an. Sabrina klaubte ihre Sachen vom Boden auf und verschwand ins Bad.

„Na, kommen Sie schon rein, Joe." Forrester warf seinem Assistenten einen halb grinsenden, halb angewiderten Blick zu. Normalerweise schätzte er den Mann vor sich. Er war noch jung, aber sehr verlässlich, und war ihm schon während seiner Ausbildung aufgefallen. Er hatte es nicht bereut, ihm diese verantwortungsvolle Vertrauensstellung einzuräumen, aber in diesem Moment wünschte er ihn dahin, wo der Pfeffer wuchs. Und noch etliche Meilen weiter.

Joes Grinsen war schuldbewusst. „Damit hatte ich wirklich nicht gerechnet, Sir. Und …"

Forrester winkte ab. „Schon gut." Er griff nach der Mappe, die Joe ihm hinhielt.

Sein Assistent hockte sich etwas abseits auf einen Sessel und starrte auf seine Schuhspitzen. Vom Bad her hörte man Sabrina rumoren. Forrester studierte die

Berichte. Sein Schwanz stand zwar noch immer zwischen seinen aufgestellten Knien empor, aber im Moment interessierte ihn das Ergebnis der Ballistiker mehr.

„Dann will ich nicht mehr stören." Sabrina kam mit einem säuerlichen Gesichtsausdruck wieder ins Zimmer. Sie hatte nur wenige Minuten gebraucht, um sich frisch zu machen und anzuziehen. Man merkte, dass sie als Ärztin gewohnt war, im Notfall schnell fertig zu sein. „Wir sehen uns morgen früh wieder."

„Willst du nicht hierbleiben? Es dauert nicht lang, ich habe den Bericht gleich durch."

„Geht nicht, ich habe heute Nachtdienst. Ich war ja nur gekommen, um zu sehen, ob bei dir alles in Ordnung ist."

Forrester warf ihr einen um Verzeihung bittenden Blick zu. „Bis morgen also."

Joe lächelte verkrampft. „Auf Wiedersehen, Doktor."

Sabrina schenkte ihm nur einen kühlen Blick, dann war sie schon draußen, und ein wenig später hörten sie die Tür mit einem Knall ins Schloss fallen. Forrester hatte sich schon längst wieder in den Report vertieft. Eine Weile war es still, bis auf gelegentliche Bemerkungen Forresters und Joes Antworten, der seinen Fauxpas durch besonderen Eifer wieder gutmachen wollte.

Die Stille wurde durch das Läuten des Mobiltelefons unterbrochen.

Forrester angelte danach, ohne aufzusehen. „Forrester?"

„Ich bin es, Mark – Piet."

Forresters Gesicht erhellte sich für einen Moment, um dann sofort wieder ernst zu werden. Der Mann am anderen Ende der Satellitenleitung klang außer Atem, gehetzt.

„Alles okay, Piet?"

„Ich kann nicht lange reden. Sie sind hinter mir her." Das Keuchen wurde lauter, Schritte hallten im Hintergrund. Der Anrufer lief vermutlich gerade durch eine enge Gasse. Man hörte das Scheppern von Metalleimern. „Ich muss dich treffen. Mac hat mich kontaktiert, ich soll dich warnen: Das Syndikat ist hinter dir her, nicht hinter den Zeugen. Sie werden es wieder versuchen, du bist gewissen Leuten im Weg." Ein metallisches Schleifen, eine Türangel quietschte. „Ich habe aber noch mehr als das rausgefunden."

„Wo bist du jetzt?"

„In einer Seitengasse, nahe vom Madison Square Park, in einem Hauseingang." Er flüsterte: „Sie sind verdammt knapp hinter mir, aber vielleicht habe ich sie jetzt abgehängt. Ich versuche zur Manhattan Mall zu kommen, da sind mehr Leute, und ich kann leichter untertauchen. Komm so schnell wie möglich in die Nähe des Eingangs zur Dreiunddreißigsten Straße. Ich muss dich persönlich sprechen. Aber vorher hör zu." Die Leitung rauschte, seine Stimme wurde undeutlich. „Hör zu, es geht auch um Mac ..." Das Leerzeichen ertönte. Die Verbindung war unterbrochen.

„Verflucht!" Forrester warf die Decke weg und sprang auf. Jetzt erst merkte er, dass sein Schwanz immer noch in Sabrinas fürsorglich darüber gezogenem Präservativ steckte.

„Das war Piet Manson." Forrester war schon in seiner ganzen Nacktheit an dem verblüfften Joe zum Schrank vorbeigestürmt und zerrte eine Hose raus. Vom Schrank ins Bad. Das Präservativ wurde entsorgt, er sprang in seine Hose, schlüpfte ohne Socken in seine Schuhe, zog sich beim Reden ein Hemd über.

„Piet hat etwas über das Syndikat herausgefunden. Los, verständigen Sie sofort unsere Abteilung. Ein Team soll in die Manhattan Mall kommen und dort nach Verdächtigen Ausschau halten. Auch bei den Eingängen, sowohl Dreiunddreißigste Straße, als auch Sixth Avenue und auf den Zugangsstraßen. Vor allem sollen sie auf Piet achten. Er ist fünfundsechzig Jahre alt, graues Haar, einsachzig groß, schlank, braune Augen. Er wird vermutlich verfolgt." Er hatte schon die Anzugjacke übergezogen, und bei der heftigen Bewegung tat der verbrannte Arm weh, aber darauf konnte er jetzt keine Rücksicht nehmen. „Steht Ihr Wagen unten?"

„Ja." Joe lief hinter im her, aus der Wohnung auf den Gang, sein Handy in der Hand und gab die Anweisungen durch.

Forrester knöpfte im Gehen das Hemd zu. „Piet Manson ist ein ehemaliger Kollege. Zuverlässig. Schon in Pension", erklärte er Joe im Telegrammstil die Situation. „Und sie sind hinter ihm her."

„Wer?"

„Vermutlich Leute des Syndikats."

Sie waren beim Aufzug angelangt. Forrester stopfte sein Hemd in den Hosenbund, wich einer älteren Frau aus, die soeben ausstieg, und schob seinen Fuß zwischen die sich schließenden Schiebetüren. Joe sprang hinter ihm in die Kabine.

***

Sie fanden Piet auf der Herrentoilette. Er lehnte unterhalb eines Waschbeckens mit dem Rücken an der Wand. Sein Gesicht war bleich, seine Jacke vorne aufgerissen und blutdurchtränkt. Auch neben ihm am Boden eine Blutlache. Blut auch auf dem Becken. Er musste noch im Fallen versucht haben, sich festzuhalten.

Mit beiden Händen hielt er zitternd eine Waffe auf die Tür gerichtet. Er senkte sie erst, als er Forrester erkannte. Der kniete neben dem grauhaarigen Mann nieder, während Joe und ein Polizeibeamter mit erhobener Waffe alle Türen zu den Kabinen aufstießen und hineinsahen. Als sie sich überzeugt hatten, dass sie allein waren, nahm der Polizist an der Eingangstür Aufstellung, sodass niemand plötzlich hereinkommen und sie überraschen konnte. Joe hatte sofort einen Krankenwagen gerufen, aber Forrester befürchtete, dass es zu spät war. Zu viel Blut. Vermutlich sogar eine verletzte Arterie. Und die Lunge hatte ebenfalls etwas abbekommen. Er wollte vorsichtig die Wunden untersuchen, aber Piet stieß ihn weg und krallte seine Hand in Forresters Jacke.

„Nicht ... hab' keine Zeit mehr. Mac warnt dich ... das Syndikat ist hinter dir her. Gedungene Auftragsmörder aus Asien. Vermutlich Hongkong, Triaden ..." Er hustete, spuckte Blut auf Forrester, ein schmales, dunkelrotes Rinnsal führte von seinem Mundwinkel über sein Kinn und tropfte herab. Seine Kräfte schwanden zusehends.

Forrester hörte von draußen Schritte, Stimmen, mehrere Männer kamen heran, Sanitäter.

Piet schüttelte den Kopf. „Nein ... keine Zeit mehr", wiederholte er, „... muss reden."

Joe unterrichtete die Sanitäter kurz und in leisem Tonfall und hockte sich dann neben Piet und Forrester. Forrester beugte sich tief zu Piet hinab, stützte ihn mit seinem Arm, um ihm das Sprechen zu erleichtern. Der Sterbende suchte mit seiner Rechten in der Jackentasche. Er brachte ein halbzerknülltes Stück Papier hervor, das ihm Forrester aus der Hand nahm. Es war ein Foto, blutig von Piets Hand, aber er konnte einen Mann und eine Frau darauf erkennen, die eng umschlungen über einen Platz gingen. Dahinter war die Metropolitan Opera zu sehen. Forrester strich mit der Hand über das Foto, wischte vorsichtig das Blut weg, um die beiden Gesichter besser erkennen zu können.

„Der Mann auf dem Bild ...", keuchte Piet, „... Charles Pratt. Steckt vermutlich hinter Anschlägen. Hat Kontakte nach Hongkong. Arbeitet für Jadedrachen." Er nickte leicht, als er sah, dass Forrester zusammenzuckte.

„Mac ... ist auch ... in Gefahr, weiß von den Triaden, weiß aber nicht, dass der Jadedrache dahinter ... er ist wieder da ... hinter euch beiden her ... es ist eine Falle ... will sich rächen ..." Schwere Atemzüge unterbrachen seine Sätze.

„Unmöglich. Er ist tot."

„Nein. Hab ihn gesehen ... stark verändert ... Aber bin sicher, er war es." Er hustete, ein Blutschwall kam aus seinem Mund, und ein schmerzvolles Beben ging durch seinen Körper, als er die Hand auf seine Brust legte. „Die hier ... war ... von ihm."

Er zerrte Forrester mit erstaunlicher Kraft näher. „Gib acht auf ... Mac ..."

Forrester ergriff seine Hand und drückte sie sanft. „Das werde ich. Ganz bestimmt sogar."

Der Sterbende brachte ein Lächeln zustande. „Sag Mac …" Dann schloss er die Augen und sein Kopf fiel zurück.

∗∗∗

Forrester stand am Fenster in seinem Büro im zwanzigsten Stockwerk und sah hinaus auf die Straßenflucht. Aber er sah weder die zu kleinen Figuren geschrumpften Menschen auf der Straße, noch die Autos, die sich jetzt zur Stoßzeit dicht hintereinander drängten. Er nahm von alldem nichts wahr. Der Tod von Piet, einem alten Kollegen, war ein Schock.

Er war bei ihm geblieben, als die Spurensicherung kam, und die Tatortfotos gemacht wurden. Beantwortete Fragen und wartete, bis die Männer den toten Freund auf die Bahre legten – sie gingen unter seinem beobachtenden Blick sehr behutsam mit ihm um. Weitaus vorsichtiger als sonst üblich.

Und dann hatte er ihn noch bis zum Wagen begleitet, zugesehen, wie sie die Bahre hineinschoben, hatte gewartet, bis die Türen geschlossen wurden, und der Wagen davonfuhr.

Erst dann war er zu Joe in seinen eigenen Wagen gestiegen. Sein Assistent hatte geduldig auf ihn gewartet, hatte auf der Fahrt geschwiegen und dann ohne langes Reden seinen knappen Anweisungen Folge geleistet und erste Recherchen durchgeführt.

Ein Teil von ihm war noch benommen vor Trauer. Er hatte nie viele Freunde gehabt, aber die wenigen waren ihm wichtig. Und jetzt war einer der besten und ältesten von ihnen tot, und er musste darüber nachdenken, was geschehen war, die wenigen Informationen verarbeiten, die er von Piet erhalten hatte, und überlegen, wie er weiter vorgehen sollte.

Piet hatte von einem Jadedrachen gesprochen. Wenn er richtig verstanden hatte, dann stand dieser Jadedrache hinter dem Anschlag vor einigen Tagen. Ein Name, der unangenehme Erinnerungen weckte. Erinnerungen an einen Toten, einen Verbrecher, der vor drei Jahren ein Chemiewerk in die Luft gesprengt hatte und dabei selbst getötet worden war. Zumindest hatten sie das angenommen. Er war nicht als Einziger dabei ums Leben gekommen, auch andere, gute Leute waren draufgegangen, und beinahe hätte es damals auch Mac und ihn erwischt.

Und genau dieser Verbrecher sollte jetzt wieder auftauchen? War er damals doch entkommen? Wenn Piet das mit solcher Bestimmtheit sagte, dann musste Forrester diese Warnung verdammt ernst nehmen. Immerhin hätte der Jadedrache auch Grund genug, hinter Forrester und Mac her zu sein. Und er tat gut dran, den Mann zu finden, bevor er sie beide in die Finger bekam.

Forrester blickte wieder auf das Bild, das er die ganze Zeit über in der Hand hielt. Es war bisher die einzige Verbindung zu diesem geheimnisvollen Drachen und Drahtzieher des Anschlags. Er hatte es kaum weggelegt, hatte nur veranlasst, dass Joe Kopien davon machen ließ. Dunkle Flecken von eingetrocknetem Blut erinnerten ihn daran, dass Piet dieses Bild wahrscheinlich mit dem Leben bezahlt hatte.

Der Name des Mannes auf dem Foto war laut Piet ‚Charles Pratt'. Er sagte ihm so wenig wie das Gesicht, aber das hatte nichts zu bedeuten. Profis wie ihm gelang es meist – zumindest eine Zeit lang – unerkannt im Hintergrund zu bleiben.

Forrester wandte sich um als Joe eintrat, und sah ihm fragend entgegen.

Joe schüttelte den Kopf. „Nicht viel Neues, Sir. Dieser Charles Pratt ist spurlos verschwunden. Ich habe alles kontrollieren lassen. Flughäfen, Bahnhöfe, Grey Hounds, Autobahnmautstellen. Niemand hat ihn gesehen. Er hat kein Flugticket gekauft. Wagen hat er keinen." Er schüttelte den Kopf. „Der Mann existiert erst seit einem halben Jahr, davor gibt es keine Informationen über ihn. Nach den Unterlagen kommt er aus Shanghai, aber eine Anfrage bei den Behörden dort hat nichts ergeben. Er hat sich als Antiquitätenhändler etabliert und sich in diesen sechs Monaten völlig unauffällig verhalten. Nicht mal ein Ticket für falsches Parken. Wir haben auch bei der Steuerbehörde recherchiert. Da weiß man ebenfalls nichts Negatives über ihn. Solange er pünktlich seine Steuern zahlt, ist für die alles in Ordnung."

Er reichte Forrester eine Mappe mit Papieren, die dieser durchblätterte. „Ich habe auch bei den Geheimdiensten nachgefragt. Unbekannt. Der Mann dürfte ein Außenseiter im Syndikat sein. Ein akquirierter Auftragsmörder." Er beobachtete Forresters Mienenspiel, aber das war ausdruckslos. „Meinen Sie, er hat tatsächlich etwas mit dem Anschlag auf Sie zu tun, Sir?"

„Wenn nicht direkt, dann hat er offenbar Kontakt zu Leuten, die es getan haben. Das ging aus Piets Worten klar hervor. Auch dass das Syndikat offenbar seine Finger jetzt schon in Asien hat. Piet hat die Triaden erwähnt."

„Die Hongkonger Mafia?"

„Zumindest eine der Gruppen. Haben Sie schon unsere Leute dort verständigt?"

„Bereits geschehen, Sir. Unsere Vertretung wird sich darum kümmern, außerdem habe ich Kontakt mit der Hongkonger Polizei aufgenommen. Ich habe auch das Foto hingeschickt und alle Daten, die wir über Charles Pratt hatten. Über den

Jadedrachen habe ich allerdings nichts gesagt, wie Sie es gewünscht haben." Er trat einen Schritt näher auf Forrester zu, der in den Akten blätterte. „Wissen Sie, weshalb Piet Charles Pratt observiert hat?"

Forrester schüttelte den Kopf. „Er war gar nicht mehr aktiv. Er hat sich vor Jahren auf eine kleine Farm in Wyoming zurückgezogen, die er von seinen Eltern geerbt hatte ... und ausgerechnet jetzt muss es ihn erwischen." Forresters Herz wurde schwer bei dem Gedanken. Er schob ihn weg. Später. Jetzt musste er einen klaren Kopf behalten, um Piets Mörder zu finden. Das war er ihm schuldig.

„Wer ist dieser Mac, von dem er sprach?"

Forrester sah flüchtig von den Unterlagen hoch. „Ein ehemaliger Kollege und ... guter Freund von Piet und mir. Offenbar hat er etwas herausgefunden und mit Piet Kontakt aufgenommen."

„Vielleicht sollten Sie ihn aufsuchen. Kann er mehr wissen?"

„Durchaus möglich. Ich werde das in Betracht ziehen." Forrester war schon wieder in die Unterlagen vertieft. „Was haben Sie über die Frau auf dem Foto finden können?"

„Die war relativ leicht zu identifizieren. Aber hier auch nicht Weltbewegendes. Ihr Lebenslauf ist vollständig und einwandfrei." Joe las von einem Computerausdruck ab. „Ihr Name ist Lana McKenzie. Sie unterrichtet seit zwei Jahren Sozialgeschichte an einer Schule im Midwest. Davor war sie etwa ein Jahr in New York, vorher in Europa, hat dort ihr Studium beendet und eine Assistentenstelle an der Universität Berlin angenommen. War dann in London und hat dazwischen Gastvorlesungen in Moskau gegeben. Sie spricht fließend Deutsch und Französisch."

Er blätterte um. „Die Dame ist 36 Jahre alt. Es gibt nicht viel über sie zu sagen; hat sich ebenfalls nie etwas zu Schulden kommen lassen. Für mich seltsam, dass sie sich mit dem Mitglied eines Verbrechersyndikats eingelassen haben soll. Aber vielleicht wusste sie ja nicht einmal etwas davon. Hier ist ein besseres Foto von ihr aus den Schulunterlagen." Er hielt Forrester eine Fotokopie hin.

Der nahm das Blatt langsam entgegen und drehte sich zum Fenster, um das Bild besser im Licht betrachten zu können. Dann verglich er es mit dem fleckigen Foto. Joe sah, dass sein Gesicht finster wurde.

„Glauben Sie, dass sie mit Charles unter einer Decke steckt, Sir?"

„Mit diesem Charles bestimmt. Und das im wahrsten Sinn des Wortes, wenn ich dieses Foto, das sie beide zeigt, richtig deute." Forresters Stimme klang spöttisch. „Sie ist der Hebel, an dem wir ansetzen werden, wenn wir diesen Pratt ausfindig machen wollen – oder diesen Jadedrachen. Veranlassen Sie, dass sie rund um die Uhr beschattet wird." Er sah nicht auf, während er sprach.

„Das ist leider nicht so einfach, Sir."

„Was soll das heißen?"

„Sie ist gestern abgereist."

Forresters Kopf ruckte hoch. „Wohin?"

„Nach Hongkong. Die Sekretärin der Schule, an der sie unterrichtet sagte, dass sie eine Studienreise durch China plant." Joe stellte unbehaglich fest, dass Forresters Augen schmal geworden waren.

„Mit welcher Maschine?"

„Mit der kurz vor fünfzehn Uhr."

Forrester rechnete nach. „Dann kommt sie erst in drei Stunden in Hongkong an. Zeit genug, um sie abfangen zu lassen." Er steckte das Foto in die Jackentasche und marschierte zur Tür. „Packen Sie Ihre Sachen."

„Sir?"

„Wir fliegen ebenfalls nach Hongkong."

„Sir?!"

„Das ist ja wohl nicht schwierig zu begreifen, oder? Hongkong, Triaden und Jadedrache. Und jetzt noch diese Studienreise der Freundin von Pratt. Das passt alles zusammen. Wenn wir also etwas über diesen Charles Pratt und den Jadedrachen herausfinden wollen, dann müssen wir dort mit unserer Suche ansetzen – und vor allem die Frau in die Hand bekommen."

Er war schon auf dem Gang, als er weitersprach: „Während ich nach Hause fahre, um meine Sachen zu packen, werden Sie dafür sorgen, dass diese Lana McKenzie in Hongkong festgenommen wird. Und zwar gleich am Flughafen. Irgendein Problem mit dem Visum, dem Pass, der Haarfarbe, was immer. Niemand darf Gelegenheit bekommen, mit ihr in Kontakt zu treten. Sie muss unter ständiger Bewachung stehen und darf das Hotel nicht verlassen, bevor wir nicht dort sind. Sorgen Sie auch dafür, dass ihr Telefon abgehört wird. Allerdings", fügte er für sich selbst hinzu, „ist das vielleicht nicht genug ..."

„Sir?"

„Nichts weiter." Er sah auf die Uhr. In Hongkong war es zwölf Stunden später. Forrester zog sein Mobiltelefon aus der Tasche und tippte eine Nummer ein.

„Sir, wollen Sie nicht doch zuvor noch Kontakt mit Ihrem Freund aufnehmen?"

„Mit wem?"

„Diesem Mac, der laut Piet Manson ebenfalls in Gefahr sein soll."

„Bin gerade dabei." Er lauschte in sein Telefon. Als sich der Teilnehmer auf der anderen Seite der Satellitenverbindung meldete, begann er zu sprechen. Schnelle, unverständliche Worte, die Joes Mund offen stehen ließen.

Kein Wunder, immerhin sprach sein Boss fließend Chinesisch.

Kapitel 2

Der Mann, der den luxuriös eingerichteten Raum betrat, verbeugte sich tief. Er hatte ein breites, derbes Gesicht, das durch eine tiefe Narbe auf der Wange und am Kinn entstellt war.

„Sie sind angekommen, Boss. Beide. Sowohl die Frau als auch der Mann."

„Wo sind sie jetzt?" Sein Boss sah vom Wandschirm auf, auf dem die neuesten Aktienkurse zu sehen waren. Neben ihm, auf der Lehne des breiten Sessels, hatte es sich eine hübsche junge Chinesin bequem gemacht. Sie war nackt und hatte sich beim Eintritt des Mannes nur ein Tuch vor den Körper gezogen. Dennoch lugte noch ihre linke gerötete Brustwarze hervor, und überall auf der hellen Haut sah man dunkelrote Male. Auf dem Rücken befand sich eine kunstvolle Bambusblättertätowierung, über die der Mann neben ihr unruhig seine Finger gleiten ließ.

„Die Frau wurde gleich nach ihrer Ankunft von einigen Polizeibeamten, die in Begleitung von Angehörigen der amerikanischen Botschaft waren, festgenommen. Sie befindet sich nun in einem Hotel auf Hongkong Island und darf das Zimmer nicht verlassen. Der Mann ist vor zwei Stunden eingetroffen. Er ist jetzt im Polizeipräsidium. Offenbar hat er von seiner Regierung spezielle Vollmachten erhalten, denn die Polizei kooperiert, und auch von Peking aus wurde noch kein Einspruch erhoben."

„Das klingt nicht gut. Das würde unseren Plänen zuwiderlaufen. Forrester ist ein schlauer Fuchs mit guten Beziehungen." Er nickte seinem Mann zu. „Halte beide weiter unter Beobachtung. Ich will über jeden ihrer Schritte informiert werden. Um Peking kümmere ich mich selbst."

Als er mit der Chinesin allein war, griff er nach einem Telefon. Eine Handbewegung ließ sie von der Lehne rutschen. Sie kannte seine Wünsche schon gut, ließ das Tuch fallen und stellte sich breitbeinig vor ihm hin, das Gesicht ihm zugewandt. Er streckte seine Beine zwischen ihren aus und befahl sie näher, bis sie knapp vor ihm stand, und er sie bequem mit der Hand erreichen konnte.

Als der andere Teilnehmer sich meldete, legte er ein freundliches Lächeln in seine Stimme. „Wie schön, Sie zu hören, lieber Freund. Wie lange ist es her, dass wir uns nicht gesprochen haben?" Er lauschte hinein, während er seine Hand ausstreckte und auf die Hüfte der Frau legte. Dann lachte er. „Ja, viel zu lange. Ich dachte mir, vielleicht würde es Ihnen Freude machen, mich wieder einmal zu besuchen? Ein angenehmer Aufenthalt, gutes Essen, reizende Gesellschaft …" Er lauschte wieder, seine Hand fuhr tiefer, massierte die Innenseiten ihrer weichen Schenkel und glitt weiter hinauf. Sie spreizte die Beine noch etwas mehr, griff hinunter und zog mit beiden Händen ihre rasierten Schamlippen auseinander. Seine Finger fuhren prüfend dazwischen, zogen sich feucht wieder zurück. Er grinste und hielt ihr die Hand hin. Sie beugte sich vor, leckte die Finger ab.

„Wunderbar! Wann können Sie sich freimachen?" Seine Finger waren wieder in ihrer Scham, sie zuckte zusammen, als er ihre Klitoris berührte, sie zwischen Daumen und Zeigefinger erfasste und rieb. „Nächste Woche? Ach, sagen wir doch in zwei Tagen. Wann geht ein Flug?" Er griff nach einem Kugelschreiber und sah sich suchend um. Ein Wink zu der Frau, sie drehte sich um und streckte ihm ihren Hintern entgegen. Er setzte den Kugelschreiber auf der glatten, prallen Haut an und machte sich Notizen, fuhr, während der andere weitersprach, spielerisch mit dem Kugelschreiber über ihre Haut, malte kleine geometrische Muster.

„Gut. Abgemacht. Ich schicke Ihnen einen Wagen zum Flughafen, der Sie abholen soll."

Die Frau zuckte zusammen, als sich die Spitze an ihrer Spalte entlang bewegte und die Rosette berührte, dann entspannte sie sich, beugte sich etwas weiter vor. Die Spitze verschwand in ihrem After, dann, mit leichtem Druck, der größte Teil des Kugelschreibers.

„Empfehlen Sie mich Ihrer Familie, lieber Freund, und bis in zwei Tagen." Ihr Liebhaber unterbrach die Verbindung, legte das Telefon weg und betrachtete sein Werk. „Nicht schlecht, du solltest dir überlegen, ob du die Tätowierungen nicht über den ganzen Rücken haben willst." Er drehte spielerisch den Kugelschreiber, dann gab er ihr einen Klaps auf die Hüfte. „Dreh dich wieder um. Du bist noch nicht fertig."

Er zog sie mit gespreizten Beinen auf seine Schenkel. Sie hockte sich auf ihn, legte die Beine auf die Armlehnen und öffnete seine Hose. Er rieb ihre Brustwarze, während sie seinen Schwanz streichelte, massierte, die Haut auf dem härter werdenden Kern auf und ab schob.

„Wer ist dieser Mann, an dem du so großes Interesse hast?", fragte sie leise.

„Eine Figur aus meiner Vergangenheit. Ein dunkler Punkt, der ausradiert werden muss."

„Und die Frau?" Sie sah nicht hoch, als sie das fragte.

Seine andere Hand griff nach hinten, spielte mit dem Kugelschreiber, zog ihn heraus und stieß ihn plötzlich so heftig wieder hinein, dass sie aufschrie.

„Du fragst zu viel, meine Bambusblüte. Tu, wofür ich dich in meiner Nähe habe, und versuche nicht, mich auszuhorchen."

„Das wollte ich nicht", kam es eingeschüchtert zurück. „Ich wollte nur …"

„Neugier, meine Schöne, ist eine gefährliche Eigenschaft." Er stieß sie von seinen Schenkeln. Sie kam auf den Knien auf, er packte ihren Kopf und drückte ihn gegen seinen Penis. „Denke immer dran, was Frauen passiert, die zu viel fragen." Er beugte sich über sie und flüsterte: „Sie bekommen ihren Mund gestopft. Tag und Nacht. Es könnte mir durchaus gefallen, dich von einem meiner Männer zum anderen zu schicken und ihre Schwänze zu schlucken, bis du halb daran erstickst, und dich diese Runde mehrmals machen zu lassen. Die Männer würden sich freuen, meinst du nicht?"

Sie nickte leicht, ihr Gesicht gegen seine Schamhaare gepresst.

„Besonders Feng wäre begeistert. Hast du seinen Schwanz gesehen, als er jetzt im Zimmer war? Er ist überdimensional. Er würde dir damit, wenn ich es ihm erlaube, zuerst den Mund und dann den Arsch aufreißen. Vielleicht auch umgekehrt. Ich werde dich, wenn die Runde fertig ist, an ihn weitergeben. Er ist schon längst scharf auf dich." Er packte ihr Haar fester und schüttelte sie. „Hast du verstanden?"

Nur ein Nicken antwortete ihm.

„Dann nimm ihn jetzt tief hinein, Bambusblüte. Ganz tief. Ich will hinten deinen Rachen spüren. Und sauge so fest du kannst." Er senkte seine Stimme noch mehr. „Und gib dir Mühe. Sehr viel Mühe."

***

Forrester blickte durch eine Glasscheibe. Dahinter befand sich der Verhörraum. Eine Frau saß auf einem harten Stuhl, hatte die Hände vor sich auf dem Tisch übereinandergelegt und klopfte ungeduldig und gereizt mit allen zehn Fingern gleichzeitig, während sie dem einige Schritte entfernt stehenden Polizisten immer wieder böse Blicke zuwarf. Wenn sie herübersah, konnte sie zwar nur ihr eigenes Spiegelbild betrachten, aber dennoch hatte Forrester das Gefühl, als würden ihre Blicke den Spiegel durchdringen. Ihr Anblick löste ein kleines Ziehen in seinem Magen aus. Dieser Charles Pratt hatte zumindest einen guten Geschmack.

„Sie war ziemlich aufgeregt, als wir sie hierher gebracht haben, Sir." Joe flüsterte, obwohl das Glas nicht nur einseitig verspiegelt war, sondern auch schalldicht. Was Forrester einiges über Joes bisherige Erfahrungen mit Lana McKenzie sagte.

„Sie wollte wissen, warum wir sie festhalten", flüsterte Joe weiter. „Ich habe ihr erklärt, dass wir zur Polizei gehören, sie also nichts zu befürchten hat, habe aber keine Fragen beantwortet. Ich denke, ich konnte sie etwas beruhigen, Sir."

Forrester studierte wieder die Frau hinter dem Glas. Ihre Augen schleuderten abwechselnd Blitze auf den Polizisten und dann wieder auf den Spiegel. Ihre Fußspitzen klopften einen unregelmäßigen Takt, die Fingerspitzen hämmerten immer gereizter auf die Tischplatte. „Das scheint Ihnen tatsächlich gelungen zu sein, Joe."

„Meinen Sie, dass wir über sie wirklich mehr über Charles Pratt und den Jadedrachen herausfinden?"

Forrester löste seinen Blick von der Frau und wandte sich Joe zu. „Wir müssen sie unter strengster Bewachung halten. Wie immer auch ihre Beziehung zu Pratt und den Triaden wirklich ist, sie könnte gefährlich werden. Oder im umgekehrten Fall gefährdet sein, wenn diese Leute Angst haben müssen, dass sie uns etwas erzählt."

„Ich verstehe, Sir."

„Das ist also die Frau, an deren Festnahme Ihnen so viel gelegen hat?"

Forrester und Joe wandten sich nach dem Sprecher um. Vor ihnen stand Michael Perkins, Angestellter der Handelsvertretung und – wie aber nur Forrester wusste – Geheimagent und einer der Kontaktmänner der CIA in Hongkong. Ein tüchtiger Mann, wenn man seinen Vorgesetzen und seinem Personalakt glaubte, aber Forrester hatte schon vor Langem gelernt, nur seinem eigenen Urteil zu vertrauen. Und das war noch unbestimmt.

Perkins trat neben sie an das Fenster und sah hinein. „Ich war bei der Delegation, die Miss McKenzie am Flughafen empfangen hat", sprach er weiter. „Sie hat zuerst erstaunt reagiert und dann ungehalten – aber so gereizt wie jetzt war sie nie." Er grinste zu Joe hin. „Sie scheinen gut mit Frauen umgehen zu können."

Forrester kam Joe zuvor, der einen roten Hals bekam und den Mund zu einer scharfen Antwort aufmachte. „Haben Sie in der Zwischenzeit schon Auswertungen über die Passagiere, die in den letzten Tagen in Hongkong angekommen sind?"

Perkins zuckte mit den Schultern. „Wir haben alle vollständig überprüft. Ich habe mich persönlich darum gekümmert. Sowohl um die Einreisenden aus China als auch diejenigen aus Übersee, wobei wir sämtliche Flüge gecheckt haben, nicht nur die aus den Vereinigten Staaten. Es war niemand dabei, der dem Foto, das Sie uns geschickt haben, auch nur annähernd ähnlich sah. Natürlich konnten wir hier nur die Mitschnitte der Videoaufnahmen bei den Grenzkontrollen heranziehen. Wenn Ihr Mann nicht illegal eingereist ist oder sich neben einem anderen Namen auch noch einen falschen Bart umgehängt hat, ist er nicht in Hongkong angekommen. Aber wer weiß, war das überhaupt sein Ziel? Sie können nicht sicher sein, wohin er von New York aus verschwunden ist. Wenn ich recht verstanden habe, wissen Sie nicht einmal, ob er die Staaten überhaupt verlassen hat."

Dagegen sprach nach Forresters Ansicht Lana McKenzies Reise. Er zweifelte nicht im Mindesten daran, dass Pratt ebenfalls in Hongkong war. Aber die letzte Konsequenz seiner Schlussfolgerungen ging nur ihn etwas an.

„Sind Sie sicher, dass er nicht in Begleitung von Miss McKenzie eingereist ist?"

„Das halte ich für unwahrscheinlich. Als die Frau ankam, waren wir schon vorgewarnt. Wir hatten bereits das Foto und haben die Passagiere weitaus genauer kontrolliert als davor." Er deutete auf die Glasscheibe und die dahinter sitzende Lana McKenzie. „Sie sollten besser versuchen, so viel wie möglich aus seiner Komplizin herauszubekommen. Die weiß sicher Bescheid."

„Es steht noch nicht fest, ob Miss McKenzie tatsächlich eine Komplizin ist." Joe war zwar überzeugt davon, hatte Perkins seinen Spott von vorhin jedoch nicht verziehen.

„Nein?" Perkins dehnte dieses Wort ungläubig. „Nun, wir werden ja sehen. Jetzt entschuldigen Sie mich bitte, ich muss weiter. Ach ja", er hielt Forrester einen Umschlag hin, „hier ist die Information über den Agenten Jackson, um die Sie mich gebeten haben." Er nickte beiden zu. „Wir sehen uns später."

Joe sah ihm nach. „Angeber."

„Schon gut, Joe. Machen wir bei Miss McKenzie weiter." Forrester trat zur Verbindungstür.

„Sir, und dieser Mac? Haben Sie ihn erreicht? Gewarnt?" Joe ertrug es nicht, dass sein Vorgesetzter so ein Geheimnis um diesen Informanten machte.

„Mac ist in Sicherheit, dafür habe ich schon gesorgt. Und Joe – weiterhin kein Wort über den Jadedrachen. Auch nicht zu dieser Frau."

***

Lana wurde mit jeder Minute, die verging, gereizter. Man hatte sie vor zwei Tagen gleich am Flughafen aufgehalten, weil angeblich mit dem Visum für China etwas nicht in Ordnung war. Für Hongkong, das trotz der Rückgabe an China noch für fünfzig Jahre Sonderverwaltungszone war, benötigte man zwar kein Visum, solange man nicht länger als neunzig Tage blieb, sehr wohl aber eines, wenn man weiterreisen wollte. Und genau das hatte sie offiziell vor. Denn offiziell hatte sie sich einer Reisegruppe anschließen wollen, die von Peking aus historische Städte besuchte.

Inoffiziell war sie Charles nachgereist. Aber das ging diese Leute einen feuchten Staub an. Noch dazu, da ein derart irritierendes Interesse an ihm bestand. Das Visum war ein Vorwand, das hatte sie sofort erfasst. Den Leuten ging es ohne Zweifel um Charles. Der Gute musste offenbar doch mehr Dreck am Stecken haben, als er vor ihr zugegeben hatte. Er und seine lieben Geschäftsfreunde. Aber bevor sie nicht wusste, was hier gespielt wurde, hielt sie besser den Mund.

Außerdem hatte man sie nicht gerade fein behandelt, sondern eher wie eine Verbrecherin, was sie nicht gerade dazu brachte, ihre Hilfsbereitschaft aufzudrängen. Einige Typen hatten sie ins Hotel verfrachtet, in dem sie unter Hausarrest stand, und an diesem Morgen war sie von einem Mitarbeiter ihrer Botschaft und zwei Polizeibeamten abgeholt und in das Polizeipräsidium gebracht worden. Hier war sie auf einen gewissen Joe Melbourne getroffen, der sie einem Verhör unterzogen hatte: Über ihre Gründe, hierher zu reisen, über die Reisegruppe, deren Mitglieder, über ihre Bekannten. Und vor allem über Charles.

Sie warf dem Polizisten, der sie von Zeit zu Zeit argwöhnisch beobachtete, einen schiefen Blick zu und spielte mit dem neuen Ring an ihrem Finger. Ein sehr kostbares Stück. Ein Rubin, der mit Brillanten eingefasst war. Ihr Verlobungsring, hatte Charles beim Abschied gemeint, als sie ihn zum Flughafen gebracht, und er ihn ihr auf den Finger gesteckt hatte. Sie hatte nicht widersprochen. Aber sie hatte sich entschlossen, ihm nachzureisen – nach einiger Überlegung hatte sie Hongkong nämlich äußerst interessant gefunden.

Sie sah hoch, als sich die Tür wieder öffnete. Dieser Joe Melbourne trat ein und nach ihm der Mann, den sie vor wenigen Tagen im Fernsehen gesehen hatte.

Der Mann, dem man, wenn Charles die Wahrheit gesagt hatte, nach dem Leben trachtete.

Mark Forrester.

Jetzt war Lana alles klar.

***

Joe beobachtete die Reaktion des „Gastes" auf den Eintritt seines Chefs. Forrester hatte eine eigene Art, die Leute, und besonders jene mit schlechtem Gewissen, alleine schon mit seinem Auftreten zu beeindrucken. Er strahlte eine Autorität und Selbstsicherheit aus, die niemals ohne Wirkung blieb. Das war auch jetzt der Fall. Die Augen der Frau hatten sich sekundenlang geweitet, dann verschmälert, und nun saß sie steif da und ließ Forrester keine Sekunde aus den Augen.

Joe hatte angenommen, dass sein Boss nun das Verhör weiterführen würde, aber er täuschte sich. Forrester zog den Stuhl neben seinem zurück, setzte sich hin, schlug die Beine übereinander und fixierte die Frau schweigend. Vermutlich wollte er sie damit nervös machen.

Was ihm bestimmt bald gelang bei dem durchdringenden kalten Blick, der sie unverwandt traf. Wenn sie tatsächlich in Charles Pratts Pläne eingeweiht und Teil des Syndikats war, dann musste sie Forrester kennen und jetzt wissen, dass man ihren Freunden auf die Spur gekommen war. Nicht lange, und sie würde zappelig werden.

Er merkte jedoch, dass er Lana McKenzie unterschätzte, denn anstatt unsicherer und unruhiger zu werden, wurde sie mit jeder Sekunde gelassener. Sie lehnte sich zurück, verschränkte die Hände auf der Tischplatte und maß Forrester mit einem Blick, in dem nicht mehr als kühle Neugier lag.

Schließlich wandte sie sich an Joe. „Ist Ihr stummer Begleiter der zuständige Visabeamte oder ein wortkarger Schläger, mit dem Sie mich einschüchtern wollen?"

Joe warf einen raschen Blick auf Forrester. Der hatte die Augenbrauen gehoben, und für Sekunden zuckte es um seine Lippen, als würde er grinsen wollen.

„Das ist …", fing Joe zögernd an, wurde jedoch von Forrester unterbrochen.

„Ich bin der Leiter einer Sonderabteilung des FBIs. Special Agent Mark Forrester."

„Sie können also doch reden!" Sie lächelte ihn wohlwollend an. „Wie erfreulich für Sie. Sagen Sie, haben wir uns nicht schon einmal gesehen, Special Agent Forrester?"

Joe verbiss sich ein Feixen. Die hatte wirklich Mumm.

Forrester schien das anders zu sehen, seine Miene wurde kälter. „Bestimmt nicht. Daran könnte ich mich erinnern."

„Vermutlich." Sie musterte ihn erneut. „Dann kann ich aber trotzdem damit rechnen, dass Sie Ihren Einfluss geltend machen, damit mir auf der Stelle mein Pass ausgehändigt wird?"

„Bedaure." Forrester machte keine Bewegung, ließ sie auch nicht aus den Augen.

Lana biss sich auf die Lippen. „Haben Sie noch mehr auf Lager als einsilbige Ablehnungen oder ist Ihr Repertoire damit auch schon erschöpft?"

Joe sah, dass Forrester durchatmete, bevor er antwortete. „Miss McKenzie, Sie können selbstverständlich jederzeit Ihren Reisepass zurückerhalten und weiterfliegen. Aber erst, nachdem ich alles erfahren habe. Bis dahin werden Sie weder die Stadt, noch das Gebäude oder auch nur diesen Raum verlassen. Was für Sie bedeutet: Je williger zur Mitarbeit Sie sind, desto eher sind wir hier fertig."

„Ich fürchte, ich habe mich für Sie nicht deutlich genug ausgedrückt, Special Agent Forrester. Eine Reisegruppe wartet in Peking auf mich. Das habe ich auch schon Ihrem Kollegen gesagt."

„Jetzt warten sie nicht mehr. Wir haben die Nachricht übermittelt, dass Sie die Reise nicht antreten werden – eine plötzliche Erkrankung in der Familie."

Lana McKenzie lehnte sich zurück und schenkte sowohl Forrester als auch Joe, der darunter verlegen wurde, einen langen Blick. „Ist das nicht etwas zu viel Aufwand und Lüge für ein einfaches Visaproblem?"

Forrester hob nur die Schultern.

Lana nickte. „Ich verstehe. Ich bin Ihre Gefangene. Wunderbar." Sie lachte kalt auf. „Falls Sie also wirklich Angehöriger des FBIs sind – was ich stark bezweifle – so werde ich von meiner eigenen Regierung hier illegal festgehalten."

„Nicht illegal. Mein Kollege hat Ihnen schon Fragen gestellt, die Sie allerdings nicht beantworten wollten. Vielleicht haben Sie jetzt die Güte. Vorausgesetzt natürlich, Sie wollen nicht die nächsten Wochen oder Monate hier verbringen. Auch wenn wir natürlich versuchen werden, Ihnen den Aufenthalt …", ein fast unmerkliches Zögern, „… so angenehm wie möglich zu gestalten."

Lanas Lächeln wurde süffisant. „Davon bin ich sogar überzeugt. Trotzdem ziehe ich es vor, weiterzureisen."

„Sie wollen also kooperieren. Gut. Vernunft ist die beste Basis für eine fruchtbare Zusammenarbeit." Forrester rückte Pratts Akte, die vor ihm auf den Tisch lag, zurecht. „Fangen wir also an: Wie lange kennen Sie Charles?"

„Mir reicht es jetzt." Lana McKenzie erhob sich, strich sich den Minirock glatt und gab auf diese Weise Joe und Forrester Gelegenheit, mehr von ihr zu betrachten.

Und was sie sahen, gefiel beiden.

Schmale Taille, lange, schlanke Beine. Lana McKenzie war tatsächlich eine attraktive Frau – und das von ihrem mit einer Spange hochgehaltenem Haar bis zu den hohen Bleistiftabsätzen.

Forrester winkte den Polizeibeamten, der einen Schritt in Lanas Richtung gemacht hatte, zurück und lockerte seine Krawatte. „Nehmen Sie wieder Platz und beantworten Sie meine Fragen. Sie sind noch nicht fertig."

„Ich habe Ihrem Freund hier schon alles gesagt."

„Hinsetzen!" Forrester schlug mit der Faust auf den Tisch. Joe zuckte ebenso zusammen wie der Polizist. Er sah mit Verwunderung, dass Forresters Stirn sich gerötet hatte. Diese Frau war zwar ein zäher Brocken, aber sie hatten schon mit ganz anderen Typen zu tun gehabt, und Forrester war niemals so emotional geworden.

Die Frau blieb jedoch stehen und presste die Lippen aufeinander. Ihre Augen funkelten wütend.

„Dann sagen Sie es mir eben noch einmal", fuhr Forrester gemäßigter fort. „Vor allem würde mich interessieren, wie man ein Verhältnis mit einem Mann haben kann, der gar nicht existiert."

Sie stutzte, dann nahm sie tatsächlich Platz. „Wie war das?"

„Oder erst seit einem halben Jahr." Er schob ihr Charles' Unterlage hin. Ungewöhnlich, solche Informationen mit einem Verdächtigen zu teilen. Aber ein Zeichen für Joe, dass Forrester nicht gedachte, diese Frau wieder laufen zu lassen, egal, wie kooperativ sie sich zeigte. Die Lady saß ordentlich in der Patsche.

Forrester sprach weiter, als sie schweigend in den Papieren blätterte. „Sie sind doch eine intelligente Frau, Miss McKenzie. Zumindest kann man das aus Ihrer Ausbildung und Ihrem beruflichen Werdegang schließen." Er hob nur mokant die Augenbrauen, als sie ihm einen scharfen Blick zuschoss. „Und bei einer solch – relativ – intelligenten Frau kann man doch annehmen, dass sie zumindest gelegentlich auf etwas stößt, das ihr nicht ganz legal vorkommt. Ein kleiner Hinweis. Seltsame Geschäftsfreunde. Ein geheimnisvolles Telefonat, Unterlagen …" Er drückte sich absichtlich so vage aus und das mit einem ironischen Tonfall, der seine Wirkung auf sein Gegenüber allem Anschein nach nicht verfehlte, denn in Lanas Wangen stieg eine ärgerliche Röte.

Sie wandte sich demonstrativ ab und sprach mit Joe weiter. „Zum einen lebt Charles in New York und ich im Midwesten der Vereinigten Staaten. Wir haben keine gemeinsame Wohnung, in der ich hinter ihm herschnüffeln könnte, wie Ihr Special Agent Kollege das andeutet. Und zum anderen habe ich Charles immer nur als seriösen Geschäftsmann kennengelernt."

„Auch seine Freunde?" Forrester warf dies kühl ein.

„Von seinen Freunden weiß ich nichts. Ich habe sie nie getroffen, und mein Verlobter hat nie über sie gesprochen." Sie drehte dabei demonstrativ den protzigen Rubinring an ihrem Finger.

„Ihr *V e r l o b t e r*?" Forrester artikulierte dieses Wort sehr deutlich, während er sich aufsetzte. Er heftete seinen durchdringenden Blick zuerst auf Lana, dann auf den Ring.

„Mein Verlobter", bestätigte sie. „Darf ich fragen, was Ihnen dabei so ungewöhnlich erscheint?"

Joe bewunderte ihre Nerven. Sie war bei dem ersten Verhör, das er alleine geführt hatte, erregt und gereizt gewesen. Aber jetzt war sie wesentlich beherrschter und ganz offensichtlich darauf aus, Forrester zu provozieren.

Sehr erstaunlich dagegen fand er Forrester. Er saß zwar relativ ruhig da, aber wenn man ihn besser kannte, bemerkte man, dass es unter der Oberfläche gefährlich brodelte. Was reizte ihn so an dieser Frau? Sie war doch nicht das erste Gaunerflittchen, das er verhörte und das sich bockig aufführte.

Nahm er den Anschlag auf ihn so persönlich? Dieser Frau übel? Er war schon öfters angegriffen worden, auch vom Syndikat, seit er sich auf die Spur dieser Organisation gesetzt hatte, aber dieses Mal reagierte er heftiger und emotionaler.

Genau genommen war dies seit Piets Tod der Fall, der ihm offenbar sehr nahe gegangen war. Er hatte nicht viel erzählt, aber von dem wenigen, das er erwähnt hatte, war Joe klar geworden, dass er mit Piet eng befreundet gewesen war. Mit Piet und diesem seltsamen Dritten im Bunde. Joe kannte Forrester nun schon seit einiger Zeit, wenn auch nur rein beruflich, aber er hatte nie erlebt, dass Forrester sich anderen besonders eng anschloss. Die Kontakte zu seiner Familie beschränkten sich – mit einer Ausnahme – auf wenige Telefonate im Jahr. Auch seine Freundinnen wechselten, blieben lose Beziehungen. Das Verhältnis zu der Ärztin war das erste, das ernstere Formen annahm.

Aber nun hatte das Syndikat – zu dem Lana McKenzies Liebhaber gehörte – seinen alten Freund getötet.

Forrester ergriff wieder das Wort. „Sie wollen behaupten, Sie wären mit einem Mann verlobt, dessen Freunde Sie nicht einmal kennen?"

„Ich interessiere mich nicht für Charles' Freunde oder Familie", erwiderte sie scharf, „sondern allein für ihn."

Forrester lehnte sich wieder zurück. Seine Schuhspitze klopfte in einem aggressiven Rhythmus auf den Boden. „Die wahre Liebe also. Sehr anrührend. Nun, da wundert es mich allerdings nicht, dass Sie den Kopf in den Sand stecken bezüglich der kriminellen Aktivitäten Ihres Bräutigams. Ihnen sagt doch zweifellos der Ausdruck ‚Triaden' etwas?"

Sie zuckte mit den Schultern. „Was man eben so drüber hört. Die chinesische Mafia. Kleinere Verbrechergruppen."

„Nun, das hier ist keine kleine Gruppe mehr. Die spielen weltweit. Und sind deshalb gefährlich."

„Aber mit mir haben sie nichts zu tun! Anstatt mich zu verhören und hier festzuhalten, sollten Sie sich lieber auf die Suche nach den Richtigen machen! Alles, was ich weiß, habe ich bereits zu Protokoll gegeben!"

„Dann werde ich Ihnen jetzt Beweise vorlegen. Vielleicht fällt Ihnen dazu etwas ein. Würden Sie uns einen Moment alleine lassen?" Forrester winkte den Polizeibeamten hinaus, dann stützte er die Ellbogen auf den Tisch und lehnte sich vor, bis sein Gesicht knapp vor ihrem war. Lana zuckte keinen Fingerbreit zurück, sondern hielt seinem kalten Blick stand.

„Wir sind jetzt völlig allein, Miss McKenzie. Man kann uns zwar von draußen sehen, aber niemand kann uns hören. Und jetzt frage ich Sie nochmals: Haben Sie mir etwas zu sagen? Etwas, das mit dem Anschlag zu tun hat? Etwas über Charles Pratt?"

„Wie oft soll ich mich wiederholen? Nichts, was ich nicht schon gesagt hätte!"

„Vielleicht weiß Ihr ... Verlobter ja mehr?" Die sarkastische Pause war nicht zu überhören gewesen. „Warum fragen Sie ihn nicht einfach?"

„Ich weiß nicht, wo er ist. Und ich wäre auch nicht hier, würde ich mich nicht auf einer wissenschaftlichen Reise befinden!"

„Für wie dumm halten Sie mich? Diese Studienreise ist doch nur ein Vorwand. Ein Alibi. Sie sind mit Ihrem Freund – Verzeihung Verlobten – hierher gereist oder mit ihm hier verabredet. Aus welchem Grund?" Er machte eine Handbewegung, als wollte er sie packen. „Was verschweigen Sie mir?"

„Nichts!"

„Ihr Verlobter steht in Verdacht, Anschläge auf mich geplant und durchgeführt zu haben."

„Was mich nicht wundern würde", konterte Lana bissig.

„Haben Sie schon daran gedacht, dass Sie als Mitwisserin ebenfalls in Gefahr sein könnten? Als Komplizin, die man zum Schweigen bringen will?"

„Ich bin nicht seine Komplizin! Und ich will jetzt gehen!"

„Dann wollen Sie vermutlich, dass es Ihnen ebenso geht?" Forrester zog bei diesen Worten Fotos hervor und legte sie langsam und bedächtig nebeneinander aufgereiht vor sie hin.

Tatortfotos. Ein Toter. Verschiedene Ansichten eines grauhaarigen Mannes, der erschossen in einer Herrentoilette eines Einkaufszentrums lag. Ein alter Freund, dessen Tod mit kalter, professioneller Nüchternheit festgehalten wurde.

Ein dumpfer Knall.

Lana McKenzie hatte ihre Handtasche auf den Boden fallen lassen. Sie machte jedoch keine Anstalten, sie aufzuheben, sondern saß wie erstarrt da. Joe bückte sich danach und legte sie behutsam neben Lana auf den Tisch.

„Das ist ein Freund von mir. Piet Manson", sagte Forrester, der völlig auf die Frau konzentriert war und weder Joe, noch die Tasche beachtete. „Er wurde ermordet, weil er uns warnen wollte. Er scheint etwas über das Syndikat und den Anschlag, der auf mich verübt wurde, herausgefunden zu haben. Und musste deshalb sterben."

Sie starrte blass und schwer atmend auf die Bilder. Dann schloss sie die Augen, wandte den Kopf ab und legte die Arme um ihren Körper, wie um sich zu wärmen. „Wie können Sie sich unterstehen", sagte sie nach einiger Zeit mit schwacher, undeutlicher Stimme, „mir diese Fotos zu zeigen. Auf diese Art ..."

„Weil ich möchte, dass Sie mit uns kooperieren."

Sie sah hoch. Der Schrecken stand immer noch in ihrem Gesicht, obwohl sie versuchte, sich zu beherrschen. Ihre Lippen zitterten. Ihre Augen glänzten stärker als zuvor. Tränen?

Joe empfand plötzlich Mitleid mit ihr. Und Ärger auf seinen Boss, der so mit ihr umsprang. Ein plötzlicher Schock brach oft die Mauer, hinter der sich Verbrecher verschanzten, aber diese Frau war wirklich zutiefst entsetzt. Vermutlich hatte sie noch nie einen Toten gesehen. Und diese Bilder gaben den Tod in seiner ganzen Grausamkeit wieder.

„Er muss etwas herausgefunden haben, das offensichtlich wichtig genug war, um ihn zu töten", fuhr Forrester fort. „Und Sie können dafür sorgen, dass sein Tod nicht vergeblich war."

Sie griff sich an die Kehle, starrte jetzt wieder auf die Fotos. „Ich kann nicht glauben, dass Charles damit etwas zu tun hat."

„Ihr Charles, wie Sie ihn kennen, existiert gar nicht." Forresters Stimme klang hart. Der Panzer war durchbrochen, und er musste dranbleiben. „Sie werden uns helfen, mehr herauszufinden. Und uns alles sagen, was Sie wissen. Wollten Sie Charles Pratt hier treffen? Sind Sie hier mit ihm verabredet?"

„Nein ..."

„Sie sind ohne sein Wissen hierher gereist?"

„Ja ... das heißt ..."

„Was?", fragte Forrester scharf, als sie verstummte.

„Er wollte zuerst, dass ich mitfliege, aber ich habe abgelehnt."

„Und dann sind Sie doch geflogen. Weshalb? Aufgrund einer Nachricht, die er Ihnen geschickt hat?"

Sie schüttelte den Kopf.

„Er hat doch bestimmt ein Hotel angegeben, in dem Sie ihn erreichen können."

„Nein. Er wollte mich anrufen, sobald er Zeit hat ..."

„Daheim?"

„Auf meinem Mobiltelefon. Aber das haben mir Ihre Leute abgenommen."

Forrester sah Joe an. „Haben Sie ihr Mobiltelefon?"

„Ja, Sir."

„Und?"

„Keine Anrufe."

Forrester wandte sich wieder Lana zu. „Sie werden uns sofort verständigen, wenn sich Pratt bei Ihnen meldet, haben Sie verstanden?"

Sie nickte.

Joe war erstaunt, wie schnell es Forrester plötzlich gelungen war, sie einzuschüchtern. Der Schock über die Bilder musste wirklich groß gewesen sein. Vielleicht hatte er ihr auch die Augen über ihren Freund Pratt geöffnet.

„Wenn er sich meldet, werden Sie versuchen, mehr aus ihm herauszukriegen. Wir müssen wissen, wo wir ihn finden können."

„Wie soll ich …"

„Ihnen fällt sicher eine Möglichkeit ein. Eine Frau, die sich mit einem Verbrechersyndikat einlässt, wird doch wohl hoffentlich nicht allzu zimperlich sein." Forresters Stimme war höhnisch, provokant.

Sie hatte wieder auf die Bilder gesehen, nun hob sie langsam den Blick, sah Forrester an, als würden seine Worte einige Zeit brauchen, um ihren Verstand zu erreichen. Dann wurden ihre Augen schmal. Zimperlich? Nein, zimperlich war sie bestimmt nicht. Sie atmete tief durch.

Und als sie den Mund wieder aufmachte, war es nicht, um Forrester gegenüber ihre Bereitschaft zur Mitarbeit auszudrücken.

***

„Ich habe Ihnen ja gleich gesagt, dass es keine gute Idee ist, diese Frau festzuhalten", sagte Joe düster, als sie sich wieder im Büro befanden, das man Forrester zur Verfügung gestellt hatte. „Sie ist ziemlich heftig geworden."

Sie saßen einander gegenüber. Forrester hinter dem überdimensionalen altertümlichen Schreibtisch und Joe auf einem bequemen Stuhl davor.

„Sie neigen wie immer zur Untertreibung", erwiderte Forrester trocken. „Sie ist nicht nur heftig geworden, sondern ausfallend. Ich habe schon einiges gehört, aber noch selten ein solches Spektrum an Kraftausdrücken. Hat mich an meine Zeit in den Slums erinnert."

„Slums?"

Forrester nickte. „Undercover. Bevor ich zur CIA kam. Ab da hatte ich eher mit reichen, aber weitaus fieseren Kerlen zu tun."

„Sir, wenn ich bisher Zweifel hatte, so bin ich jetzt davon überzeugt, dass es nicht klappen kann. Sie werden diese Frau niemals dazu bringen, mit uns zusammenzuarbeiten!"

„Doch. Wenn sie nicht freiwillig mit uns kooperiert, dann eben auf eine andere Art. Ich werde sie anders verhören. Irgendetwas kriege ich aus ihr raus. Und auf keinen Fall werde ich sie gehen lassen."

„Sie können sie nicht einfach so festhalten. Wenn sie offizielle Beschwerde einlegt …"

„Dann halte ich sie eben inoffiziell fest. So lange, bis der Fall geklärt ist und Charles Pratt und seine Kumpanen festsitzen. Verdammt, Joe, ich kann sie nicht einfach laufen lassen." Forrester war wütend und frustriert. Und ebenso entschlossen. Diese Zusammenkünfte waren vielleicht nicht gerade erfolgreich gewesen, aber er war nicht der Mann, der irgendeinem Menschen gegenüber nachgab. Schon gar nicht einer Frau. Und besonders nicht dieser.

Er konnte sie weder länger in Haft lassen – der amerikanische Regierungsvertreter hatte schon nachgefragt, wie er weiter vorzugehen gedachte – noch frei herumlaufen lassen. Aber zum Glück war ihm eine Lösung eingefallen. Eine äußerst originelle. Und deshalb war sie jetzt bereits unterwegs zu einem unauffälligen, wenn auch streng bewachten Gebäude, in dem er sie in seiner Gewalt hatte und mit subtilen Mitteln versuchen konnte, ihren Mund zu lösen.

„Wie wollen Sie sie zur Mitarbeit überreden? Sie bedrohen?"

„Wenn es sein muss? Oder ich probiere es mit Charme." Er sah hoch. Sein sonst so hartes Gesicht gewann durch sein verwegenes Grinsen so sehr an Anziehungskraft, dass Joe plötzlich keine Zweifel mehr hegte, dass dieser Mann jede Frau für sich gewinnen und um den Finger wickeln konnte, wenn er es tatsächlich drauf anlegte. Joe verstand genug von Frauen um zu wissen, dass die auf so etwas flogen. Und Forrester verstand sein Handwerk.

Aber hier musste er versagen.

„Darauf wird sie nicht eingehen, Sir. Nicht, nachdem Sie versucht haben, sie fertigzumachen."

Das hatte Forrester tatsächlich. Und er hatte deshalb ein verdammt ungutes Gefühl. Trotzdem durfte er jetzt nicht nachgeben. „Das", erwiderte er mit einem Hochziehen der Augenbrauen, „ist eine Frage des ‚Wie'. Ich spreche von Konditionierung. Sexueller Konditionierung."

„Was?!!"

„Ich werde sie mir hörig machen." Forresters Miene war vollkommen ausdruckslos.

„H … Hörig?! Sie meinen doch nicht etwa Nötigung?!" Joes Entsetzen paarte sich mit Entrüstung.

Forrester musterte ihn nachsichtig. Sein Mitarbeiter hatte viele Qualitäten, aber auch einen gewissen Hang zur Prüderie, was bei einem so gut aussehenden jungen Mann erstaunlich war. Er war offenbar wirklich schockiert, dass sein Chef beabsichtigte, dieser Frau in sexueller Hinsicht zu nahe zu treten. „Wenn es sein muss. Ich werde ihre einzige Bezugsperson sein. Und ich werde sie erotisch stimulieren. Ich habe Berichte gelesen ..."

Joe unterbrach ihn, etwas, das er sich nur sehr selten erlaubte. „Sir, das ist nicht mehr unethisch, das ist schon amoralisch!"

„Ja, aber in diesem Fall heiligt der Zweck die Mittel. Ich werde bestimmt nicht über sie herfallen, sie nicht einmal berühren. Und ich verspreche Ihnen, Joe, die Lady wird es genießen."

„Aber ..."

„Ich werde ihr nur Filme zeigen. Nicht mehr. Sie ist jetzt bereits in einem Bordell. Dort ist sie sicher, und es ist ein unauffälliger Ort. Keiner wird sie jemals dort vermuten und niemand wird sich wundern, wenn ich dieses Etablissement gelegentlich aufsuche."

„Ein Bordell?!"

Forrester grinste. „Die haben dort neue Anlagen. Gefühlsechte Videospiele. Sowohl die Elektronik, als auch die 3-D-Filme sind die neueste Entwicklung auf dem Gebiet. Für diejenigen, denen Sex mit echten männlichen oder weiblichen Prostituierten zu teuer ist. Oder nicht aufregend genug. Das Erlebnisspektrum dieser Geschichten ist um einiges breiter als die realen Möglichkeiten."

Joe sah ihn nur wortlos an.

„Der Körper wird mit Elektroden verbunden, die nicht nur das Gehirn, sondern auch andere Körpergegenden stimulieren", fuhr Forrester mit seiner Belehrung fort. „Es fühlt sich vollkommen echt an, man wird in den Film hineingezogen und spielt, je nach eigener Fantasie und eigenen Vorlieben, eine Rolle darin. Das Programm kann von außen nicht manipuliert werden, aber der an den Elektroden angeschlossene ‚Zuseher' kann beliebig von einer Rolle in die andere schlüpfen. Je nachdem, mit welcher er sich im jeweiligen Moment identifizieren möchte. Wobei ein paar Züge aus einer guten, altmodischen Opiumpfeife nicht schaden."

„Das klingt, als hätten Sie selbst schon Studien getrieben", antwortete Joe reserviert.

„Das habe ich tatsächlich." Forresters Grinsen wurde sardonisch. „Schließlich muss ich wissen, welchen potentiellen Risiken ich unsere Informantin aussetze."

„Sir, Sie wollen diesen Plan doch nicht tatsächlich durchführen. Das kann doch nur ein Scherz sein."

„Ein Scherz? Sie wollen mir doch nicht etwa Humor unterstellen, Joe?" Er heftete seine Augen länger auf sein finster blickendes Gegenüber. Auf seinen Lippen erschien die Andeutung eines Lächelns. „Sie sind mit meinem Plan also nicht einverstanden?"

„Die ethische Komponente ...!", ließ sich Joe beschwörend vernehmen.

„Ethische ... Verflixt, Joe, Sie sind hier beim FBI und nicht im Mädchenpensionat!"

Der Sarkasmus seines Vorgesetzten prallte an Joe ab. „Sir, ich habe tatsächlich moralische Bedenken!"

Forrester wurde plötzlich ernst. „Es geht um mehr als um die Anschläge, Joe. Wollen Sie diese Leute tatsächlich davonkommen lassen? Nie wieder werden wir ihnen so nahe sein. Die wissen das genau, sonst hätten sie Piet nicht töten müssen. Wir sind ihnen auf der Spur. Das macht sie umso gefährlicher. Für alle. Auch für Lana McKenzie. Und um das zu verhindern, ist mir jedes Mittel recht." Er fixierte seinen Assistenten einige Momente lang, als wollte er noch etwas sagen, dann entspannte er sich. „Hier habe ich übrigens die Akte, um die ich Perkins gebeten hatte."

Joe stand auf und trat neben seinen Vorgesetzen, um mitzulesen. Er war über seinen Boss mehr als nur leicht irritiert, bemühte sich jedoch, sachlich zu wirken. „Ein gewisser Nils Jackson?"

„Jackson war der CIA, bevor er bei einem Einsatz vor einigen Jahren ums Leben gekommen ist."

„Meinen Sie, dass sich in seiner Akte ein Hinweis auf diesen Jadedrachen findet, Sir? War er einmal in einen Fall involviert, in dem die Triaden eine Rolle spielten?"

„Durchaus möglich. Er hatte sehr weitreichende Beziehungen." Forrester blätterte in der Akte. Der Blick wurde magnetisch von einem Foto angezogen, das den toten Agenten zeigte. Ein gut aussehender, fast schöner Mann mit halblangem hellem Haar und einem ebenso überlegenen wie charmanten Lächeln.

„Tolle Laufbahn. Hat viele Auszeichnungen bekommen."

„Ja."

„Kannten Sie ihn, Sir?"

„Nicht persönlich, aber ich habe viel von ihm gehört."

„Er ist bei einem Anschlag auf eine Chemiefirma ums Leben gekommen, steht hier."

„Er war nicht der Einzige. Der Anschlag wurde damals einem Mann zugeschrieben, der sich der ‚Jadedrache' nannte. Wir hatten ihm allerdings eine Falle gestellt."

Joe sah ihn überrascht an. „Meinen Sie, das ist der Jadedrache, von dem Piet sprach?"

„Piet glaubte, ihn erkannt zu haben. Allerdings wurde der Drache damals ebenfalls getötet. Aber wenn es nicht sein Geist ist, der uns jetzt Probleme macht, dann muss ich annehmen, dass es ihm gelungen ist, zu entkommen."

Forrester betrachtete das Bild einige Momente lang, dann schlug er die Akte zu.

***

Chen Wing-Lun sah hoch, als jemand den Raum betrat. Er hatte Anordnung gegeben, nicht gestört zu werden, aber diesem Mann lächelte er trotzdem entgegen, als er mit raschen Schritten auf ihn zukam.

Es war Patrick, der einzige Enkelsohn seines Bruders, der zwei Jahre in Kalifornien studierte, wo auch die Familie von Chens ältester Schwester lebte. Vor Kurzem war er wieder zurückgekommen, um einige Aufgaben in dem Konzern, den sein Onkel und dessen Söhne aufgebaut hatten, zu übernehmen.

Chen hatte viel für seine Familie, seine Söhne, seine kleinen Enkel und Neffen übrig. Und dieser hier war ein vielversprechender junger Mann. Und hübsch. Er war fünfundzwanzig, hatte kurz und frech geschnittenes Haar, das ihm ein wenig in die Stirn fiel. Seinem Gesicht sah man an, dass er gerne lächelte und lachte, aber im Moment war es düster, als er ihm ein Schnurlostelefon hinhielt.

„Verzeih, dass ich dich störe, Onkel Chen. Aber es scheint wichtig zu sein."

Chens Miene verdunkelte sich ebenfalls. „Nein. Nicht wieder meine Schwester. Was will sie?" Niemand hätte Chen einen Feigling nennen können, aber eben diese älteste, in Kalifornien lebende Schwester nervte ihn seit Tagen wegen ihres Enkelsohns. Der Himmel allein wusste, wie sie dahintergekommen war, dass er in diese Sache verwickelt war. Chen vermutetet jedoch – und wahrscheinlich nicht zu Unrecht – dass sie überall ihre Spione hatte. Vielleicht war sogar sein alter Diener Han einer von ihnen.

Sein Großneffe machte den Eindruck, als wollte er hinausplatzen, dann wurde er gleich wieder ernst. „Nein, nicht Tante Peggy. Die ‚Hand des Drachens' möchte dich sprechen."

Fast ebenso schlimm. Chen Wing-Lun sah einige Herzschläge lang auf das Telefon wie auf eine faule Frucht, vor der ihm ekelte, bevor er aufseufzend den Pinsel zur Seite legte und danach griff. Auf dem Reispapier vor ihm waren chinesische Schriftzeichen. Eine alte Tradition, die er gerne pflegte, wenn er Entspannung suchte. Das kunstvolle Malen der Zeichen und die Kontemplation über ihre

Bedeutung verlangte vollkommene Konzentration, und hier konnte er sich am besten von den alltäglichen Ärgernissen des Geschäfts befreien.

Als der junge Mann den Raum wieder verlassen wollte, winkte er ihm, zu bleiben und mitzuhören. Er legte das Telefon vor sich auf den Tisch und stellte den Lautsprecher an.

„Hier Chen."

„Vielen Dank, dass Sie das Gespräch entgegennehmen, Chen Wing-Lun." Eine raue Stimme war am anderen Ende der Leitung. Der Mann sprach nicht Kantonesisch wie in Hongkong üblich, sondern Mandarin. Eine Sprache, die seit der Übergabe Honkongs von gewissen Alteingesessenen als Sprache der Eindringlinge angesehen wurde. Zudem war es eine Stimme, die nicht nur Chen, sondern auch andere in Hongkong – wenn sie sie nicht gerade fürchteten – dann doch verabscheuen gelernt hatten. Sie gehörte einem Mann, der sich die „Hand des Drachen" nannte, und der tatsächlich die rechte Hand des Jadedrachen war. Jenes geheimnisvollen Fremden, der seit einiger Zeit eine sehr unbequeme Rolle in Hongkongs Unterwelt spielte. Er verfügte nicht nur über ein großes Vermögen und damit Einfluss, sondern – was noch unangenehmer war – über Informationen. Und zwar jene Art von Wissen, das es ihm erlaubte, einige Triadenführer Hongkongs auf die eine oder andere Art zu erpressen.

Besonders die ehemaligen. Jene, die schon vor Jahren erfolgreich begonnen hatten, ihre Geschäfte zu legalisieren und nun in der Öffentlichkeit als ehrbare Kaufleute dastanden. Hongkong war eine schnelllebige Stadt, da vergaß man leichter als in schwerfälligen Ländern. Und die nicht vergaßen, waren klug genug, sich wenigstens den Anschein zu geben.

Aber dann war eines Tages der Jadedrache aufgetaucht. Der Kopf eines Syndikats, das zunehmend Einfluss in China gewonnen hatte. Anfangs hatten sie das Syndikat für eine der kleineren Banden gehalten, wie sie immer wieder entstanden, um dann entweder ausgelöscht zu werden oder sich mit den anderen, größeren und bereits länger existierenden zu verbinden. Der Jadedrache hatte aber mehr getan. Er war gezielt und aggressiv vorgegangen und hatte viele, die ihm im Weg standen, ausgeschaltet.

Inzwischen wussten sie, dass es sich bei seiner Gruppe um eine verbrecherische Organisation ehemaliger Geheimdienstmitarbeiter handelte, die Zugang zu allen Ländern und allen erdenklichen Informationen und Akten gehabt hatten. Sie konnten ehemaligen Triadenführern wie Chen nicht wirklich schaden, aber sie konnten ihm das Leben schwer machen.

Daher war es zumindest klüger, sich anzuhören, was der Mann von ihm wollte.

„Es ist auch mir eine Ehre, mit der Hand des Drachen zu sprechen. Was kann ich für den Jadedrachen tun?"

„Der Jadedrache hat gehört, dass sich eine Frau in der Gewalt der amerikanischen Polizei befindet. Ein gewisser Mark Forrester, Angehöriger des FBIs, hält sie angeblich im Hotel fest. Man hat ihr den Reisepass weggenommen und sie zum Verhör in die Botschaft gebracht. Und nun hat der Jadedrache gehört, dass Mark Forrester plant, diese Frau noch weiteren Verhören zu unterziehen." Er gab dem Wort „Verhören" eine besondere Betonung, und als er weitersprach, ahnte Chen, worauf er abzielte. „Verhöre, die in einem Ihrer Häuser durchgeführt werden sollen, Chen Wing-Lun."

Chen warf seinem Neffen einen Blick zu. Dessen Augen hatten sich zu einem Schlitz verengt.

Mit „einem Ihrer Häuser" war ein Bordell gemeint. Eben einer der wenigen dunklen und nur mäßig rechtschaffenen Aspekte in Chen Wing-Luns geschäftlichen Aktivitäten. Er betrieb es über einen Strohmann, aber das Syndikat hatte nicht lange gebraucht, um hinter den wahren Eigentümer zu kommen. Und jetzt wollten sie dieses Wissen offenbar verwenden, um eine Gunst zu erlangen. „Der Jadedrache ist gut informiert."

„Unser Boss ist immer gut informiert, Mr. Chen, das ist auch der Grund, weshalb er eine führende Position unter den Triadenführern einnehmen kann."

Noch so ein Punkt, der Chen und die anderen störte: Diese selbsternannte Führerschaft dieses Subjekts. Viele Jahre lang hatten die Triaden ihre Rangkämpfe unter sich ausgefochten, gehindert nur durch die Polizei oder besonders ehrgeizige Politiker, aber im Großen und Ganzen hatten sie immer wieder ihre eigenen Grenzen abgesteckt. Aber nun war der Jadedrache aufgetaucht, ein Mann, den keiner kannte, der nur über gewisse Leute auftrat, der aber die besten Geschäfte an sich riss. Nicht, dass Onkel Chen in seiner Position das noch hätte stören müssen, es war rein eine Sache der Ehre. Der Gesichtsverlust, der ihnen durch einen Eindringling immer wieder zugefügt wurde, war schon lange nicht mehr akzeptabel.

„Und weshalb rufen Sie mich heute an?"

„Der Jadedrache wünscht zu beobachten, was in diesem Raum vor sich geht."

Ein Chinese sagte einem anderen nicht offen ins Gesicht oder über die Telefonleitung, dass er sich zum Teufel scheren sollte. Er drückte es höflicher aus. „So gerne ich dem Jadedrachen behilflich wäre, so sind mir in diesem Fall die Hände gebunden. Der Geschäftsführer dieses Hauses muss sich den Wünschen der Obrigkeit fügen."

„Die Obrigkeit muss ja nichts davon erfahren", erwiderte die unangenehme Stimme.

„In diesem Fall steht das Haus aber bereits unter Beobachtung. Sowohl seitens einiger Mitarbeiter des FBIs als auch seitens der Anti-Triad Squad." Die Anti-Triad Squad war eine eigens für die Bekämpfung der Triaden gegründete Einheit der Polizei und arbeitete tatsächlich eng mit Forrester zusammen.

„Ich denke, das lässt sich alles regeln. Es ist sehr wichtig für den Jadedrachen, alles zu erfahren, was in diesem Raum vor sich geht. Er hofft auch, dass ein Mann wie Chen Wing-Lun Leute hat, die geschickt genug sind, heimlich eine Kamera zu installieren und dem Jadedrachen damit die Möglichkeit zu geben, alles mitanzusehen und mitzuhören."

„Darf ich fragen, weshalb diese Frau von so großem Interesse für den Jadedrachen ist?"

„Nicht nur für den Jadedrachen. Diese Frau könnte Informationen preisgeben, die für uns alle gefährlich werden könnten."

Chen tauschte einen Blick mit seinem Neffen. Der schüttelte heftig den Kopf.

„Wir gehen ein gewisses Risiko ein, wenn wir Angehörige der amerikanischen Regierung hintergehen."

Der Mann sprach weiter: „Der Jadedrache bittet mich, Sie an *guanxi* zu erinnern." *Guanxi* war die auf gegenseitigen Diensten beruhende Freundschaft. Im Westen würde man vielleicht „Eine Hand wäscht die andere" dazu sagen, aber in Wahrheit ging *guanxi* viel weiter. Es war eine Verpflichtung zur Gegenleistung. Ein Chinese, der ihr nicht nachkam, musste mit Konsequenzen und Schande rechnen und konnte sogar das Gesicht verlieren.

Chen zuckte mit den Schultern. Sein Neffe presste die Lippen zusammen.

„Es ist gut", sagte Chen schließlich. „Ich werde die nötigen Vorkehrungen treffen. Es wird eine Kamera in dem Raum installiert, sodass der Jadedrache alles verfolgen kann, was darin vor sich geht."

„Der Jadedrache wird sehr erfreut sein." Die Stimme klang so, als hätte sie keine andere Antwort erwartet. „Er wird Ihnen durch einen Boten eine entsprechende Vorrichtung überbringen lassen. Ein hochmodernes, kleines und unscheinbares Gerät, das durch Funkwellen überträgt. Es wird niemand bemerken."

„Dann soll es so sein." Onkel Chen fügte noch eine höfliche Floskel hinzu, der andere ebenfalls, dann unterbrachen sie die Verbindung.

Sein Neffe schüttelte wieder den Kopf. „Aber Onkel Chen, das wird Probleme geben. Und Ärger. Mit Mark Forrester."

„Das ist sehr wahrscheinlich. Aber wir haben keine andere Wahl."

Kapitel 3

Lana McKenzie hatte sich zwei Stunden lang vergeblich bemüht, ihre Hände aus den Handschellen zu befreien, in der Hoffnung, endlich loszukommen. Diese verflixten Dinger hielten sie jedoch eisern an den Bettstäben fest.

Sie hielt inne, um neue Kraft zu schöpfen, und dachte nach. Es war ungeheuerlich. Man hatte sie entführt! Mitarbeiter der eigenen Polizei! FBI-Beamte!

Forrester wollte Informationen als Gegenleistung für ihre Freiheit. Als ob er diese überhaupt in Betracht zog! Sie wusste nur zu genau, dass er sie nicht gehen lassen würde, egal, was sie ihm sagte oder über Charles erzählte. Es war ihr in dem Moment klar geworden, als er zur Tür hereingekommen und ihr den ersten Blick zugeworfen hatte.

Aber als er sie dann mit diesen entsetzlichen Fotos geschockt hatte, war sie auf die Idee gekommen, ihm ihrerseits einen Vorschlag zu unterbreiten. Eine Empfehlung mit obszönen Inhalten, die gewisse Körperteile betrafen. Es war einfach so aus ihr rausgesprudelt.

Ihre verbale Überlegenheit musste ihn überrascht haben. Vielleicht auch die Lautstärke, in der sie kommuniziert hatte. Denn er war zuerst sprachlos gewesen, dann hochrot, und am Ende war er verschwunden, und sie hatte man in einen Polizeitransporter verfrachtet und in ein anderes Gebäude verlegt.

Wohin man sie gebracht hatte, und vor allem weshalb, war ihr noch unklar. Man hatte ihr die Augen verbunden gehabt. Und als die Augenbinde wieder entfernt worden war, hatte sie sich in diesem Zimmer befunden. Ein relativ großzügiger Raum mit roten Vorhängen, einem weichen Sofa, Samtkissen auf dem Boden und Wänden, die mit obszönen erotischen Malereien geschmückt waren.

Dann waren einige Frauen gekommen und hatten sich ihrer Kleidung bemächtigt. Man hatte sie, als sie sich gegen diese Behandlung lautstark gewehrt hatte, schließlich auf ein Bett geworfen und ihre Hände und Füße mit Handschellen fixiert. Nun lag sie da und hatte Zeit zu überlegen, wie sie in diese Lage hatte kommen können. Und was sie mit demjenigen tun würde, dem sie das zu verdanken hatte.

Das Bett war erstaunlich bequem, mit roter Kunstseide überzogen, der Rahmen war aus dunkel lackiertem Metall. Das Zimmer besaß zwar kein Fenster, aber eine gute Durchlüftung. Es war angenehm kühl, aber nicht kalt, und sie hätte die leichte Decke, die man über ihr ausgebreitet hatte, nicht der Wärme wegen gebraucht, auch wenn sie ihr ein Gefühl der Sicherheit gab. Immerhin lag sie ja nur mit ihrer Unterwäsche da, Arme und Beine hilflos gespreizt.

Jemand betrat den Raum. Lana lag so, dass sie nicht sehen konnte, wer es war. Sie lauschte angestrengt, die Gefühlsmischung von Unsicherheit und hilflosem Zorn, die ihr in den Ohren dröhnte, hinunterkämpfend. Sie atmete langsam ein und dann wieder aus.

Schritte näherten sich. Ein fester Tritt wie von einem Mann. Er blieb so stehen, dass sie ihn nicht sehen konnte, und schien sie zu beobachten. Eine Welle von Scham und Wut überflutete Lana, als ihr klar wurde, wie hilflos und lächerlich sie wirken musste. Sie entschied, als Erste zu sprechen. Verbaler Angriff war die beste Verteidigung. Vor allem, wenn man halb nackt und gefesselt war.

„Sie haben kein Recht, mich festzuhalten! Ich verlange, dass Sie mich sofort freilassen!"

„Sie haben nichts zu verlangen."

Lana knirschte mit den Zähnen, als sie die Stimme erkannte. Forrester stellte sich neben sie. Sekundenlang starrte sie in sein Gesicht, dann wandte sie den Kopf ab. Eine junge Frau war mit ihm gekommen, die sich am Fußende des Bettes aufstellte und sie mit einer Mischung aus Neugier und Mitleid betrachtete.

„Außerdem kann ich Sie nicht mehr freilassen. Sie wissen schon zu viel. An Ihrer Stelle wäre es klüger, nachzugeben und sich meinen Vorschlag zu überlegen. Es ist für beide Teile angenehmer, wenn Sie mitspielen."

„Wie können Sie es wagen?! Sie haben mich entführt! Ich bin eine freie Bürgerin und ich ..."

„Sie haben gar keine Wahl, das sagte ich ja schon."

„Wohin haben Sie mich gebracht?!"

„In ein Bordell."

„Sind Sie übergeschnappt?!"

„Das werden wir ja sehen." Er beugte sich über sie. Sie fühlte eine abermalige Welle, als sein Geruch, eine Mischung aus Mann und äußerst ansprechendem Rasierwasser, in ihre Nase stieg - dieses Mal war es weniger Zorn als ein Gefühl, das über ihren Körper flutete und in ihrem Nabel verebbte. „Sie haben bis morgen Zeit, nachzudenken. Ich rate Ihnen, diese Zeit sinnvoll zu nutzen und in sich zu gehen."

„Gehen Sie zum Teufel!"

„Ein andermal." Er richtete sich auf. „Wir sehen uns morgen wieder. Vielleicht haben Sie bis dahin Vernunft angenommen." Seine Schritte entfernten sich, und die Tür fiel hinter ihm und der Chinesin zu.

***

„Ich frage Sie ein letztes Mal: Haben Sie mir etwas zu sagen?"

Lana hätte den Mann, der sich vor ihr aufgebaut hatte, am liebsten getreten. Sie hatte eine äußerst fragwürdige Nacht verbracht. Man hatte sie zwar etwas bequemer gefesselt, sodass sie einige Stunden hatte schlafen können, aber der Schlaf war von langen Wachphasen unterbrochen worden, in denen sie Forrester in die tiefste Hölle gewünscht hatte.

Sie drehte den Kopf weg, aber er griff in ihr Haar und zwang sie, ihn anzusehen. Sie überlegte, ob sie ihn anspucken sollte, empfand diese Geste dann aber doch zu unappetitlich und begnügte sich damit, ihm einige wohlgesetzte Worte entgegenzuschleudern.

„Gut. Sie wollen es nicht anders." Er rief etwas zur Tür hinaus. Die junge Chinesin vom Vortag kam herein, nickte ihr zu. Hinter ihr noch eine andere. Beide lächelten sie an, verbeugten sich höflich, sagten etwas auf Kantonesisch. Dann ging die eine zu einem kunstvoll lackierten Schrank in der Ecke und öffnete ihn.

„Was soll das?", fragte Lana bissig. „Sind das Ihre Folterknechte?"

„So etwas ähnliches. Nur viel anmutiger." Er sah zu den beiden Frauen hinüber, während er redete. „Ich werde Sie zum Sprechen bringen. Auf die eine oder die andere Art. Sie werden am Ende den Mund aufmachen, und Sie werden sogar kooperieren. Wir haben genügend Zeit, die Natur und Tiefe Ihres Widerstands auszuloten."

„Haben Sie jetzt vollkommen den Verstand verloren? Was ist das für ein krankes Spiel?! Mich bekommen Sie nie zur Mitarbeit! Und schon gar nicht, nachdem Sie mich entführt haben und hier widerrechtlich festhalten!"

Ein überlegenes Lächeln antwortete ihr. „Das werden wir ja sehen. Sie sind jetzt meine Gefangene, und wie psychologische Studien gezeigt haben, besteht zwischen Gefangenem und seinem Besitzer eine ganz besondere Beziehung."

„Wie zwischen einem Zuhälter und seiner Nutte?", fragte sie beißend.

„Hm, ja, wenn auch gefährlicher. Wesentlich gefährlicher sogar, denn der Besitzer hat seine Gefangene – in diesem Fall dich – immer in der Hand. Und ...", er beugte sich noch näher, und sie fühlte seinen Atem auf ihrem Gesicht, ...„du gehörst jetzt mir. Und ich werde alles tun, um dich so weit zu bringen, dass du mir gehorchst. Mit anderen Worten", jetzt strich seine Hand, nein nur ein Finger über ihren Hals, zwischen ihre Brüste und zu ihrem Nabel hin, als wüsste er, dass dies eine sehr erogene Zone bei ihr war, „du wirst erst wieder freikommen, wenn ich alles erfahren habe, was ich wissen will, und bis du bei allem mitspielst, was ich von dir verlange. Wenn du nicht nachgibst, dann gibt es nur noch die harte Tour."

„Hören Sie gefälligst auf, plötzlich so vertraulich zu tun!"

„Weshalb? Wir werden uns in den nächsten Tagen sehr nahe kommen." Die selbstsichere Stimme, die zu einem halblauten Flüstern herabgesunken war, krabbelte durch ihre Ohren in ihren Kopf und dann weiter hinunter. Kleine Schauer rannen über ihren Körper, und es war nicht nur Zorn, der sie leicht zittern ließ.

„Rutsch mir doch …", stieß sie mit letzter Kraft hervor.

„So wenig Dankbarkeit für die Sonderbehandlung?" Forrester blickte sie anzüglich an. „Das ist absolutes High-tech. Made in Taiwan. Der letzte Stand. Die Kunden dieses Bordells zahlen für eine Stunde ein Vermögen. Du kannst dankbar sein, dass du diese Anlage kostenlos ausprobieren darfst. Und du solltest froh sein, dass ich keine traditionellen chinesischen Verhörmethoden anwende. Das hier ist sozusagen die Luxusausgabe davon."

Für Verhörmethoden war diese Anlage bisher allerdings noch nie angewandt worden. Die Leute, die sich normalerweise in dieses Bett legten, taten dies freiwillig, und nachdem sie größere Geldsummen bezahlt hatten. Er hatte es selbst versucht und war beeindruckt gewesen. Und jetzt fand er es sehr anregend, diese Anlage an ihr auszuprobieren. Ihr gefesselter, halbnackter Körper löste jedenfalls schon alle möglichen Reaktionen in ihm aus.

Eine der Frauen kam näher.

„Das ist Mary Sung. Sie wird dir jetzt ein leichtes Mittel geben, damit du dich besser entspannen kannst."

„Was?!" Lana strampelte wie verrückt, als die Frau an ihrem Arm nach einer Vene suchte. „Wagen Sie das nicht! Hau ab!"

„Schon gut, schon gut, nur keine Aufregung. Das ist nichts Bösartiges. Kein Wahrheitsserum oder so etwas ähnliches. Obwohl", fügte Forrester hinzu, während er sich nachdenklich am Kinn kratzte, „ich zuerst wirklich daran dachte, so etwas an dir zu probieren. Aber dann habe ich mich für die interessantere Variante entschieden. Eine", grinste er anzüglich, „wesentlich attraktivere. Für beide Teile."

Die Schwester hatte in der Zwischenzeit die Hautstelle desinfiziert und setzte nun eine Injektionsnadel an.

„Das ist ein leichtes, absolut ungefährliches und ausgetestetes Halluzinogen. Du wirst dich damit entspannen und die Filme, die ich dir zeigen werde, als real empfinden."

„Neeeiiiiin!"

„Nein?! Hm. Dann etwas anderes. Sie haben hier eine Alternative für diejenigen, die Angst vor Spritzen haben."

Die zweite Frau kam näher und Lana schnüffelte misstrauisch. Der seltsame Geruch, der sie schon seit Minuten im Hals kratzte, wurde stärker.

„Rauschgift?"

„Opium."

„Davon wird man blöd!"

„Ist ja nicht für Dauer. Nur so lange, bis du redest. Und je schneller das ist, desto weniger wirst du davon einatmen."

Die Frau nickte ihr aufmunternd zu und hielt ihr das Mundstück an die Lippen.

Lana presste die Lippen aufeinander.

„Zier dich nicht so."

„Verzieh dich." Sie quetschte das zwischen den Zähnen hervor.

Er betrachtete sie, dann sagte er: „Schön. Dann auch hier auf die harte Methode. Ist auch für mich interessanter." Er nahm der Frau die Pfeife aus der Hand, machte einen tiefen Zug, ohne den Rauch zu inhalieren, und beugte sich über Lana. Bevor sie noch den Kopf wegdrehen konnte, hatte er sie auch schon gepackt und hielt ihr die Nase zu, bis sie nach Luft schnappte. Nach Luft, die direkt aus seinem Mund kam, der fest über ihrem lag.

Sie versuchte loszukommen, aber obwohl er darauf bedacht schien, ihr nicht wehzutun, hielt er sie so fest, dass sie sich nicht losreißen konnte.

Nach einigen Mund-zu-Mund-Beatmungen wurde sie ruhiger. Seine Lippen fühlten sich, verflixt noch mal, nicht schlecht an auf ihren. Er hatte schmale Lippen, die er mit hartem Druck einsetzte, wobei er es auch noch verstand, seine Zunge zu gebrauchen. Die Art, wie er sie beim Ausatmen wie zufällig über ihre Zähne gleiten ließ, kurz an ihrer Unterlippe leckte, war durchaus erotisch.

Bald darauf fühlte Lana eine neue Leichtigkeit durch ihren Körper rieseln, sie entspannte sich tatsächlich, auch wenn ihr Verstand sagte, dass sie alles tun sollte, um hier freizukommen und diesem Verbrecher, der sie festhielt, zu widerstehen. Eine sanfte Wärme erfasste ihre Glieder, die wie schwerelos wurden. Das Zimmer drehte sich um sie, und die Konturen von Forresters Kopf verschwammen. Er wandte sich der Chinesin zu und sagte etwas. Die Frau fühlte ihren Puls und nickte. Er lächelte leicht, wenn auch – wie es Lana schien – angespannt.

Er sah der Chinesin zu, die jetzt daran ging, Lana Elektroden am Körper anzulegen. „Damit werden deine Lebensfunktionen die ganze Zeit über geprüft. Pulsschlag, Blutdruck. Manche Kunden haben sich bei den Filmen aufgeregt, bis sie halb in Ohnmacht fielen. Aber du brauchst keine Sorge zu haben."

Lana hob den Kopf, um der Frau zuzusehen, die sich jetzt nicht nur an ihren Armen und Beinen, sondern auch zwischen ihren Beinen zu schaffen machte. Der Raum schwankte. „Blutdruck? Da …?"

Forrester grinste. „Das ist eine andere Art von Elektroden. Eher ein Stimulator. Auf diese Art ..."

„Tu das Teufelszeug weg!" Lana hob wild das Becken, kreiste, aber die Frau hatte schon mit einem gekonnten Griff ihren Slip zur Seite geschoben und einen kalten Metallknopf auf ihrer Klitoris platziert, der mit einem schmalen Stab verbunden war, der kühl in ihrer Vagina ruhte.

Forrester lockerte seine Krawatte und öffnete den ersten Hemdknopf.

Die andere Frau schob ihre Finger unter Lanas Büstenhalter, und Sekunden später waren zwei Elektroden auf den Nippeln befestigt.

„Ich werde dabei sitzen bleiben, auf dem Monitor hier den Film mitverfolgen und gleichzeitig deine Lebensfunktionen überprüfen. Und Mary Sung ebenfalls. Sie kennt sich aus, war früher sogar Krankenschwester. Nicht, dass du uns vor Erregung einen Herzschlag bekommst." Die Schweißperlen auf seiner Stirn straften sein kühles, ironisches Lächeln Lügen. „Das wäre konterproduktiv, schließlich wäre sonst unsere ganze Mühe mit dir umsonst."

„Du bist ein perverser, äußerst schwer gestörter Verbrecher, der ..."

„Wenn du so weitermachst, werde ich dir einen Knebel reinstecken müssen. Aber wenn du vernünftig bist, überlegst du jetzt noch, ob du nicht mitmachen willst. Dann kann ich dir die Filme ersparen, und das ganze Zeug hier wird wieder abgenommen. Du kannst einen Tag richtig ausschlafen, und morgen bist du wieder topfit. Du brauchst nur zu reden."

„Und weißt du, was du tun kannst?! Nimm deinen Schwanz und schieb ..."

Ihre wütenden Worte gingen in einem Gurgeln unter. Forrester hatte seine Hand über ihren Mund gelegt und hielt ihn zu. „Das wäre jetzt zu unfein geworden. Außerdem hatten wir diesen Ausdruck schon einmal, du wiederholst dich. Gut, dann fangen wir an."

Eine der Frauen setzte ihr die Videobrille auf.

Lana versuchte, ihre Gedanken frei zu halten. Sich nicht von den Bildern vereinnahmen zu lassen, die jetzt vor ihren Augen erschienen. Aber das war schwierig. Sie gingen ihr bis ins Gehirn. Die Elektroden stimulierten ihre Brustwarzen, ihre Klit, ihre Vagina.

Eine Frau wie sie funktionierte nicht auf Knopfdruck. Nicht mal dann, wenn der Knopf direkt auf ihrem Kitzler aufsaß. Selbst, wenn sich zwanzig der bestaussehenden Männer um sie geschart hätten, die sich danach verzehrten, sie zu befriedigen, wäre sie in diesem Moment kaum mehr als marginal erregt gewesen. Und schon gar nicht sprang sie auf solche lächerlichen Filme an.

Um sie wirklich zu erregen, stellte sie allerdings gedemütigt fest, genügte ein einzelner Mann. Einer, bei dessen Anblick schon dieses Kribbeln im Magen begann, das sich schnell im ganzen Körper verteilte. Im Hals, im Kopf, in den Zehen, im Bauch und weiter unten. Zwischen ihren Beinen, genau dort, wo jetzt dieser Knopf saß.

Lana versuchte, das Prickeln, das zu einem Pochen anschwoll, einfach zu ignorieren. Es zu übergehen, als wäre es gar nicht vorhanden. Es gab Millionen Männer, bei denen ihr das spielend leicht gelungen wäre. Und ausgerechnet der Einzige, dessen Stimme, Berührung und Anblick alleine schon ein Bedürfnis nach größtmöglicher körperlicher Nähe hervorrief, war dieser gottverlassenste Bastard der ganzen Nation.

Und genau den traf sie im Film wieder.

Sie war angekettet – auf einem Kreuz in der Form eines waagrecht liegenden großen X gefesselt. Mit weit gespreizten Beinen, offener Scham, zu der jeder im Raum Zugang hatte. Und es hielten sich viele Menschen in diesem Raum auf. Das heißt, ein Raum war es gar nicht. Es war ein Garten. Mit erotischen Statuen. Menschen in langen weißen Gewändern. So wie sich der Macher dieses Films vermutlich das alte Rom vorgestellt hatte.

Lana schloss die Augen. Die einzige Möglichkeit, Forresters böses Spiel zu zerstören.

„Hat keinen Sinn, die Augen zuzumachen", hörte sie ihn sagen. „Die Elektroden wirken trotzdem, das Programm läuft weiter. An deiner Stelle würde ich lieber sehen wollen, was mit mir passiert."

Da hatte er nicht unrecht. Sie sah zwar nichts, aber das Gefühl, wie ein X gefesselt in einem Garten zu liegen, blieb. Lana blinzelte vorsichtig. Die Stimme hatte so geklungen, als wäre Forrester ebenfalls in diesem Programm und nicht neben ihr. Eine Nebenwirkung des Opiums?

Einige Meter von ihr entfernt war ein Mann. Auch er trug diese römische Toga und war von Frauen umgeben wie ein Sultan von seinem Harem. Er hatte volles dunkles Haar, harte Gesichtszüge.

Lana riss die Augen auf.

Forrester!

Wie zum Teufel hatte es der Kerl geschafft, in diesen Film zu kommen? Spielte er neben seinem Job in Pornos mit? Oder – viel schlimmer – war es ihre eigene Fantasie, die ihn hier einbaute? Das war ja verrückt! Von dem bisschen Opium konnte man doch nicht gleich solche Halluzinationen haben! Oder hatte bereits ihr Unterbewusstsein die Führung übernommen und gaukelte ihr ihre geheimsten Wünsche vor?

Sie zerrte an den Fesseln, musste loskommen. Sobald sie frei war, konnte sie sich gegen diesen Film wehren, diese Brille runterreißen und diese vermaledeiten Elektroden – aber so hielten sie die Fesseln in der Fantasie und in der Realität gleichermaßen gefangen.

Die Fesseln hielten. Lana überlegte. Wenn es ein Film war, der sich auch in ihrem Kopf abspielte – konnte sie ihn dann auch mit ihren Gedanken verändern? Sie versuchte es, konzentrierte sich, aber jede Vorstellung von gelösten Fesseln, Freiheit, Rache an diesem Sexprotz, der dort x-mal hintereinander in die geöffneten Mäuler und Schenkel der Frauen kam, die sich um ihn prügelten, verlief ergebnislos.

Sie konnte kaum noch mitansehen, was sich dort abspielte! Und konnte auch wiederum nicht wegsehen. Eben wieder beugte sich eine Frau vor ihm nieder, hielt ihm auffordernd und demütig zugleich ihren Hintern hin. Er strich darüber, lachte, ließ mehrmals fest seine Hand auf die runden Backen klatschen. Die Frau stöhnte, als der Sexprotz abwechselnd ihren Hintern schlug und massierte. Er schob sie so zur Seite, dass Lana genau sehen konnte, was vor sich ging. Es war, als ob er ihr alles zeigen wollte. Seine Hände zogen die geröteten Backen auseinander, bis die rötlichbraune Rosette zu sehen war. Er sah zu Lana herüber und grinste, dann schnippte er mit den Fingern.

Ein junger Mann, bestimmt nicht älter als achtzehn oder neunzehn Jahre, trat heran. Ein hübscher Junge mit hellem Haar. Er beugte sein Gesicht über den Hintern der Frau und begann zu lecken. Ein zweiter kam hinzu, kniete sich vor die Frau. Sie trug ein leichtes Kleid, das er ihr jetzt über den Körper und den Kopf zog, bis sie nackt war.

Lana atmete tief ein. Die schlanke Gestalt, die hier nach vorne gebogen ihren After preisgab, war gar keine Frau, sondern ein Mann mit langem Haar! Das Bild wurde herangezoomt. Lana sah aus nächster Nähe, wie die spitze Zunge sich in den Anus bohrte, ihn umrundete.

Sein Penis in Großaufnahme. Er baumelte zwischen seinen Beinen herab. Der vor ihm kniende Mann machte sich an ihm zu schaffen. Er hatte seine Hand fest um den Schaft gelegt, zog und presste ihn, als würde er ihn melken wollen. Allmählich wurde er härter, und als er sich hinauf zu seinem Bauch bog, griff der andere nach seinen Hoden.

Der Mann wimmerte, als der andere mit beiden Händen zufasste und anzog, presste. Sein Wimmern ging in ein Jammern über, aber Lana sah – immer noch in Großaufnahme – dass sein Schwanz vor Geilheit zuckte. Die Vorhaut zog sich von der geschwollenen Eichel zurück, die Adern traten dick und dunkel heraus, und an der Spitze glänzten einige Tröpfchen. Der andere legte die Finger fest um den Penis und presste den Daumen auf die Öffnung, als wollte er ihn daran hindern, frühzeitig abzuspritzen. Der sich bückende Mann wand sich. In diesem Moment richtete sich der hinter ihm stehende Lustknabe auf, packte ihn und rammte ihm seinen erigierten Schaft tief in den Anus.

Er hielt seine Hüften, während er fortwährend zustieß. Der Mann schrie, sein Schwanz war so prall, dass Lana – völlig von der Realität gelöst und ganz im Film und dem Geschehen gefangen –

erwartete, ihn jeden Augenblick zerplatzen zu sehen. Sie sah seine Lust, seinen Schmerz, als der andere ihn tief penetrierte, der zweite Mann seinen Penis und seine Hoden quälte. Und dann endlich kam er. So heftig, dass sein ganzer Körper zuckte, und er mitsamt seinem Reiter zu Boden sank.

Lana holte Luft. Es war heiß. Kleine Schweißperlen standen zwischen ihren Brüsten und auf ihrer Stirn. Ihre Klit klopfte schmerzhaft im Takt ihres Herzschlags.

Forresters Doppelgänger verlor offensichtlich das Interesse an den beiden Männern und wurde wieder auf sie aufmerksam. Er kam langsam auf sie zu.

Und mit einem Mal scharten sich auch andere um sie. Die beiden Männer, die es soeben noch so anregend getrieben hatten, waren völlig vergessen. Alle umstanden Lana. Männer wie Frauen. Betrachteten sie. Sie zuckte zusammen, als sie nach ihr griffen, ihren Körper betasteten. Einige streichelten über ihre Brüste, ihre Schenkel. Andere kneteten ihren Bauch. Sie fühlte, wie die Hände in ihre Scham griffen, mit ihren Schamlippen spielten, daran zogen, ihre Finger die Klitoris suchten, und Lana mit ihren geschickten Fingern zum Fließen brachten. Sie verteilten die glänzende Feuchtigkeit über die Innenseiten ihrer Schenkel und hinauf bis zu ihren Brüsten.

Lana hatte sonst für öffentlichen Sex und Zurschaustellung ihres Körpers nichts übrig, aber diese Situation erhitzte sie. Sie war ein Objekt für diese Leute. Nicht mehr als ein lebendiges, atmendes Spielzeug, das man erregen und dazu bringen konnte, sich in den Fesseln zu winden und zu stöhnen. Ein Gegenstand, an dem man sich befriedigte. Das war eine völlig neue Ansicht ihrer selbst. Neu und erregend. Vor allem, weil es sich so realistisch anfühlte, und sie doch wusste, dass es nicht wirklich war und sie sich ihren Gefühlen ohne Scham hingeben konnte.

Und dann war der Film-Forrester da. Er trat von hinten an sie heran, bis er an ihrem Kopf stand. Seine Hände schoben sein Gewand hoch, sein pochender Penis stach heraus, und dann griff er nach ihr.

Sie wollte ihm ausweichen, aber er umfasste ihren Kopf mit beiden Händen, sie spürte seine Finger in ihrem Haar, seine Daumen auf ihren Wangen, und er hielt ihren Kopf so fest, dass er seinen harten Schwanz bequem zwischen ihre Lippen schieben konnte. Sie biss die Zähne aufeinander, aber als sie die feuchte Spitze seines Glieds gegen ihre Zähne gepresst fühlte, erschien es ihr gar nicht mehr so abwegig, daran zu lutschen. Sie öffnete den Mund weit, ihre Zunge fuhr unter die Vorhaut, kostete seine Eichel. Dann umfasste sie ihn mit den Lippen und saugte ihn begierig tiefer.

Es fühlte sich gut an in ihrem Mund, als er sich vor und zurück bewegte. Sich tiefer schob, ihren Kiefer damit weiter öffnete, und sich dann wieder zurückzog.

Um die Situation abzurunden, bemühten sich die anderen weiter um sie, erregten sie bis zur Weißglut, bis sie sich wand. Männer wie Frauen, die sie an jeder Stelle ihres Körpers berührten, nichts ausließen, auch nicht die tiefe Spalte, die zu ihrem Anus führte. Sie fühlte ihre Hände, die tastenden Finger, ihre Körper, als sie sich über sie beugten.

Erregte Frauen, deren Nippel hart wegstanden, klebrige Schamhaare, Schwänze, die sich steil aufrichteten, geil auf sie und geil darauf, von ihrer Möse gemolken zu werden.

Die Umstehenden begannen, sich gegenseitig zu streicheln, zu liebkosen, lustvoll zu quälen. Nasse Zungenküsse in Großaufnahme, Hände und Lippen zwischen feuchten Schenkeln, umschlungene Körper, wogende Brüste, pulsierende Schwänze.

Einer der Männer begnügte sich nicht mehr damit sie zu streicheln, seinen Penis an ihrem Schenkel zu reiben, bis er prall in die Höhe stand, sondern fasste nach ihren Hüften, setzte an und stach zu. Lana fühlte sein Eindringen, als wäre es real, die Dehnung, das Pressen, das Reiben.

Sie saugte heftiger an ihrem Film-Forrester, bewegte sich im Rhythmus der beiden Männer und schielte auf die anderen Teilnehmer der Orgie. Hinter dem Mann, der sie jetzt penetrierte, standen noch zwei weitere, mit erwartungsvoll aufgestellten Schwänzen.

Dieses Programm, fand Lana, wenn sie einige Bruchteile von Sekunden Zeit hatte darüber nachzudenken, dass alles, was sie erlebte, nur im Film geschah, war durchaus erlebenswert ...

Forresters Blicke gingen zwischen ihr und dem Film, den er auf dem Monitor mitverfolgen konnte, hin und her. Es schien ihr ganz gut zu gefallen. Sie hatte aufgehört, an den Fesseln zu zerren, wand sich jetzt nur noch lustvoll unter den Berührungen der Männer, die Schlange standen, um sich in ihr zu vergraben. Und am anderen Ende war dieser Mann, der hier offenbar eine der Hauptrollen spielte. Er hatte seinen Penis in den Mund der Frau gezwängt und bewegte sich nun rücksichtslos in ihr. Die Liegende musste lecken und saugen und gleichzeitig die Schwänze von etlichen Männern hintereinander ertragen, während der Rest von ihnen, Männer und Frauen gleichermaßen, an ihr herumfummelte.

Eine ziemlich anstrengende Rolle für die Frau. Er fragte sich, ob es immer dieselbe war, oder ob die Dame in den verschiedenen Sequenzen abgelöst wurde. Durchaus möglich, dass man mehrere Schauspielerinnen dafür nahm.

Anstrengend auch für diejenige, die es im Film miterlebte. Ihr Körper wand sich. Sie stöhnte leise.

Forrester machte sich die beiden nächsten Hemdknöpfe auf. Seine Anzugjacke hatte er schon längst hinter sich auf einen Stuhl geworfen und die Krawatte war vor einigen Minuten gefolgt. Die Hose wurde unbequem. War schon knapp geworden, als er ihr durch die Küsse das Opium eingehaucht hatte. Er hatte nicht geglaubt, dass es funktionieren könnte, aber offenbar war genug davon in ihren Kopf gestiegen.

In seinen ganz bestimmt sogar. Aber damit wurde er fertig. Auch mit der leichten Irritation, als sie den Schwanz dieses Sexprotz' so willig in den Mund nahm.

Nicht so leicht war jedoch ihr Anblick zu ertragen. Die vollen Brüste, die weichen Schenkel. Die Erinnerung, wie sich ihre Lippen anfühlten, ihre Haut. Er konnte sogar sehen, wie sie mit ihren Lippen Saugbewegungen machte, ihre Zungenspitze leckte über ihre Oberlippe. Er stellte sich vor, an der Stelle dieses Typen zu sein – sein Schwanz tat einen schmerzhaften Satz in seiner Hose, und er sah wieder auf den Monitor.

Der Kerl, der sich zwischen ihren Lippen befriedigte, machte keine halben Sachen. Er sah, dass er an den Nippeln der Frau zog, sie zwirbelte, bis sie sich vor Schmerz aufbäumte, wenn sie im Lecken und Saugen nachließ.

Gelegentlich ging ein Schauder durch Lanas Körper, heftiger als andere vor und nach ihm. Manchmal bäumte sie sich in den Fesseln auf.

Er betrachtete sie unschlüssig. Einerseits war der Film reichlich erregend, sodass er ihn selbst nicht versäumen wollte, aber andererseits genoss sie es zu sehr. Dieses Zittern konnte durchaus ein leichter Orgasmus sein, und so weit durfte er es nicht kommen lassen. Er musste sie ständig unter Spannung halten. Erregen, aber nicht befriedigen.

Und wenn, dann nicht durch diese virtuellen Lover, sondern nur durch ihn.

Er schaltete ab.

Lana tauchte aus der Fantasie auf wie aus einem erotischen Traum. Noch jetzt fühlte sie den Schauder, der immer einen Orgasmus ankündigte. Die Gänsehaut, die ihre zarten Körperhaare aufstellte, wenn sie erregt war. Nur noch ein letzter Stoß dieses blonden Riesen, der gerade dran gewesen war, und sie wäre gekommen. Und dann hätte sie dem Film-Forrester den Verstand aus seinem Schwanz gesaugt.

Jemand nahm ihr die Brille ab, und Forresters Kopf erschien über ihr. Sie atmete schwer. „Was soll das? Weshalb unterbrichst du?"

„Weil es zwar im Sinne dieser Erfindung, aber nicht in meinem ist, wenn du kommst."

„Spinnst du?! Die Szene war gut!" Hervorragend sogar! Wann hatte man schon Gelegenheit, im Zentrum einer Massenorgie zu sein!

„Dann sollte ich dich verlassen und dir Gelegenheit geben, darüber nachzudenken und ein wenig weiterzuträumen. Und vielleicht denkst du ja sogar noch ein bisschen weiter – und nimmst Vernunft an. Mein Angebot steht immer noch: deine Freiheit gegen deine Mitarbeit."

Forrester wartete ihre Antwort nicht ab. Er straffte sich und verließ den Raum, ließ sie in der Obhut von Mary Sung, die aufmerksam und lächelnd zugleich dabeisaß, zurück.

Höchste Zeit für ihn, draußen zur Ruhe zu kommen und frische Luft zu schnappen. Außerdem brauchte er dringend einen Whiskey. Oder Reisschnaps. Und am besten noch eine der käuflichen Damen des Bordells dazu.

Oder noch besser: eine eiskalte Dusche.

***

Forrester hatte sich Zeit gelassen, bevor er wieder in den Raum kam. Der Qualm und der Gestank nach Opium warfen ihn fast zurück. Lana McKenzie lag entspannt auf dem Bett und wirkte eher zufrieden als geständig oder kooperationsbereit. Mary Sung erhob sich und überließ ihm den Platz neben Lana.

Forrester sah auf sie hinab. „Hast du es dir überlegt? Arbeitest du mit uns zusammen?"

„Nein!"

„Dann werden wir jetzt noch strammere Saiten aufziehen müssen."

Lana hätte fast gelacht. Das musste das Opium sein. Der Geruch schwebte in Wolken durch das Zimmer. Sie sah ihm neugierig und erwartungsvoll zu, wie er mittels Bildschirm eine Liste durchblätterte. „Mal sehen." Er grinste, nachdem er die Auswahl getroffen hatte. „Genau das Richtige für eine Historikerin." Sein Blick wurde interessiert und intensiv, als er ihr die Brille wieder über die Augen schob. Er war mehr als gespannt, wie sie sich in dieser Situation verhalten würde.

„Wenn du um Gnade winselst, wird es noch schlimmer. Merk dir das. Ich bestimme, wann ich aufhöre, wie viel ich dir zumute, und du ertragen musst. Hast du mich verstanden?"

Er legte Härte und Überlegenheit in seine Stimme. Kälte. Aber Lana musste mit aller Kraft ein Kichern unterdrücken, als sie die Beule in seiner Hose sah und die Schweißflecken auf seinem Hemd. Da war wohl jemand nicht weniger erregt als sie.

Lana befand sich im nächsten Moment in einem dunklen unterirdischen Gewölbe. Sie blickte sich um. Wenn sie nicht alles täuschte, dann war sie in einer Art Verließ. In jenem Teil dieser alten europäischen Burgen, in dem Gefangene festgehalten und gefoltert worden waren. Dieser Anblick war ihr vertraut. Sie hatte während ihres Aufenthalts in Europa oft diese mittelalterlichen Gebäude besucht und jeden zugänglichen Winkel durchforscht - mit Schaudern, zugleich erregt und abgestoßen von den Dingen, die hier vorgegangen waren.

Und jetzt war sie inmitten eines solchen Raums. Sie blickte an sich herab und lächelte überrascht. Sie trug einen hautengen Overall aus Kunstleder, der sich wie eine zweite Haut an ihren Körper schmiegte. Dazu einen breiten Gürtel, an dem einige höchst interessante Dinge hingen – wie Dildos verschiedener Größen, Perlenschnüre, Fesseln, zwei Peitschen, Klammern an Ketten, Metallringe, groß genug, um sie einem Mann über Penis und Hoden zu schieben. Oh la la, also war sie dieses Mal die Domina. Auch nicht schlecht. Sie begann wirklich Gefallen an diesen Filmen zu finden.

Sie ging einen Gang entlang. Alle paar Meter steckte eine brennende Fackel in einer Halterung an der Wand, und links und rechts waren Gittertüren in die Mauer eingelassen. Dahinter befanden sich Männer und Frauen. Einige lehnten an den Gitterstäben, griffen nach ihr, flehten sie an, sie herauszulassen, baten um Strafe und Vergebung, andere strichen wie eingesperrte Tiere unruhig hin und her und warfen brennende Blicke auf sie. Manche wiederum hingen geknebelt an Ketten, ihre Körper wiesen Spuren von Bestrafungen auf. Eine Tür stand offen. Ein Mann krümmte sich mit auf dem Rücken gefesselten Händen vor einem anderen, der vor ihm stand. Sein praller Schwanz steckte zwischen zwei Klammern, die der zweite langsam fester drehte.

Das sah schmerzhaft aus. Lana trat auf die beiden zu.

„Aufhören."

Der Mann ließ sofort los. „Ja, Herrin."

Lana straffte die Schultern. Sie war also tatsächlich die Oberdomina hier, die Herrin. Sie fasste probeweise an den Penis des Gequälten. „Das genügt vorläufig. Du machst nur weiter, wenn er wieder ungehorsam ist."

Der andere verneigte sich. „Wie Ihr befehlt, Herrin."

Lana nickte ihm huldvoll zu und ging weiter, das Gefühl von Macht über diese Burg und alle die Insassen mitnehmend. Hübsches Programm, was Forrester hier ausgesucht hatte. Mal ein bisschen Sadismus auszuleben war auch nicht schlecht.

Jetzt erst bemerkte sie den Mann, der ihr folgte. Er war ein Riese mit mächtigen, muskelbepackten Schultern und einer engen Hose. Der Oberkörper war nackt, und über dem Kopf trug er eine Maske. Ein Folterknecht. Und er folgte ihr, um ihren Befehlen zu gehorchen. Ein erregtes Kribbeln ging durch ihren Körper.

Sehr oft blieb sie stehen, um die Leute hinter den Gittertüren zu betrachten. Alle waren attraktiv. Die Männer groß, kräftig, mit breiten Schultern und schmalen Hüften und – das verstand sich von selbst – überdimensionalen Genitalien. Die Frauen allesamt oben herum üppig, mit schmaler Taille und geschwungenen Hüften. Helle und dunkle Brustspitzen, manche weich, manche mit zusammengezogenen dunklen Höfen. Die Leute, die hier Regie geführt hatten, hatten nicht mit Sexappeal gegeizt.

Sie zuckte zusammen, als eine ausnehmend attraktive Frau hinter einer Gittertür auftauchte. Sie stand nur ruhig am Gitter, sah sie aber mit einem höhnischen Blick an. Sie war etwas kleiner als Lana, schlank, mit einer außergewöhnlich großen Oberweite, die durch die beiden kreuzweise über die Schultern gelegten und unter den Brüsten verlaufende Gurte noch üppiger erschien. Auf ihren Brustwarzen waren Klammern angebracht, die schmerzen mussten, aber trotzdem quittierte sie Lanas Blick durch spöttisches Verziehen des Mundes. Ihre Lippen waren voll und rot, öffneten sich jetzt leicht, um mit der Zunge lasziv zuerst über die Oberlippe – und dann über die Unterlippe zu lecken. Lana kannte die Frau. Sie hatte sie schon einmal gesehen. Zusammen mit einem Mann. Es war kein guter Tag für sie gewesen, und er hatte ihr Leben gründlich durcheinandergebracht.

Jedenfalls kam es ihr gerade recht, ausgerechnet sie hier vorzufinden. Und dazu als ihre Gefangene. Sie hatte es ihr damals nicht heimzahlen können, aber jetzt war genau die richtige Gelegenheit, die sie sich bestimmt nicht entgehen ließ. Die Frau trat unwillkürlich einen Schritt zurück, als Lanas Augen gefährlich schmal wurden, und auf ihren Lippen ein grimmiges Lächeln erschien.

Sie winkte dem Folterknecht. „Die da kommt mit."

Forrester verfolgte den Film aufmerksam und höchst interessiert auf dem kleinen Bildschirm. Er hatte eine junge blonde Frau in einem Ledergewand gesehen, einen Folterknecht, der ihr durch einen muffigen, von Fackeln beleuchteten Gang folgte. Links und rechts waren Gittertüren, hinter denen sich Gefangene befanden. Lustsklaven wohl eher.

Er fuhr sich über die Stirn. Es war verdammt heiß hier drinnen. Er musste mal ein Wort mit dem Besitzer über die Klimaanlage reden. Aber erst später. Was jetzt kam, wollte er nämlich unter keinen Umständen versäumen.

Er hob die Augenbrauen, als die Blonde stehen blieb und eine der Frauen herausholen ließ. Eine Frau? Wollte sie sich an einer Frau verlustieren? Er betrachtete das Opfer näher. Sie war dunkelhaarig, mehr als mittelgroß, schlank, mit einem durchtrainierten Körper, hatte eine gewisse Ähnlichkeit mit Lana. Er hatte zuerst angenommen, dass seine attraktive Gefangene dieses Mal die Herrin spielte, jedenfalls war das in dieser Sequenz so vorgesehen, aber offenbar hatte er sich getäuscht. Zweifellos identifizierte sie sich eher mit der Dunkelhaarigen. Dann hatte dieses kleine Biest also einen ziemlichen Hang zum Masochismus.

Er grinste dreckig. Nicht schlecht, so was zu erfahren.

Der Riese trat an die Gittertür, zog einen schweren Schlüsselbund hervor, den er an einem Gürtel hängen hatte, und schloss die Tür auf. Die blonde Frau hatte sich ganz in den Hintergrund der kahlen Zelle zurückgezogen. Statt Spott und Überlegenheit flackerte Angst in ihren Augen auf. Sie hob die Hände, wollte sich wehren, aber da hatten sie die Pranken des Folterknechts schon ergriffen und zerrten sie aus der Zelle, hinter Lana her, die zufrieden weiterging. Nach einigen Schritten öffnete sich der Gang in einen großen Raum, dessen Gewölbedecke von zitternden Fackelflammen beleuchtet wurde.

Sie sah sich um. Hier war alles zu finden, was ein sadistisches Herz begehrte. Streckbänke, eine eiserne Jungfrau, ein Kohlebecken, zwischen dessen glühenden Kohlestücken einige Eisen schon mal vorsorglich auf die richtige Betriebstemperatur gebracht worden waren. Ferner Fesseln, Ketten,

Peitschen, Stöcke, Daumenschrauben, Käfige, die über Feuerstellen hingen. Diese Folterkammer hier war noch besser ausgestattet als alles, was Lana bei ihren Exkursionen in alten Burgen gesehen hatte. Da ließ sich so einiges finden, mit dem man dieser Frau das höhnische Grinsen aus dem Gesicht wischen konnte.

Aber das Beste kam noch.

Lana strahlte richtig, als sie ihn sah. Ihn, Mark Forrester, den elenden Kerl, der sie entführt hatte, hier festhielt und ihren Körper mit diesen perversen Filmen vor Lust zum Brennen brachte wie ein Henker den Scheiterhaufen – ohne die Flammen zu löschen. Er war mit dem Rücken zur Mauer angekettet. Seine ausgestreckten Arme waren links und rechts über dem Kopf mit eisernen Reifen um die Handgelenke befestigt. Um seinen Hals lag ein Eisenband, das ebenfalls mit einer Kette an der Wand befestigt war. Lana beschloss, seine Anwesenheit nicht in Frage zu stellen, sondern den Film und ihre Fantasien zu genießen.

Nicht schlecht. Wirklich nicht schlecht. Genau in dieser Position hätte sie ihn sich gewünscht. Na also, dachte sie zufrieden. Zwei Fliegen auf einen Schlag. Besser konnte es gar nicht sein.

Forrester hatte sich einige Minuten lang vom Bildschirm abgewandt, um seine Gefangene zu betrachten, die in seinen Augen ein wesentlich reizvolleres Bild abgab als die beiden Frauen im Film gemeinsam. Er hatte sich kurzfristig in den Rundungen ihres Körpers verloren, als er plötzlich ihr Lächeln bemerkte. Kein Lächeln, ein Grinsen.

Er sah schnell auf den Schirm und runzelte die Stirn, als er die Domina vor einem an der Wand angeketteten Mann hin und her wandern sah.

Doch ein Mann? Und die Frau schien ganz begeistert von ihm zu sein, betrachtete ihn mit heißen Blicken, berührte ihn.

Forrester verzog den Mund und warf Lana einen genervten Blick zu. Er konnte sich schon ausrechnen, wohin das führte. Ärgerlich, dass diese Frau es immer vor seinen Augen mit anderen trieb, und er nur zusehen durfte.

In der Zwischenzeit war Lana dicht vor ihren Gefangenen getreten. So knapp, dass sie ihn riechen konnte. Er roch jedoch nicht ungewaschen, wie das bei einem echten Gefangenen in einer Ritterburg wohl der Fall gewesen wäre, sondern anziehend, männlich, mit eben jenem Hauch Aftershave, der ihr schon bei dem echten Forrester angenehm aufgefallen war. Und jetzt hatte sie ihn. Gefangen. Hilflos.

Sie konnte nicht den Wunsch unterdrücken, ihn zu berühren. Er war nackt – natürlich, sonst wäre es ja kein angemessener Sexfilm gewesen – die Muskeln auf seiner Brust und seinen Armen zuckten, als sie ihren Finger unendlich langsam und zart über seine Schultern, seine Arme laufen ließ, dann weiter hinab zu dem weichen, gekrausten Haar auf seiner Brust, und mit den

Fingerspitzen die Höfe seiner Brustwarzen umrundete. Endlich hatte sie ihn so, wie er sie die ganze Zeit in seiner Gewalt hatte – ihrer Gnade ausgeliefert. Eine Schande, dass dies alles nicht real war. Aber sie würde jetzt auskosten, was sie bekommen konnte.

Ihr Nagel kratzte über sein Kinn, seinen Hals hinab, über sein Brustbein, seinen Bauch, flach, hart, muskulös. Und tiefer. Sie starrte ihm in die Augen, hielt seinen Blick mit ihrem fest, während ihr Finger sich den Weg in den dichten Haarwald hinein suchte. Sie stand so nah, dass sie seine Erregung spüren und riechen konnte. Sein Schwanz hatte sich schon erhoben. Einen Schritt näher, und sie würde ihn fühlen können, wie er zwischen ihren Schenkeln wuchs und sich gegen ihre Scham presste. Eine angenehme Vorstellung.

Aber mehr davon später. Zuerst wollte sie gründlich mit ihm spielen.

Er atmete schneller, als sie nach seinem Glied griff, es fest mit ihren Fingern umfasste, hinaufbog und mit beiden Händen zu massieren begann.

„Tut das gut?" Seine wachsende Erektion heizte sie ebenfalls an. Durchaus möglich, dass sie ihn dann flach auf den Boden binden ließ und ihn so lange ritt, bis sie genug von ihm hatte, und sein Schwanz wund war. Die Vorfreude auf süße, wenn auch leider nur virtuelle Rache stieg in ihr hoch.

Er antwortete nicht.

Sie presste ihre Finger fester, ließ ihn ihre Nägel fühlen. „Antworte gefälligst!"

Er zog scharf die Luft ein. „Ja ..."

„Dann sollten wir uns überlegen, was wir alles damit anstellen können, nicht wahr? Schließlich bist du ja nicht hier, damit du dich wohlfühlst. Oder dein Schwanz." Ohne ihn loszulassen – er fühlte sich so verflixt gut in ihrer Hand an – wandte sie sich um und suchte nach etwas. Sie wusste selbst nicht wonach. Aber irgendetwas, das ihm quälende Lust bereiten sollte. Sie blickte an sich herab, sah die Klammern an ihrem Gürtel, die Riemen. Damit ließ sich sicher etwas anfangen.

Mit einem falschen Lächeln löste sie eine der Klammern und zeigte sie ihm. „Nun, das wäre doch etwas für deine beiden Freunde, oder?", dabei griff sie an seine Hoden.

Er sah sie finster an und presste sich unwillkürlich mit dem Rücken an die Steinmauer, um ihr auszuweichen.

„Du weichst zurück? Du wagst es, deiner Herrin den Gehorsam zu verweigern, anstatt dich mir und dem hinzugeben, was ich für dich bestimmt habe? Tritt sofort einen Schritt nach vorn und strecke mir deinen Schwanz her, damit ich die Klammern setzen kann!"

„Den Teufel werde ich tun."

Lana schnappte nach Luft. Sogar als erotische Fantasie war dieser Mann noch unverschämt! Aufsässiger hätte selbst der echte nicht sein können! Sie fixierte ihn eine Weile gereizt, dann nickte sie grimmig. „Gut, dann werden wir jetzt strammere Saiten aufziehen." Das waren die Worte gewesen, die sie vor Kurzem von ihm gehört hatte. Sie winkte dem Folterknecht. „Binde ihn los. Ich möchte ihn in der Mitte des Raumes haben. So festgezurrt wie nur möglich!"

Der Hüne kam heran und packte Forrester, der sich vergeblich zu wehren versuchte, an den Ketten, die seine Arme hielten, löste sie und fasste ihn dann am Halsband wie einen widerspenstigen Köter. Zufrieden sah Lana zu, wie er ihn in die Mitte des Raumes zwischen zwei Säulen schleppte und die Ketten links und rechts befestigte, sodass Forrester mit ausgebreiteten Armen fixiert wurde.

„Seine Füße auch."

Am Fuß der beiden Säulen waren ebenfalls Ketten mit Eisenringen befestigt. Der Folterknecht legte die Ringe um Forresters Fußgelenke und zerrte dann am anderen Ende der Kette, bis Forrester mit gespreizten Beinen vor Lana stand.

Diese betrachtete ihn genüsslich. Die Muskeln auf seiner Brust und seinem Bauch waren angespannt, sein Schwanz stand schon erregt hoch und wippte bei jeder Bewegung. Langsam ging sie um ihn herum, wobei sie über die Fußketten stieg. Auch von hinten kein schlechter Anblick. Der feste, muskulöse Hintern, der breite Rücken. Der Mann hatte vielleicht einen zweifelhaften Charakter, aber ein Aussehen, das für ihn sprach.

Sie spielte nachdenklich mit den verschiedenen Gegenständen an ihrem Gürtel, dabei ertastete sie die Peitsche und einen Ledergurt, dessen Funktion sie zuvor nicht hatte einordnen können. Jetzt nahm sie ihn zur Hand und betrachtete ihn genauer. Es war ein Gürtel, der vorne eine Art Schlaufe hatte, etwa drei Finger breit. Sie ging wieder um Forrester herum und betrachtete seinen Penis aus zusammengekniffenen Augen. Dafür also. Er wurde offenbar über den Schwanz geschoben. Nun, Probieren ging über Studieren. Sie trat hin, fasste nach seinem Glied, bevor er ausweichen konnte. Die Schlaufe war etwas breiter als sein Schaft, der darin noch Platz hatte, sich auszudehnen. Nicht viel, aber ein bisschen. Und wenn er zu groß wurde, dann presste er sich an und hielt die Erektion so lange, bis er erlöst wurde. Oder so lange sie eben wollte.

Langsam vergaß sie wieder, dass sie sich in einem Erotikfilm befand. Alles fühlte sich so real an. Auch Forrester. Seine Haut, sein zuckender Schwanz. Ihre eigene pochende und feuchte Scham. Sie schob die Lederschlaufe über ihn, bis der untere Teil in seinem Haarwald verschwand, und der Rest seines Penis' mit der aufschwellenden Eichel hervorsah. Grade richtig zum Bearbeiten und lustvollen Quälen.

Er knurrte etwas, als sie sich vorbeugte und den Riemen um seine Hüften legte. Je nachdem, wie hoch oder tief sie den Gürtel schnallte, war sein Schwanz darin gefangen. Wenn sie ihn jetzt – entgegen seiner Tendenz himmelwärts zu zeigen – hinunterbog, würde Forrester wohl bald um Gnade und Erleichterung winseln.

So wie er das von ihr verlangt hatte. Nur hatte er „Kooperation" dazu gesagt. Ein böses Lächeln erschien auf ihren Lippen.

„Was soll das? Nimm das weg." Seine Stimme klang heiser, aber sein Widerspruchsgeist war ungebrochen. Warum war dieser Mann nur so verdammt real! Es war schließlich ihre sadistische Fantasie, die sie ausleben wollte! Da hatte er nichts zu vermelden!

„Du solltest dich besser nicht beschweren", erwiderte sie kalt. „Sonst könnte mir nämlich doch noch ein nettes Spielchen mit den Klammern einfallen." Während sie sprach, ließ sie ihre Hände über seinen Körper gleiten, tief hinunter, kitzelte seine Hoden, drückte sie leicht und massierte dann die Eichel, bis er die Augen verdrehte und sich auf die Lippen biss. Sekundenlang tauchte der Gedanke in ihr auf, ihn zu kosten, an ihm zu saugen, bis er um Gnade flehte, aber dann fiel ihr Blick auf die Blonde, die der Folterknecht zuvor an eine Säule gefesselt hatte. Die hatte sie völlig vergessen! Mit der musste sie ja auch noch abrechnen. Sie nahm die Peitsche von ihrem Gürtel und spielte nachdenklich damit.

Zwei Fliegen mit einem Schlag, hatte sie vorhin gedacht. Nun, wenn sie sich schon in ihrem eigenen erotischen Verließ befand, dann konnte sie darin auch tun, was sie wollte. Auf einen Wink hin führte der Folterknecht die Frau heran, fesselte ihr die Hände auf den Rücken und drückte sie vor Forrester auf die Knie. Ohne noch auf weitere Anweisungen zu warten, legte er ihr einen Gurt um Kopf und Hals. Dann drückte er ihren Kopf zu Forresters gefangenem Schwanz. Ein fester Griff in ihr Haar, und sie öffnete die Lippen. Lana sah staunend zu, wie Forresters Schwanz in ihren Mund geschoben wurde, bis sie würgte, und ihr Kopf dann mit den Lederbändern eng an Forresters Hüften gebunden wurde. Donnerwetter auch, entsprang das jetzt ihrer rachsüchtigen Fantasie oder war das Teil des echten Films? Wenn sie ihm dann noch einen Dildo hinten reinschob, spritze er vermutlich so heftig ab, dass das Weib erstickte.

Sie riss die Augen auf, als der Folterknecht eine Peitsche zur Hand nahm, hinter die kniende Frau trat und ihr einen fragenden Blick zuwarf. „Wie viele Schläge, Herrin?"

„Schläge?" Sie schluckte. Aber wenn der Mann die Blonde schlug, dann würde sie bestimmt vor Schmerz die Zähne zusammenbeißen und ... Lana schloss bei diesem Gedanken die Augen. Nicht, dass die Vorstellung, die mit Forresters Schwanz geknebelte Blonde vor Schmerz schreien und keuchen zu hören kein Gefühl grimmiger Genugtuung in ihr erweckt hätte. Auch Forresters Aufjaulen — wenn die Schmerzen zu stark wurden, und sie die Zähne zusammenbiss — war zweifellos ein lohnendes Geräusch. Aber trotzdem, alles in ihr spreizte sich dagegen.

„Nein", sagte sie, nachdem sie sich geräuspert hatte. „Keine Schläge. Sie soll ihn nur ... soll nur an ihm saugen. So lange, bis ich ihr erlaube, aufzuhören."

Zu ihrem Entsetzen sah sie, wie der Riese die Peitsche hob und auf den Rücken der Frau niedersausen ließ. Sie stöhnte auf, Forrester wurde bleich und biss sich auf die Lippen.

„Aufhören. Aufhören habe ich gesagt!"

Forrester betrachtete aufmerksam das Bild, das sich ihm bot. Die Dunkelhaarige war jetzt an einen Mann gebunden worden, der zwischen zwei Säulen gefesselt war. Und die Domina stand da und gab dem Folterknecht Anweisungen. Der hob die Peitsche und ließ sie auf den Rücken der Knienden knallen. Sofort erschien ein roter Striemen. Forrester presste die Lippen aufeinander. Das sah verdammt schmerzhaft aus, und wenn Lana McKenzie sich in die Rolle der Dunkelhaarigen versetzt hatte, dann spürte sie durch die Elektroden den Schlag so stark wie in der Realität.

Unsicher blickte er zu ihr hinüber. Sie wurde unruhiger, warf sich herum, murmelte etwas, ihre gefesselten Hände griffen ins Leere, die Fäuste öffneten und schlossen sich. „Aufhören ...“

Forrester sprang fluchend auf und löste die Brille von ihrem Kopf. Verdammt! So weit hatte er nicht gehen wollen. Er beugte sich über sie, aber anstatt sich zu beruhigen, stöhnte und wand sie sich noch mehr, schrie auf. Sie hatte die Augen nach oben verdreht, war nicht mehr bei Bewusstsein. Die Programmwiedergabe schien sich in ihrem Kopf festgesetzt zu haben wie ein Albtraum.

Er schüttelte sie.

Die Stimme des Folterknechts dröhnte plötzlich laut und deutlich durch den Raum, schlug sich am Gewölbe wieder. „Wenn du um Gnade winselst, wird es noch schlimmer. Merk dir das. Ich bestimme, wann ich aufhöre, wie viel ich dir zumute, und du ertragen musst. Hast du mich verstanden?“

Schon wieder diese Drohung! Lana stürzte sich auf den Kerl. Dieser wehrte sie mit einer Handbewegung ab, stieß sie zurück, dass sie taumelte, und ließ die Peitsche abermals auf den jetzt schon mit Striemen überzogenen Rücken der Frau knallen. Lana gewann wieder das Gleichgewicht. Sie musste den Verrückten davon abhalten, weiterzumachen! Schweiß stand auf ihrer Stirn, und sie zuckte nicht weniger zusammen als die Blonde und Forrester, als die Peitsche abermals ihr Ziel traf. Sie hatte inzwischen völlig vergessen, dass sie sich in einem Programm befand, dass alles, was sie erlebte, nicht real war. Dass sie es vielleicht nicht ändern konnte, aber doch mit Ruhe zusehen, da die Blonde ja nicht wirklich geprügelt wurde – was ihr im Grunde größte Genugtuung bereitet hätte – und Forrester auch nicht über kurz oder lang der Schwanz abgebissen wurde. Was sie allerdings bedauert hätte.

Sie sah sich verzweifelt um. Mit bloßen Händen konnte sie gegen den Hünen nichts ausrichten. Sie sprang zum Kohlenbecken, zog eines der Eisen heraus und rannte damit zurück. Wenn sie ihm seinen Sadismus schon nicht ausreden konnte, dann eben ausbrennen!

Als hätte er ihre Absicht schon längst erraten, wandte er sich um und schwang die Peitsche gegen sie. Das Eisen wurde ihr aus der Hand geschlagen, sie selbst erhielt einen Stoß, der sie zu Boden warf. Ihr Kopf schlug hart auf. Übelkeit stieg in ihr hoch, vor ihren Augen flimmerte es. Dann wurde es schwarz um sie.

Sie wachte davon auf, dass jemand sie schüttelte. Ihr Kopf rollte hin und her, dann schlug sie langsam die Augen auf, die Dunkelheit und der Nebel verzogen sich, und sie sah in ein fast schwarzes Augenpaar.

Forrester.

Sie wollte nachsehen, ob er seinen Schwanz noch hatte, aber ihr Kopf war zu schwer. Sie hob ihn kurz an, dann fiel sie wieder zurück und sah Forrester stattdessen ins Gesicht.

Er blickte sie so seltsam an.

Besorgnis? War da Besorgnis? Sie grübelte darüber nach. Warum sollte er besorgt sein? Um seinen Schwanz vermutlich.

Aber was immer das Gefühl war, das in seinen Augen lag, es verwandelte sich jetzt in Zorn.

„Verflixtes Weibsstück!", fuhr er sie an. „Warum machst du nicht den Mund früher auf, wenn du es nicht mehr aushältst?!" Er ließ sie los und war mit zwei Schritten bei der Klimaanlage, betätigte einen Schalter, und schon hörte man das Geräusch eines Ventilators, der die opiumgeschwängerten Wolken absaugte. Mary Sung stand daneben und fächelte ihr mit einem Tuch Luft zu.

Lana blickte um sich. Da war wieder dieser Raum, die Videoanlage, die Elektroden. Langsam kehrte alles zurück. „... Zur Hölle ...", murmelte sie schwach, als sie begriff, wie sehr das Programm und das Geschehen die Kontrolle über ihre Gedanken übernommen hatte. Sie wandte den Kopf mit geringschätzigem Verziehen des Mundes ab. Schön blöd hatte sie sich aufgeführt.

Forrester bemerkte ihre Reaktion. Verdammtes, eigensinniges Weibstück! Er atmete tief durch und warf einen Blick auf das Kontrolldisplay. Ihr Pulsschlag war zwar ziemlich erhöht, aber ihr Blutdruck schien sich zu normalisieren. Sekunden davor, als sie nicht hatte aufwachen wollen, waren die Werte so erhöht gewesen, dass er schon gedacht hatte, jeden Moment könnte sie der Schlag treffen.

Lana sah zu dem Bildschirm, auf dem er alles beobachtet hatte. Der Film lief immer noch. Da war ein Mann, der sich lustvoll wand, während die vor ihm kniende dunkelhaarige Frau an seinem Penis lutschte. Der Folterknecht hieb immer noch auf sie ein, aber das schien sie nicht zu stören, im Gegenteil, sie hob ihm noch den Hintern entgegen, quasi als Aufforderung, stärker zuzuschlagen. Eine blonde Domina stand daneben und sah zu, sich dabei mit der Hand zwischen den Beinen reibend.

Sie blinzelte. Das sah alles relativ harmlos aus. Das Opium musste sie in einen Albtraum versetzt haben.

Das ärgerliche Lachen des echten Forresters drang an ihr Ohr. Er hatte ihre Fesseln gelöst, einige wenige Griffe, und die Elektroden auf Armen und Beinen und an den Schläfen waren entfernt, Mary Sung räumte sie fort, und Forrester streichelte zu ihrem Erstaunen beruhigend über ihr Haar und ihre Wange. „Warum hast du nichts gesagt? Doch nicht etwa, weil ich es dir verboten hatte? Ein Wort nur, und ich hätte sofort aufgehört."

„Und wenn schon!" Eher hätte sie sich die Zunge abgebissen als zuzugeben, dass sie eine Minute vorher noch verzweifelt versucht hatte, seinen Schwanz zu retten.

„Können wir dann weitermachen?"

Weitermachen?! Nie im Leben! Forrester sah sie nachdenklich an. Er erkannte, dass er seine Strategie ihr gegenüber ändern musste. Es war wichtig, diese Frau dazu zu bringen, mit ihm zu kooperieren. Aber auf diese Art kam er nicht weiter. Die würde sich eher im Film zu Tode peitschen oder ficken lassen, als ihm nachzugeben. Dabei war es nicht viel, was er von ihr verlangte. Sie musste nur ihren kostbaren Verlobten Charles – wie immer stieg es bei diesem Gedanken gallenbitter in seinem Magen hoch – verraten. Es war so einfach. Oder es wäre einfach gewesen, hätte sie mitgespielt.

Aber da war nichts zu machen. Wenn sie so stur war, musste er eben zu völlig anderen Mitteln greifen. Jetzt gab es nur noch eine Möglichkeit, Druck auf sie auszuüben und sie zur Mitarbeit zu bringen. Nur noch einen Weg, sie zu überreden. Und den musste er gehen, ob es ihm gefiel oder nicht.

Er schickte Mary Sung hinaus, dann packte er Lana an den Schultern. „Es reicht! Meine Geduld ist erschöpft. Du wirst mir jetzt auf der Stelle sagen, warum du in Hongkong bist! Was du über das Syndikat weißt. Über deren Geschäfte! Den Aufenthaltsort von Charles Pratt! Wie er wirklich heißt!"

„Werde ich nicht! Niemals! Ich kann gar nichts sagen, du Penner, weil ich nichts weiß!"

Lana versuchte ihn abzuwerfen, als er sich über sie legte. Er war zu schwer, zu kräftig, und sie war schon zu erschöpft von all diesen erregenden Szenen und dem Opiumrausch. Da er die Fesseln gelöst hatte, musste er ihre Handgelenke mit seinen Händen auf die Unterlage pressen. Er ließ ihr kaum Platz zum Atmen, drückte sie mit seinem Körper nieder. Seine Ellbogen waren links und rechts neben ihren Brüsten aufgestützt, er berührte sie, als er sich weiter hinaufschob, bis sein Mund auf der Höhe ihres rechten Ohrs war. Er sah auf ihren Busen, ließ sie los, und seine langen Finger schoben den Büstenhalter hinauf, entfernten die an den Leitungen hängenden Metallplättchen, massierten sanft ihre erigierten Brustwarzen.

Er klang heiser. „Ich werde dir jetzt sagen, was passiert, wenn du nicht mitmachst … Hör gut zu …" Er beugte sich näher und senkte seine Stimme zu einem gefährlichen Flüstern.

„Nein!" Lana wehrte sich verbissen dagegen, ihn anzuhören, aber er hielt sie fest, seine Stimme drang weiter flüsternd in ihr Ohr, bis sie allmählich aufhörte zu strampeln, ruhig lag und ihm zuhörte.

„Nein", sagte sie endlich.

„Oh, doch." Er hielt sie immer noch fest, schon weil es gut tat, sie so zu spüren. „Es sei denn, du gibst nach." Er rieb wie zufällig seinen Unterkörper an ihr. Sein harter Schwanz presste sich durch seine Hose und zwischen ihre Beine. Ihre weibliche Feuchtigkeit durchdrang schon längst ihren dünnen Slip und durchnässte auch seine Hose. Er drehte sich ein wenig auf die Seite. Zwei schnelle Griffe, und dann ersetzte seine Hand den Stab in ihrer Vagina. Zwei Finger gruben sich tief hinein, der Daumen rieb ihre erregte Klitoris, bis Lana leise wimmerte.

Er wusste, dass sie ihn ebenso sehr wollte wie er sie. Dafür hatten nicht zuletzt die Filme gesorgt.

Er rieb stärker. Nicht, um sie in hinterhältiger Absicht zu quälen und ihre Lust zu schüren, nicht, um sie zu überreden, sondern gierig. „Gibst du auf?"

„Ja. Ja, du …" Sie würgte an den Worten. „Ich mache mit. Aber lass' mich endlich frei. Du hast gewonnen, ich mache mit. Und jetzt ...", ihre Stimme sank zu einem Flüstern herab.

Er hob überrascht den Kopf, blickte sie mit einer Mischung aus Ungläubigkeit und Verlangen an. Dann nickte er. „Gut." Seine Stimme war rau. „Dann wirst du jetzt erlöst." Eine schnelle Handbewegung, sein Schwanz sprang befreit aus der Hose. Der Slip flog fort. Ihre Scham war frei und der Weg offen. Lanas Becken kam ihm schon entgegen, als er den Zugang suchte.

Lana stöhnte erleichtert auf, als er mit einem Stoß in sie hineinpreschte. Genau das brauchte sie jetzt.

***

Der Mann, der Forresters Spiel schon von Beginn an mitverfolgt hatte, saß mit geballten Fäusten in einem bequemen Ledersessel. Die Übertragung mit der Funkkamera funktionierte einwandfrei, und er konnte sogar das meiste der Unterhaltung mitverfolgen. Allerdings mit Ohrstöpseln, da er kein Interesse daran hatte, dass die nackte Frau, die mit verbundenen Augen vor ihm kniete und seinen Schwanz lutschte, etwas mithörte.

Er leckte sich über die Lippen. Die Vorstellung, die Frau auf dem Bildschirm selbst zu bearbeiten, hatte etwas unerträglich Anziehendes.

„Nettes Spiel, Forrester", murmelte er zu sich selbst. „Aber für wen? Wen willst du damit täuschen? Was hast du vor?" Ahnte er etwa, dass er beobachtet wurde? Hatte Chen das Maul aufgerissen?

Er sah zu, wie Forrester diese Frau ritt, stellte sich vor, an seiner Stelle auf ihr zu liegen, sie zur Ekstase zu bringen, sie schreien zu lassen, während sich sein Unterkörper ohne Unterlass in einem immer schnelleren Rhythmus auf und ab bewegte. Sie so heftig und tief zu stoßen, dass sie um Gnade wimmerte.

Die Lautsprecher übertrugen ihr Keuchen, das Klatschen von Fleisch auf Fleisch, das Geräusch, das ihre nasse Möse verursachte, wenn Forrester in sie stieß. Er pumpte hart in sie hinein. Selbst, als sie schon ihren Orgasmus gehabt hatte, legte er seine Finger zwischen ihre Körper, rieb ihre Klitoris. Ihr Körper krümmte sich wie vor Schmerz, ihre Brüste bebten bei jedem Stoß, ihre Bauchmuskeln zogen sich zusammen, sie hatte die Finger in seine Schultern gekrallt, wand sich, aber er ließ nicht nach. Er stieß weiter hinein, als hätte er alle Hemmungen verloren. Ein nochmaliges Aufbäumen des erhitzten, feuchten Frauenkörpers und dann sein heiserer Schrei, vermischt mit ihrem.

Der Mann starrte auf den Bildschirm, sah, wie Forrester über die Frau sank, sein Mund sich auf ihren presste, als wollte er sich festsaugen.

Er schob den Kopf der vor ihm knienden Frau auf seinem Schwanz auf und ab. Schneller. Seine Eier wurden härter, kleiner als zuvor, er fühlte das Gefühl eines Krampfes in ihnen, in seinem Schwanz, seinem Unterkörper. Seine Haut zwischen ihren Lippen bewegte sich, immer schneller, heftiger, während er sich vorstellte, wie diese kleine Nutte dort unten wimmernd, stöhnend und gefesselt vor ihm lag und ihn anstelle der anderen saugte.

Plötzlich warf er den Kopf zurück und lachte schallend! „Jetzt weiß ich es, Forrester! Es geht dir um sie! Du willst sie täuschen! Sie weiß nichts! Hat keine Ahnung!" Schlagartig wurde er ernst, die Augen fest und begehrlich auf die Frau auf dem Bildschirm gerichtet. „Das wird eine hübsche Überraschung, mein Täubchen. Eine sehr hübsche Überraschung."

Und dann spritzte er mit einem tiefen Keuchen ab. In den weit geöffneten Mund der jungen Frau, die vor ihm kniete.

Kapitel 4

Forrester stand neben Michael Perkins an der Bar und hörte seinem Kollegen zu, der Kommentare zu den Gästen abgab. Sie waren erst vor einer halben Stunde angekommen, als die meisten anderen Leute schon hier versammelt waren. Zum Glück war es nur eine „zwanglose Zusammenkunft", zu der der Botschafter in seine Privatwohnung eingeladen hatte. Forrester hasste solche Einladungen, aber dieses Mal blieb ihm nichts anderes übrig. Immerhin war zu erwarten, dass eine Menge Leute hier zusammentrafen, die für ihn und seinen Fall wichtig sein konnten.

Perkins schwenkte die Eisstückchen in seinem Whiskey, während er sprach: „Dort drüben, der mit der Brille, ist der Besitzer einer kleinen, eher unbedeutenden Zeitung. Einer der wenigen, die nicht sofort nach der Übergabe an Hongkong ins selbe Horn wie die offiziellen Pekinger Medien geblasen haben. Auch wenn er sich schon vorsichtiger ausdrückt als vor 1997. Wie die meisten anderen auch, die in Ruhe hier leben wollen."

„Ich glaube, für den durchschnittlichen Einwohner wird die Übergabe an China auch nicht so ins Gewicht gefallen sein."

„Das würde ich nicht so sagen. Zumindest gab es überraschend viele Reaktionen in der Bevölkerung. Mehr als man erwartet hatte. Die Hongkonger Bürger haben mehr Selbstbewusstsein, als viele bisher dachten. Es hat sich aber – was für uns wichtiger ist – viel im Untergrund getan. Auch in der Unterwelt wird der Einfluss Chinas stärker deutlich. Die Triaden haben sich umstellen müssen. Die meisten von ihnen sahen das schon voraus und knüpften zeitgerecht Verbindungen. Womit wir wieder beim Thema wären." Perkins deutete dezent mit dem Glas in die andere Richtung. „Unseren Botschafter kennen Sie ja. Aber der Chinese, mit dem er sich unterhält, ist die interessanteste Person im Raum. Jedenfalls für uns." Er senkte seine Stimme, als er weitersprach: „Das ist Wong, Sonderbeauftragter von Peking. Er ist erst gestern angekommen, und ich vermute, dass es mit dem Syndikat und Ihrem Aufenthalt zu tun hat. Von ihm hängt es ab, wie viel Unterstützung wir bei der Suche nach den Köpfen des Syndikats erhalten. Er kann uns entweder freie Bahn geben – oder Steine in den Weg legen. Ich nehme sogar an, dass wir seinetwegen eingeladen wurden. Ich habe gehört, dass er sehr oft den inoffiziellen Weg wählt, um etwas zu erfahren."

Forresters Blick glitt über den Sonderbeauftragten, nahm Einzelheiten wie Körperhaltung und Gestik wahr, und wanderte dann weiter über die Anwesenden.

Mit Wong würde er sich noch später beschäftigen. Oder dieser sich mit ihm, wenn Perkins richtig tippte. Jetzt zog ein anderer seine Aufmerksamkeit auf sich.

„Und der Weißhaarige dort, der Handschuhe trägt?" Forrester beobachtete den Mann unauffällig, aber scharf. Eine seltsame Erscheinung. Er war schlank, sogar hager, ebenso groß wie er. Es war ihm aufgefallen, dass er beim Gehen leicht hinkte, auch wenn er dies gut zu überspielen wusste. Er hatte reinweißes, schütteres Haar. Seine Gesichtszüge dagegen waren die eines jungen Mannes, wenn auch starr wie bei einer alternden Amerikanerin, die sich regelmäßig liften ließ. Und er lächelte kaum. Noch auffallender waren jedoch die Lederhandschuhe, die er trug.

„Ein Amerikaner niederländischer Abstammung, der überall seine Finger drinnen hat – Robert Graacht. Ich kann ihm nichts beweisen, aber ich vermute, dass er für viele als Strohmann agiert und Geschäftsanteile oder Firmen hält, die letzten Endes anderen gehören. Aber er ist eher unwichtig. Mehr eine Marionette der Großen. Die Handschuhe trägt er angeblich wegen einer Allergie. Vielleicht will er sich aber auch nur interessant machen. Der neben ihm ist für uns wichtiger. Das ist Chen Wing-Lun." Perkins nannte, wie es üblich war, zuerst den Nachnamen und dann den Vornamen, der aus zwei Teilen bestand. „Ein sehr bedeutender Geschäftsmann in Hongkong. Er hat sich vor einigen Jahren allerdings zur Ruhe gesetzt und überlässt seine Geschäfte seinen Söhnen und Neffen, die alle in Europa oder Amerika studiert haben."

„Triaden." Forrester sagte das völlig trocken.

Perkins lachte leise. „Sie haben's erraten. Allerdings schon sehr sauber gewaschene. Man sagt, Chens Vorfahren gehen tatsächlich bis auf die Anfänge dieser Geheimbünde zurück. Trotzdem darf sein Einfluss nicht unterschätzt werden. Auch nicht seine Beziehungen zu Peking. Und", fügte er noch leiser hinzu, „mögliche andere Geschäftsbeziehungen. Wie zum Beispiel zum Syndikat. Die Familie hält, seit das Glücksspielmonopol aufgehoben wurde, angeblich auch über einen Strohmann Anteile an einem Casino auf Macau. Die Triadenkämpfe, die darum ausgebrochen sind, haben sie lässig weggesteckt. Sie haben sogar eine eigene Sicherheitstruppe - ehemalige britische Soldaten, die sie nach dem Abzug der Briten übernommen haben."

Forrester fasste den älteren Chinesen näher ins Auge. Man konnte sein Alter schwer schätzen, aber er war gewiss schon über siebzig, hielt sich jedoch aufrecht wie ein viel jüngerer Mann. Seine Gesichtszüge und seine Bewegungen waren die beherrschten, harmonischen eines Mannes, der körperlich und geistig mit sich und der Welt in Einklang war. Eine sympathische Erscheinung, harmlos, ein netter älterer Herr. Aber Forrester machte sich keine Illusionen – Chen und er standen auf entgegengesetzten Seiten.

Triaden waren heutzutage organisierte Hongkonger Verbrechergruppen. Die Idee selbst beruhte auf einem über mehrere hundert Jahre alten Geheimbund, der von einem buddhistischen Mönch gegründet worden war mit dem Ziel, die herrschende Kaiserdynastie zu vertreiben und die Ming wieder einzusetzen. Und irgendwann, im Chaos von Umstürzen und Bürgerkriegen waren aus dem Geheimbund Verbrecherorganisationen geworden. Allerdings solche mit weitreichenden Beziehungen und besten Kontakten. Vergleichbar mit der amerikanischen Mafia.

„Der hübsche Junge, der sich hinter ihm hält und kein Wort sagt, ist einer seiner Neffen. Hat in Amerika studiert, sein Vater lebt in Europa, führt dort die Chen'schen Geschäfte." Er grinste leicht. „Die Familie hat ihre Macht auf einige Kontinente aufgeteilt. Ich bin sicher, dass sie überall gute Kontakte zur Unterwelt unterhalten. Deshalb kriegt man auch nichts über sie raus. Leben völlig zurückgezogen."

„Tatsächlich …" Forrester nahm einen Schluck. „Das heißt, man sollte ein Auge auf diese Leute haben."

„Könnte nicht schaden." Perkins warf einen schwer zu deutenden Blick hinüber. Es lag Wut darin und Angst.

Als Forrester ein wenig später beim Büfett stand, das aus einem runden, drehbaren Tisch mit vielen kleinen schmackhaften Speisen bestand, trat Wong neben ihn.

„Ich bitte den Botschafter manches Mal, Treffen zu arrangieren", sagte Wong, nachdem er sich vorgestellt hatte. „Wie ich gehört habe, ist es auch in Ihrem Land so üblich, Dinge inoffiziell zu besprechen. Beim Golfspiel. Aber leider spiele ich nicht Golf."

„Ich ebenfalls nicht." Forrester musterte den Mann vor ihm unauffällig. Er war um einiges kleiner als er, hatte einen ausgeprägten Bauchansatz und eine hohe Stirn, machte einen gemütlichen Eindruck, aber Forrester hätte sich auch ohne Perkins' Warnung nicht täuschen lassen.

Wongs Auftrag war ohne jeden Zweifel darauf zu achten, dass Mark Forrester nicht zu viel und nicht zu tief schnüffelte, sondern sich auf seine Aufgabe beschränkte.

„Wie ich von meinem Freund, dem Botschafter, gehört habe, sind Sie in Hongkong, weil Sie hier Drahtzieher einer Verbrecherorganisation vermuten, die Ihnen in den Vereinigten Staaten viel zu schaffen macht." Er sprach in einem freundlichen Plauderton. Sein Englisch war zwar nicht akzentfrei, aber flüssig.

„Das Syndikat macht nicht nur uns zu schaffen. Es hat zwar als kleine Gruppe begonnen, ist in der Zwischenzeit aber schon international tätig. Wir müssen davon ausgehen, dass sich einer, wenn nicht mehrere der Drahtzieher, in Hongkong aufhalten."

„Von wem haben Sie diese Informationen?"

„Von einem Gewährsmann."

„Es würde mir nicht einfallen, die Qualität der Informationen Ihrer Leute oder Ihres Landes in Frage zu stellen, Special Agent Forrester, aber die Möglichkeit, dass unserem Geheimdienst und unserer Polizei entgehen konnte, dass einer der Köpfe dieser Verbrecherorganisation hier in China sitzt, ist verschwindend klein."

Forrester fischte sich einige Leckerbissen aus einer Schüssel und häufte sie auf einen Teller, den das philippinische, am Büfett tätige Dienstmädchen des Botschafters ihm reichte. „Inzwischen haben wir Beweise, dass das Syndikat international tätig ist. Die Spur der Köpfe – oder überhaupt des leitenden Kopfes des Syndikats – führt hierher, nach Hongkong." Forrester war durchaus bereit, auch einige Häppchen an Informationen zu verteilen, um zu sehen, wie Wong reagierte.

„Sie meinen, das Syndikat will mit den Triaden kooperieren?"

„Offenbar war das Syndikat bisher in China eher zurückhaltend, aber in letzter Zeit häufen sich die Hinweise darauf, dass es seine Aktivitäten auch auf Asien ausdehnen will. Das kann friedlich geschehen, aber auch feindselig, wenn die Triaden nicht die Absicht haben, mitzumachen. Dann haben Sie hier sehr schnell einen Bandenkrieg, Mr. Wong."

Der Chef der Anti-Triad Squad war sogar der Überzeugung, dass dieser Krieg schon im Gange war. Er hatte von ihm erfahren, dass von Zeit zu Zeit Leichen gefunden wurden. Teils bis zur Unkenntlichkeit verstümmelt und nur durch DNS Proben zu identifizieren, teils hatte man sie noch erkennen können. Was Forrester zu denken gegeben hatte, war die Tatsache, dass es sich bei den Toten fast ausnahmslos um ehemalige Agenten gehandelt hatte.

„Typische koloniale Schwächen. Ein Rest des Imperiums. Aber das wird sich jetzt alles ändern."

„Vielleicht." Forrester fand, er hatte Wong genug gesagt, um ihm etwas zu denken und zu kauen zu geben. Geschickt nahm er einen Leckerbissen mit den Stäbchen auf und schob ihn in den Mund. Er hatte den ganzen Tag kaum etwas gegessen und hatte Hunger.

„Und welche Rolle spielt die Frau, die bei Ihnen zu Gast ist?"

Forrester würgte an dem Bissen und wandte sich um. Der Weißhaarige, den Perkins Robert Graacht genannt hatte, und der Chinese Chen standen hinter ihm.

Der Chinese heftete seinen durchdringenden Blick auf ihn. Forrester hielt ihm stand, dann lächelte er höflich und sah zu Graacht.

„Woher wissen Sie davon?", fragte er.

Graacht verzog den Mund, was wohl ein Lächeln sein sollte. Aus der Nähe sah man noch viel besser, wie unbeweglich seine Mimik war. Als trüge er eine Maske. „Diese Dame ist schon Stadtgespräch. Hongkong ist vielleicht eine Weltstadt, aber in gewissen Kreisen kennt jeder jeden. Außerdem gehe ich mit dem Botschafter regelmäßig zu den Pferderennen. Ein gemeinsames Freizeitvergnügen sozusagen. Und bei dieser Gelegenheit hat er mir erzählt, dass die Dame sehr charmant sein soll. Schade, dass sie uns heute nicht mit ihrer Anwesenheit beehrt, wir hätten uns alle gefreut, sie kennenzulernen."

„Sie wird derzeit festgehalten und verhört. Wir vermuten, dass sie Beziehungen zu einem der Syndikatsmitglieder unterhält oder unterhalten hat, die für einen Anschlag in New York verantwortlich sind. Aber sie wird in der nächsten Zeit nach Amerika zurückfliegen." Der Botschafter hatte sich zu der Gruppe gesellt.

Nicht schlecht, dachte Forrester. Eine gewisse Neugier war also schon vorhanden. Es wurde über Lana McKenzie gesprochen, und der Botschafter hatte jetzt unabsichtlich noch eins draufgelegt. Auf diese Weise sollte die Information, dass Pratts Braut in seiner Gewalt war, schnell die Runde machen, die richtigen Leute anziehen und zu Unvorsichtigkeiten verleiten.

Andererseits hieß das für ihn aber auch wiederum höchste Alarmbereitschaft und zusätzliche Gefahr für Lana.

„Diesen Wein sollten Sie probieren, Mr. Graacht", sprach der Bortschafter weiter. „Kalifornisch. Ich ziehe sonst den französischen Wein vor, aber dieser hier ist vorzüglich."

Forrester spürte wieder Chens Blick auf sich ruhen. Er sah kurz hin, wandte sich dann aber wieder ab. Der alte Mann gab ihm das Gefühl, bis auf den Grund seiner Seele durchschaut zu sein. Eine unangenehme Art, die ihn sehr stark an jemand anderen erinnerte. Allerdings war dieser andere eine Frau.

„Ich ziehe Reiswein zwar vor", sagte Chen, „aber ich werde diesen hier gerne kosten." Er nahm das Glas ebenfalls entgegen und hob es wie grüßend Richtung Forrester. „GanBei."

Graacht verzog leicht den Mund. „Man trinkt einen Wein nicht ex, Mr. Chen."

Chen überhörte dies und sah nur Forrester an.

„GanBei." Forrester stürzte den Wein hinunter, wobei er Chens Blick, der ihn über den Rand des dünnen Glases hindurch traf, dieses Mal standhielt.

***

„Bemerkenswert", sagte Joe beiläufig, als er seinen Boss am nächsten Tag in dessen Büro aufsuchte, um ihm die letzten Ergebnisse der Suche nach Charles Pratt vorzulegen. Im Grunde hätte das Resultat auf ein Stück Zigarettenpapier gepasst. Es war nämlich so gut wie null. Sie hatten mehrere Spuren verfolgt, aber alle waren im Sand – oder richtiger ausgedrückt – im Asphalt von Hongkongs Straßen verlaufen. Interessanter waren da schon die Informationen, die sie von ihren amerikanischen Kollegen bekommen hatten. Charles Pratt war tatsächlich kein unbeschriebenes Blatt mehr.

Forrester blätterte in der Unterlage. „Ich wusste ja, dass wir etwas über ihn finden. Unvorstellbar, wie er sich überhaupt noch merkt, unter welchem Namen er auftritt. Hier habe ich alleine elf in den letzten fünf Jahren. Allerdings hat er sich offenbar eher auf Betrug und Spionage spezialisiert. Vermutlich kundschaftet er die Opfer aus und übergibt die Informationen einem Kompagnon, der dann in Aktion tritt."

„Das hatte ich nicht mit ‚bemerkenswert' gemeint", erwiderte Joe. „Ich hatte damit auf Ihre Erfolge bei Miss McKenzie angespielt. Ich hätte nicht gedacht, dass Sie sie rumkriegen würden, uns zu helfen."

„Alles nur eine Sache des Charmes", erwiderte Forrester unbewegt. Er hoffte nur, dass Joe nie dahinterkam, was in diesem Raum tatsächlich passiert war.

Joe betrachtete ihn nachdenklich.

Sein Boss hob die Augenbrauen. „Ich habe eben die richtigen Worte gefunden, um sie zu überzeugen."

„Sie haben Sie bedroht, Sir?"

Forrester lehnte sich zurück. Er hoffte, dass sein Gesicht nicht einen zu offensichtlichen Ausdruck von Selbstzufriedenheit angenommen hatte. Selbstzufriedenheit, die auf kurzer, wenn auch sehr heftiger sexueller Befriedigung an Lana McKenzie beruhte. „Stimmt. Ich habe ihr gedroht, sie im Bordell zu belassen. In der Abteilung für Sado-Maso. Ein einschlägiger Film dazu hat sie auf die Idee gebracht, dass dies nicht unbedingt etwas in ihrer Linie sein könnte. Vor allem nicht als gefesselte und geknebelte Sklavin. Ich habe lediglich versucht, ihr die Vorteile einer Zusammenarbeit gegenüber diesem Schicksal nahe zu bringen." Eher hätte er sich die Zunge abgebissen, als Joe die Wahrheit zu sagen.

Und jetzt befand sich Lana McKenzie wieder im Hotel. In einer Suite, die er gemeinsam mit ihr bewohnte, und die aus zwei Schlafzimmern und einem Wohnzimmer bestand. Die Tür vom Gang in ihr Schlafzimmer war versperrt, und er war der Einzige, der einen Schlüssel dazu besaß. Und im Wohnzimmer saß Tag und Nacht einer seiner Mitarbeiter.

„Sie hat diese ... Vorteile eingesehen." Joes Tonfall, seine Haltung waren eine einzige Missbilligung.

„Offensichtlich." Forrester, sonst in dieser Hinsicht eher gewissenlos, mied den vorwurfsvollen Blick seines Assistenten. Der Junge war wirklich verdammt spießig. Er wandte sich wieder den Geheimdienstberichten zu. Nach einer Weile wurde er sich des starren Blickes seines Untergebenen bewusst. „Was ist?"

„Hätten Sie's getan?"

„Nein."

„Das wäre aber besser gewesen."

Forrester sah hoch, und Joe drehte sich um. Michael Perkins stand in der Tür.

Forresters Blick wurde kühl. „Wie darf ich das verstehen?"

„Dass ich Ihre Gefangene stark in Verdacht habe, ein doppeltes Spiel zu spielen, Forrester."

„In welcher Beziehung?"

„Ich habe keine Beweise, aber es ist möglich, dass sie sehr wohl mehr über Charles Pratt weiß, als sie Ihnen gegenüber zugegeben hat. Möglicherweise arbeitet sie sogar die ganze Zeit über Hand in Hand mit ihm."

Joe warf seinem Boss einen schnellen Blick zu. Er hatte sehr wohl bemerkt, dass Forrester diese Frau mit mehr als nur beruflichem Interesse betrachtete, aber dass ausgerechnet der Wichtigtuer Perkins das Thema anschnitt, ging ihm gegen den Strich.

„Sie hat heimlich Nachrichten entgegengenommen", fuhr Perkins fort.

„Nachrichten?" Forrester hatte sich im Stuhl zurückgelehnt. Er griff nach einem Kugelschreiber, spielte jedoch nicht damit, sondern schloss die Faust darum. Gerade so, als wollte er jemanden erwürgen. Joe konnte nicht sagen, ob es Perkins war oder diese McKenzie.

„Telefonisch. Wir haben die Leitung abgehört, allerdings war der andere Teilnehmer nicht zu identifizieren. Es könnte aber Charles Pratt gewesen sein."

Forrester erhob sich und ging im Raum umher. Das verschaffte ihm eine Pause, um nachdenken zu können und Perkins nicht ansehen zu müssen. Außerdem wurde sein Kopf davon wieder klarer. Er hatte in den letzten Tagen kaum geschlafen, war über Akten gesessen, hatte sich alles durchgelesen, was sein Büro und Joe ihm an Daten herbeischaffte. Daneben hatte er noch Geheimtreffen mit Leuten gehabt, die ihm weiterhelfen konnten. Und wenn er schlief, träumte er von Lana McKenzie.

Erfreulich feuchte, aber auch beängstigende Träume, in denen sie verfolgt und bedroht wurde, und er es nicht verhindern konnte.

Und jetzt musste er sich auch noch den Kopf darüber zerbrechen, ob sie tatsächlich Kontakt mit ihrem Liebhaber hatte, ohne ihn darüber zu informieren. Das war nicht abwegig. *Eher sogar wahrscheinlich*, dachte er ergrimmt. Obwohl sie ihm versprochen hatte, nichts ohne sein Wissen zu tun. „Welchen Inhalt hatte das Gespräch?"

„Es ging um ein Treffen."

„Sonst noch etwas?"

„Sie erinnern sich an diesen Wong, den wir beim Botschafter getroffen haben?"

„Natürlich. Ging es in dem Telefonat etwa auch um ihn?"

„Nein, aber ich glaube, dass er mehr in das Spiel verwickelt ist, als ich bisher dachte. Ich vermute sogar, dass er sehr enge geschäftliche Kontakte zu Chen hat."

„Der Triaden-Chen?"

„Oder auch Onkel Chen genannt. Allerdings nur unter seinesgleichen. Wie Sie ja wissen, haben alle Triadenführer oder Drachenköpfe eigene Namen – meist recht ausgefallene. Dieser jedoch scheint sich darin zu gefallen, eine familiäre Note in seine Organisation zu bringen."

Forrester überhörte den Spott. „Und inwiefern ist das jetzt interessant?"

„Ich bin davon überzeugt, dass hier ein enger Zusammenhang zwischen diesen Leuten, Charles Pratt und dem Syndikat besteht. Inwieweit kann ich noch nicht sagen. Aber es ist schon öfter der Name ‚Jadedrache' gefallen."

Forrester ließ sich seine Überraschung nicht anmerken. Joe und er hatten diesen Namen bisher streng geheim gehalten und abgewartet, ob er von jemandem anderen aufgegriffen wurde. „Meinen Sie, dass auch hier ein Triadenführer dahintersteckt?"

„Durchaus möglich. Aber wenn Sie mich fragen, ist er noch mehr. Nämlich ein führender Kopf des Syndikats."

„Wie kommen Sie auf diese Idee?"

„Er taucht immer öfter auf. Auch in Gesprächen zwischen Chen und Wong. Und zwischen Chen und einem Chinesen, der sich die ‚Hand des Drachen' nennt."

„Woher …" Joe unterbrach sich, als Forrester die Hand hob.

„Ich nehme an, unsere Abteilung hier verfügt über ein lückenloses Abhörnetz."

Perkins grinste. „Stimmt. Zumindest ziemlich lückenlos. Wir hören hier mehr Leute ab, als Sie glauben würden. Das war schon immer so, aber seit Hongkong an China zurückgegeben wurde, sind wir noch weit vorsichtiger. Bei den Briten wussten wir, woran wir waren, bei den Chinesen gar nicht – oder nur bedingt. Jedenfalls ist der Jadedrache ein Hinweis, dem wir verstärkt folgen sollten."

„Haben Sie eine Ahnung, wer dahinterstecken könnte?"

Perkins Gesicht wurde plötzlich hart. „Nein. Aber mir wäre, verdammt noch mal, um einiges wohler, wenn dies der Fall wäre."

„Kann ich mir die Aufzeichnungen der Telefonate anhören?"

„Natürlich. Ich lasse Ihnen die betreffenden Bänder zukommen. Es sind keine langen Gespräche, wenn auch ziemlich aufschlussreich." Er wandte sich zum Ausgang. „Was unternehmen Sie wegen dieser Frau?"

„Sie meinen wegen des Telefonates? Ich werde mit ihr sprechen."

„Tun Sie das." Perkins klang kühl. „Und an Ihrer Stelle würde ich das bald tun. Die Frau tanzt Ihnen auf der Nase herum, Forrester. Ich weiß nicht, was zwischen Ihnen beiden im Bordell vorgefallen ist, und warum Sie überhaupt die Idee hatten, sie dort hinbringen zu lassen, aber ich hoffe, Sie haben nichts verraten."

Forrester sah Perkins abweisend an. Er wusste, dass er auf die Telefonate anspielte, und Lanas Anwesenheit im Bordell offenbar genügend Leuten Gesprächsstoff abgegeben hatte.

Joe machte große Augen, und als Perkins gegangen war, trat er näher. „Was sollte diese Bemerkung über das Bordell im Zusammenhang mit den Telefonaten? Meinen Sie, dass darüber gesprochen wurde?"

„Vermutlich." *Nicht nur vermutlich*, setzte er in Gedanken hinzu, *sondern mit absoluter Sicherheit.* Forrester nahm wieder hinter dem Schreibtisch Platz. Dieses Mal würgte er den Kugelschreiber ganz offensichtlich.

„Wir scheinen einen Schritt weiter zu sein, Sir", sagte Joe. „Das ist das erste Mal, dass wir hier etwas über den Jadedrachen hören. Vor allem finde ich den Zusammenhang zwischen Wong und diesem ‚Onkel' Chen verdächtig. Ein Beweis, dass das Syndikat hier mit den Triaden kooperiert."

„Der Zusammenhang ist nicht von der Hand zu weisen", stimmte Forrester zu. Er warf den Kugelschreiber ungeduldig auf den Tisch. „Wir werden das überprüfen. Aber eines nach dem anderen. Zuerst schaffen Sie mir Lana McKenzie hierher. Ich werde sie zu diesem Telefonat befragen."

***

Forrester hatte ungefähr zwei Stunden Zeit, bis Lana von ihrem Hotel, in dem sie Hausarrest hatte, zu ihm gebracht wurde. In Hongkong herrschte gerade Hauptverkehrszeit, und der Verkehr stand auf manchen Straßen so gut wie still.

Forrester nutzte diese beiden Stunden, um die Bänder abzuhören, die Perkins ihm tatsächlich durch einen der Botschaftsmitarbeiter hatte überbringen lassen. Sie waren nicht uninteressant, aber am aufschlussreichsten war ein Gespräch, das Onkel Chen mit der ‚Hand des Drachen' geführt hatte. Offenbar hatte der Jadedrache genügend Einfluss auf die Triaden Hongkongs und sogar auf jene ehemaligen Köpfe wie Chen, dass er von ihnen „Gefälligkeiten" verlangen konnte. *Guanxi* – eine Hand wäscht die andere – und in diesem Fall konnte die unterlegene Hand froh sein, wenn sie von dem guten Freund nicht abgehackt wurde. Eine unerfreuliche Situation für alteingesessene Triaden.

Die Bänder waren tatsächlich nicht lang, und Forrester hatte im Anschluss daran noch Zeit genug, nachzudenken. Nämlich über die Bänder und Lana McKenzie, während er im Zimmer herumlief wie ein Tiger in seinem Käfig. Jetzt, wo er alleine war, brauchte er nicht den Anschein kühler Gelassenheit zu wahren und konnte es sich leisten, seinen Ärger und seine Frustration in kinetische Energie umzusetzen.

Die Bänder bewiesen jedem, der sie abgehört hatte, dass Onkel Chen nicht nur der Besitzer des Bordells war, in dem Forrester Lana „verhört" hatte, sondern dass er dem Jadedrachen offenbar gestattet hatte, jede Szene in diesem Raum mitzufilmen und mitzuhören. Ein Wissen, das Forrester ärgerlicherweise jetzt mit Perkins – und wer weiß noch wie vielen Botschaftsmitarbeitern – teilte.

Forrester war froh, dass Joe nicht dabei war, als er die Bänder abhörte. Der Knabe war ohnehin schon viel zu misstrauisch. Er argwöhnte zwar, dass im Bordell einiges vor sich gegangen war, aber er hatte nicht den leisesten Schimmer, was wirklich passiert war. Und wenn es nach Forrester ging, würde er es auch nie erfahren.

***

Als Lana eintrat, wartete Forrester ruhig hinter dem Schreibtisch sitzend. Er winkte ihr nur kurz zu, auf der anderen Seite Platz zu nehmen, und wandte sich dann wieder dem vor ihm stehenden Laptop zu.

Lana setzt sich hin, schlug die Beine übereinander und wartete. Eine Minute. Zwei Minuten. Dann begann sie mit der Fußspitze leicht gegen die vordere Wand des Schreibtisches zu klopfen. Es war ein großer Tisch und ungewöhnlich für Hongkong, wo üblicherweise alles dem modernsten Geschmack entsprach. Dieser Tisch jedoch war alt, mindestens hundert Jahre, die Tischplatte entsprechend abgekratzt, der vordere Teil durch eine schön geschnitzte Frontplatte geschlossen, und das ganze antike Stück saß auf gedrechselten Kugeln auf.

Als er nach drei Minuten immer noch nicht hochsah, rutschte sie auf dem Stuhl nach vorn, beugte sich über den Tisch und schob den Laptop zur Seite. „Was war so dringend, dass dein Adlatus mich aus dem Bad geholt und hierher gebracht hat?"

„Aus dem Bad?" Forresters Blick glitt rasch über sie, so, als würde er hoffen, sie immer noch nass und nackt zu sehen, mit hochgestecktem Haar und Badeschaum auf dem Busen. Und tatsächlich waren einige Strähnen ihres Haares noch feucht. Unwillkürlich formte sich ein Bild in seinem Kopf. Eine große Badewanne, ein Duschkopf, ein bisschen Plastikspielzeug und eine sich windende und stöhnende Brünette mit harten Warzen und dunkelroten Höfen, die vom Wasserstrahl gequält wurden. Gespreizte, zart gebräunte Schenkel, ein schlankes Bein über dem Rand der Wanne. Er selbst in der Wanne kniend, Wassertropfen, die erotisch über seine Brusthaare perlten, sein harter Schwanz Richtung Möse gewandt, die dunkel und rosig im Wasser auf ihn wartete.

Er lockerte seine Krawatte und wandte sich wieder dem Laptop zu. Das kleine Luder hatte ihn hintergangen, und er hatte nichts besseres zu tun, als sich in erotischen Fantasien zu verlieren.

„Wann hast du eigentlich vorgehabt, mich darüber zu informieren, dass dein … ‚Bräutigam' mit dir Kontakt aufgenommen hat?"

„Ihr hört also mein Telefon ab!" Lana hatte interessiert sein Mienenspiel beobachtet und lehnte sich jetzt wieder zurück. Mark Forrester mochte für andere vielleicht undurchsichtig scheinen, für sie aber war er ein offenes Buch. Zumindest, wenn er an Sex dachte.

„Nicht nur deines", lautete die kühle Antwort. „Also? Ich höre."

„Warum hätte ich das sagen sollen? Das war völlig unnötig." Das war es wirklich gewesen. Charles hatte nur kurz mit ihr gesprochen und nach wenigen Sekunden aufgelegt, damit sein Anruf nicht zurückverfolgt werden konnte. Er hatte gehetzt geklungen, sehr gestresst. Aber er wollte sich wieder melden. Zweifellos wusste er längst, dass sie in Forresters Hand war. Wenn er tatsächlich darauf abzielte, diesen zu erledigen, dann musste er sich darüber informieren, auf wessen Seite sie stand. Er würde bestimmt wieder versuchen, mit ihr Kontakt aufzunehmen – und sich vielleicht sogar mit ihr treffen wollen. Zeit genug, Forrester dann zu informieren.

In Forresters Augen blitzte es gefährlich auf, als er sich vorbeugte. Der Tisch war so breit, dass Lanas ebenfalls blitzende Augen immer noch gut einen Meter entfernt waren. Augen, deren Schönheit ihn im Moment nicht interessierte, sondern nur die Rebellion darin. „Dein Charles ist ein Auftragsmörder, falls du das schon vergessen haben solltest. Außerdem ist deine Einschätzung, ob das Telefonat wichtig war oder nicht, irrelevant."

Lana setzte sich gerade auf. „Wenn meine Meinung so irrelevant ist, kann ich ja wieder gehen." Sie erhob sich, machte sich betont lässig und mit den Hüften wiegend auf den Weg zur Tür. Forrester bekam sie in dem Moment zu fassen, als sie die Hand auf den Türknauf legte, und riss sie so hart zurück, dass sie stolperte. Sie wäre gestürzt, hätte sie sich nicht an seiner Jacke festgehalten, und er nicht schnell den Arm um sie gelegt. Statt sie dann jedoch freizugeben, hielt er sie weiter fest.

„Lass mich los!"

„Du wirst mir jetzt zuhören, McKenzie. Falls du das nämlich alles für ein amüsantes Spiel ansiehst, in dem du agieren kannst, wie es dir in den Kopf kommt, dann wirst du schnell bemerken, dass du dich täuschst. Du wirst es mir in Zukunft sofort sagen, wenn Pratt sich meldet – ohne dass ich es zuerst von anderen Leuten erfahren muss!"

„Und wenn nicht? Was willst du dann tun? Mich wieder ins Bordell bringen und mich dort ‚verhören'? Noch Schlimmeres androhen? Gefängnis?"

„Warum nicht? Die Wärter dort haben bestimmt interessante Methoden mit Frauen wie dir umzugehen. Und dieses Mal wäre alles real." Er fasste sie an den Schultern und schüttelte sie. „Hör auf, dich wie eine dumme Gans zu benehmen und sieh deinen sogenannten Verlobten einmal im richtigen Licht! Er ist ein Verbrecher. Ein bezahlter Mörder!"

„Was geht mich das an!"

„Verdammt, es war ein harter Tag, und ich habe nicht mehr richtig geschlafen, seit ich von New York abgeflogen bin. Meine Laune ist auch dementsprechend schlecht, also fordere mich nicht heraus!" Er war tatsächlich so müde, dass er drauf und dran war, vollends seine Beherrschung zu verlieren.

„Na und! Meinst du, mir geht es besser? Wer wird denn von wem gefangen gehalten? Du oder ich?!" Sie versuchte, ihn wegzustoßen. Er hielt sie fest, sie trat ihm auf den Fuß, entwand sich seinem Griff, als er zusammenzuckte, und gleich darauf waren sie in eine Rangelei verwickelt, die von Forresters Seite durch begehrlichen Zorn und von Lanas Seite durch reine Wut gekennzeichnet war. Forrester stöhnte verhalten auf, als ein weiterer Tritt ihn traf, dieses Mal ans Schienbein, und Lana kreischte wütend, als er sie an der Jacke zu packen bekam, ihre Bluse mitfasste und beides beim Festhalten aufriss.

Er nützte die Gelegenheit, als sie sich nach ihrem Schuh bückte, den sie beim Tritt verloren hatte, um einen gut platzierten, reichlich schmerzhaften Schlag auf ihren Hintern anzubringen, der wiederum sein Verlangen noch mehr in eine gewisse erotische Richtung lenkte, und sie vollends gegen ihn aufbrachte. Da war es nicht weiter verwunderlich, dass sie sich daraufhin mit erhobenen Fäusten auf ihn stürzte und jede Schwäche seiner Deckung ausnutzte, um ihn zu verdreschen, wobei sie ihn mit Kraftausdrücken bedachte, die sie sich über das ganze letzte Jahr hinweg aufgespart haben musste.

Am Ende lag sie keuchend mit dem Gesicht nach unten auf dem Schreibtisch, von Forrester niedergedrückt, der ihre Hände auf dem Rücken festhielt und ihr, während sie erfolglos versuchte, nach ihm zu treten, ebenso heftige wie auch erotisch motivierte Drohungen ins Ohr zischte. Ihre Jacke lag neben ihren Füßen auf dem Boden, und von ihrer Bluse fehlten zwei Knöpfe.

„Dir gefällt es ja nur, eine Frau zu unterdrücken, sie zu unterwerfen und dich daran aufzugeilen!", keuchte sie außer sich.

Das konnte Forrester zumindest in diesem speziellen Fall nicht abstreiten. Die Rangelei, ihre Nähe, die Hitze ihres Körpers, ihr Zorn hatten ihn tatsächlich erregt. Der Wunsch, sich endlich an ihr und in ihr abzureagieren, erfasste sein ganzes Gehirn. Am liebsten hätte er sie auf das Sofa in der Ecke gezerrt, und sie so gründlich durchgebumst, dass es ihr die Stimme verschlug.

„Das würde dein edler Verlobter wahrscheinlich nicht tun, was? Aber ich werde dir jetzt zeigen, was passiert, wenn du mir noch einmal eine Information vorenthältst, die für mich und andere lebenswichtig sein könnte." Sein Atem strich heiß über ihren Hals, ihre Wange, ihr Ohr, als er sie mit seinem Oberkörper niederhielt. Dann rutschte er etwas zur Seite, bis ihr Hintern prall und verlockend über den Tisch gebeugt frei lag, und ergriff ihre Handgelenke mit einer Hand.

Um es für sie beide noch unterhaltsamer zu gestalten, schob er den Rock hoch. Sie trug einen Stringtanga! Wie angenehm! Einige Momente lang vergnügte er sich mit dem Anblick dieser wohlgeformten Backen, wobei das chinesische Schriftzeichen auf der rechten Seite einen besonderen Reiz auf ihn ausübte. Er strich zärtlich darüber und bekämpfte nur mit Mühe den Einfall, sich hinabzubeugen und einen Kuss darauf zu hauchen.

„Lass mich los, du …"

Forrester besann sich auf seine ursprüngliche Absicht, holte aus und schlug zu. Das Klatschen dröhnte durch den Raum, seine Hand brannte, und auf McKenzies Hintern entstand eine rötliche Stelle. Ein Glück, dass eine Frau wie sie so selten Hosen trug, denn so war das viel effektiver.

Und reizvoller. Jedenfalls für ihn.

Lana fluchte, als der Schlag sie traf. Dann der zweite. „Hör auf, du Schwein!"

„Ja, fluch nur, es nützt dir nichts".

Das Telefon summte. Forrester überhörte es, aber als es zu penetrant wurde, hielt er inne und angelte es zu sich heran, bis er abheben konnte.

Es war Joe. „Sir, Mr. Chen und der Beauftragte Wong sind hier. Sie möchten Sie sprechen. Dringend."

„Jetzt nicht." Er war tatsächlich ein wenig außer Atem. Noch dazu, wo er den Hörer zwischen Kopf und Schulter klemmen musste, um mit der Hand Lanas Mund zuzuhalten.

„Sir ... Sie stehen fast vor Ihrer Tür." Joe sprach es nicht aus, aber Forrester wusste, dass sie sich nicht abweisen ließen und jeden Moment hereinkommen konnten.

„Eine Minute." Er warf den Hörer auf, riss Lana hoch und drehte sie zu sich herum.

„Was ist?"

„Er darf dich hier nicht sehen."

„Wer?"

„Der Beauftragte Wong. Und er ist noch dazu nicht alleine."

„Na und? Soll er doch! Und die anderen gleich mit. Deine Schweinereien sehen sie dann nämlich ebenfalls! Was glaubst du, was die für Augen machen werden, wenn sie sehen, wie amerikanische FBI Beamte ihre Gefangenen behandeln, Special Agent Arsch!" Sie machte Anstalten, zur Tür zu rennen.

„Halt den Mund und komm her." Forresters Stimme klang scharf.

„So besorgt um deinen Ruf?"

„Nein, verdammt! Um dich! Um niemanden mehr! Und jetzt komm her! Es wäre äußerst nachteilig, wenn die beiden dich hier in diesem Zustand sehen. Ich kann diesen Leuten nicht vertrauen. Wong könnte mit dem Syndikat in Beziehung stehen."

Sein unfreundliches, aber durchaus ernsthaft vorgebrachtes Argument überzeugte Lana, ihm nachzugeben. Er ergriff ihren Arm und sah sich hektisch um. Kein Schrank, kein Vorhang, keine Seitentür.

Er zerrte sie durch den Raum bis zum Schreibtisch und drückte sie dort zu Boden, bevor er sie unter die Tischplatte schubste. Ehe sie noch heftiger protestierten konnte, hatte er auch schon ihre Jacke ergriffen und warf sie ihr unter dem Tisch ins Gesicht. Der Schuh und die Tasche folgten nach. Ihre Stimme klang erstickt, als sie ihre Jacke von ihrem Kopf zog. „Was ..."

„Du bleibst da unten", herrschte er sie an, als sie Anstalten machte, wieder vorzukommen. „Und dass ich nicht einmal auch nur ein Haar von dir hier vorne sehe." Er richtete sein Sakko und stellte sich aufrecht vor den Tisch, mit seinen Beinen Lana dahinter fixierend. Zum Glück war da vorn die Platte, die einen Besucher daran hinderte, unter den Tisch zu sehen. Vermutlich hatten schon Generationen von Büroangestellten dahinter ihre schmerzenden nackten Füße versteckt. Und jetzt versteckte er eine Frau und seine Erektion dahinter. Er konnte nur hoffen, dass Joe sich nicht geirrt hatte, und hier im Raum tatsächlich keine Wanzen vorhanden waren.

Joe trat ein. „Mr. Wong und Mr. Chen, Sir ...“

Joe sah sich genau um, sein Blick flog halb besorgt, halb neugierig durch den Raum, um jedes verräterische Anzeichen zu entdecken. Lana hatte laut genug geschrien, und vermutlich erwartete Joe nun eine Leiche vorzufinden. Erst als Forrester ihm zunickte, trat er beiseite, um den Männern den Weg freizugeben.

Forrester wandte sich ihnen höflich zu. „Sie hätten sich doch nicht herbemühen müssen, ich hätte Sie gewiss aufgesucht.“

Er zuckte zusammen, als eine zarte Frauenfaust seine Zehen traf.

„Wir kommen hoffentlich nicht in einem ungeeigneten Moment.“

„Nein, natürlich nicht. Allerdings ...“

Wong machte einen Schritt nach vorn. „Wir halten Sie nicht lange auf.“

Forrester unterdrückte ein gequältes Stöhnen, als er sich gezwungen sah, den beiden Platz anzubieten. Joe schob schnell noch einen Stuhl hinzu und blickte seinen Vorgesetzten hinter dem Rücken der beiden fragend an. Der machte nur eine unauffällige Geste mit den Schultern und Joe zog sich zurück, um Tee bringen zu lassen. Forrester warf einen schnellen Blick zwischen seine Beine hindurch unter den Tisch, bevor er mit einem undurchdringlichen Gesichtsausdruck hinter dem Schreibtisch Platz nahm. Ihm war jetzt vor allem daran gelegen, dieses verrückte Weib da unten ruhig zu halten.

Lana kauerte unter dem Tisch, zerknüllte zornig ihre Jacke in der Hand und starrte wütend an Forresters Knie vorbei, sah jedoch nicht mehr als den Verschluss seiner Hose, seinen Gürtel und ein Stück von der Anzugjacke. Als sie ihre Position verändern wollte, um es sich bequemer zu machen, griff er mit der Hand hinunter und drückte sie zurück. Energisch stieß sie seine Hand fort.

Er gab ihr einen Schubs mit dem Fuß. Wutentbrannt ballte sie die Faust, hob sie hoch und wollte sie mit Kraft abermals auf seine Zehen sausen lassen, als sie plötzlich innehielt.

Eine weitaus bessere Idee war ihr gekommen, um jetzt und hier mit ihm abzurechnen. Während oberhalb des Tisches der Beauftragte Wong und Chen auf chinesische Art allgemeine Höflichkeiten mit Forrester austauschten, legte sich ein böses Lächeln über ihr Gesicht. Langsam, unendlich langsam und trügerisch zärtlich schob sie Forresters rechtes Hosenbein über den Socken hoch, bis seine kräftige Wade zum Vorschein kam. Sie strich zärtlich mit den Fingerspitzen darüber. Forrester versuchte sie abzuschütteln, aber sie hielt ihn fest, umklammerte ihn mit einem Arm. Dann ließ sie ihre Zunge dort folgen, wo soeben noch ihre Finger gewesen waren. Nicht, dass ihr bei einem anderen Mann eingefallen wäre, mit der Zungenspitze kleine Ringelchen aus seinen Beinhaaren zu drehen, aber bei Forrester erschien es ihr selbstverständlich. Es war schließlich sein Bein, es roch nach ihm, war für sie ebenso unwiderstehlich wie der Rest seines Körpers. Er hielt still, und sie hätte schwören können, dass er es genoss.

Dann machte sie den Mund weit auf und biss zu.

Forrester fuhr mit einem unterdrückten Schrei hoch. Sie hielt ihn fest und zerrte ihn wieder zurück.

„Was ..." Wong sah ihn irritiert an. Chen dagegen fasste ihn unangenehm scharf ins Auge.

„Mir ...", Forrester räusperte sich, „ist nur etwas eingefallen." Er versuchte, McKenzie unauffällig mit dem anderen Fuß abzustreifen. „Ein Termin ..."

Forrster sah sich gezwungen, Lanas Zerren nachzugeben und hockte sich wieder hin, wobei er so weit wie möglich von ihr Abstand hielt. Im nächsten Moment schlang sich etwas um sein Bein. Es gehörte wenig Fantasie dazu, darin einen von Lanas Strümpfen zu vermuten, den sie als Fessel benutzte.

Lana begann an der Stelle zu lecken, die sie eben noch so grausam behandelt hatte, aber Forrester war auf der Hut. Sie musste etwas planen. Entweder wollte sie ihm beim nächsten Mal tatsächlich ein Stück Fleisch herausbeißen, oder sie hatte noch Schlimmeres vor.

Schlimmeres, dachte er geplagt, als er ihre Hand spürte, die unter der Hose langsam bis zu seinem Knie hinaufwanderte. Beiläufig griff er hinunter, ertastete einen Schwall weichen Haares, aber sie wich ihm lautlos und wendig aus – und zu auffällig konnte er nicht nach ihr fassen, sonst wären die anderen aufmerksam geworden. Ein wahres Wunder, dass dies bisher noch nicht der Fall war.

Forrester hatte ernsthafte Probleme. Es war jetzt bei Weitem zu spät, Lana hervorzuholen, alles als ein Missverständnis darzustellen und sie mit einem kühlen Lächeln – als wäre es völlig normal, eine Halbnackte unter dem Tisch zu haben – an den beiden Männern vorbei aus dem Zimmer zu schaffen.

Als sie vorhin so zart an seinem Bein geleckt hatte, waren angenehme Schauer hinaufgewandert, aber nun wurde er besorgt. Sein rechtes Bein war schon fixiert, jetzt fummelte sie am linken herum. Er griff abermals unter den Tisch, bekam sie zu fassen und schloss im nächsten Moment innerlich fluchend die Augen. Dieses Luder hatte ihn schon wieder gebissen. Dieses Mal in den Finger. Er unterdrückte den Drang, seinen malträtierten Zeigefinger näher zu untersuchen und gab Wong, der noch immer nicht zum Zweck seines Besuchs gekommen war, höfliche, aber nichtssagende Antworten.

In der Zwischenzeit hing schon sein zweites Bein am Sessel fest. Und zwar so, dass seine Schenkel gefährlich weit geöffnet waren. Langsam öffneten geschickte Finger den Reißverschluss seiner Hose. Forrester sah sich hin und her gerissen zwischen dem Wunsch, diese Frau unter dem Tisch K.O. zu schlagen und dem Bedürfnis, ihre Hände und ihre Zunge so schnell wie möglich auf seinem Schwanz zu fühlen.

Lana brauchte nicht lange nach Forresters Penis zu angeln. Er sprang, vom Stoff und Druck befreit, erleichtert heraus, ihr entgegen. Sie schnupperte. Er roch so schön anregend nach Mann und nach Forrester. Spielerisch leckte sie darüber und merkte sofort, wie Forresters Schenkel sich anspannten. Sie grinste diabolisch. Er saß in der Patsche. Einerseits konnte er sie nicht einfach unter dem Tisch vorziehen, und andererseits durfte er sich nichts anmerken lassen. Und die beiden loszuwerden, musste schwierig sein. Sie hatten es sich auf der anderen Seite des Tisches offenbar recht bequem gemacht. Zum Glück ging die Frontplatte fast bis zum Boden, sodass die beiden nicht hereinsehen konnten, und sie umgekehrt nur die Schatten ihrer Füße erkannte.

Lana spielte eine Zeit lang mit Forresters Penis. Leckte mal drüber, kitzelte ihn, streichelte, massierte, saugte ein bisschen, schob sachte die Haut auf dem harten Kern auf und ab, zog sie ganz zurück und legte die Eichel frei. Gelegentlich griff sie tiefer in die Hose, kitzelte seine Hoden und triumphierte heimlich, als sie sah, dass er seine Zehenspitzen durch die Schuhe bohrte, vor Anstrengung, sich oberhalb der Tischplatte unauffällig zu benehmen.

Schließlich fasste sie seinen Penis mit beiden Händen, bog ihn hinauf und massierte mit den Daumenspitzen auf der Unterseite gleichzeitig diesen gewissen, sehr stimulierenden Punkt direkt unter der Eichel und den anderen, ebenfalls recht anregenden, tiefer unten, knapp beim Übergang zu den Hoden. Es war nicht einfach, mit dem Daumen dorthin zu kommen, da Forrester mit aller Kraft versuchte, die Schenkel aneinanderzupressen, aber Laura war geschickt, und als sie den Daumen mal an der richtigen Stelle hatte, war Forrester ohnehin chancenlos.

Sie gönnte ihm keine Sekunde Ruhe, wenn sie auch sehr sachte umging, aber doch heftig genug, um seine Beine zucken und sich innerlich winden zu lassen. Sie wusste, dass er sich von Zeit zu Zeit die Stirn abwischte, während er – um einen normalen Tonfall bemüht – mit Wong, der geschickt versuchte, Forrester über seine Recherchen auszuhorchen, die kriminelle Lage in Hongkong diskutierte. Sie horchte erst auf, als sie erwähnt wurde.

„Was ich fragen wollte", fing Wong an. „Hat sich die Sache mit dieser Amerikanerin geklärt?"

„Amerikanerin?" Forrester spielte den Verständnislosen.

Lana hielt Forresters Penis still in der Hand und lauschte.

„Ja, jene, die vermutlich Kontakte zum Syndikat hatte."

„Ach ja, die. Das wird noch überprüft. Sie befindet sich noch in Hongkong."

„Hat sie beim Verhör keinen Hinweis auf ihren Partner gegeben? Der Mann soll sich doch angeblich hier aufhalten. Und er soll noch Komplizen haben."

„Ich sagte ja schon, das wird überprüft. Aber darf ich fragen, welcher Art Ihr Interesse daran ist, Mr. Wong?"

Forrester hatte die Hände ruhig auf dem Tisch liegen und ließ Wong keine Sekunde aus den Augen. Zum Glück verhielt sich McKenzie im Moment ruhig, auch wenn ihr warmer Atem seinen Schwanz bis zur Glut aufheizte.

„Ich habe natürlich Peking über diesen Vorfall informiert. Auch darüber, dass Sie vermuten, dieses Syndikat könnte versuchen, Beziehungen zu lokalen Verbrecherorganisationen zu knüpfen. Peking ist sehr besorgt darüber." Er sah Forrester auffordernd an, aber der schwieg und wartete ab.

„Deshalb möchte ich Ihnen den Vorschlag unterbreiten", fuhr Wong fort, „diese Frau in den Gewahrsam der örtlichen Polizei zu überstellen."

„Bedaure. Vollkommen unmöglich. Sie ist eine der Kronzeuginnen gegen den Drahtzieher des Anschlags, der vor Kurzem in New York gegen mich und andere FBI Agenten durchgeführt wurde. Sie wird derzeit noch unter meiner Aufsicht bleiben und dann nach New York überstellt werden. Im Moment befindet sie sich gut bewacht im Hotel."

„Im Hotel? Derzeit aber nicht", widersprach Wong zu seinem Ärger. „Mir wurde gesagt, dass Ihr Kollege, Joe Melbourne, sie in Ihrem Auftrag hierher gebracht hat."

Stimmt. Sie sitzt unter dem Tisch und malträtiert meine Genitalien. „Stimmt", sagte er laut. „Sie war hier und wurde verhört. Weshalb fragen Sie?"

„Ich wollte ihr einige Fragen stellen."

„Das geht heute nicht mehr, sie ist bereits wieder auf dem Weg ins Hotel. Und jetzt", wandte er sich an Chen, „würde es mich interessieren, in welcher Form Sie in diese Sache involviert sind, Mr. Chen."

„Nun", erwiderte Chen, „meine Geschäftspartner werden unruhig. Die Tatsache, dass die Geliebte eines Auftragskillers nach Hongkong gekommen ist und von einem amerikanischen FBI Agenten entführt und versteckt wird, hat sich natürlich herumgesprochen."

„Sie wurde weder entführt, noch wird sie versteckt", sagte Forrester kalt. „Sie befindet sich im Rahmen einer offiziellen Untersuchung des FBIs in Gewahrsam."

Sein scharfer Blick bohrte sich in Chen. „Darf ich vielleicht erfahren, wer Ihre Geschäftspartner sind?"

„Darüber möchte ich lieber nicht sprechen. Aber die Beziehungen reichen bis nach Peking. Und ich kann die Sorge, die von dieser Seite ausgesprochen wurde, nur bestätigen."

„Das ist richtig", mischte sich Wong ein. „Sollte diese Dame wirklich Kontakte mit dem Syndikat haben, so finde ich es riskant, sie nicht unter bessere Bewachung zu stellen."

„Soll das heißen", fragte Forrester mit einiger Schärfe, „dass die chinesische Regierung plant, sich intensiver mit dieser Angelegenheit zu befassen?" In diesem Fall musste er alles tun, um Lana so schnell wie möglich aus dem Land zu bekommen.

„Nicht, solange wir annehmen können, dass alles für die Sicherheit Hongkongs getan wird. Die Anwesenheit dieses Mörders und seiner Geliebten beunruhigt, wie Sie hörten, verschiedene Leute. Soviel wir über diesen Charles Pratt herausgefunden haben, war er schon in mehreren Anschlägen involviert. Und da fragt man sich natürlich, wer hier das nächste Ziel sein könnte. Es wäre auch für die Beziehungen zwischen China und Ihrem Land sehr unvorteilhaft", er betonte die folgenden Worte, „sollte Ihnen hier etwas zustoßen."

Das war die Art, wie man in China verblümte Drohungen aussprach. Aber Wong gab sich damit nicht zufrieden. Er legte ihm eine Zeitung hin. „Dies hier ist ein weiterer Grund für meinen Besuch. Weil ich von Ihnen wissen wollte, was es damit auf sich hat."

Forrester nahm die Zeitung in die Hand. Es war die South China Morning Post, und auf der von Wong aufgeschlagenen Seite prangte eine schwarzumrandete Todesanzeige im westlichen Stil.

Sekundenlang verschlug es ihm die Sprache. Zum Glück war Lana unter dem Tisch still. Sie musste spüren, dass etwas vor sich ging, das sogar ihn kurzzeitig erschüttern konnte – sie hatte seinen Schwanz losgelassen, und ihre Hand lag ruhig auf seinem Knie.

Denn was er hier las, war sein eigener Nachruf.

Er fasste sich schnell. „Da war jemand sehr aufmerksam und wollte wohl meinen Hinterbliebenen Arbeit abnehmen."

Wong beobachtete ihn genau, und Forrester wusste, dass er ihm diese Zeitung nicht aus purer Menschenfreundlichkeit hingelegt hatte. Es war eine weitere Warnung. Wong spielte den besorgten Überbringer, aber es ging ihm darum, dieser

Anzeige Nachdruck zu verleihen. Entweder kam er im Auftrag desjenigen, der sie veranlasst hatte, oder er war es selbst gewesen.

„Wir sind besorgt um die Beziehungen zu Amerika", ließ sich Wong vernehmen. „Falls dies nicht nur ein schlechter Scherz ist, so wäre es äußerst unangenehm, wenn jemand hinter diesem Nachruf stünde, der die Absicht zeigt, ihn zur Realität werden zu lassen."

Forrester schob die Zeitung von sich und sah zuerst Wong, dann Chen lange und gründlich an. „Ich verstehe, was Sie mir damit sagen wollen, Mr. Wong. Und ich danke Ihnen für Ihre Besorgnis."

„Es ist nicht der erste Nachruf", mischte sich Chen wieder ein. „Es hat sich gestern bereits einer in der Zeitung gefunden. An Ihrer Stelle, Mr. Forrester, würde ich mir meine Gedanken dazu machen."

Forresters Augen wurden schmal. „Wollen Sie mir drohen, Mr. Chen?" Ihm missfiel die Art, wie Chen nachdenklich den Schreibtisch betrachtete. Er hatte sich vorhin sogar leicht zurückgelehnt und unauffällig versucht, unter die Frontplatte zu blicken. Forrester hatte das dumme Gefühl, durchschaut zu sein.

Chen sah ihn gleichmütig an. „Ich? Welchen Vorteil hätte ich, dem Vertreter eines Landes, mit dem meine Unternehmen Geschäfte machen, zu drohen?"

„Das frage ich mich auch", erwiderte Forrester knapp. Dann setzte er sich auf. „Wenn Sie mich jetzt bitte entschuldigen wollen. Der Termin …"

„Gewiss." Wong erhob sich sofort. Er hatte die Botschaft seines Auftraggebers überbracht. Chen folgte seinem Beispiel etwas langsamer. Er musterte von Neuem den Tisch und dann Forrester, beugte sich sogar nieder und hob etwas vom Boden auf, um es interessiert zu betrachten, bevor er es bedächtig vor Forrester auf den Tisch legte.

Ein abgerissener Blusenknopf.

Forrester hob energisch den Telefonhörer ab, um Joe hereinzurufen. „Ich kann Sie leider nicht hinausbegleiten", - sein bestes Stück lag dank der Besitzerin eben dieses Knopfes schließlich frei -, „aber mein Assistent wird so freundlich sein."

Als sich die Tür endlich hinter ihnen geschlossen hatte, gab Lana seinem Rollsessel einen Schub zur Seite und kam unter dem Tisch hervorgekrochen. Als sie an ihm vorbei wollte, geriet sie in Forresters unerbittlichen Griff.

„Oh nein, so nicht. Du beendest jetzt das, was du angefangen hast. Aber vorher muss ich noch etwas erledigen." Er hielt sie mit einer Hand fest, mit der anderen zog er das Telefon heran und wählte eine Nummer, dabei überflog er ein zweites Mal seinen Nachruf. Er hatte schon Drohanrufe und Drohbriefe bekommen, war in der Gewalt von Verbrechern gewesen, aber noch nie hatte er seinen eigenen Nachruf gelesen. Im Grunde wunderte es ihn, dass sein Schwanz dabei nicht gleich wieder von selbst schlaff wurde, sondern wieder nach Lanas Behandlung gierte. Man las nicht oft von seinem eigenen Tod, der darin bestand, dass man in seine Bestandteile zerlegt aufgefunden worden war.

Jemand meldete sich auf der anderen Seite der Leitung. Er sagte ihm den Namen der Zeitung, las ihm den Nachruf kurz vor, improvisiert ins Kantonesische übersetzt, damit Lana nicht mitbekam, worum es ging.

Als er auflegte, sah er, dass sie auf die Zeitung starrte. Er drehte das Blatt um, sodass die Todesanzeige nicht mehr sichtbar war. „Ich habe gesagt, dass du noch nicht fertig bist. Also: Worauf wartest du?"

Lana riss ihren Blick von der Zeitung los und sah auf seinen Penis, der halb erigiert aus seiner Hose ragte. Sie zögerte. Einerseits wollte sie ja selbst, aber andererseits fragte sie sich, ob es richtig war, ihm diesen Triumph zu vergönnen.

„Na, los. Mach schon."

Nichts leichter, als sich schulterzuckend anzuziehen und wegzugehen. Sie wusste, dass er sie nicht dazu zwingen würde. Er war mies, aber so mies denn doch nicht. Seine Stimme klang jedoch nicht befehlend, sondern müde und weckte damit Lanas Mitleid. Außerdem wollte sie noch herausfinden, was mit dieser Zeitung war. Seine Erwähnung der „Hinterbliebenen" hatte sie alarmiert.

Sie kniete sich vor ihn hin, nahm seinen Penis in beide Hände und setzte ihre Tätigkeit von vorhin fort. Es dauerte keine zwei Minuten, bis er wieder die ursprüngliche Härte hatte. Sie nahm ihn einfach und ohne viele weitere Spielchen in den Mund und saugte und streichelte, bis er kam. Ohne lange zu überlegen, schluckte sie sein Sperma hinunter. Eine Gewohnheit. Ein Zeichen von Vertrautheit und … Zuneigung. Und eine Behandlung, die sonst niemand so leicht von ihr erhielt.

Forrester hatte die Hände auf die Stuhllehnen gelegt und umfasste sie so fest, dass seine Sehnen deutlich heraustraten, und sich die Knöchel weiß abzeichneten. Als er kam – in Lanas Mund kam, dessen war er sich sehr erregend bewusst – lehnte er den Kopf zurück, die Augen halb geschlossen. Er öffnete sie erst, als sie danach sogar so weit ging, seine Hose wieder fachgerecht zu verschließen.

Etliche Herzschläge lang tauchten ihre Blicke ineinander. Seine Lippen zuckten. „Danke."

Lana gab ihm einen kleinen, freundschaftlichen Klaps aufs Knie, stand auf und richtete sich ihre eigene Kleidung, während Forrester sich hinunterbeugte und ihre Strümpfe von seinen Füßen band. Er warf sie ihr zu. „Hier."

Seine Bewegungen waren ungewohnt langsam. Links und rechts von seinem Mund hatte er tiefe Linien, die sie bisher an ihm nicht gekannt hatte. Er sah wirklich müde aus. Richtig fertig.

Lana fing ihre Strümpfe geschickt auf, nahm auf dem Stuhl Platz, auf dem der Beauftragte Wong noch eben gesessen hatte, und zog sich das feine Nylon über die Beine. „Diese Leute haben dein Interesse an mir bemerkt, Mark. Besonders dieser Wong scheint misstrauisch zu sein."

„Wong traue ich im Grunde nicht viel Misstrauen und schwerwiegende Denkprozesse zu, es müssen andere Leute hinter ihm stecken, die ihn angestoßen haben. Vermutlich irgendwelche Parteikader in Peking, die was rausfinden wollen." *Oder der Jadedrache*, setzte er in Gedanken hinzu. Er sah ihr geistesabwesend zu, betrachtete ihre Beine von den Zehenspitzen bis obenhin, wo die Strümpfe von den Strapsen gehalten wurden.

„Dieser Chen vielleicht? Der war auch recht penetrant." Lana sah kurz hoch.

„Hm …" Forresters müder Blick versank zwischen ihren Brüsten.

„Und diese Geschäftsfreunde, die er erwähnt hat?"

„Gehören ohne jeden Zweifel dem Syndikat oder anderen Triaden an."

Lana sah ihn sekundenlang prüfend an, dann fixierte sie den letzten Halter der Strapse. „Was stand in der Zeitung, das dich so aufgeregt hat?"

„Wie kommst du darauf, dass mich etwas aufgeregt hätte?"

„Deine Reaktion unterhalb der Gürtellinie, als dir dieser Wong – der war das doch, oder? – die Zeitung hingeschoben hat."

Forrester griff unwillkürlich nach seinem Gürtel. „Ach, nichts weiter. Nur ein mysteriöser Todesfall."

„Warum hast du es dann vor mir verstecken wollen?"

„Ich sagte doch – es ist nichts." Forrester schob die Zeitung noch ein Stück weiter weg. „Und was wollte er von dir?"

„Wer?" Lana fragte dieses Mal nicht, um ihn zu provozieren, sondern weil sie noch völlig mit der Zeitung beschäftigt war.

Er schlug so unvermittelt mit der Faust auf den Tisch, dass sie zusammenzuckte. „Charles Pratt! Wer zur Hölle sonst?! Worüber haben wir denn gesprochen, bevor die hier auftauchten?! Was wollte er? Weshalb hat er angerufen?"

„Ich weiß es nicht. Wir konnten nicht lange reden. Er klang besorgt."

„Dazu hat er auch allen Grund." Er ballte die Faust auf dem Tisch und lehnte sich vor. „Du wirst es mir sagen, wenn er wieder anruft."

„Vielleicht." Sie schlüpfte in die Schuhe und stand auf.

„Nicht nur vielleicht!"

Lana überlegte, ob sie einfach die Zeitung an sich bringen und nachsehen sollte, was ihn so aus der Fassung gebracht hatte, aber dann entschied sie, dass sie seine Heimlichtuerei satt hatte. Sie warf ihm nur einen kühlen Blick zu und ging.

„McKenzie!"

Sie ging weiter, wenn auch langsamer.

„Lana! Warum tust du nicht einfach, worum ich dich bitte?! Warum arbeitest du gegen mich?"

Lana drehte sich um. „Das tu ich nicht. Im Gegenteil. Glaubst du nicht, dass ich Piets Mörder ebenso fassen will wie du?!" Das letzte sagte sie sehr heftig.

„Genau das ist es nämlich, was ich fürchte."

Sie kam einen Schritt näher. „Wer hat Piet getötet, Forrester? Hat Charles wirklich etwas damit zu tun?"

Er fuhr sich übers Gesicht. „Ich weiß es nicht. Aber solange dein heißgeliebter Verlobter sich dünn macht, werde ich es nie rausfinden."

„Es war da ein Anruf", begann Lana zögernd.

„Noch einer? Wann?" Forrester beugte sich vor, stützte die Ellbogen auf den Tisch und legte den Kopf in die Hände. Er blinzelte. Es fiel ihm mit jedem Moment schwerer, die Augen offen zu halten.

„Das war noch in New York, in Charles' Appartement. Ich war schon misstrauisch geworden, nachdem Charles mir von seinen asiatischen Geschäftspartnern erzählt hatte, die angeblich hinter dem Anschlag auf dich stecken sollten. Und als er sich dann einmal in sein Arbeitszimmer zurückzog, ganz kurz vor seiner Abreise nach Hongkong, habe ich eines der anderen Telefone abgehoben und mitgehört. Er sprach mit einem anderen Mann. Sie unterhielten sich über ihre Geschäfte, nannten aber keinen Namen. Und Charles nannte den anderen ‚Bruderherz'."

„Wie nett, dass ich so etwas beiläufig erfahre", ließ sich Forrester gereizt vernehmen. Verwundert stellte er fest, dass er zu müde war, um wirklich wütend darüber zu werden.

„Es war der Grund, weshalb ich Charles nachgereist bin. Ich wollte mehr darüber herausfinden. Zuerst war mir diese Bezeichnung gar nicht so wichtig erschienen, aber dann war sie verdächtig."

„Und die nächstliegende und intelligenteste Lösung, nämlich einfach zu mir zu kommen, ist dir nicht eingefallen?"

„Nein! Ich wollte ja nichts mehr mit dir zu tun haben! Zwischen uns war es aus! Erledigt! Glaubst du, ich will von einem Kerl, der mich betrügt, noch etwas wissen? Und wie recht ich hatte, sieht man ja daran, wie du mich, kaum dass du mich wieder in die Finger kriegst, behandelst!"

„Ich habe dich nicht …" Forrester unterbrach sich verärgert. Im Moment war nicht die Zeit, alte Konflikte zu lösen. „Nicht jetzt. Fang bloß jetzt nicht damit an." Er studierte ihre Miene. „Warum hast du mich dann trotzdem warnen wollen?"

Lana zuckte die Achseln. „Ein bloßer Reflex. Du solltest dir nichts darauf einbilden." Sie hielt einige Sekunden seinem Blick stand, dann sagte sie: „Aber da war noch etwas. Charles war damals schon am Telefon beunruhigt. Aber nicht deinetwegen, auch nicht jetzt bei dem letzten Gespräch. Ich habe das Gefühl, er fürchtet jemand anderen. Seinen Auftraggeber. Aber das allein war es nicht. Es hing noch mit mir zusammen. Sein Bruder – oder wer immer das war, machte ihm Vorwürfe wegen unseres Verhältnisses." Sie sah Forrester nachdenklich an. „Bist du überhaupt sicher, dass die Triaden dahinterstecken? Immerhin verdächtigst du Charles, und der ist ein *gweilo*."

Forrester lächelte kurz, als Lana diesen Ausdruck benutzte. Die Chinesen hatten ihn früher für alle Fremden angewandt, er ließ sich mit ‚bleicher Geist' übersetzten, war aber heutzutage keine Beleidigung. „Ich bin davon überzeugt, dass hier jemand die Fäden zieht, der eine Rolle bei den Triaden spielt – oder sie zumindest benutzt."

„Nun, du wirst schon noch dahinterkommen." Sie wollte gehen.

„Mac! Warte." Forrester erhob sich und ging ihr einige Schritte nach.

Lana blieb wie angewurzelt stehen. Es war über ein Jahr her, dass sie diesen Namen zuletzt aus seinem Mund gehört hatte. Forrester war einer der wenigen, der sie so nannte.

Forrester und Piet.

Ihr alter Freund Piet, der ermordet worden war. Es war, als fiele etwas von ihr ab. Eine Art seelische Rüstung gegen den Schmerz, die sie sich umgelegt hatte. Und was jetzt offen lag, tat verflucht weh.

Sie wandte sich langsam um und sah Forrester an. „Wieso hast du das gemacht?"

„Was?"

„Mir Piets Foto auf diese Weise gezeigt." Der Anblick des toten Freundes, ausgestreckt auf weißen Fliesen, mit blutigem Hemd, blutigen Händen, hatte sich tief in ihr Gedächtnis eingegraben. Es verfolgte sie den ganzen Tag über, sie träumte davon. Und wann immer es ihr nicht gelang, dieses Bild wegzuschieben, fühlte sie sich so schuldig, dass sie am liebsten geschrien hätte.

Er fuhr sich mit der Hand über das Gesicht. „Ich wollte dich schocken. Dich zur Mitarbeit bringen. Dir klarmachen, worum es hier geht. Wie gefährlich diese Leute sind."

„Das war widerlich von dir", sagte sie, und er sah mit Schrecken, dass ihre Augen feucht wurden. Feuchter noch als damals im Verhörzimmer. „Und dann hast du mir nicht mal Zeit gelassen, um ihn zu trauern – damit fertig zu werden. Nicht mal Zeit für mich selbst, sondern hast mich in dieses Bordell gebracht." Sie wischte sich verstohlen über die Augen. „Manchmal frage ich mich wirklich, was in dir vorgeht. Bist du so gewissenlos? Oder völlig gleichgültig anderen gegenüber?"

„Weder noch." Was in ihm vorging? Das war recht einfach. Er war in diesem Moment vor Eifersucht auf diesen Mörder, mit dem sie ein Verhältnis hatte, fast explodiert. Er hatte ihr wehtun wollen. Ganz bewusst. Und er hatte es geschafft. Ihren Blick, als sie die Fotos gesehen und erkannt hatte, was passiert war, würde er nicht so schnell wieder vergessen.

Bevor er sie in diesem Verhörzimmer wiedergesehen hatte, hatte er gedacht, dass er genügend Abstand zu ihr gewonnen hätte, um ihr mit einer gewissen inneren Zurückhaltung zu begegnen. Eine ziemliche Selbsttäuschung. Er war sofort wieder versessen auf sie gewesen. Und das Gefühl, das ihn erfasst hatte, als sie im Bordell endlich nachgab und er sie genommen hatte, ging ihm weder aus dem Kopf, noch aus dem Körper. Er hatte auch nicht aufgehört, als sie ihren Höhepunkt hatte, sondern hatte weiter gemacht. Hatte sie geküsst, geleckt, gebumst, bis sie ein zweites Mal gekommen war. Die aufgestaute Lust und das Verlangen hatten ihn überwältigt, waren stärker gewesen als jeder vernünftige Gedanke.

Er beobachtete sie misstrauisch und begehrlich zugleich. „Glaube nicht, dass ich nicht wüsste, was du vorhast, Lana. Du willst auf eigene Faust handeln. Deshalb bist du hierher geflogen. Du hast einen Verdacht. Aber anstatt mit mir zusammenzuarbeiten, hast du auch noch Geheimnisse, und ich muss dir jedes Wort, jede Information aus der Nase ziehen." Er fuhr sich mit beiden Händen durch das Haar. „Du machst mich fertig. Absolut fertig. Du kostest mich den letzten Nerv. Das ist gefährlich. Hör auf, mit mir und anderen zu spielen. Diese Leute verstehen keinen Spaß!"

„Das musst du mir nicht erst sagen! Schließlich bin ich wahrscheinlich schuld daran, dass Piet getötet wurde. Ich habe ihn ja mit der Warnung zu dir geschickt!"

Forresters erotische Fantasien erstarben auf der Stelle. Er wich Lanas Blick aus, drehte sich um und ließ sich erschöpft auf das Sofa in der Zimmerecke fallen.

Es war nicht nur ihre Warnung gewesen, die Piet ihm überbracht hatte, und die ihm wahrscheinlich das Leben gekostet hatte, aber jetzt war nicht der Zeitpunkt, sie tiefer einzuweihen. „Bereust du es?"

Sie senkte den Blick. „Ja und nein. Nur was Piet betrifft. Das ist schrecklich für mich. Erzähl mir von ihm, Mark. Sag mir, was passiert ist."

Er atmete durch. „Er hat mich angerufen, weil er verfolgt wurde. Er wollte mir deine Warnung überbringen. Als ich ihn fand, war er angeschossen und so schwer verletzt, dass er bald darauf starb."

„Du warst bei ihm?" Lana lächelte unter Tränen. „Das ist gut. Ich hatte Angst, er wäre ganz alleine gewesen. Die Fotos waren entsetzlich. Der harte Boden, dieser scheußliche Ort. Das hat er nicht verdient. Nicht Piet …" Piet war mehr als ein Freund gewesen. Fast wie ein älterer Bruder oder sogar Vater. Lanas Vater war schon vor Jahren gestorben. Ihre Mutter lebte zwar noch, aber sie hatte meist nur telefonisch Kontakt zu ihr. Sie hatte nochmals geheiratet und ging ganz in der Familie ihres neuen Mannes auf.

Lana hatte dieses Familienleben niemals behagt, und sie war bald ausgezogen, war dann sogar nach Europa gegangen. Und besonders in den letzten Jahren hatte sie sich rar gemacht. Aber wenn diese Sache hier vorbei war, konnte es eine gute Idee sein, wieder einmal hinzufahren. Diese Menschen dort waren so normal. Keine Mörder, keine Verbrecher, keine Special Agents.

Forrester beobachtete teilnahmsvoll ihr Mienenspiel und streckte die Hand nach ihr aus. „Wenn du dich ausweinen willst, dann weißt du, wo du das kannst." Er wollte es nicht zugeben, aber es hätte auch ihm gut getan, sie zu halten und zu trösten.

Sie schüttelte nur den Kopf. Der Gedanke, sich in Forresters sichere Umarmung zu schmiegen und sein Hemd nass zu weinen, war verlockend, aber sie war sich nicht sicher, ob sie – wenn sie einmal die Beherrschung verlor – dann nicht Stunden brauchte, um wieder mit dem Weinen aufzuhören. Dann würde nämlich alles über sie hereinbrechen: Charles, dieser Lügner und Verbrecher, Piets Ermordung und die Tatsache, dass sie Forrester noch immer viel zu sehr mochte.

Forresters Blick wurde weich. „Bleib hier, Mac. Ich bringe dich dann zurück ins Hotel. Das ist mir lieber, falls Wong auf die Idee kommt, dich dort sprechen zu wollen. Aber ich muss vorher fünf Minuten schlafen, ich bin völlig fertig."

„Und ich soll hier bleiben und dir dabei zusehen?"

„Ja, weil ich dann ruhiger schlafe, wenn ich weiß, dass du keinen Unfug machst. Außerdem", er verzog den Mund zu einem kaum sichtbaren Lächeln, „habe ich Piet versprochen, auf dich aufzupassen." Er klopfte einladend mit der Hand neben sich auf die Couch.

Lana zögerte, dann setzte sie sich tatsächlich neben ihn. „Gut. Ich bleibe hier."

Forrester ließ sich mit einem erleichterten Brummen zur Seite rutschen, bis sein Kopf bequem auf ihrem Schoß lag, streckte die Beine aus und legte sie über die

Armlehne. Wenn er auf ihr lag, konnte sie ihm nicht entwischen. Außerdem erinnerte es ihn so angenehm an alte Zeiten.

„Glaube aber nicht, dass ich dich deshalb nicht mehr für einen Mistkerl halte, nur weil ich jetzt nachgebe", warnte sie ihn. „Immerhin hast du mich entführt, festgehalten und genötigt."

„Nein, nein. Natürlich nicht", sagte er gähnend. „Alles klar."

„Warum hast du von Anfang an so getan, als würden wir uns nicht kennen?" Noch so eine Heimlichtuerei von ihm, die sie misstrauisch machte.

„Das halte ich nach wie vor unter diesen Umständen für das Klügste. Je weniger sie unsere Vergangenheit in Verbindung bringen, desto besser. Ich möchte weder die Behörden noch Pratts Freunde mit der Nase drauf stoßen."

„Schämst du dich für mich?"

„Ja, genau. Das ist der wahre Grund." Er gähnte abermals herzhaft, dann griff er nach ihrer Hand, küsste sie und legte sie auf seine Brust. „Es tut mir leid – wegen Piet – Mac. Wirklich. Du weißt, ich habe ihn auch sehr gemocht und geschätzt. Er war ein guter Freund."

„Einer der besten", sagte sie leise und traurig.

„Er hat bis zum Schluss von dir gesprochen. Lana ... du bist nicht schuld daran. Du am allerwenigsten. Schlag dir das aus dem Kopf. Und ... verzeih mir ..." Das war schon undeutlich. Und Sekunden später schlief Forrester tief und fest. Sein Kopf lag schwer und vertraut auf ihren Schenkeln.

Als Joe einige Minuten später die Tür öffnete und hereinspähte, legte sie den Finger an den Mund und winkte ihn fort.

Und Joe Melbourne hatte gut zwei Stunden Zeit, über Lana McKenzie und Mark Forrester nachzudenken.

***

Forrester hatte sich in sein Schlafzimmer zurückgezogen und konferierte dort mit Joe. Natürlich hätten sie diese Besprechung auch im Büro des Präsidiums abhalten können, aber Forrester war spät aufgestanden und dann noch lange nicht in der Lage gewesen, sich von Lana zu trennen. Sie hatte ihn am Vorabend zwar in sein eigenes Zimmer geschickt, dann aber am Morgen mit ihm gemeinsam gefrühstückt. Und nun war sie drüben, in ihrem Zimmer, nur von zwei Mauern und dem Salon getrennt.

Joe saß über einigen Seiten und studierte die Aufzeichnungen der Leute, die den Auftrag hatten, Wong zu beschatten. Es war nicht leicht gewesen, geeignete

Personen für diesen Job zu finden, aber dann hatte Forrester plötzlich einige kämpferisch aussehende Typen aufgetrieben, denen er diese Aufgabe übertrug. Joe war zuerst verwundert und skeptisch gewesen, aber Forrester schien so völlig von deren Integrität überzeugt, dass er ebenfalls Vertrauen gefasst hatte. Einer davon saß jetzt, in diesem Moment, im Salon und bewachte die Schlafzimmertür von Lana McKenzie. Und zwei weitere hielten auf dem Gang Wache.

Diese Frau war ein weiterer Punkt, an dem Forresters Handlungen Joe überrascht hatten. Nun war sein Boss nicht gerade einer von der offenen Art, der über jeden seiner Gedankengänge stundenlang quatschte, aber dass er sich so schnell von einer attraktiven Frau einfangen ließ, hatte Joe verblüfft. Er ahnte schon längst, dass mehr dahintersteckte, hatte aber noch nicht entdecken können, was. Ebenso wenig wie er hatte herausfinden können, wer Forresters mysteriöse Kontakte in Hongkong waren. Er wusste nur, dass er vor Jahren, als er noch für den Geheimdienst arbeitete, längere Zeit hier tätig gewesen war, und vermutete nun, dass es sich um alte Kollegen handelte. Trotzdem war die Tatsache, dass er es eben nicht genau wusste, ein ständiger Stachel in seinem Fleisch.

Joe war nicht neugierig – er wollte nur gerne alles wissen. Und auf gar keinen Fall wollte er blöd sterben.

„Wong verhält sich ganz unauffällig", sagte er jetzt zu Forrester. „Lediglich die üblichen Kontakte hier in Hongkong. Der Botschafter, Regierungsleute, Geschäftsessen."

„Haben Sie Aufzeichnungen, wer sonst noch bei den Treffen dabei war?"

„Einige Bekannte. Und hier auch meist dieselben. Dieser Chen Wing-Lun, der überall auftaucht. Manchmal mit diesem jungen Burschen, seinem Neffen. Und Robert Graacht. Aber der mischt sich ja überall ein. Und dann ist da noch der Typ, den keiner kennt, der aber überall Zutritt zu haben scheint." Er reichte Forrester ein Foto. Ein Chinese war darauf zu sehen. Derbe Züge, ein breites Gesicht, eine Narbe auf der Wange. Sie hatten trotz gründlicher Recherchen nicht herausfinden können, wer der Kerl war.

Forrester legte das Bild auf den Tisch, lehnte sich im Stuhl zurück, verschränkte die Arme hinter dem Kopf und starrte zur Decke. Joe wartete neugierig, was dabei herauskam.

„Dieser Graacht könnte doch nicht nur eine Nebenfigur sein – wie wir dachten", überlegte Forrester schließlich laut. „Dazu hat er seine Finger zu sehr im Spiel. ... Ein Mann, der früher angeblich in Peking gelebt hat und über die politischen Verhältnisse Bescheid weiß ... Überprüfen Sie doch einmal seine Vergangenheit. Vor allem, wo er sich zuletzt aufgehalten hat. Auslandsreisen, sonstige Aktivitäten." Er erhob sich.

„Und Sie, Sir?", fragte Joe, als Forrester seine Jacke nahm und zur Tür ging.

„Ich werde ihm höchstpersönlich einen Besuch abstatten."

****

Lana lief unruhig in ihrem Schlafzimmer hin und her. Sie hatte schon alles versucht: Ferngesehen, gelesen, beim Fenster hinausgesehen, geschlafen, aber nichts hatte die Langeweile vertreiben können, die hinter allem Zeittotschlagen lauerte. Forrester hielt sie wie eine Gefangene. Sie hatte zwar ein luxuriöses Zimmer, aber draußen hockte abwechselnd einer seiner Schergen und gaffte sie misstrauisch an, sobald sie auch nur die Nase aus ihrem Zimmer steckte. Sie hatte versucht, ein Gespräch mit den Männern zu beginnen, aber entweder sprachen die Typen kein Wort Englisch, oder Forrester hatte ihnen eingeschärft, sich nicht mit ihr zu unterhalten. Alles, was sie aus ihnen rausbekommen hatte, waren die Worte „Miss bleiben in Zimmer. Befehl Mr. Forrester", gewesen.

Leider war „Mr. Forrester" nicht greifbar, andernfalls hätte Lana ihn wieder einmal ihre Meinung über diese Freiheitsbeschränkung wissen lassen. Aber während sie sich langweilte, war er natürlich unterwegs – vermutlich auf Verbrecherfang – und damit bot ihr nicht einmal seine prickelnde Nähe ein bisschen Abwechslung.

Es war zu lächerlich, dass er sie unter Verschluss hielt, als wäre sie tatsächlich eine Verbrecherin.

Sie wandte sich um, als man sich an ihrer Schlafzimmertür zu schaffen machte. Jemand arbeitete am Schloss. Sie sah unsicher zur Tür hinüber, ob sie den Mann draußen rufen sollte, aber da wurde schon die Tür aufgestoßen und ein philippinisches Zimmermädchen stand vor ihr. „Saubermachen."

Lana nickte erleichtert. Üblicherweise kamen die Mädchen durch den Salon herein. Dann sah sie auf die offene Tür und erkannte ihre Chance.

****

Die Hitze außerhalb des klimatisierten Hotels war betäubend. Dazu kam die hohe Luftfeuchtigkeit, die Lanas zartes Kleid sofort an ihrem Körper festkleben ließ. Sie bemerkte die Blicke einiger Männer, die auf ihrem Busen haften blieben, der sich in allen Formen und mitsamt dem zarten Büstenhalter durch das dünne Kleid abzeichnete.

Sie lief nur einige Straßen weiter, betrat dann eines der herrlich kühlen Shopping-Centers, fror nach einigen Minuten und kam nach kurzer Zeit mit einer lockeren Baumwollbluse, einer Baumwollhose und leichten Sandalen bekleidet wieder auf die Straße. Die anderen Sachen waren in einer leichten Umhängtasche verstaut.

Für einen Urlaub hatte sie sich die falsche Zeit ausgesucht, aber Tourismus hatte sie schließlich nicht im Sinn gehabt, als sie hierhergefahren war, sondern sie war wegen Charles gekommen. Um herauszufinden, wer sein geheimnisvoller Bruder war. Und in diesem Punkt war sie keinen Schritt weitergekommen. Im Gegenteil. Forrester war wild entschlossen, einerseits jede Information aus ihr rauszuquetschen, andererseits jede andere vor ihr geheim- und sie selbst aus allem rauszuhalten. Sie erinnerte sich wieder an die Zeitung vom Vortag. Sie hatte dann, als Forrester gähnend wieder aufgewacht war und sie taumelnd vor Müdigkeit aus dem Präsidium begleitet hatte, versucht, sie an sich zu bringen. Er hatte sie ihr jedoch aus der Hand genommen und in den Papierkorb geworfen.

Sie hatte aber noch gesehen, welche es gewesen war. Sie kaufte sich ein Exemplar und blätterte es durch. Nichts von Bedeutung. Klar, Forresters Zeitung war ja auch vom Vortag gewesen.

Sie drängte sich durch die Leute. Bisher hatte sie keinen Plan gehabt, hatte nur ihre Freiheit genossen und war entschlossen gewesen, sie zu nützen. Aber nun blieb sie stehen und sah sich um. Sie war vor zwei Jahren mit Forrester in Hongkong gewesen. Damals hatten sie die Tram auf den Peak genommen, den Berg, der die Hochhäuser zur Meeresseite hin überragte und die Villen der ganz Reichen beherbergte. Sie hatten die dort oben weitaus bessere Luft genossen. Außerdem war der Anblick von oben auf die Wolkenkratzer und Häuserschluchten überwältigend und schwindelerregend zugleich gewesen. Ähnlich berauschend hatte sie auch Forresters Nähe empfunden. Sie hatten Glück mit dem Wetter gehabt. Es war so strahlend und sonnig gewesen wie ihre Beziehung.

Heute war es jedoch bewölkt, schwül – ebenso wie ihre Beziehung.

Eine Beziehung, die sie, wäre es nach ihr gegangen, niemals mehr fortgesetzt hätte. Es hatte ihr wehgetan, ihn mit dieser anderen Frau zu erwischen. Zu sehen, wie sie seinen Schwanz beinahe mit dem Mund verschluckte. Ihr spöttischer Blick, als sie in der Tür stand, das höhnische Lachen. Und Forrester, der mit hängender Hose und abgelutschtem Schwanz, auf dem der Speichel einer anderen glänzte, hinter ihr herlief, als sie sich umgedreht hatte und weggerannt war.

Sie hatte sich seine miesen Entschuldigungen und Ausreden nicht einmal angehört, denn sie hatte ihn viel zu sehr geliebt, um ihm das verzeihen zu können. Und sie war auch ohne ihn recht gut ausgekommen, hatte jeden Gedanken an ihn vermieden, und hatte eine neue, wenn auch – wie sich jetzt herausstellte – sehr fragwürdige Beziehung begonnen.

Eine Beziehung, die sie aber wieder in Forresters Nähe gebracht hatte. Wahrscheinlich war es ihr Schicksal, wieder auf ihn zu stoßen. Und sich bewusst zu werden, dass sie ihre Zuneigung zu ihm niemals losgeworden war und vermutlich auch niemals loswerden würde.

Und er? Weshalb war er so versessen darauf, sie zu beschützen? Warum hatte er sie in dieses verdammte Bordell gebracht? Um sie wirklich auszuhorchen? Oder um mit ihr zu spielen? Sie sexuell zu erregen? Sie zu demütigen und ihr zu beweisen, dass sie selbst jetzt, nach einem Jahr, immer noch nicht ohne ihn auskommen konnte?

Nun, letzteres hatte er geschafft, aber auch seine eigenen Gefühle und Bedürfnisse dabei verraten.

Ein seltsamer Kauz.

Mit einem Mal schien es zu wenig Luft auf der Insel zu geben, die Abgase der Autos stiegen ihr in die Nase. Vom Ursprung des Namens Hongkong, was soviel wie „Duftender Hafen" bedeutete, war hier nicht viel zu merken, und die drängenden, dahineilenden Leute machten sie nervös. Als einige Männer sie anstießen, quetschte sie sich halb panisch auf die Seite. Sekundenlang stieg in ihr der Wunsch hoch, wieder ins Hotel zurückzukehren, aber dann siegte ihr Freiheitswille. Im Hotel hatte man sicher schon entdeckt, dass sie entwischt war, und ein anklagender, besserwisserischer Forrester hockte vermutlich schon die längste Zeit im Zimmer und wartete darauf, ihr Vorwürfe zu machen.

Sollte er nur noch ein Weilchen warten.

Es brodelte wie immer um diese Zeit in den Straßen. Lana hatte es nach zwei Jahren in ihrer relativ ruhigen Stadt in New York schon unerträglich laut und überfüllt gefunden, aber Hongkong übertraf Amerika bei Weitem. Kaum hatte man einen Schritt aus der U-Bahn gemacht, ging man in der Masse unter. Hongkong schien nie zu schlafen, und Lana hatte den Eindruck, als wären die knapp sieben Millionen Hongkonger immer alle gleichzeitig unterwegs.

Günstig für jemanden, der auf der Flucht war. Aber auch gefährlich, weil man in dem Gedränge etwaige Verfolger nicht so leicht ausnehmen konnte. Und das wäre Lana in diesem Fall ein Bedürfnis gewesen. Sie hatte nämlich die ganze Zeit über das Gefühl, verfolgt zu werden. Mehrmals bildete sie sich ein, ein wiederkehrendes Gesicht in der Menge zu entdecken. Dann ein prüfendes, dunkles Augenpaar, das sie vom Fonds einer schwarzen Limousine aus beobachtete.

Sie wurde unruhig, schlug Haken wie ein Hase, benutzte weitläufige Kaufhäuser, um ihre Spur zu verwischen, aber dennoch saß da immer diese unbestimmte Angst im Nacken.

Sie entschloss sich, Hongkong Island zu verlassen, eines der Fährschiffe zu nehmen und hinüber nach Kowloon zu fahren. Dort war Hongkong anders. Nicht so übertrieben geschäftsmäßig. Ebenso überfüllt, sehr betriebsam, aber auf eine andere Art. Hier war die Welt der Banken, drüben gab es Märkte und eine andere Art von Menschen.

Als sie in die Nähe des Hafens und der Anlegestation kam, sah sie, dass gerade ein Boot anlegte. Die Leute strömten herab, andere drängten sich hinauf, und sie begann zu laufen. Es war im Grunde Unsinn, anzunehmen, dass sie jemand verfolgte. Aber Forrester mit seiner Fähigkeit, das Gras wachsen und die Flöhe husten zu hören, hatte sie angesteckt. Und sie hatte plötzlich das Gefühl, jedem etwaigen Verfolger auf dem Schiff zu entgehen.

Auf dem Schiff angekommen, lachte sie über ihre Hysterie. Jetzt erst wurde ihr bewusst, dass sie geradezu geflohen war. Natürlich lief ihr niemand nach. Und als sie das obere Deck erobert hatte und die Nase in den Wind steckte, fühlte sie sich sicher und übermütig und freute sich auf die Überfahrt. Ein sehr billiges, aber beeindruckendes Vergnügen, das man vom Deck aus genoss. Hinter ihr die beeindruckenden Wolkenkratzer von Hongkong Island, vor ihr die Hochhäuser Kowloons.

Selbst auf dem Fährschiff waren manche noch hektisch. Fast jeder Hongkonger schien nicht nur ein Handy zu besitzen, sondern es auch permanent zu benutzen. Zumindest kam es ihr so vor. In New York war es ähnlich schlimm gewesen, wenn auch nicht ganz so penetrant. In der kleinen Schulstadt, in der sie die letzten beiden Jahre verbracht hatte, lief das Leben noch ruhiger ab. Auch dort hatten die Schüler und Studenten Mobiltelefone, aber sie brüllten nicht ständig hinein, um den Straßenlärm, die einfliegenden Flugzeuge oder die Motorboote zu übertönen.

Sie lehnte sich an die Reling und genoss abwechselnd den Anblick des zurückbleibenden Hongkong Island und die immer näher kommenden Skyline von Kowloon.

Die Sonne kam kurzzeitig heraus, spiegelte sich im Wasser und blendete sie. Sie schloss die Augen, und als sie sie wieder öffnete, stand nur wenige Schritte von ihr entfernt ein junger Mann. Ein sehr hübscher junger Mann. Er war etwas größer als sie und konnte nicht mehr als Mitte zwanzig sein. Sein Gesicht hatte etwas Gewinnendes, was besonders deutlich hervortrat, als er sie jetzt anlächelte. Sie lächelte zurück, wandte sich dann jedoch ab, um die Skyline zu bewundern. Und als sie sich wieder umdrehte, war er fort.

***

Graachts Villa war im Kolonialstil erbaut, offenbar das Domizil eines der reichen Geschäftsleute, die ihr Vermögen Ende des neunzehnten Jahrhunderts in Hongkong gemacht hatten. Sie lag in einer exklusiven Gegend am Hang des Peak, etwas erhöht und damit außerhalb der feucht-tropischen Luft, die in der Stadt herrschte. Der Mann wusste offenbar zu leben.

Er sah sich unauffällig um, als er aus dem Taxi stieg. Es waren keine sichtbaren Sicherheitsvorkehren getroffen, wenn man von einigen Kameras, die das Grundstück – und vor allem den Eingang überwachten – absah.

Ein Chinese im Outfit eines englischen Butlers öffnete ihm. Er führte ihn gemessenen Schrittes durch die Halle in den ersten Stock in einen großen Salon.

Der Butler verneigte sich und verschwand. Forrester sah ihm nach, dann stellte er sich ans Fenster. Die Villa besaß einen erstaunlich großen Garten, der sogar einen Swimmingpool hatte. Forrester hob die Augenbrauen, als er zwei Personen am Pool sah. Offenbar hatte Graacht noch Damenbesuch. Die Situation war jedenfalls eindeutig.

Er wollte sich schon wieder abwenden, als er angesprochen wurde.

Forrester drehte sich nach dem Sprecher um. Dieser saß mit dem Rücken zur Tür in einem Drehsessel mit hoher Lehne und drehte jetzt den Sessel so herum, dass er Forrester ansehen konnte. Er erhob sich und kam auf ihn zu.

Forresters Mundwinkel zuckte verärgert über seine eigene Nachlässigkeit. Hätte ein Mörder auf ihn gelauert, wäre er in diesem Moment vermutlich schon tot. Es war wirklich an der Zeit, einmal gründlich auszuschlafen. Am besten in Lanas Bett, dann verbrachte er nicht schlaflose Nächte mit unerfüllten erotischen Vorstellungen.

„Mr. Chen. Welch eine Überraschung, Sie hier zu sehen."

„Überraschung? Wirklich? Sollten Sie tatsächlich nicht wissen, dass Mr. Graacht und ich von Zeit zu Zeit geschäftliche Transaktionen tätigen?" Er nickte dem Diener, der soeben eine Kanne Tee und zwei Schalen hereinbrachte und auf einen kleinen Tisch stellte, freundlich zu.

„Mr. Graacht hat mich hergebeten, um noch weitere Details zu einem Geschäft zu besprechen", fuhr er dann fort.

Wieder fiel Forrester die kultivierte Sprechweise des Chinesen auf. Er sprach britisches Englisch, wie die meisten, diese Sprache beherrschenden Hongkonger. Er musterte ihn. Chen Wing-Lun war eine sympathische Erscheinung, daran änderten auch seine kriminellen Kontakte nichts.

„Sie sollten sich Ihre Geschäftspartner besser aussuchen, Mr. Chen."

„Meinen Sie?"

„Gewisse Beziehungen könnten Sie in Schwierigkeiten bringen."

„Wollen Sie mir drohen, Mr. Forrester?" Chen lächelte ihn an.

Um Forresters Lippen zuckte es kurz, dieses Mal amüsiert. „Nein. Das würde vielleicht gewisse kulturelle Bande zwischen Amerika und Hongkong belasten."

„Und das wollen wir beide nicht", stimmte Chen freundlich zu.

Forrester deutete zum Fenster. „Graacht scheint im Moment sehr beschäftigt zu sein."

Chen schüttelte ehrlich betrübt den Kopf. „Er konnte einfach nicht seine Hände von dem Jungen lassen, obwohl er wusste, dass ich komme. Wir waren verabredet. Nicht sehr höflich von ihm."

„Junge?" Forrester warf einen zweiten Blick durch das Fenster. Jetzt erst sah er, dass es sich bei der schlanken Gestalt, die auf einem Strecksessel kniete und ihren Hintern einem älteren Mann hinhielt, der seinen Schwanz lustvoll zwischen den Backen vergrub, nicht um ein Mädchen, sondern um einen jungen Mann handelte. Das lange dunkle Haar fiel ihm über das Gesicht, verdeckte seine Züge, aber nicht seinen geschwollenen Penis, der bei jedem Stoß seines Liebhabers schmerzvoll zuckte.

Forrester wandte sich endgültig ab. „Ich habe keine Lust, darauf zu warten, bis er fertig ist, sondern komme ein andermal wieder." Jetzt, wo Chen hier war, würde er aus Graacht vermutlich ohnehin nichts rausbekommen. Er reichte Chen die Hand, die dieser mit festem Druck ergriff. „Hat mich gefreut, Sie wiederzusehen, Mr. Chen."

„Ich bin sicher, wir werden uns noch öfter treffen. Sie haben zweifellos noch nicht vor, Hongkong zu verlassen."

„Nicht, bevor nicht alles geklärt ist, weswegen ich ja gekommen bin."

„Ich hoffe für Sie, dass Sie auch die Annehmlichkeiten nutzen können, die Hongkong zu bieten hat. Mit einer so attraktiven Frau wie Miss McKenzie unter Ihrer Obhut werden Sie diese doppelt genießen."

Forrester blieb stehen und sah Chen misstrauisch an.

„Attraktiv und sehr unternehmungslustig", fügte dieser freundlich hinzu, wobei er das ‚sehr' betonte.

„Wie darf ich das verstehen?" Forrester horchte auf.

„Nun, ich nehme doch an, sie ist mit Ihrem Wissen unterwegs?"

„Unterwegs …?"

„Ich habe sie auf dem Weg hierher gesehen. Sie ging in Richtung Star Ferry. Vermutlich will sie einige der Märkte in Kowloon besuchen. Die Touristen lieben diese Ziele. Ich selbst …"

Forrester hörte nicht mehr zu. Er drehte auf dem Absatz um und hatte es sehr eilig, ins Hotel zu kommen.

Und dort musste er feststellen, dass sein Vögelchen tatsächlich ausgeflogen war.

**

Nachdem Forrester überhastet den Raum verlassen hatte, blieb Chen noch vor dem Fenster stehen und sah Graacht weiter zu.

Graacht stieß immer und immer wieder seinen Schwanz tief in den After des Jungen. Chen kannte diesen Mann nun schon seit über zwei Jahren, seit er aus Shanghai gekommen war, um hier Geschäfte zu tätigen. Er umgab sich gerne mit schönen Frauen, aber ganz Hongkong wusste, dass er dem knackigen Hintern eines Achtzehn- oder Neunzehnjährigen noch nie hatte widerstehen können. Er bohrte sich mit jedem Stoß tiefer, der Junge schrie auf, ob vor Schmerz oder Lust konnte man nicht sagen, dann endlich, mit einem letzten harten Stoß schien er sich in ihm zu entladen. Ein paar Zuckungen, dann fiel er halb über ihn. Der Junge blieb so knien, bis Graacht sich von ihm löste, seinen erschlafften Penis rauszog. Dann glitt er vom Sessel, während der Ältere sich hinsetzte, zog mit geschickten Fingern den benutzten Gummi von dessen Glied ab und warf ihn fort.

Graacht winkte ihn wieder zu sich heran. Der Junge nahm vor ihm Aufstellung, legte auf seinen Befehl hin die Hände am Rücken zusammen und streckte ihm seinen Unterleib hin.

Chens Augen wurden hart, als er eine junge Frau mit einer bunten Tätowierung auf dem Rücken bemerkte, die sich näherte. Sie packte die Hände des Jungen und hielt sie auf seinem Rücken fest.

Chen sah, wie Graacht begann, den prallen Penis und die harten Hoden des vor ihm stehenden Jungen zu kneten. Der schlanke junge Körper krümmte sich vor Lust und Qual, aber Graacht befahl ihm immer wieder ruhig zu stehen. Sein Körper zitterte, er zuckte, verkrampfte die Hände auf dem Rücken, sodass die Frau Mühe hatte, sie zu halten. Endlich winkte Graacht, als er von dem Spiel genug hatte, der Frau zu. Sie zögerte, aber ein scharfer Befehl ließ sie vor dem Jungen niederknien.

Chen presste die Lippen zusammen, als er zusah, wie sie den Penis des Jungen in den Mund nahm.

Er wandte sich ab.

***

Als Lana von Bord der Fähre ging, hielt sie eines der roten, auf Hongkong Island und im Distrikt Kowloon zugelassenen Taxis an. Die bequemen Sandalen, die sie gemeinsam mit der Hose und der Bluse gekauft hatte, luden zwar zu einem Spaziergang ein, aber Lana wollte ihre Energien lieber auf den Märkten ausleben als auf befahrenen und bevölkerten Straßen.

Ihr erstes Ziel war der Jademarkt. Sie war schon bei ihrem gemeinsamen Aufenthalt mit Forrester im Bezirk Yau Ma Tei gewesen. Sie staunte damals wie heute über die Vielfältigkeit des Angebotes und über die Schönheit der Waren. Natürlich war auch Ramsch dabei, extra für Touristen gemacht, mit wenig Aufwand, aus billigen Stücken, aber es fanden sich auch einige sehr wertvolle Dinge darunter, kleine Kostbarkeiten, die Lana in die Hand nahm und bewunderte.

Sie ging langsam an den Ständen vorbei. Am Ende blieb sie bei einem Verkäufer stehen, der neben den üblichen Figuren, Ringen und anderen Schmuckstücken auch ein höchst faszinierendes Stück zum Verkauf anbot. Ein stabförmiges Exemplar, etwa fünfundzwanzig Zentimeter lang und mit einem Umfang, dass sie kaum ihre Finger darum legen konnte. Es fühlte sich sinnlich an in ihrer Hand, als sie es durch ihre Finger gleiten ließ, auf und ab fuhr, und nicht von ungefähr kam ihr die Idee, dass es sich nicht nur zwischen ihren Händen gut anfühlen musste.

„Ein Jadestab. Früher fand man sie hier häufiger, aber seit die Preise für Jade gestiegen sind, zahlt kaum noch einer die Summe, die sie dafür verlangen."

Die dunkle Stimme war ganz knapp neben ihrem Ohr.

Lana rutschte vor Schreck fast der Jadedildo aus der Hand.

Denn wer hinter ihr stand, war niemand anders als die Wurzel allen Übels.

Das größte Ärgernis, das ihr seit Monaten begegnet war.

Und darüber hinaus genau der Mann, an dessen Schwanz sie gedacht hatte, während ihre Finger über den Jadestab geglitten waren.

Forrester stand so dicht hinter ihr, dass sie zwischen ihm und dem Stand eingeklemmt war. Sie versuchte seitlich zu entkommen, aber er hatte seine Hand neben sie auf einen der Pfosten der Bude gelegt, und sein Arm hinderte sie daran, zur Seite zu rücken.

Als sie versuchte, auf der anderen Seite auszubrechen, beugte er sich wie unabsichtlich vor und griff nach einer Buddhafigur, um sie näher zu betrachten.

Lana war gefangen. Vorne der Stand, rechts und links Forresters Arme und hinten sein Körper. Die Hitze unter dem mit Neonröhren durchzogenem Holzdach war mit einem Mal unerträglich. Sie versuchte ihn wegzuschieben, aber genauso gut hätte sie sich mit einem Felsen anlegen können.

„Hast du mich etwa verfolgt?!"

„Natürlich. Und du kannst froh sein, dass ich es bin und nicht ein anderer. Was fällt dir ein, dich einfach aus dem Staub zu machen?"

„Was bleibt mir denn anderes übrig, wenn du mich wie eine Gefangene behandelst! Ich wollte mir endlich Hongkong ansehen!"

Er nickte verständnisvoll. „Und da hat dich dein Weg natürlich sofort hierher geführt, um dich mit obszönen Jadegegenständen zu versorgen."

Lana wurde rot und wollte den Jadestab möglichst beiläufig wieder auf den Ladentisch legen. Forrester stellte, ohne ihr auch nur einen Millimeter Raum zu geben, den Buddha zurück, griff stattdessen nach dem Stab und war auch schon in eine heftige chinesische Diskussion mit dem Händler verwickelt.

Und mitten drin war Lana – eingeklemmt von Forrester – erregt, schwitzend und verärgert. Die beiden Männer beachteten sie nicht, sondern stürzten sich mit Elan in die Verhandlungen.

Sie hatte bereits bei ihrem früheren Besuch festgestellt, dass das in Hongkong gesprochene Kantonesisch immer so klang, als würden die Leute streiten. Eine Tatsache, die zu erwähnen auch kaum ein Reiseführer ausließ. Und auch jetzt hörte es sich an, als würde der Händler verbal auf Forrester losgehen, während dieser nichts schuldig blieb, dabei aber niemals das kühle, überlegene Lächeln verlor.

Am Ende zückte Forrester seine Brieftasche, zog einige Scheine heraus und steckte den Jadestab ein.

„Im Grunde brauchst du das nicht mehr. Jetzt hast du ja mich." Sein Grinsen wurde unverschämt. „Hättest bloß ein Wort sagen müssen."

Lana gelang es endlich, ihn ein wenig fortzudrängen, sie schlüpfte aufatmend an ihm vorbei und trat zwei hastige Schritte zur Seite. Ihr Herz, das ohnehin schon schneller geschlagen hatte, pochte nun in ihrem Hals, und sie wusste, wenn sie sich dieser durch ihn hervorgerufenen Vorstellung und Fantasie hingab, würde sie nicht nur vom Schweiß feucht werden.

Sie wollte weitergehen, als er den Arm um ihre Taille legte und sie eng an sich zog. Seine Stimme war nicht viel lauter als sein Atem, als er ihr ins Ohr flüsterte, aber das Timbre kroch ihr unter die Haut, ließ sie vibrieren, sogar zwischen ihren Beinen. Noch ein bisschen mehr, und ihre Schamlippen würden aufschwellen.

„Wenn das hier vorbei ist, verspreche ich dir, dass ich dir Hongkong zeigen werde. Alles. Jede Gasse, jeden Winkel, den du noch nicht kennst. Aber da dies jetzt zu gefährlich ist, solange dein ‚Verlobter' frei herumläuft, musst du noch eine Weile vernünftig sein." Er drückte sie kurz enger an sich. „Und jetzt komm, ich habe einige Straßen weiter, an der Nathan Road, ein Taxi, das auf uns wartet."

Lanas Widerstand war mit jedem seiner Worte, jedem Hauch seines Atems immer mehr geschwunden. Und als er sie geschickt durch die Menge führte, ging sie halb willig, halb zögernd mit. In diesem Stadtteil von Hongkong lief das Leben noch bunter, geballter und lauter ab. Forrester legte den Arm um sie, um sie von einer Gruppe schwatzender Chinesen wegzuziehen, und ließ ihn dann ganz selbstverständlich um ihre Schultern liegen.

Als sie am Tin Hau Tempel vorbeikamen, der für seine Wahrsager bekannt war, hielt ihn Lana fest, als er weitergehen wollte. „Warte, ich möchte mir die Zukunft vorhersagen lassen."

„Dazu brauchst du keinen Wahrsager zu bemühen. Die Zukunft kann ich dir auch flüstern. Und die ist bestimmt nicht rosig, wenn du weiter Probleme machst."

Sie schnaubte nur etwas Unverständliches und ging von ihm fort zu einem der Priester, der Bambusstäbchen auswarf und den Leuten gegen ein gewisses Entgelt die Deutung sagte. Sie hatte etwas ganz Bestimmtes im Sinn. Sie wollte eine positive Weissagung von Glück und einem gut aussehenden, dunkelhaarigen Mann, der in ihrem zukünftigen Leben eine bedeutsame Rolle spielte. Wenn der Priester auch nur einen Funken Verstand besaß, dann sagte er ihr nach einem Blick auf Forrester genau das voraus. Und zwar laut genug, dass dieser es auch hörte.

Lana wollte sich soeben in der Reihe der Wartenden anstellen, als einer der Wahrsager auf sie zutrat.

„Miss wollen die Zukunft gesagt bekommen?"

Lana, angenehm überrascht, dass sie nicht warten musste, nickte. „Ja."

„Bitte mit mir kommen." Er nahm Lana gegenüber in einer ruhigen Ecke Platz und warf einen kurzen Blick auf Forrester, der hinter ihr stand und sie gegen die andrängenden anderen Leute abschirmte. Forrester sah sich ständig um, scannte die Gegend, die Menschen. Lana zupfte an seiner Jacke. „Hör endlich auf, den Cop rauszukehren", zischte sie ihm zu, als er sich zu ihr runterbeugte. „Setz dich zu mir."

Forrester warf ihr nur einen tadelnden Blick zu, dann widmete er sich wieder der Beobachtung der Umgebung. Lana verstand seine Sorge, aber im Moment wollte sie eine rosige Zukunft geweissagt haben.

Der Priester schüttelte die Bambusstäbchen und warf. Dann studierte er die Formation, in der sie aufgekommen waren. Dabei wurde sein Gesicht zunehmend ernster.

Lana starrte neugierig abwechselnd auf die Stäbchen und in sein Gesicht.

Er schüttelte den Kopf, warf die Stäbchen abermals. Dann ein drittes Mal.

Lana wurde immer ungeduldiger. „Was ist denn?" Der Mann sollte jetzt schon längst eine passende Bemerkung über Liebe, Glück und Sonnenschein, einen treuen Mann und den ganzen restlichen romantischen Quatsch von sich gegeben haben. Stattdessen machte er ein Gesicht, als würde er ihre Bankauszüge lesen.

Endlich hob er den Kopf. „Nicht gut, Miss. Gar nicht gut."

„Warum denn nicht?"

„Sie haben die Geister beleidigt, Miss."

Lana schluckte unbehaglich.

„Na also", hörte sie von hinten Forrester murmeln. „Das sieht dir wieder ähnlich. Nicht mal die Geister sind vor dir sicher."

Der Priester sah aufmerksam auf die Stäbchen. „Gar nicht gut, Miss. Ich sehe hier einen hungrigen Geist."

„Einen was?"

„Eine ruhelose Seele, der zu Lebzeiten Unrecht angetan wurde."

„Ein Toter?"

„Ein Toter, der keine Ruhe findet."

Lana sah schnell hoch zu Forrester. Der musterte den Priester aus schmalen Augen. „Ein chinesischer Aberglaube. Unsinn. Nichts weiter."

Der Wahrsager strich mit dem Finger über die Stäbchen. „Kein Aberglaube. Es naht der 14. Tag des siebten Mondmonats. Die Geister dürfen für eine Woche die Hölle verlassen. Und der hungrige Geist ist zornig, muss besänftigt werden", sprach er weiter. „Aber das wird schwierig. Sehr schwierig, denn sobald der Drache den Kopf hebt, wird sein zorniges Feuer alles und jeden zerstören."

„Der Drache …?" Lana war blass geworden.

„Eine Frau soll ihren Mann ehren, damit er nicht als hungriger Geist wiederkehrt. Treulose Frauen werden vom Drachen verschlungen. Der hungrige Geist wird …"

„Schluss damit!" Forrester fuhr dazwischen, packte den Wahrsager am Gewand und zerrte ihn hoch, bis das Gesicht des viel kleineren Chinesen dicht vor seinem war. „Schluss jetzt mit dem Spiel! Wer, zum Teufel, hat dich angestiftet? Wer? Wo ist er?"

Der Chinese wand sich unter seinem Griff, aber Forrester ließ nicht locker, schüttelte ihn. „Los, red schon, sonst bist du der nächste hungrige Geist!" Er ließ einen Schwall chinesischer Worte auf ihn los. Der Mann wehrte sich ängstlich, jammerte.

Die Leute um sie herum drängten sich zur Seite. Erregte Stimmen erklangen. Manche waren bedrohlich. Immerhin beutelte Forrester einen Mann im Gewand eines Mönches.

Lana versuchte, seine Finger von dem anderen zu lösen. „Nicht, Mark, die Leute schauen schon alle her. Es ist nicht gut, einen dieser Männer so zu behandeln."

Er ließ den Mann fallen, der sackte in sich zusammen, und Forrester griff nach Lana und zog sie fort.

„Er sagte etwas von Ehemann", stammelte Lana. „Und von einem Drachen … wieso …?"

„Drache ist hier ein weitverbreiteter Ausdruck, das hat rein gar nichts zu sagen. Überhaupt hier in Kowloon, das nach der Legende aus sieben Drachen bestehen soll. Was für ein Unfug, dass wir nicht gleich gegangen sind und du dir auch noch diesen haarsträubenden Unsinn anhörst!" Forrester schob sie weiter, dabei die Umgebung scharf im Auge behaltend. Sie gingen eine schmale Straße entlang, an deren Ende man schon eine weitaus breitere und befahrene sah.

Lana lief neben Forrester her. Als sie in die verkehrsreiche Nathan Road einbogen, fiel ihr Blick auf einen älteren Chinesen, der etwas abseits stand. Er trug keinen dunklen westlichen Anzug, sondern die traditionelle Tracht seiner Vorfahren. Trotzdem wäre er normalerweise in der Menge untergegangen, wäre da nicht der Ausdruck in seinen Augen gewesen, der die anderen einen kleinen Bogen um ihn machen ließ. Er sah herüber, verfolgte Lanas und Forresters Weg mit seinen Blicken.

Lana wollte sich losmachen. „Mark, dieser Mann dort … Ich habe ihn schon mal gesehen. Er verfolgt mich seit Hongkong Island."

„So?" Forrester warf einen kurzen Blick über die Schulter. Der Mann war verschwunden. „Vergiss ihn sofort wieder. Aber jetzt siehst du hoffentlich endlich ein, wie dumm es ist, alleine hier herumzulaufen. Es könnte gefährlich werden." Er ging jetzt langsamer, ohne jene Hast wie zu Beginn, erlaubte ihr jedoch nicht stehenzubleiben oder sich umzusehen.

Ein Taxi hielt neben ihnen. Er beugte sich vor, der Fahrer nickte ihm zu, als würden sie sich kennen, und Forrester öffnete die Tür und schob Lana hinein. „Zurück nach Hongkong Island."

Lana war eine Weile still. Sie sah in Gedanken versunken zum Fenster hinaus. Der Wahrsager war auf sie zugekommen. So, als hätte er auf sie gewartet. Aber das war nur möglich, wenn er wusste, dass sie kam. Wenn er von jemandem informiert worden war. Danach sah auch seine Weissagung aus. Also hatte sie sich nicht eingebildet, verfolgt zu werden.

„Meinst du, dieser Mann dort in der Gasse hat den Priester bestochen, das zu sagen?"

„Glaube ich nicht." Das klang abweisend.

„Warum nicht?"

Keine Antwort.

Lana machte einen weiteren Versuch. „Sind das Leute vom Syndikat?"

Wieder keine Antwort.

Sie sah scheu zu ihm hinüber. Er warf immer wieder Blicke zurück, um zu sehen, ob sie verfolgt wurden, beobachtete scharf die anderen Autos, die Passanten, und sie war unendlich froh, dass er da war. In seiner Gegenwart fühlte sie sich sicher. Das war immer schon so gewesen. Sie hatte ihn verlassen, weil er sie betrogen hatte, aber sie hatte niemals den geringsten Zweifel gehabt, dass er immer und jederzeit alles tun würde, um sie zu beschützen.

Schon lange hatten sie sich in den Verkehr eingereiht und befanden sich nur noch wenige Meter vom Eingang zum Cross Harbour Tunnel entfernt. Als sie in den Tunnel, der Hongkong Island auf unterirdischem Weg mit dem Festland verband, einfuhren, sprach sie Forrester nochmals an.

„Mark? Vor wem sind wir weggerannt? Vor dem Wahrsager? Vor dem, was er sagte? Vor dem Mann, der uns beobachtet hat?"

„Es ist gefährlich für dich, herumzulaufen, wie oft soll ich dir das noch sagen? Überhaupt solange Pratt noch frei ist – ich bin sicher, er hält sich in der Stadt auf. Er muss annehmen, dass du ihn verraten kannst."

„Ich glaube nicht, dass Charles diesen Mann beauftragt hat. Das klang nicht nach ihm, sondern …"

„Es ist mir egal, wonach es klang", wurde sie entschieden unterbrochen. „Es war eine Drohung, von wem auch immer."

Forrester wandte sich wieder um. Die schwarze Limousine, die sie seit der Nathan Road verfolgte, war immer noch da.

Aber nun wurden seine Blicke durch etwas anderes abgelenkt: Lanas Schenkel, die sich durch die Hose abzeichneten und ihr Busen, der ihn zwischen den Blusenknöpfen anlächelte.

Er lockerte seine Krawatte. Das Taxi hatte zwar Klimaanlage, aber sein Hemd klebte auf der Haut.

Lana fasste nach seiner Hand. „Mark, was stand in der Zeitung?"

Er antwortete nicht gleich, weil sein Gehirn mit erfreulicheren, rundlichen Dingen beschäftigt war und keine Lust hatte, sich Drohungen zuzuwenden.

Sie presste seine Hand. „Mark."

Er seufzte. „Ein Nachruf. Eine Todesanzeige."

Sie sah ihn groß an. „Von wem denn?"

„Von mir."

Er löste sanft ihre Finger, die sich in seine Hand gekrallt hatten, und lächelte sie an. „Schon gut, mein Liebling. Nicht mehr als ein schlechter Scherz." Ein ‚Scherz', der sich, wie er inzwischen festgestellt hatte, seit einer Woche jeden Tag wiederholte. Jeweils in einer anderen Zeitung.

„Wer macht so etwas?" Sie hatte plötzlich eiskalte Finger und zitterte.

Er nahm ihre Hand in seine beiden, rieb sie sanft. „Jemand, der mir Angst einjagen will. Mehr nicht. Aber das gelingt ihm nicht."

Es war ihm aber offenbar bei Lana gelungen. Sie saß blass und schweigend da und sah erst wieder hoch, als er sie ansprach.

„Falls du noch nicht ins Hotel zurück willst, hätte ich einen Vorschlag."

„Willst du etwa mit mir ausgehen? In eine Bar?" Lanas Begeisterung schien sich in Grenzen zu halten.

„Was weit Besseres." Er beugte sich zum Fahrer vor. „Wan Chai District." Dann noch eine Adresse.

Der Fahrer warf einen Blick in den Rückblickspiegel, grinste.

Forrester öffnete den obersten Hemdkragen und lehnte sich im Sitz zurück. Lanas Hand lag fest unter seiner, und während sein Daumen kleine Kreise in ihre Handfläche zeichnete, hatte Forrester schon genaue und sehr erfreuliche Vorstellungen von den nächsten Stunden.

***

Das Taxi hielt vor einem gediegen aussehenden Haus.

Lana guckte aus dem Fenster und sah ein gelbes Schild. „Hier?" Sie brauchte nicht lange nachzudenken, wo sie waren. Während man im Westen Bordelle rot ankündigte mit Lampen und Schriften, war in China oftmals die Farbe Gelb das Zeichen dafür, dass hinter diesem Tor käufliche Liebe feilgeboten wurde.

Forrester stieß die Tür auf und stieg aus. Dann reichte er Lana die Hand.

Sie kletterte ihm nach. „Deine Feinde geben deine Todesanzeige in die Zeitung, und du hast nichts Besseres zu tun, als mich in ein Puff zu führen?!"

„Nicht irgendein Puff. Ein ganz besonderes Etablissement. Außerdem sind wir hier völlig sicher. Sonst würde ich dich nicht hierher bringen." Er beugte sich zu dem Fahrer, wechselte einige Worte auf Kantonesisch. Der Wagen fuhr ab. Eine dunkle Limousine, die hinter ihnen gewartet hatte, schloss sich ihm an. Die Scheiben waren getönt, aber das Fenster im Fonds war etwas heruntergelassen worden.

Lana erhaschte einen kurzen Blick auf den darin sitzenden Mann, dann rollte der Wagen langsam weiter. Sie fasste erschrocken nach Forresters Arm. „Da! Der Mann aus Kowloon! Er ist uns gefolgt."

„Kann ich mir nicht vorstellen." Forrester legte den Arm um sie und zog sie fort. Das Wissen, dass Chen Wing-Lun – früher einer der bekanntesten Triadenbosse – sie tatsächlich bis hierher verfolgt hatte, hätte sie im Moment bestimmt nicht beruhigt. Und er wollte sie ruhig haben – oder vielmehr sorglos.

Das Tor öffnete sich, eine zierliche Chinesin wechselte ein paar Worte mit Forrester, dann standen sie in einem Hof. Das Tor wurde wieder geschlossen und Lana sah, wie sich Forresters Miene entspannte. Er drückte sie leicht an sich, als sie beunruhigt zur Tür sah. „Wir sind hier sicher, glaub mir."

Die Chinesin hatte inzwischen den Hof überquert und hielt ihnen auf der anderen Seite eine Tür auf. Forrester ging ihr nach. „Das ist das ,Haus der tausend Freuden'. Du solltest es eigentlich kennen."

„Ach, ja?" Lana blieb stehen und betrachtete argwöhnisch sein feixendes Gesicht.

„Du hast dich immerhin zwei Tage hier aufgehalten, um Filme anzusehen." Er fasste nach ihrem Arm, als sie auf der Stelle kehrtmachte und die Flucht ergriff. „Nein, warte. Ich habe dich nicht hierher gebracht, um dir Filme zu zeigen."

„Sondern?"

„Um sie mit dir zu erleben." Sein Grinsen verstärkte sich.

„Eine Art Kinobesuch?"

„Nein. Richtigen Sex." Er ließ sie los, als sie keine Anstalten mehr machte wegzulaufen, und wartete ab.

„Sex, also?", ging sie auf seine Worte ein. „Ist das alles? Nur ein bisschen Sex?"

„Nicht nur ein bisschen", erwiderte er selbstgefällig. „Sondern richtig guten."

„Guten, hm? Mit wem? Mit dir etwa?"

„Wenn du dich brav aufführst …"

Brav aufführen? Das hatte sie allerdings nicht vor. Nicht mit Forrester im selben Bordell. Lanas Anspannung legte sich ebenso wie ihre Angst. Ein ganz anderes Gefühl trat an ihre Stelle. Wenn Forrester so überzeugt davon war, dass sie sich hier in Sicherheit befanden, dann konnte sie ihre Gedanken beruhigt auf seine Vorschläge richten.

Und „Haus der tausend Freuden" klang ja auch vielversprechend. Lana sah an ihm vorbei auf den Eingang. Dann wieder auf ihn. In sein Gesicht. Auf seine Brust. Seinen Bauch. Seine Hose. Auf jenen interessanten, merklich ausgebuchteten Teil unter dem Gürtel. Er musste es ernst meinen und tatsächlich scharf auf sie sein. So scharf, wie sie auf ihn – auch wenn das bei ihr äußerlich nicht so offenkundig wurde.

Lana entschloss sich, Eigeninitiative zu zeigen. Sie trat an ihn heran, und ihre Hand landete unmissverständlich auf seinem Schritt. Der Anblick hatte nicht getrogen. Er hatte selbst in diesem halberregten Zustand schon einiges zu bieten. Das war eine ganze Menge Forrester, die sie da in der Hand hielt. Sekundenlang genoss sie den kräftigen Wulst, stellte sich vor, wie er sie damit bis zum Anschlag presste, dehnte. Dann zog sie ihre Hand zurück und bemerkte den selbstzufriedenen Ausdruck in seinem Gesicht.

„Armer, kleiner, geiler Cop", sagte sie mitleidig. „Das fühlt sich gar nicht gut an, da muss man wirklich etwas für dich tun. Ein so mickriges Gerät hatte ich schon lange nicht mehr in der Hand." Damit schritt sie an ihm vorbei und ins Bordell hinein.

***

Mark hatte schon schlechtere Ideen gehabt, stellte Lana eine halbe Stunde später zufrieden fest. Und manchmal hatte er sogar recht gute. Wie jetzt. Er hatte von der Empfangsdame eine Taitai Behandlung verlangt. Eine Behandlung für jene reichen Hongkonger Frauen, deren Männer mehr mit ihrer Arbeit und ihren blutjungen Konkubinen beschäftigt waren als mit ihnen, und die – wenn sie sich nicht selbst anderswo dieses Vergnügen holten – so zölibatär leben würden wie Nonnen.

Das „Haus der tausend Freuden" war, wie Forrester ihr gleich beim Eintritt erklärt hatte, eines der wenigen, die Hongkongs Aufstieg zum Finanzplatz unbeschadet überdauert hatten und nicht Bankengebäuden gewichen waren. Allerdings bot es bei entsprechenden Preisen angemessene Qualität. Aber um die Kosten musste sich Lana keine Sorgen machen. Sie war nicht diejenige, die zahlte, und Forrester hatte hier bestimmt Rabatt. Wenn er alle seine Gefangenen zum Verhör hierher brachte, war er sicher schon Stammgast.

Sie waren von einigen hübschen Mädchen empfangen worden – Forrester mit viel Gekicher, Gelächter, unter Verbeugungen. Er hatte einige Worte mit den Mädchen gewechselt – auf Kantonesisch, etwas, das sie immer noch beeindruckte – und daraufhin waren sie in eine Suite geführt worden. Mit einem riesigen Badezimmer, einem Salon und einem angrenzenden „Lustzimmer", in das sie aber bisher nur einen kurzen Blick hatte werfen können.

Die Mädchen hatten sie nicht nur in ihre Suite geführt, sie waren ihnen dann auch beim Auskleiden behilflich gewesen, hatten sie in ein Bad gebracht, das dreimal so groß war wie Lanas daheim und in der Hauptsache aus einem im Boden versenkten Whirlpool bestand. Zuerst hatten sie die Luftblasen genossen, die an den richtigen Stellen vom Wannenboden aufstiegen und haargenau dort blubberten und prickelten, wo es am wohlsten tat. Und nun lagen sie nebeneinander auf Massagetischen und wurden geknetet, bis auch die kleinste Verspannung verschwunden war.

Eine Behandlung, die Lana genoss, aber noch mehr Genugtuung verschaffte ihr der Anblick von Forrester, wie er entspannt auf dem Nachbarbett lag. Sie wusste, dass er bei dem Anschlag, den sie im Fernsehen miterlebt hatte, verletzt worden war. Aber es war offenbar weit weniger schlimm gewesen, als sie gedacht hatte. Es hatte nur seinen Arm erwischt, denn die Haut dort war zum Teil rosig, vernarbt, aber die Wunden heilten schön ab. Die Leute, die die Brandverletzung versorgt hatten, hatten ihre Sache gut gemacht.

Noch jetzt, wenn sie daran dachte, spürte Lana den Schrecken, den sie empfunden hatte. Die panische Angst, als sie Forrester auf dem Video erkannte, die eisige Klammer, die ihr die Luft abschnürte, der Schlag ihres Herzens, das zuerst stehen geblieben war und dann so heftig pochte, dass sie glaubte, es würde ihre Rippen brechen. Sie hatte gleich am nächsten Tag Piet verständigt, damit er Forrester warnen sollte. Aber die Angst hatte sie seitdem nicht mehr losgelassen.

Und dann war Piet getötet worden. Das tat immer noch weh, machte sie unglücklich, wenn sie daran dachte, und saß wie ein Klumpen in ihrem Magen.

Lana riss ihre Gedanken los und wandte sich der weitaus erfreulicheren unmittelbaren Gegenwart zu. Da war auch einiges, das sie ablenken konnte. Sie mochte den Anblick, wie Forresters Hintern geknetet und sein Rücken gewalkt wurde. Genau das hatte sie später auch noch mit ihm vor. Die Vorstellung, seine Haut unter ihren Händen zu haben, die Muskeln zu spüren, die sich unter ihren Berührungen zusammenzogen und wieder entspannten, machte sie heiß und ungeduldig. Und der Gedanke, diesen sexy Hintern mit Fingern, Händen, Lippen und Zähnen zu bearbeiten, ließ sie aufseufzen.

„Wir haben da übrigens noch etwas zu besprechen", sagte er in ihre erotischen Fantasien hinein, so, als wüsste er genau, dass sie ihn anstarrte, obwohl er sein Gesicht abgewandt hatte.

„Heute nicht. Heute will ich nur genießen. Cop spielen kannst du morgen wieder."

„Davon rede ich nicht. Ich spreche von dem ‚mickrigen Gerät‘.“

Lana versteckte grinsend ihr Gesicht hinter ihrem Arm. „Machst du dir deshalb Sorgen? Musst du nicht, Süßer, ich werde es nicht mehr erwähnen. Du hast es vielleicht noch nicht bemerkt, aber ich bin ein taktvoller Mensch.“

Als keine Antwort kam, sah sie ihn an. Sein Rücken zuckte. Die Chinesin sagte etwas zu ihm, aber er hörte nicht zu. Mark Forrester lachte. Zum ersten Mal, seit sie ihn in Hongkong getroffen hatte. Lana betrachtete ihn eine Weile lächelnd, dann schloss sie die Augen und genoss ihre eigene Massage. Dieser Mann hatte so einiges, was für ihn sprach. Es stellte sich nur die Frage, ob dieses wenige Positive seine vielen schlechten Eigenschaften aufwog.

Etwas später waren sie in flauschige Bademäntel gehüllt, und Lana betrat neugierig jenen Raum, den eine der Frauen als das „Lustzimmer“ beschrieben hatte.

Lana schlenderte umher und sah sich alles an. Sehr feudal. Viel Rot, viel Gold. Drachen an den Wänden, an den Tischbeinen, auf Kissen gestickt. Daneben Malereien von zartgliedrigen Chinesinnen, manche bekleidet, manche nackt, mit Männern in langen Bärten, mit Jünglingen. Und alle in sehr anschaulichen Stellungen, die Lana schon früher beim Studium sogenannter chinesischer Hochzeitstafeln gesehen hatte. Sehr anregend. Nicht, dass eine Frau, die Forrester in Aussicht hatte, Anregung noch nötig gehabt hätte, aber es war eine hübsche Untermalung.

„Du erinnerst dich an unser noch ausstehendes Gespräch?“

Sie blieb stehen und sah Forrester an, der am Türrahmen lehnte und sie beobachtete. „Du willst es also ausdiskutiert haben, ja?“

Er bedachte sie mit einem Blick, der es ihr angenehm über den Rücken rieseln ließ. „Zum Diskutieren wirst du nicht viel kommen, fürchte ich, ich habe nämlich vor, dich beim Wort zu nehmen. Du wolltest dich doch darum kümmern, nicht?“

Das hatte Lana tatsächlich vor. Und gründlich noch dazu. „Na und?“

„Du wirst jetzt die Gelegenheit dazu bekommen. Allerdings bestimme ich das Wie.“

„Ach ja, wieder einmal?“

Forrester stieß sich vom Türrahmen ab und schlenderte so wie sie durch den Raum, besah sich die Bilder. Endlich blieb er stehen und nickte. Lana betrachtete die Szene. Ein Mann saß auf einem Stuhl, eine Frau kniete mit dem Rücken zu ihm zwischen seinen Beinen, ihr Rücken war durchgebogen, ihr Kopf weit zurückgelegt, und in ihrem geöffneten Mund steckte sein Penis.

„Mir schwebt etwas auf diese Art vor.“ Er grinste, als er ihren Blick sah. „Ursprünglich war nichts dergleichen geplant, ich wollte dir wirklich nur eine entspannende Taitai-Behandlung vergönnen, aber allzu große Frechheit darf man dir auch nicht durchgehen lassen."

„Du willst ja bloß nur wieder dein Macho-Gehabe durchsetzen."

„Schon möglich." Forrester lachte wieder. Es war dieses dunkle, erotische Lachen mit einem guten Schuss Erregung. Sehr anziehend. Lana konzentrierte sich auf das Bild.

„Hältst du mich für eine Primaballerina? Oder einen indischen Yogi? Das sieht aus wie eine Position aus dem Kamasutra."

„Ist es auch. Der Besitzer dieses Institutes legt großen Wert auf ein internationales Auftreten."

Forrester nahm mit einem diabolischen Lächeln auf einem bequemen Lehnsessel Platz, die Beine leicht geöffnet, gerade so, dass er noch vom Mantel bedeckt war. „Das ist gar nicht so schwierig. Und es wird dir gefallen."

„Glaubst du, ich breche mir deinetwegen den Rücken?" Lana schüttelte den Kopf, aber im Grunde fand sie die Szene und die Idee sehr attraktiv. Es war zwar eine demütige Geste, die Frau lieferte sich völlig aus, aber es war nur die erste Szene einer Sequenz. Denn in der nächsten beugte sich der Mann nach vorn und leckte an den Brustspitzen seiner Gespielin, während seine Hand über ihren Bauch gewandert war und nun zwischen ihren Beinen lag.

Trotzdem. Sie war zwar biegsam und im Training, aber das sah reichlich anstrengend aus.

„Diese beiden Damen werden dir dabei helfen. Sie werden dich halten."

Lana drehte sich um. Die Frauen, die eben hereinkamen, kannte sie noch nicht. Es waren weder die Mädchen, die ihnen beim Baden behilflich gewesen waren, noch die Masseurinnen. Beide trugen rote Qipao, jene traditionellen chinesischen Kleider, die oben einen Stehkragen hatten und unten bis weit über den Schenkeln geschlitzt waren.

Forrester stellte sie vor. „Dies hier ist Lin. Und ihre Freundin ist ..." Er stockte und nahm die andere schärfer in Augenschein.

Die lächelte. „Ming. Name seien Ming." Mings Stimme war hoch, sie sprach einen seltsamen Sing-Sang.

Lana lächelte zurück.

Forresters Blick folgte Ming, als sie auf Lana zuging. Sie deutete auf die Szene an der Wand und nickte. „Seien gut Stellung. Lady machen."

Lana hob die Schultern. Sie überlegte noch immer.

„Probier es einfach. Ich verspreche dir, du wirst deine Freude daran haben." Forresters und Mings Blicke trafen sich über Lanas Kopf hinweg. „Schöne Ming haben recht. Seien wirklich gut Stellung", äffte er spöttisch den Tonfall und die Stimme der Frau nach.

„Na schön." Lana hatte sich entschieden.

Das zierlichere Mädchen kam heran, streifte ihr den Bademantel ab, nickte aufmunternd und lächelte.

Mings Blick glitt intensiv und neugierig über ihren Körper, nahm zu Lanas plötzlicher Verlegenheit jede Rundung, jede Form wahr. Schließlich nahm sie leicht Lanas Hand und führte sie zu Forrester. Lana drehte ihm den Rücken zu, und Ming legte in einer zärtlichen Geste die Hände auf ihre Schultern. „Lady seien wunderschöne Frau." Sie sprach sehr leise und Lana stutzte, als sie der anderen ins Gesicht sah. Sie kam ihr bekannt vor.

Nun sah für eine Amerikanerin eine stark geschminkte Chinesin der anderen sehr ähnlich, aber diese hier hatte etwas im Blick, das sie schon einmal gesehen hatte. Diese Augen. Das Lächeln.

In diesem Moment beugte die andere den Kopf zu ihr herab. Sie war etwas größer als Lana, ungewöhnlich groß für eine Chinesin sogar, und Lana hielt überrascht still, als Ming sie auf die Lippen küsste. Der Kuss war alles andere als schwesterlich, denn obwohl er sanft war, lag ein unbestreitbares Verlangen darin. Ming atmete tiefer, als sie sich von ihr löste, und Lana gab irritiert dem Druck von ihren Händen nach und sank in die Knie.

Forresters Hände legten sich um ihren Hals, zart, aber doch fest. Eine wohlige Gänsehaut glitt über Lanas Rücken, als sie seine kräftigen Finger fühlte, die ihren Nacken massierten, dann ihre Schultern hinabwanderten, über ihre Arme, und ihre Handgelenke umfassten. Sie sah hoch zu Ming, die sie nicht aus den Augen ließ. Ihr Blick klebte an Lanas Brüsten.

„Gib einfach nach und lehn dich zurück." Forrester klang nicht dominant, sondern zärtlich. Ein wenig amüsiert sogar.

Ming kniete sich ebenfalls hin, ganz dicht an sie, ein starker Duft von Sandelholz umgab sie und dann noch ein anderer, intensiverer Geruch, dessen Ursprung Lana nicht ganz klar war. Sie kniete so eng an ihr, dass sie ihren Atem fühlen konnte, als sie ihren Arm um Lanas Taille legte und sie hielt. Sie war überraschend kräftig, als sie Lana so weit zurückbog, dass ihr kniender Körper einen Halbkreis bildete, der mit ihrem Kopf zwischen Forresters Schenkeln mündete.

Das hatte was für sich. Auch die Tatsache, dass er seinen Bademantel öffnete und den Blick auf seinen Penis freigab. Einmal eine ganz andere Sichtweise. Mit nach hinten gebogenem Kopf, von unten nach oben, die Lippen im wahrsten Sinn des Wortes nur eine Zunge lang von seinem Penis entfernt. Das Aroma von Sandelholz wurde intensiver, erfüllte den Raum. Auch der Geruch nach Moschus und erregtem Mann. Schwindel erfasste sie für einige wenige Momente. Bedingt durch die ungewohnte Haltung, Forresters Nähe, die Hitze im Raum.

Forrester hob ihre Arme, legte sie links und rechts an seine Hüften, presste sie dagegen, bis sie Halt fand. Ihre Hände schmiegten sich an den weichen Frottéestoff, spürten darunter seine warme Haut. Sie krallte die Finger hinein, um sich festzuhalten. Aber seine Hände schoben sich schon unter ihre Schultern, hielten sie, sodass sie sich entspannen konnte. Es war bequemer, als sie gedacht hatte.

„So ist es richtig." Er flüsterte fast. „Lass dich fallen, wir halten dich." Seine Fingerspitzen streichelten zärtlich über ihre Haut, fanden empfindsame Stellen an den Schultern, den Achselhöhlen. Er löste eine Hand, brachte die Spitze seines Penis' an ihre Lippen, bis sie ihn damit fassen konnte. Aber noch schob er ihn nicht tiefer.

Ihre Erregung wurde stärker. Sein Penis schien elektrisch geladen zu sein, zumindest fühlte es sich für Lana so an, denn kleine prickelnde Wellen gingen von ihm aus, erfassten ihre Lippen, ihren Kopf, wanderten ihren Hals entlang über ihren Körper, zu den Brüsten.

Ein völlig neuer Blickwinkel. Dicht vor ihrer Nase die Wulst seines Schwanzes. An ihrem Haar und knapp an ihrer Stirn seine Hoden. Sie bewegte leicht den Kopf zwischen seinen Schenkeln hin und her. Ihre Haare kitzelten ihn ganz gewiss, und sie zweifelte nicht im Geringsten daran, dass es ihm gefiel. Er hatte es immer gemocht, ihr Haar auf seiner Haut und insbesondere auf seinem Unterkörper zu spüren.

Sie sah hoch. Über seinem Penis seine Brust, sein Gesicht, das er über sie gebeugt hatte. Das Kinn, die Nase. Die dunklen Augen, die jetzt sehr nahe waren und weich und warm blickten. Mit einem erregten Funkeln darin.

Er lächelte leicht. „Bequem so? Dann machen wir jetzt weiter."

Die Frau musste wirklich Bärenkräfte haben, um sie mit dieser Leichtigkeit zu halten. Einer ihrer Arme unterstützte Lana um die Taille, die andere Hand lag tiefer auf ihrem Hintern, strich darüber, streichelte, knetete sanft. Mit Bedacht – aber nicht zart, wie Lana es von einer Frau erwartet hätte. Das war eine Hand, die auch zupacken konnte. Sie kniete eng an ihr. Knie an Knie. Schenkel an Schenkel. Scham an Scham. Sie konnte die Wärme der anderen durch deren kostbares Seidenkleid spüren.

Forrester schob sein Glied sanft tiefer. Er musste sie nicht erst auffordern, ihre Lippen weiter zu öffnen, um ihn mit ihrem Mund aufzunehmen. Lana wartete bereits darauf. Er war noch weich, biegsam. Nachgiebiges Fleisch, das aber bald fester werden würde. So hart, dass er sie damit rammen konnte. Wie er dies vor nur wenigen Tagen in genau diesem Bordell getan hatte.

Ming beugte sich über sie. Lana konnte es nicht sehen, sie spürte nur ihren Mund. Weiche, volle Lippen, mit überraschend hartem Druck. Sie hatte zwar niemals an den Brüsten einer anderen Frau gesogen, aber sie hatte schon so manchen Männernippel bis zur schmerzhaften Erektion gebracht. Dunkel gelutschte, gebissene, harte Warzen, an denen man sich mit den Zähnen festhalten konnte, um daran zu ziehen. Und doch war es anders gewesen. Spielerischer. Die Frau spielte jedoch nicht. Sie nahm von ihren Nippeln Besitz mit einer männlichen Selbstverständlichkeit, die Lana etwas verblüffte, ihr aber nicht schlecht gefiel. Ming saugte abwechselnd an beiden Brüsten, leckte um die Spitzen, kitzelte die Höfe.

Zu Lanas Genugtuung blieb Forrester nicht passiv oder kümmerte sich nur um seinen Schwanz in ihrem Mund, sondern bearbeitete die jeweils andere Brust. Es tat unendlich wohl, seine Finger an ihren Nippeln zu spüren, die Art, wie er die feuchte Spitze mit seinem Daumen umbog, sie wieder hochschnellen ließ, während er die Brust umfasste und hochdrückte. Diese Erfahrung wurde noch dadurch intensiviert, dass ihre Brüste durch ihren durchgebogenen Rücken prall hinaufstanden.

Forrester bog ihren Kopf noch ein wenig weiter zurück, schob seinen Penis tiefer in ihren Mund. Er war schon härter und dicker als zuvor. Eine sehr vielversprechende Entwicklung.

Seine Eichel wuchs in ihren Mund hinein, zwang sie, die Lippen weiter zu öffnen. Sie ließ ihre Zunge tanzen, wedelte damit hin und her, verstärkte den Druck. Es war nicht ganz einfach für sie, ihre eigene steigende Erregung zu fühlen, den Frauenmund und die Männerhand, die an ihren Brüsten arbeiteten, zu genießen, und sich gleichzeitig darauf zu konzentrieren, diesen Schwanz in ihrem Mund fachgerecht zu bedienen. Sie ließ Forrester ein wenig ihre Zähne spüren und merkte sofort, wie sein Schaft sich etwas weiter aufrichtete, gegen ihren Kiefer presste.

Noch ein bisschen mehr. Lana begann zu saugen.

„Warte, nicht so." Forresters Griff in ihr Haar war sanft und doch bestimmend. Sie öffnete gehorsam den Mund, er zog seinen feuchten Penis heraus und sie sah, wie er sich über ihrem Gesicht emporstreckte. Forrester rutschte im Sessel so weit vor, bis ihre Nase von unten an seinem Penis anstieß, und sich seine Hoden gegen ihren Kopf pressten. Als er sie weiter hinabbog, fast schon bis zur Schmerzgrenze – zum Glück hielt die Frau sie fest und sicher – lagen seine Hoden an ihren Lippen. Das wollte er also.

Hübsche, pralle Dinger waren das. Lana leckte darüber, dann blies sie mit gespitzten Lippen auf die feuchte Stelle, bearbeitete ihn auf diese Weise Zentimeter für Zentimeter. Forresters Finger wurden härter auf ihrer Brust, er knetete sie fest, ein Zeichen dafür, dass sie es richtig machte. Endlich presste sie ihre Zunge an den Punkt, an dem seine Hoden mit seinem Glied verwachsen waren. Die weiche Haut gab nach, ließ sich von der Zungenspitze hin und her schieben. Sie bohrte sie hinein, weiter hinunter. Forrester ließ ihre Brust los, und seine Finger gruben sich in ihre Oberarme. Dann öffnete sie weit den Mund und nahm den rechten Hoden zwischen ihre Lippen, leckte ihn nass, saugte sanft daran.

Die Frau begann ihre Scham an Lanas zu reiben. Das war nicht schlecht. Sie musste kräftige Schamlippen haben, denn der Druck auf ihrem Venushügel war überraschend fest.

Überraschend wulstig.

Überraschend schwanzartig!

Lana erstarrte. Sie spuckte Forresters rechten Hoden aus und hob den Kopf, um die Frau – die nun vehement an ihrer Brust saugte und sie tief in sich einsog, dabei mit der Hand Lanas Hinterbacken knetete und sich gleichzeitig leidenschaftlich an ihr rieb – zu betrachten.

„Es ist alles in Ordnung." Forrester bog ihren Kopf wieder zurück.

„Aber ..."

„Mach doch weiter ..." Er klang ungeduldig und gierig.

„Aber", redete sie an seinem Hoden weiter, an seinem Stöhnen wohl merkend, dass ihn die Resonanz ihrer Stimme an seinem empfindlichsten Körperteil erschütterte, „das ist ein Mann!" Mings Kleid war verrutscht, und das, was jetzt durch den Schlitz des Kleides hindurch hart zwischen Lanas Beine wuchs, war unzweifelhaft keine überdimensionale Klitoris, sondern ein Männerschwanz!

Forrester beugte sich zu ihr hinunter, hauchte einen Kuss auf ihre Brust. „Stimmt, das ist ein Mann. Ein Transvestit. Davon gibt es einige in gewissen Bordellen. Damit die Damen offiziell behaupten können, nur mit Frauen zusammengewesen zu sein."

Lana schielte an sich hinab, zu ihren Brüsten, die so eifrig bearbeitet wurden. Ming sah hoch und lächelte, ohne die Lippen von ihrem Nippel zu lassen.

„Und die andere ...?"

Mings Freundin hatte es sich in der Zwischenzeit in Forresters Rücken bequem gemacht. Von Zeit zu Zeit tauchte sie in Lanas Blickfeld auf, wenn sie Forrester auf Hals und Schultern küsste, während ihre Hände sich mit seinem Körper befassten. Zarte Frauenhände.

„Lass dich nicht ablenken. Mach jetzt weiter. Du kannst dich später wundern, jetzt ist es deine Aufgabe, dich um mich zu kümmern." Sein Lächeln wäre boshaft gewesen, hätte nicht eine gewisse Zärtlichkeit darin gelegen. „Hier im Bordell bin ich dein Herr, schon vergessen?"

Lana bedachte ihn mit einem schrägen Blick, bog den Kopf dann aber wieder zurück, um sich seinen Hoden zuzuwenden.

Die Frau hinter Forrester kniete eng an ihn gepresst. Ihre Hände griffen nach vorn, hielten seinen Schwanz und rieben ihn in einem immer schnelleren Rhythmus hinauf und hinunter. Sie sah die zarten Hände, die kaum sichtbaren Adern darauf, als sie auf und abfuhr, die Haut über dem harten Schaft bewegte, während Lana seine Hoden zwischen den Lippen hielt und abwechselnd mit der Zunge streichelte und klopfte. Der Mann musste gerade die Erfüllung seiner Träume erleben: von zwei Frauen gleichzeitig befriedigt zu werden.

In diesem Moment zuckte er hoch. Lana verlor den Kontakt zu seinen Hoden, und dann spritzte sein Sperma in die Höhe, mehrere kleine Ergüsse, die knapp an dem über Lanas Körper gebeugten Mann vorbeigingen. Einige der letzten Tropfen landeten auf Lanas Brust.

Er lehnte sich erleichtert zurück, sie dabei jedoch haltend. Mr. Ming hatte sich an ihrer Brust festgesogen, presste seinen Schwanz hart auf ihre erregte Scham, rieb daran und machte keine Anstalten, sie frei zu geben.

„So. Und jetzt komm her. Jetzt bist du dran." Forrester machte kurzen Prozess und zog sie, nachdem er zu Atem gekommen war, aus Mings Armen hoch, bis sie auf seinen Schenkeln saß. Dann legte er ihre Beine über seine Knie und spreizte sie. Seine Hand fuhr über ihre Brust, ihren Bauch abwärts und zwischen ihre Beine. Als er die Hand wieder hochzog und betrachtete, war sie nass. Keiner der vier im Raum war besonders verwundert.

Ming hatte sie sichtlich ungern losgelassen, und jetzt starrte er unverhohlen auf ihren Körper, sein Blick saugte sich abwechselnd an ihrem Busen und an ihrer Scham fest. Dann sah er Forrester an und fragte etwas. Allerdings auf Kantonesisch. Forrester schüttelte den Kopf und antwortete. Seine Stimme klang abweisend.

„Was sagt er?" Lana hatte in Forresters Antwort nur das Wort Taitai erkannt. Sie sah den Mann vor ihr erwartungsvoll an. Ihre Pussy lachte ihm entgegen, die nassen Lippen waren weit geöffnet, eine richtige Einladung, diesen Schwanz, der sich obszön durch das Kleid bohrte, aufzunehmen.

„Er hat gefragt, ob er in dich eindringen darf."

„Natürlich darf er! Vor allem will ich sehen, was er zu bieten hat." Schien ja nicht gerade wenig zu sein, was da durch den Kleiderschlitz lugte.

„Darf er nicht. Nicht, solange ich in derselben Stadt bin, und solange er seinen Schwanz behalten will." Er sah dabei nicht Lana an, sondern hatte Ming im Visier. Seine Stimme klang ruhig, aber in den Augen war eine deutliche Drohung.

Lana stieß ihn an. „Spielverderber."

„Du wirst schon auf deine Kosten kommen. Er ist Taitai-Spezialist. Befriedigung für Damen, die befriedigt werden wollen, ohne ihren Ehemann wirklich mit einem anderen Mann zu betrügen. Die Tatsache, dass er als Frau gekleidet ist, macht es für manche eben ‚harmloser'."

Forresters Hände öffneten ihre Beine noch mehr. Sanft schoben sich die Finger zwischen ihre Schamlippen, zogen sie auseinander, bis alles zu sehen war. Die Frau mit dem Schwanz konnte nicht mehr wegschauen. Sie … oder besser er – Lana entschloss sich, den Mann in ihr zu sehen – atmete heftiger, als er mit seinem hübschen roten Kleid näher zwischen Forresters Beine rutschte.

Forrester sagte etwas. Ming neigte den Kopf und legte die Lippen auf ihre Scham. Es durchrieselte Lana, als er begann, ihre Feuchtigkeit zu lecken. Gründlich und hungrig, rechts, links, sich von außen nach innen und von oben nach unten arbeitend. Danach suchte er mit seiner Zunge ihre Klit, bearbeitete sie ebenso unermüdlich, wie er zuvor ihre ganze Pussy geleckt hatte.

Forrester sprach weiter, gab Ming ununterbrochen Anweisungen, denen dieser offenbar auch genau nachkam. Ming suchte dabei die empfindlichsten Punkte und behandelte sie auf jene Art, wie Forrester dies früher immer getan hatte. Forrester, der ihren Körper besser kannte als jeder andere Mann.

Lana hatte schon lange die Augen geschlossen und den Kopf auf Forresters Schulter fallen lassen. Mings Freundin hatte begonnen, ihre Brustwarzen zu liebkosen. Zarte, schlanke Frauenfinger zwirbelten die erregten Warzen, strichen über die Höfe, hielten sie ununterbrochen in erregtem Zustand, sorgten dafür, dass die Schauer von Lanas Scham auf ihre Brüste übergingen und ihren ganzen Körper erfassten. Dazu noch Forresters Brust und Bauch an ihrem Rücken, sein Schwanz, seine Schenkel an ihrem Hintern. Er hatte, bevor er sie auf sich gezogen hatte, den Bademantel zur Seite geschoben, und jetzt berührte ihre Haut die seine. Er war heiß, ließ sie glühen und wurde ebenso auch von ihrer Wärme erhitzt. Kleine Schweißtropfen sammelten sich auf Lanas Oberlippe und zwischen ihren Brüsten. Forrester murmelte seine Anweisungen an Ming dicht an ihrem Gesicht, streifte dabei mit seinen Lippen ihre Wange, ihre Schläfe. Sie fühlte jedes Wort, das er sagte, durch ihren ganzen Körper vibrieren.

Dann schob er ihre Beine noch weiter auseinander, zog ihr rechtes Knie ein wenig hoch. Lana wand sich in seinen Armen, als seine Hand auf ihre Scham glitt, nach ihrer Klitoris suchte und die Vorhaut mit Zeigefinger und Ringfinger zurückschob, sodass die Klit zwischen seinen Fingern eingeklemmt war und offen vor Mings Augen lag. Und vor allem offen für seine Zunge, denn Ming folgte ohne Zögern Marks Anweisung und stieß hart mit der Zungenspitze darauf, bohrte sich fest.

Lana schrie auf. Sie war schon so erregt und empfindlich, dass die harte Berührung auf der schutzlosen Klitoris schmerzte wie das Streicheln rohen Fleisches. Sie versuchte sich loszureißen, weil der Druck unerträglich wurde, aber Forrester legte einen Arm um ihre Taille und fixierte sie. Von hinten fasste Mings Freundin nach ihren Armen, hielt sie ebenfalls. Und Lana gab nach, gab sich der schmerzvollen Lust hin, die Mings derbe Zungenstöße auf ihrer Klit auslösten.

Aber plötzlich war da nicht nur seine Zunge, sondern auch seine Hände, seine Finger, die ihre Scham streichelten, den Eingang suchten.

Lana bäumte sich auf. Ihr Inneres vibrierte, zuckte. Nicht mehr lange, und der Orgasmus würde sie packen und schütteln.

Ein weiterer Befehl von Forrester. Mings Freundin hielt plötzlich etwas in der Hand. Einen Dildo, aber keinen gewöhnlichen, wie Lana sofort sah, sondern einen aus einem kostbaren, grün schimmernden Stein.

Der Jadestab, den sie so bewundert, und den Forrester gekauft hatte. Lana ließ sich aufstöhnend zurücksinken.

Forresters Stimme war nur noch ein Flüstern. „Jadestab ist die blumige Bezeichnung für den männlichen Penis. Und da ich dir meinen im Moment leider noch nicht wieder vergönnen kann, und der von Ming auf keinen Fall in Frage kommt, werden wir auf dieses Hilfsmittel zurückgreifen.“

„Ist der nicht ein bisschen …“ Lana sah trotz ihrer Erregung zweifelnd auf den Stab. Sie leckte sich über die Lippen.

„Er ist sogar sehr groß, aber er wird dich vorerst daran erinnern, in Zukunft den Ausdruck ‚mickrige Geräte‘ zu vermeiden, wenn du von mir sprichst.“ Forrester lachte leise an ihrem Ohr. „Später nehme ich dich mir selbst wieder vor. Solange, bis du dich ausreichend entschuldigt hast.“

Der Jadedildo war nicht gebogen, hatte auch nicht die Form eines Penis', sondern war wirklich nur ein Stab mit einer abgerundeten Spitze, die Ming jetzt in sie einführte. Langsam, um sie die Dehnung spüren zu lassen. Sie entspannte ihre Vaginamuskeln, um diesen mächtigen Ersatzpenis aufnehmen zu können. Sie war so nass, dass er ohne Probleme tiefer rutschte, nachdem er die erste Enge überwunden hatte, und ihr Eingang ihn umschloss. Lana erwartete, dass Ming ihn jetzt vor und zurück führen würde, statt dessen begann er ihn jedoch zu drehen. Einmal eine halbe Drehung nach links, dann nach rechts, ihre inneren Wände aufgrund seiner

Dicke dabei stark mitdrehend und zerrend. Lana wand sich stärker unter Forresters Griff, der jetzt noch dazu übergangen war, ihre Klit sachte zwischen seinen Fingern zu reiben, vorsichtig zu kneifen, zu massieren. Er machte es perfekt, fand genau die richtigen Punkte, den besten Druck.

Lana begann zu keuchen, das Lustempfinden wurde unerträglich, zu stark, zu schmerzhaft, zu überwältigend. Sie krallte sich in seine Schenkel, teilweise in den Bademantel, teilweise in seine Haut, sodass er einen Schmerzlaut unterdrücken musste. Alles in ihr erbebte, erzitterte, dann begann das leichte Ziehen in ihrem Körper, das zu einem Krampf wurde, der sie sich zusammenkrümmen und dann, als die Erlösung kam, zurückschnellen ließ. Ihr Unterkörper bewegte sich konvulsivisch, kontrahierte wie ihr Inneres, sie stöhnte tief auf, ihr Stöhnen wurde zu einem heiseren Schrei der Erlösung, und endlich fiel sie in Forresters Armen zurück und blieb erschöpft liegen.

Ming zog bedächtig den Stab aus ihren Schenkeln. Forresters Hand lag zwischen ihren Beinen, sie fühlte sein behutsames, zärtliches Streicheln. Dann hob er die Hand und legte sie an ihre Wange, um ihren Kopf zu ihm zu drehen.

Lana gab nach. Für lange Momente blickten sie einander an, sich ineinander verlierend, und dann küsste er sie.

Als Lana wieder aus dem Taumel seines Kusses hervortauchte, brauchte sie einige Sekunden, um sich ihrer Umgebung wieder bewusst zu werden. So küsste nur Forrester. Tief, leidenschaftlich, besitzergreifend. Kein anderer sonst schaffte es, aus einem Kuss ein erotisches Erlebnis erster Klasse zu machen, bei dem man zu atmen vergaß.

Sie sah hoch und direkt in Mings Augen. Er kniete noch vor ihr und blickte sie unverwandt an. Forrester bemerkte den Blick ebenfalls.

„Ming, such dir ein anderes Ziel. Die Dame ist vergeben, aber diese hier", er deutete bei diesen Worten nach hinten, wo die zarte Chinesin an seinem Rücken lehnte und mit ihren Fingern sehr sinnlich durch sein Haar fuhr, „wird sich bestimmt über deine Aufmerksamkeiten freuen."

Lana fühlte sich zwar satt und zufrieden wie eine Katze, die soeben den Milchtopf geleert hatte, hätte aber ebenfalls nichts gegen weitere Aufmerksamkeiten seitens Mings gehabt.

Sie schwieg jedoch beeindruckt. „Die Dame ist vergeben", hatte Forrester gesagt, und auch zuvor hatte er deutliche Zeichen von Eifersucht gezeigt. Sie wandte den Kopf und sah ihn prüfend an. Ein Mann wie er sagte so etwas nicht leichtfertig. Im Gegenteil, es gehört einiges dazu, ihm auch nur das kleinste persönliche

Zugeständnis abzuringen, und sie hatte – wenn sie auf die letzten Tage rückblickte – sogar ganze Bände davon erhalten.

Sie bemerkte plötzlich, dass zwischen Forrester und Ming ein stummer Kampf entbrannt war. Die beiden fixierten sich, ohne auch nur mit den Lidern zu zucken.

Schließlich sagte Ming etwas, Forrester antwortete auf Chinesisch.

Ming sprang auf. Er hatte jetzt trotz des Kleides und der Schminke so gar nichts Weibliches mehr an sich. Die Stimme war dunkel, scharf, die Augen blitzten. Sein hart erregtes Glied schob sich zwischen dem Kleiderschlitz hervor, als er sich breitbeinig und mit geballten Fäusten vor ihnen aufpflanzte.

Forresters Augen wurden schmal.

Lana zupfte an seinem Ohr. „Was ist denn los?"

Forrester wandte sich ihr zu, ohne Ming aus den Augen zu lassen. „Nichts weiter."

„Will er dem Leitwolf das Weibchen streitig machen?" Lanas Lächelns war süffisant. Die Situation gefiel ihr. Ming gefiel ihr. Und Forrester fand sie ausnahmsweise hinreißend mit diesem männlichen Machogehabe.

„Darum geht es nicht. Aber das verstehst du nicht", wurde sie von Forrester aufgeklärt.

Das Mädchen stand ebenfalls auf. Es blinzelte Lana beim Vorbeigehen zu und flüsterte auf Englisch: „Er hat gesagt, Ming soll sich lieber an Schulmädchen halten, die passen im Alter besser zu ihm."

Die junge Frau trat vor Ming hin, sprach ihn an, lächelte. Ming schob sie weg, einige heftige Worte gingen an Forrester.

Der schüttelte nur den Kopf, dann drehte er Lana auf seinen Knien herum, bis ihr Hintern frei lag. Seine Finger fuhren zart über das chinesische Schriftzeichen auf ihrer Backe. Ming sah hin. Blinzelte. Sah genauer hin.

Forrester sagte etwas, dieses Mal mit ruhiger Stimme.

Ming senkte verärgert den Kopf.

Die junge Frau legte die Hand an seine Wange. Er legte den Arm um sie, zog sie an sich und küsste sie. Lana konnte nicht wegsehen. Die beiden waren einerseits ein so schönes Paar. Eine zierliche Chinesin, ein fast weiblich schöner Mann. Und andererseits mochte Ming die andere vielleicht küssen, aber er sah dabei an deren Kopf vorbei auf Lana. Sie verfolgte, wie seine Hände langsam über Lins Körper glitten. Sehr bewusst die Rundungen und Formen nachzeichnend. Und dabei keinen Blick von ihr, Lana, lassend.

Forrester brummte etwas, aber er störte nicht das geheime Einvernehmen zwischen den beiden. Seine Hand lag ruhig auf ihrer Hüfte, während sie an seiner Brust lehnte und Ming beobachtete.

Der Penis des Transvestiten zuckte, als er Lin entkleidete. Dann drehte er die nackte Frau herum, bis sie mit dem Rücken zu ihm stand. Lana sah zu, wie er mit beiden Händen Lins Brüste massierte. Sanft, langsam, sinnlich.

Aber es galt ihr, Lana. Sie atmete schneller, spürte ihre wachsende Erregung.

Das war ein Erlebnis, das sie noch nie gehabt hatte. Ein Mann, der sie begehrte, sie aber nicht haben konnte, weil der Testosteronspiegel eines anderen zu hoch war, und der an ihrer statt eine andere Frau liebkoste und sie zusehen ließ.

Seine Hand war jetzt über Lins Bauch, knetete die sanften Rundungen und glitt dann langsam und bedächtig zu ihrer rasierten Scham. Lana sah zu, wie sich zuerst ein Finger, dann zwei, zwischen die hellen Lippen schoben, dazwischen suchten.

Lin warf den Kopf zurück, als er ihre Klitoris gefunden hatte. Sanftes Kreisen, zärtlich, genießerisch. Seine Finger verteilten die Feuchtigkeit auf den Schamlippen, zogen sie über den Bauch hinauf.

Lanas eigene Klit pochte, als wären Mings Finger zwischen ihren Beinen und nicht zwischen denen von Lin. Sie glaubte ihn fast real auf ihrem eigenen Körper zu spüren, und es war ihr, als würde er sie und nicht Lin nach vorn beugen, ihre Hüften zärtlich umfassen und dann von hinten in sie eindringen. Alles zart und bedächtig.

Er bewegte sich langsam in Lin. Ließ seine Hüften kreisen, massierte ihre Brüste im selben Rhythmus. Er bog ihren Oberkörper wieder zu sich zurück, legte eine Hand auf ihre Brust, die andere an ihre Scham. Lin wand sich, stöhnte, wimmerte unter seiner Berührung und Lana hätte schwören können, dass es keine Show war, sondern Ming sein Handwerk wirklich verstand.

Als er dann endlich heftiger in sie zu stoßen begann, sich schneller bewegte, hörte man das Geräusch seines Schwanzes in Lins nasser Möse durch den Raum, das schnelle Atmen der beiden, vermischt mit Stöhnen – und seine Blicke ruhten immer noch auf Lana.

Und als er kam, tat er es, indem er nur sie ansah.

Kapitel 5

Lana hatte trotz der äußerst anregenden, wenn auch gelegentlich ein wenig verwirrenden, erotischen Erlebnisse im Bordell eine darauffolgende schlechte Nacht. Sie wurde von Albträumen geplagt, in denen der Wahrsager vom Tempel und ein Drache eine Rolle spielten. Der Drache war ein Wesen halb Mensch, halb Tier, das sie verfolgte. Ein Geschöpf mit einem Drachenkopf, tödlichen Krallen und dem

Körper eines Mannes. Sie versuchte sich zu wehren, wurde aber in eine Ecke gedrängt.

Und da war plötzlich Forrester. Der Drache ließ von ihr ab und ging auf ihn los. Lana griff nach Forresters Waffe, die diesem aus der Hand geschlagen worden war, und drückte ab. Die Kugeln prallten jedoch ergebnislos an der Panzerhaut ab, und das Untier stürzte sich auf Forrester, um ihn zu zerreißen.

In diesem Moment erwachte Lana mit einem Schrei und sah sich schlaftrunken um. Kaum schloss sie jedoch die Augen, begann der Albtraum von Neuem, wenn auch in einer etwas anderen Variation. Endlich gab sie auf, kroch erschöpft aus dem Bett und streifte sich das schweißdurchtränkte Seidennachthemd vom Körper. Um sich ein wenig zu beruhigen und die nachhallenden Angstgefühle loszuwerden, ging sie im Bademantel im Zimmer umher, trank ein Glas Wasser, sah zum Fenster hinaus auf die beleuchteten Hochhäuser und Werbespots.

Plötzlich stutzte sie. Neben der Tür zum Gang lag etwas Helles. Sie ging hin, bückte sich. Ein Stück Papier. Sie faltete es auseinander. Eine Nachricht.

Von Charles.

„Morgen um zweiundzwanzig Uhr auf dem Night Market. Sieh zu, dass dich keiner sieht und dir keiner folgt. Ch." Sie drehte das Papier in der Hand, überlegte. Es war Charles' Schrift, die Nachricht stammte also ohne jeden Zweifel von ihm.

Lana setzte sich aufs Bett und überlegte. Natürlich sollte sie Forrester sofort Bescheid sagen. Aber was wäre das Ergebnis? Er ging statt ihr dort hin. Charles verdrückte sich vermutlich bei seinem Anblick und sie konnte wieder nicht herausfinden, was hinter all dem steckte.

Sie entschied sich, Forrester vorläufig noch nichts zu sagen. Das war allein ihre Sache. Immerhin war sie gekommen, um Charles zur Rede zu stellen, um herauszufinden, wer seine Helfer waren. Je mehr sie Forrester aus alldem heraushielt, desto weniger konnte ihm passieren. Der Albtraum saß ihr jetzt noch in allen Knochen. Am Ende war dies eine Falle, und sie lockte Forrester ebenso in den Tod wie sie Piet auf dem Gewissen hatte. Wenn Charles sie nicht wieder reinlegen wollte, dann konnte sie Forrester immer noch informieren.

Am nächsten Tag gelang es ihr, mit Hilfe des Stubenmädchens unbemerkt das Zimmer zu verlassen. Forrester hatte nach ihrem Ausflug auf den Jademarkt zwar alle Vorsichtsmaßnahmen getroffen, um einen erneuten Ausbruch zu verhindern, aber es war ihr gelungen, das nicht allzu gut bezahlte Mädchen zu bestechen.

Es war kurz vor zweiundzwanzig Uhr, als sie sich dem Night Market auf der anderen Seite des Hafens näherte. Sie hatte, um etwaige Verfolger abzuschütteln, zweimal das Taxi gewechselt, war in einem Kaufhaus untergetaucht, überquerte die

Straßen über Brücken, die weit über den Straßen ein Kaufhaus mit dem anderen verbanden. Dann hatte sie die U-Bahn genommen, die in einem Tunnel unter dem Hafen hindurch nach Kowloon führte, sah sich ständig um, ergriff alle Vorsichtsmaßnahmen. Und trotzdem blieb das Gefühl, dass sie verfolgt wurde. Vermutlich war sie wirklich schon so hysterisch wie Forrester.

Lana hatte sich unauffällig angezogen. Einen leichten Baumwollrock, eine Baseballkappe, um ihr Haar darunter zu verbergen. Es war zwar warm, aber sie trug über ihrem T-Shirt eine leichte Windjacke. Mit etwas Glück hielt man sie für irgendeine amerikanische Touristin.

Sie hielt sich etwas abseits, ging um den Markt herum. Charles hatte nicht geschrieben, wo sie sich treffen sollten, aber sie hoffte, ihn zu erkennen. Vorsichtig sah sie sich um. Viele Leute, Touristen und Einheimische drängten sich zwischen den Standreihen, es herrschte ein ständiges Kommen und Gehen. Ein Paradies für Taschendiebe und Mörder, die sich in der Menge unauffällig ihrem Opfer nähern konnten. Aber umgekehrt gaben diese Menschenmassen auch Anonymität und Schutz.

Lana war sich zwar ziemlich sicher, dass niemand sie verfolgt hatte, aber dennoch blieb eine gewisse Ängstlichkeit. Ihre Hände zitterten, und ihre Knie fühlten sich wie immer, wenn sie aufgeregt war, ziemlich weich an.

Sie schob sich zwischen zwei besonders grell mit Neonlampen beleuchteten Ständen durch, wich einigen Touristen aus und wollte gerade eine weitere Runde um den Markt machen, als eine Hand sie packte. Perfekt für ihre mitgenommenen Nerven. Unwillkürlich schrie sie auf und wollte sich losreißen, als sie Charles erkannte.

„Sei still." Er sprach leise, zischte mehr, zerrte sie fort, zwischen einigen Ständen hindurch.

Er wirkte nervös. Nein, eher schon gehetzt, sah sich ständig um, während er sie fortzog. Ein Stück weg von dem Getümmel, dann zurück zu einem Stand am Rand des Marktes.

„Hör gut zu, wir können nicht in Ruhe reden. Ich weiß nicht, wie viel Zeit uns bleibt, aber wir sind alle in Gefahr. Vor allem du."

„Ich? Wegen Forrester?"

„Am wenigsten wohl wegen Forrester." Er zog sie zur Rückseite eines Marktstandes, hob eine Plane hoch, kroch darunter und zog sie zu sich herab. Er sprach leise, es war nicht mehr als ein lautes Flüstern.

„Du musst mir helfen, Lana. Du musst Forrester sagen, dass ich mit ihm kooperieren will, wenn er mir Schutz gibt."

Lana hockte unbequem neben ihm, raffte den Rock um sich, um ihn vom Boden fernzuhalten, und versuchte, möglichst flach zu atmen. Der Geruch unter der Plane war unerträglich. Der Besitzer des Standes verwendete diesen Bereich offenbar nicht nur, um Gemüseabfälle loszuwerden, sondern um sich auch auf andere Art zu erleichtern. Ihr wurde übel, und sie zog sich die Windjacke über die Nase, um den Geruch etwas abzuhalten.

Die Plane verdeckte sie beide, solange niemand auf die Idee kam, sie hochzuheben. Auf dem Gang davor drängten sich die Leute. Lana konnte ihre Füße sehen. Sportschuhe, Plastiksandalen, Gesundheitsschuhe, elegante Stöckelschuhe, rot lackierte Zehennägel, schmutzige Zehen, feine Strümpfe. Der Lärm der Menge und die Stimmen verschmolzen zu einem dumpfen Hintergrundgeräusch.

„Du musst mir helfen", wiederholte Charles eindringlich. „Bitte, sprich mit Forrester."

„Den Eindruck, dass du Hilfe brauchst, habe ich allerdings. Aber zuerst solltest du mir einen guten Grund dafür nennen. Du steckst in einer verdammt miesen Sache! Erzähl mir, was du mit den Anschlägen auf Forrester zu tun hast!"

„Nichts weiter, das wurde von anderen organisiert. Das schwöre ich dir, Lana."

„Aber du hattest deine Finger drin!"

„Niemals! Ich hatte rein gar nichts mit dem Attentat zu tun. Und wir wollten ihn ja gar nicht umbringen. Das war alles ganz anders. Er sollte nur hierher gelockt werden." Er atmete schneller, wischte sich den Schweiß von der Stirn, hinterließ eine Schmutzspur in seinem Gesicht. Der vor ihr im Dreck hockende Mann hatte rein gar nichts mehr mit dem nonchalanten Verführer zu tun, dessen Avancen sie nachgegeben hatte.

Lanas Hand schoss vor, und ihre Finger gruben sich in seine Schulter. „Hast du Piet getötet? Den Mann, den ich zu Forrester schicken wollte?"

„Nein, nein! Ich weiß, dass du ihn kontaktiert hast, damit er Forrester warnt. Aber ihn zu töten lag nicht in unserem Sinn. Er muss noch mehr herausgefunden haben. Etwas über den Jadedrachen. Und der hat ihn dann erledigt."

„Der Jadedrache?!" Lana erstarrte, ihre Hand löste sich. Mit einem Mal war ihr der Dreck, der Geruch, die Menschen gleichgültig.

„Der Boss von mir und meinem Bruder. Der Mann, der hinter allem steckt. Er hat uns geschickt, um Forrester zu suchen."

„Aber wie …"

„Das sage ich Forrester. Alles, was ich weiß. Aber jetzt wird es zu gefährlich. Wir müssen fort. Gib acht, dass dir niemand folgt. Der Jadedrache hat seine Leute überall. Warte hier noch ein wenig, nachdem ich verschwunden bin."

„Wie soll ich dich finden, nachdem ich mit Forrester gesprochen habe?" Sie packte seinen Arm, als er unter der Plane vorkriechen wollte.

„Ich melde mich wieder. Ich habe eine Möglichkeit, ungesehen ins Hotel zu kommen. Dort stecke ich wieder eine Nachricht durch. Aber nicht vor morgen oder übermorgen Abend. Früher wäre zu gefährlich."

Er wollte sich losmachen, aber sie krallte ihre Finger in sein Hemd.

„Warte, Charles. Wer ist der Jadedrache? Kennst du ihn? Wo ist er?"

„Niemand kennt ihn. Er hat seinen Gehilfen, der mit seinen Partnern Kontakt aufnimmt. Ein ganz mieser Kerl. Er hat sie alle in der Hand, verstehst du? Auch die Triaden. Die Ex-Agenten, mit denen er das Syndikat aufgebaut hat, hat er schon längst eliminiert. Bis auf einige wenige, die untergetaucht sind. Er steht allein an der Spitze."

„Du arbeitest doch für ihn. Warum ist er jetzt hinter dir her? Oder ist das eine Falle?"

„Keine Falle, das schwöre ich. Und jetzt lass mich ..."

Er machte sich endgültig los, hob vorsichtig die Plane an und kroch hervor.

Lana blieb hocken. Ihre Beine gehorchten ihr im Moment ohnehin nicht. Forrester hatte mit seiner Sorge nicht übertrieben. Er musste schon längst gewusst haben, was oder wer dahintersteckte. Piet hatte es offenbar herausgefunden und war deshalb getötet worden.

Jetzt wusste sie, dass derjenige, der Forresters Todesanzeige in die Zeitung hatte stellen lassen, kein Witzbold war, sondern ein Mann, der diesen Nachruf auch wahr machen konnte. Ein Mann, der alle Schliche kannte, vom Hintergrund aus agierte und über ein perfektes Verbrechernetz verfügte.

Zum ersten Mal wurde ihr die Größe der Gefahr klar, in der sie beide steckten.

Sie zuckte zusammen, als Schreie auf dem Platz ertönten. Schnelle Schritte. Ein Schuss. Weitere folgten. Frauen kreischten auf, drängten sich am Stand vorbei, sie sah hektische Beine vorbeilaufen.

Zeit, zu verschwinden. Sie hob vorsichtig die Plane, lugte drunter hervor und sah in ein dunkles Augenpaar. Ein Mann hockte ihr gegenüber. Ein junger Chinese mit kurzem Haar. Ein hübsches, sehr anziehendes Gesicht, das sie schon einmal gesehen hatte. Nämlich vor zwei Tagen auf dem Schiff, als sie mit der Star Ferry nach Kowloon übergefahren war. Aber heute lächelte er nicht. Er sah sehr ernst aus, hatte auch kein Mobiltelefon in der Hand, sondern eine Waffe. Er musste schon länger gewusst haben, dass sie hier steckte, und hatte in aller Seelenruhe auf sie gewartet, um sie abzuknallen.

Lana wusste sofort, dass sie einen der Auftragskiller des Jadedrachen vor sich hatte, der sie seit Tagen verfolgte. Sie reagierte mit einer Geistesgegenwart, die sie später, wenn sie daran dachte, selbst erstaunte: Sie schlug ihm die Tasche zuerst auf die Pistole und dann ins Gesicht.

Er wich überraschend schnell aus, verlor jedoch das Gleichgewicht und gab ihr damit Zeit, mit affenartiger Wendigkeit unter der Plane hervorzurutschen und auf die Füße zu kommen. Inzwischen war er ebenfalls auf den Beinen, griff nach ihr, sagte etwas, aber Lana verwendete ihre Handtasche ein zweites Mal als Waffe, schlug sie ihm um die Ohren, was er weniger zornig als viel mehr verblüfft abwehrte, und rannte los. Sie hörte hinter sich seine Stimme, wartete jedoch nicht darauf, dass er sie mit seiner Pistole einholte, sondern stürzte sich rücksichtslos in eine Gruppe schnatternder Touristen, die den Weg versperrten, drängte sich hindurch, stieß ihre Ellbogen beinhart in unzählige Rippen, stolperte über eine Einkaufstasche, rutschte, schlitterte über weggeworfenes Obst und erreichte den Rand des Marktes.

Auf der anderen Straßenseite war eines der roten Taxis. Sie winkte, während sie lief, hektisch dem Fahrer, wich einem Mann aus, der ihr im Weg stand. Ein großer Wagen kam in ihr Blickfeld. Sie wollte dran vorbei, als sie festgehalten wurde. Das musste einer der Helfer des jungen Schönlings sein!

Sie gab sich gar keine Mühe festzustellen, wer der Mann war, der ihre Arme gepackt hatte, sondern trat nach seinen Beinen, versuchte sich loszureißen, kratzte, wand sich wie eine Katze, während sie Flüche ausstieß. Noch zwei weitere Männer kamen dem Angreifer zu Hilfe. Sie schrie, rief um Hilfe, verlor sich in Panik.

Und dann klickten Handschellen.

Lana hielt inne, sah zuerst verständnislos auf die Handschellen, dann auf den Mann, der sie energisch zum Wagen drängte. Mehrere, ungewöhnlich groß und kräftig gebaute Chinesen waren in seiner Begleitung, die sie vor den anderen Leuten abschirmten.

„Wenn Sie bitte endlich in den Wagen steigen, Miss McKenzie! Oder wollen Sie noch mehr auffallen?"

Lana wollte ganz und gar nicht auffallen. Sie sprang durch die für sie geöffnete Wagentür und duckte sich auf dem Sitz nieder, dabei vorsichtig durchs Fenster nach draußen schielend.

Der Mann, der sie festgehalten und zum Wagen geschubst hatte, rutschte neben sie auf den Sitz. Einer der Chinesen stieg vorne ein, ein anderer auf Lanas linker Seite, die anderen kletterten in das Taxi. Lana atmete auf. In Sicherheit.

Dann erstarrte sie. Am Rand der Straße stand der junge Chinese. Er hatte sie also tatsächlich verfolgt. Lana rutschte im Sitz tiefer, aber er hatte sie schon gesehen. Ihre

Blicke trafen sich, und Lana konnte nicht mehr wegsehen, war wie gebannt von der Intensität darin. Sie wollte Joe anstoßen, ihn aufmerksam machen, aber sie war wie versteinert.

Der Chinese trug ein dunkles Hemd und einen dunklen Anzug. Seine rechte Hand hatte er unter die Jacke geschoben, und es gehörte nicht viel Fantasie dazu, sich auszumalen, dass er die Pistole darunter verbarg. Lana hielt die Luft an. In jedem Moment konnte er sie hervorziehen, zielen und schießen!

Seine Hand bewegte sich ...

Warum zum Teufel stieg der Trottel von Fahrer nicht endlich aufs Gas und fuhr los?

Jetzt war seine Hand draußen.

Sie war leer.

Er hob sie und winkte kurz und unauffällig herüber, und auf seinem eben noch so ernsten Gesicht lag ein Lächeln. Nein, ein Grinsen. Er blinzelte ihr zu.

Lana riss erstaunt die Augen auf.

Und dann fuhr der Wagen endlich an.

Lana sank in sich zusammen, und es dauerte einige Minuten, bis sie sprechen konnte.

„Ich hätte nie gedacht, dass ich jemals so glücklich sein könnte, Sie zu sehen, Joe Melbourne."

Joe reagierte zurückhaltend. „Es war sehr unvernünftig, heimlich das Hotel zu verlassen und sich ausgerechnet hier aufzuhalten. Wir hätten Sie unter all den Leuten fast nicht gefunden. Was um alles in der Welt hat Sie überhaupt hierher verschlagen?!"

„Ich hatte meine guten Gründe", erwiderte Lana abweisend. So froh sie war, Joe zu sehen, so entschlossen war sie auch, mit niemandem anderen als Forrester über Charles zu sprechen.

„Die hatten Sie zweifellos. Aber wie Sie vielleicht auch festgestellt haben, ist es nicht gerade ungefährlich. Auf der anderen Seite des Marktes hat es eine Prügelei gegeben. Offenbar eine Auseinandersetzung der Unterwelt, es sind sogar Schüsse gefallen."

„Wieso sind Sie überhaupt hier?"

„Wir hatten von Mr. Forrester den Auftrag, Sie zurückzuholen. Er erhielt einen Anruf, dass Sie sich am Markt herumtreiben."

„Einen Anruf? Von wem?"

Keine Antwort. Joes Gesicht trug lediglich einen Ausdruck aus gequälter Höflichkeit, Ärger und Besorgnis, als er sein Mobiltelefon aus der Tasche holte.

„Ja, Sir. Wir haben sie." Er hielt das Telefon etwas ab, Lana konnte Forresters dröhnende Stimme hören. „Ja. Ja, unverletzt. Alles in Ordnung. Gut, wir bringen Sie zu Ihnen."

Der Wagen entfernte sich stetig vom Markt und Lana atmete auf. Sie wollte sich das Haar aus dem Gesicht streichen, als sie wahrnahm, dass sie immer noch die Handschellen trug.

„Darf ich fragen, was das eigentlich soll?" Sie hielt Joe die Hände hin in der Erwartung, sofort von diesen metallenen Dingern befreit zu werden.

Joe sah aber nur bedauernd darauf. „Sie haben Widerstand gegen Ihre Festnahme geleistet, Miss McKenzie. Da ich von Mr. Forrester den Auftrag habe, Sie zu ihm zu bringen, kann ich leider nicht riskieren, dass Sie vielleicht noch einmal entkommen."

„Unsinn! Ich habe keinen Widerstand geleistet! Ich hatte Angst! Ich bin verfolgt worden! Haben Sie das nicht gesehen?"

„Ist mir nicht aufgefallen. Ich habe nur gesehen, wie Sie dem Taxi gewunken haben und über die Straße laufen wollten."

„Aber Sie müssen doch den Mann gesehen haben!"

„Da waren viele Leute, aber keiner, der Sie verfolgt hat. Und als ich Sie festhalten wollte, haben Sie mich getreten." Er beugte sich hinunter und schob zur Bestätigung sein Hosenbein hinauf. Sein Schienbein war blutunterlaufen und zerkratzt.

Der Chinese zu ihrer Linken sagte etwas und grinste. Der andere am Vordersitz wandte sich um und grinste ebenfalls.

„Wenn ich mich für den Tritt entschuldige, nehmen Sie mir dann die Handfesseln ab?"

Joe warf den beiden Chinesen einen bösen Blick zu, der sie zum Schweigen brachte, zog sein Hosenbein wieder hinunter und schüttelte den Kopf.

„Hören Sie, ich habe mich entschuldigt! Ich wollte Sie nicht treten! Ich habe nicht mal gesehen, wer mich festgehalten hat. Ich war in Panik!"

Joe sah nach vorn.

„Soll ich mich bei Mr. Forrester über Sie beschweren?"

Joe sah zum Seitenfenster raus.

„Na schön, Sie können wahrscheinlich nichts dafür. Forrester färbt auf jeden in seiner Umgebung ab." Lana war gereizt. Wobei ein Teil des Ärgers nicht nur durch die Handschellen und die Festnahme, sondern vor allem durch Sorge bedingt war. Charles und seine Erwähnung des Jadedrachen hatte sie nicht eben beruhigt. „Und wohin fahren wir, wenn ich fragen darf?"

„Ins Hotel." Joe schlug dem Fahrer auf die Schulter. „Fahren Sie gefälligst schneller."

***

Lana und Joe brachten den Rest der Fahrt schweigend hinter sich. Sie hatten den Tunnel überraschend schnell passiert, die Hauptverkehrsstraßen verlassen und bogen in die Einfahrt zur Hotelgarage ein.

Joe half ihr aus dem Wagen, die vier Schläger in seiner Begleitung nahmen sie in die Mitte, und dann fuhren sie gemeinsam mit dem Lift hoch, gingen den Gang entlang bis vor ihre Schlafzimmertür, die im selben Moment aufgerissen wurde. Der Mann, der nun erschien, ließ seinen Blick mit der Art eines Arztes, der nach Verletzungen sucht, über Lana schweifen.

„Handschellen?", fragte er dann, als er sich überzeugt hatte, dass sie unbeschadet war.

„Es ging nicht anders, Sir. Miss McKenzie wollte nicht freiwillig mitgehen." Joe übergab Forrester die Schlüssel für die Handschellen. Seine Worte klangen durch Lanas herzhaften Fluch absolut glaubwürdig.

„Warum haben Sie sie nicht einfach niedergeschlagen?"

„Dazu hatten wir von Ihnen keine Ermächtigung, Sir. Sie sagten zwar tot oder lebendig, aber von halbtot war nicht die Rede."

Forrester warf Joe einen schnellen Blick zu, dann zerrte er Lana mit einem einzigen raschen Handgriff hinein und warf die Tür zu.

„Wo warst du?!"

Lana lächelte ihn zuckersüß an. „Hallo, ich freue mich auch, dich zu sehen." Sie hielt ihm auffordernd die Handschellen hin.

„Lass das! Ich will wissen, wo du dich allein herumgetrieben hast, bevor Joe dich zu fassen bekommen hat!" Forrester war zu Recht verärgert, denn die Rekonstruktion von Lanas Flucht hatte ergeben, dass sie nicht durch eine bloße Unachtsamkeit seiner Leute entkommen war, sondern in betrügerischer Absicht als Zimmermädchen getarnt den Weg durch die Küche, einen Vorratskeller, den Heizraum und die Hotelgarage genommen hatte. Ihn hatte beinahe der Schlag getroffen, als er vom Hauptquartier der Anti-Triad Squad zurückgekommen war und festgestellt hatte, dass Lana wieder einmal seiner Aufsicht entgangen war.

„Nur am Markt."

„Habe ich dir nicht verboten, alleine auszugehen?! Es ist zu gefährlich!"

„Ich habe Charles getroffen." Sie sagte das trotzig.

„Das dachte ich mir. Er hat wieder Kontakt aufgenommen, und du hast nichts gesagt, sondern bist auf eigene Faust losgezogen."

„Und was willst du dagegen tun? Mich in Zukunft im Hotelzimmer ans Bett fesseln?!"

Forrester, nicht unempfindlich gegen diese Überlegung, rieb sich etwas besänftigt das Kinn. „Weiß ich selbst noch nicht. Vielleicht sperre ich dich ins Bordell und besuche dich dort, wenn mir danach ist. Vergiss nicht, ich kann mit dir machen, was ich will. Du bist völlig in meiner Gewalt."

„Aber nur so lange, wie du mich hier festhältst. Außerdem haben wir noch etwas zu besprechen."

„Wieder einmal?" Forrester nahm den Schlüssel für die Handschellen und schloss auf.

Befreit trat Lana einen Schritt zurück. Seine Nähe ließ wie üblich ihre Nervenenden rotieren. „Weshalb hast du mir nichts über den Jadedrachen erzählt?! War er es, den der Wahrsager gemeint hat?!"

Forresters linker Mundwinkel zuckte, für Lana ein Zeichen dafür, dass er verärgert war. Was wiederum bedeutete, dass es einen Grund geben musste, etwas vor ihr geheim zu halten.

„Es gab keinen Anlass dazu", sagte er abwehrend. „Der Jadedrache ist lediglich der Deckname eines einheimischen Triadenbosses."

„Bist du dir da sicher?"

Forresters Blick war ernst, aber es lag auch Weichheit darin. „Völlig."

Und das war, wie sie genau wusste, eine glatte Lüge.

Sie senkte den Kopf. Die Vergangenheit hatte sie eingeholt. Eine Vergangenheit, die sie versucht hatte zu vergessen. Sie war wieder in seiner Gewalt. Schon seit Wochen und Monaten, ohne dass sie die leiseste Ahnung gehabt hatte, war die Schlinge enger geworden. Er hatte sie manipuliert und die Fäden gezogen, die sie hierher geführt hatten.

Und der Einzige, der wie damals zwischen ihr und dem Drachen stand, war wieder Forrester. Inzwischen hatte sie längst begriffen, dass Mark bei allen seinen fragwürdigen Aktionen von dem Wunsch beseelt war, sie zu schützen.

Dass er sie daneben ganz beiläufig auch bumsen wollte, lag aber ebenso in ihrem Interesse.

„Er ist tot, Mac", hörte sie Forresters besänftigende Stimme. „Wir haben DNA-Spuren gefunden. Genug um anzunehmen, dass er bei seinem Anschlag auf die Chemiefirma ebenfalls explodiert und verbrannt ist."

„Und wenn doch nicht …"

„Ganz bestimmt, Mac. Und wenn nicht, dann lass das meine Sorge sein."

Als sie Forresters Hand auf ihrem Arm spürte, sah sie hoch und machte sich mit einem leichten Auflachen frei. Wenn er sie belügen wollte, dann tat sie ihm auch den Gefallen und verhielt sich so, als glaubte sie ihm. Auch wenn sie es besser wusste.

„Und jetzt?", fragte sie.

Forresters Blick sprach Bände. „Ich könnte mir einen Tag Urlaub nehmen."

„Urlaub? Mitten in einem Fall? Während draußen wahrscheinlich halb Hongkong und der Rest der Welt darauf wartet, dich endlich loszuwerden?"

„Umso mehr sollte ich diese letzte Gelegenheit nutzen, oder?"

Jetzt stand er knapp vor ihr. Lana hob die Hand, ließ sie von seiner Hemdbrust abwärts wandern über seinen Bauch, den Gürtel.

„Nein", sagte er, als sie seinen Gürtel erreicht hatte und den Mund aufmachte, „lass dir was Neues einfallen. Kein ‚mickriges Gerät' mehr."

Lana gab einen Laut von sich, der wie ein erregtes Kichern klang. „Du willst gar nicht wissen, was Charles mir gesagt hat?"

„Doch, aber ich will es auf meine Art rauskriegen." Er fasste nach ihren Handgelenken und legte ihre Hände auf seine Schultern, bevor er den letzten Schritt machte und sie an sich zog. Seine Hände wanderten von ihrem Rücken auf ihren Hintern, griffen fest und genüsslich zu und pressten ihren Unterleib an seinen, um sie sein Verlangen spüren zu lassen.

Der Wunsch, seine wachsende Erektion zu hegen, zu pflegen und in ihrem Leib zur Explosion zu bringen, machte Lana schwindlig.

„Also, was ist am Markt passiert?"

„Warum fragst du das nicht Joe? Der hat mich doch aufgespürt." Lana war interessiert an der „Art, wie er es rauskriegen wollte". Das hatte erotisch vielversprechend geklungen.

„McKenzie, treib es nicht auf die Spitze …" Seine Hände lagen nicht ruhig auf ihrem Hintern, sondern begannen sie zu massieren. Kräftig, aber nicht zu stark, wobei seine Finger bei jeder Bewegung etwas tiefer in die Spalte glitten und dabei zusätzlich den Rock ein wenig weiter hinaufzogen.

„Er war sehr nervös. Der Jadedrache dürfte jetzt auch ihn jagen. Er scheint irgendwie in Ungnade gefallen zu sein, wollte mir aber nicht sagen weshalb. Er will nur mit dir reden. Ich soll vermitteln." Ihre Hände waren wie von selbst über seine Schultern weiter hinaufgerutscht und lagen jetzt fest verschränkt in seinem Nacken.

„Vermitteln?" Sein Mund war knapp an ihrem Ohr, und ihr Rocksaum war schon am Ansatz ihres Hinterns. „Dann gib dir viel Mühe …"

„Er scheint auf dich angesetzt worden zu sein. Vermutlich hat er mich dazu benutzt, an dich heranzukommen. Und ich bin darauf reingefallen", sagte sie bitter.

Seine Lippen spielten mit ihrem Ohrläppchen, zogen es hinein. Eine angenehme Gänsehaut kroch über ihren Rücken, als er daran zu saugen begann, zart daran nagte und damit zugleich ihre Brustwarzen hart werden ließ. Als er sprach, spürte sie seinen Atem auf der Feuchtigkeit, die seine Zunge hinterlassen hatte. „Darüber kann ich nicht mal böse sein", flüsterte er, „andernfalls wärst du mir nicht wieder so schnell über den Weg gelaufen."

„Bin ich aber nicht." Lana versuchte, ihren letzten Rest Standhaftigkeit zusammenzukratzen, bevor sie ihm die Kleidung vom Leib riss und sich auf ihn stürzte. „Du hast mich illegal festgenommen. Schon vergessen?"

„Das macht kaum einen Unterschied. Relevant ist nur das Ergebnis." Jetzt waren seine Lippen an ihrem Hals und ihr Rocksaum über den Hüften. Seine Hände waren jetzt schon tief in der Spalte, seine Finger hatten sich schon längst unter ihr Höschen geschoben. Als er eine Hand höher raufwandern ließ, spürte sie, wie er ihre Feuchtigkeit an ihrer Kerbe entlang verteilte. Sein Finger kreiste auf ihrer Rosette. Ihr Schließmuskel verengte sich unwillkürlich bei der Berührung, und sie kniff die Pobacken zusammen, aber Forresters Finger waren unnachgiebig. „Hat er sonst noch etwas gesagt? Etwas über die Identität des Jadedrachens?"

„Nein …" Lana konnte kaum noch sprechen. Ihre Knie waren weich, ihr Körper heiß, ihre Scham vermutlich tropfnass. Und sie wollte endlich seinen harten Penis – der sich gegen ihren Bauch presste – aus der Hose holen und sich ausführlich damit beschäftigen. „Er hatte Angst. Er wird sich wieder bei mir melden – in ein bis zwei Tagen. Bis dahin taucht er unter."

„Sonst noch was? Oder muss ich es wirklich Wort für Wort aus dir rauskriegen?" Sie fühlte, wie er mit der Spitze seines Zeigefingers kreisend die Öffnung suchte. Sie wusste selbst nicht: Sollte sie zusammenkneifen oder genießen?

„Nichts weiter. Er wird dir alles sagen. Er möchte, dass du ihm hilfst, sonst wird ihn der Drache töten."

Sie entschloss sich fürs Genießen.

„Da ist er bei mir genau richtig. Ich werde ihm schon helfen …" In diesem Moment schob er seinen Finger einige Millimeter hinein.

Lanas Beine gaben nach. Sie grub ihre Hände in sein Haar, hielt seinen Kopf, als sie seine Lippen suchte und sich an ihm festsaugte.

Kurz darauf lag sie splitterfasernackt im Bett auf dem Bauch. Ihre Hände waren auf dem Rücken mit Handschellen fixiert.

Sie verdrehte den Kopf, um über ihre Schulter nach Forrester zu sehen. „Weshalb fesselst du mich schon wieder?"

„Da wunderst du dich ernsthaft darüber? Nachdem du mir schon zweimal abgehauen bist? Wenn man das erste Mal vor einem Jahr mitzählt, sogar dreimal. Außerdem", jetzt grinste er schäbig, „habe ich bemerkt, dass dich so was anmacht."

„Es würde mich viel mehr anmachen, dich hier liegen zu haben", erwiderte sie finster, obwohl sie genau spürte, dass es sie tatsächlich erregte, wenn er sie fesselte. Sie hatte das früher gar nicht gewusst, nicht einmal daran gedacht, keine einzige erotische Fantasie dahingehend gehabt, aber seit diesen Filmen war sie dahintergekommen, wie heiß sie das machte. Allerdings nur mit ihm. Bei jedem anderen Mann hätte sie sich mit Zähnen und Klauen dagegen gewehrt.

Sein Mobiltelefon läutete. Forrester griff nach seiner Jacke, die er über einen Sessel geworfen hatte. Er meldete sich kurz und lauschte dann hinein. Lana hörte eine Stimme, die ihr bekannt vorkam. Als er sah, dass sie die Ohren spitzte, ging er hinaus. Von draußen hörte sie ihn nur so leise reden, dass sie weder Worte verstehen konnte, noch die Sprache, in der er sich unterhielt. Endlich kam er wieder zurück.

„Pratt scheint vorläufig untergetaucht zu sein."

Lana bewegte lasziv ihre Hüften hin und her und fokussierte damit seinen Blick auf ihren Hintern. „Er wird sich wieder bei mir melden. Wir haben einige Stunden Zeit ..."

„Gut." Er setzte sich neben sie auf das Bett und führte seine Fingerspitzen von ihrem Nacken über ihren Rücken, über ihre nach hinten gefesselten Arme hinweg, zog Kreise, bis er bei ihrem Hintern angekommen war. Sie streckte sich wohlig seufzend, als er ihren Hintern massierte und die Tätowierung auf ihrer Backe mit dem Finger nachzog. „Erinnerst du dich an diesen Tag?"

„Natürlich." Wie hätte sie das je vergessen können? Diese wunderbare, aufregende Woche, die sie gemeinsam verbracht hatten. Oder etwa diese Nacht im Hotel. Ein Taifun hatte Hongkong überfallen, der Regen war fast waagrecht gegen die Fensterscheiben ihres Hotels geprasselt. Sie und Mark hatten ein Hotel mit Blick auf den Victoria Harbour gehabt, und dahinter war die Skyline von Kowloon zu sehen gewesen. Die Lichter waren, als der Sturm die Stadt erfasst hatte, zu einer Mischung aus Farbe und Wasser verschwommen, und das Hotel schien bei dem Ansturm zu beben.

Aber es war auch aus anderen Gründen ein denkwürdiger Abend gewesen. Sie hatten sich auf der Couch vor der Fensterwand geliebt. Es war wirklich Liebe und nicht nur Sex gewesen. Jedenfalls hatte sie es so empfunden. Und irgendwann war alles in ihrem und seinem Stöhnen, in der von Regen und Wind gepeitschten Welt vor dem Fenster, dem Brausen des Sturms eins geworden. Sie war damals so erfüllt gewesen von Forrester und ihrer Zuneigung zu ihm. Er war der Mittelpunkt ihrer Welt geworden.

Und am nächsten Tag hatte sie sich als Andenken daran dieses Zeichen auf ihren Hintern tätowieren lassen. Mark hatte zuerst versucht, ihr das auszureden, aber als sie alleine reingehen wollte, war er dann – eifersüchtig auf den Tätowierer – doch mitgegangen, und am Ende hatte er die Zähne zusammengebissen und war grün um die Nase neben ihr gesessen und hatte ihre Hand gehalten.

Sie hatte sich für ‚Freie Liebe' entschieden. Der Chinese, ein Meister seines Fachs, sprach kein Wort Englisch, also hatte Forrester die Verhandlungen geführt, das Zeichen erklärt und ausgesucht. Und seitdem zierte es ihren Hintern und erinnerte sie jedes Mal, wenn sie sich im Spiegel besah, an Mark und an diese Woche in Hongkong. Und an die vielen wunderbaren Stunden, die gefolgt waren.

Bis sie ihn mit einer anderen erwischt hatte. Die Erinnerung daran machte sie wütend, aber genau in diesem Moment beugte sich Forrester hinunter, küsste dieses Zeichen und damit jeden Ärger fort.

„Ich würde gerne auf andere Art mit dir diese Erinnerungen wachrufen", flüsterte er an ihrer Haut, „aber ich fürchte, zuerst muss ich dafür sorgen, dass du nicht wieder auf die Idee kommst, alleine durch die Gegend zu laufen."

„Willst du mich wieder verkloppen?" Lana erinnerte sich stirnrunzelnd an das Handgemenge in seinem Büro.

Forrester klang plötzlich drohend. „Nein, das wird dieses Mal um einiges härter. So hart, dass du dich winden wirst. Um Gnade winseln. Mir alles versprechen, was …"

„Quatsch nicht, mach weiter."

Sein Lachen war wieder sehr dunkel.

Lana freute sich auf die Behandlung und seufzte erleichtert auf, als er seine Hand auf ihren Hintern legte und dann mit festem Druck zwischen ihren Pobacken hinunterstrich, bis er auf ihrer Scham landete. Das fing nicht schlecht an.

Allerdings wurde es dann fast zu viel des Guten.

Lana biss in das Kissen und riss an den Handschellen, während Forrester seinen Daumen fest in ihrer Vagina verankerte und so vier Finger frei hatte, um damit ihre Klit und ihre Schamlippen zu quälen. Er arbeitete mit allen fünf Fingern gleichzeitig, ließ sie nicht zur Ruhe kommen. Und dabei hockte er auf ihren Beinen, sodass sie nicht mal treten konnte, und hielt mit der anderen Hand ihre gefesselten Hände auf dem Rücken fest.

Lanas Unterleib brannte, ihre Vagina kontrahierte, konnte kaum noch aufhören, das Ziehen im Körper war endlos und dauerhaft. Sie hatte keinen einzelnen Höhepunkt, sondern schwamm wie auf glühenden Wolken.

„Ich halte das nicht mehr aus!"

„Dann versprich, dass du nicht mehr alleine fortläufst."

„Ach, hau doch ab! Nerv jemanden anderen damit!" Sie keuchte.

„Diese Möglichkeit ist die am wenigsten attraktive. Aber ich sehe schon, ich muss dich besser erziehen. Solche Aussagen will ich nämlich nicht von dir hören." Er stand auf, verließ den Raum, und als er wiederkam, hatte er den Jadedildo in der einen und ein Präservativ in der anderen Hand.

Lana murrte. Das doch nicht! Sie wollte Forrester haben, eng mit ihm verbunden sein, seinen lebendigen, zuckenden Schwanz spüren und ihn mit ihren inneren Muskeln festhalten – und nicht dieses leblose Ding! So erregend das Spiel damit im Bordell auch gewesen war, so wenig wollte sie es jetzt fortsetzen.

„Höre ich hier Widerspruch?" Er hob mokant die Augenbrauen, als er die Packung aufriss und bedächtig den Gummiüberzug rausholte. Er streifte ihn ebenso bedächtig über den Steinstab und hielt ihn Lana vor die Nase. „Extrafeucht."

Als ob sie das jetzt noch nötig gehabt hätte! So nass war sie schon lange nicht mehr gewesen.

Er legte den Stab neben sie, sah sich im Raum um, dann verschwand er im Bad.

„Was hast du eigentlich vor?", fragte sie konsterniert, als sie ihn mit ihrer teuersten Nachtcreme wiederkommen sah. Ungeniert schraubte er den Deckel ab, bediente sich großzügig und klatschte die Creme auf den Dildo.

„He! Die hat fast 50 Dollar gekostet!"

„Ist ohnehin ungesund das Zeugs. Hast du nie gelesen? Schädliche Konservierungsmittel. Lass doch die paar Falten kommen, das gibt dir bestenfalls Charakter."

„Charak…" Sie schrie auf. Forrester hatte den Dildo zwischen ihre Pobacken geschoben. Zuerst energisch, aber dann öffnete er die Rosette damit langsam und behutsam. Lana versuchte, den Stab wieder rauszupressen, aber Forrester ließ nicht nach.

„Was fällt dir ein?!"

„Erziehung", lautete die Antwort. „Und jetzt halt den Mund."

Er schob langsam tiefer. Lana presste schwer atmend das Gesicht ins Kissen, als sich die Dehnung verstärkte. Sie hatte diese Spiele mit ihm schon bei früherer Gelegenheit ausprobiert, allerdings beruhte es damals auf Gegenseitigkeit. Es war für sie beide neu gewesen, sie hatten gespielt, Versuche gemacht, allerlei Sexspielzeug benutzt, darunter auch Anal-Plugs. Die Erinnerung, wie Forrester damals explodiert war, als sie ihm hinten einen Plug reingeschoben und vorn gesaugt hatte, war allein schon aufregend. Sie hatte sie in vielen einsamen Stunden wieder hervorgeholt und in Gedanken neu ausgekostet und durchlebt.

Das Bewusstsein, dass dieses Mal der echte Forrester hier war, sie begehrte und auf diese aufregende Art befriedigte, auch wenn er es in seiner überheblichen Art „Erziehung" nannte, ließ heiße und kalte Schauer über ihre Haut und tief in ihren Körper wandern.

Und dann war der Jadedildo in ihr. Forrester hielt ihn mit dem Handgelenk in dieser Position, während seine Finger in ihre Vagina glitten. Sein Daumen fand diesen höllischen Punkt, presste von innen gegen die Wand, rieb, drückte. Zwei Finger lagen auf der Klit, massierten. Lana keuchte, strampelte, als der nächste Orgasmus sie durchschüttelte.

Er gab ihr nicht die Ruhe, ihn zu genießen, das Ziehen in ihrem Innern auszukosten und dem Zusammenziehen ihrer Vagina nachzufühlen, sondern machte ohne Pause weiter. Sein Daumen fand immer wieder von Neuem den G-Punkt, sein Zeigefinger lag wie festgeklebt auf der gequälten Klit, die so lustvoll empfindlich war, dass Lana am liebsten gebrüllt hätte. Ihre Beine zitterten hilflos, ihr Körper wand sich, aber Forresters Griff war nicht zu entkommen.

Noch zweimal dieses Erbeben, dieses Erschauern, Aufbäumen, heißere Schreie, die sie mit dem Kissen erstickte.

Endlich ließ er von ihr ab. „Ich glaube, du weißt jetzt, was dir das nächste Mal blüht, ja?"

Lana nickte erschöpft und zitternd vor Lust. Und dankbar, dass es zu Ende war, und er sie zu Atem kommen ließ. Ihr Körper war verkrampft von den konvulsivischen Bewegungen, und sie entspannte sich nur langsam.

Forrester drehte sie wieder um und betrachtete sein Werk. Sie atmete schwer, lag völlig aufgelöst da, das wirre Haar klebte in ihrem Gesicht, an ihrer feuchten Stirn. Er strich es ihr sanft aus dem Gesicht – das Gefühl von Macht über sie und ihre Lust auskostend. Das war nicht schlecht gewesen, aber inzwischen war seine eigene Geilheit schon so groß, dass sein ganzer Körper schmerzte und nicht nur seine Genitalien. Die reizvollste Möglichkeit war immer noch, ihr dabei zusehen, wie sie kam, wenn er in ihr lag.

Lana sah ihm zu, wie er sich des Restes seiner Kleidung entledigte und hatte ausreichend Gelegenheit, seinen erigierten Penis zu bewundern, bevor er sich nackt auf sie legte. Seine Haut war heiß, ein bisschen feucht und fühlte sich gut an auf ihrer. Er legte sich so auf sie, dass sein Schwanz zwischen ihren Beinen war, sich gegen ihre Spalte presste. Er hatte den Dildo in ihrem Hintern gelassen, und die Dehnung war eine ständige Erinnerung daran, dass sie noch lange nicht genug hatte.

Er spreizte ihre Beine weiter, als sie ihn aufhielt.

„Vielleicht sollte ich darauf bestehen, dass du dir auch einen Gummi überziehst. Bei der Masse an Weibern, die du vermutlich seit dem letzten Mal gevögelt hast, wäre das sicherer."

„Schlange." Forrester war nicht mal beleidigt. „Außerdem warst du immer die einzige, die ich ohne was gebumst habe." Was auch stimmte. Die einzige Frau, von der er nicht mal durch einen hauchdünnen Gummiüberzug getrennt sein wollte. „Ganz abgesehen davon war es kaum der Rede wert."

„Kaum der Rede wert? Und das sagt mir ausgerechnet so ein elender Lustmolch, der seinen geilen Schwanz in jede Möse steckt, die in seine Reichweite kommt ..."

„Aber Lana, es hat doch keinen Sinn, jetzt ausfallend zu werden. Außerdem habe ich dir damals schon gesagt ..."

„Lass mich ausreden ... mit einem Kerl, der jede in seine Reichweite kommende Nutte vögelt, wenn ich einmal länger als eine Woche verreist bin!"

„Ich habe dich damals nicht betrogen, Lana, wie oft ..."

Sie versuchte ihn mit den Beinen wegzustoßen. „Ach. Und wieso habe ich dich dann mit diesem Weib in diesem Hotel gefunden?!"

„Das war nichts weiter als ein Job." Es war der Tag gewesen, an dem er Lana McKenzie verloren hatte. Zwei schöne lange Jahre war sie seine Geliebte gewesen. Nein, mehr. Ein Teil von ihm. Einer der ganz wenigen Menschen, denen er vollkommen vertrauen, und bei denen er sich gehen lassen konnte.

Sie nickte grimmig. „Genau. Ein Job. Ein Blow-Job, wenn mich meine Erinnerung nicht trügt. Wahrscheinlich mit sehr intensiver, gegenseitiger Kooperation."

„Ich musste etwas von ihr herauskriegen. Das hatte doch nichts mit dir zu tun." Er wurde ungeduldig. Sein Gewissen war nicht sehr belastet durch diesen Tag, aber auch nicht gerade reinweiß. Er war damals zu weit gegangen, aber so dämlich, das zuzugeben, war er nicht. Er hatte versucht, die trauernde Witwe eines Gangsters auszuhorchen. Die Dame hatte seine aufmunternden Worte jedoch missverstanden und ihn bis ins Hotel verfolgt. Dort hatte sie ihm dann so zugesetzt, dass er schon aus Höflichkeit nicht hatte ablehnen können. Und sie hatte ihre Sache ja wirklich nicht schlecht gemacht.

Aber dann war Lana in der Tür gestanden.

„Nun, so hoffe ich für dich, dass du jetzt deine Untergebenen hast, die solche ‚unangenehmen' Aufgaben für dich erledigen! Soll ich mich vielleicht dafür bedanken, dass du mich selbst ins Bordell geschleppt und die lästige Angelegenheit nicht deinem Kumpan Joe überlassen hast?"

Zu ihrem Ärger lachte er. „Das wäre das letzte, was ich täte. Aber ich verstehe immer noch nicht, warum du dich darüber so aufregst. Ich dachte, die Filme hätten dir gefallen."

„Halt den Mund! Diese Filme waren krank!"

„Aber nicht schlecht, oder?" Es war zu diesem Moment die einzige Möglichkeit gewesen, sie für sich zu haben. Ihre Lust zu erwecken, sie dabei zu beobachten. Dass sie ihm dann am Ende noch wutentbrannt ins Ohr geflüstert hatte „Fick mich endlich, du Arsch, sonst bring ich dich um, wenn ich wieder frei bin", war eine unerwartete und erfreuliche Zugabe gewesen.

„Du hast mich überredet, mitzumachen, obwohl …"

„Bist du jetzt endlich still, damit wir weitermachen können?" Forresters Lächeln war unverwüstlich und ging ihr bis zwischen die Beine. Was hatte der Mann aber auch für ein Lächeln! Erotisch, amüsiert und zärtlich zugleich. So wie Forrester hatte sie noch nie einen anderen Mann lächeln sehen. Früher hatte sie oft gedacht, dass allein sein Lächeln schon ausreichte, um sie zu einem Orgasmus zu bringen.

„Binde mich zuerst los."

„Ich sehe gar nicht ein, weshalb."

„Weil ich dich berühren will", erwiderte sie ungeduldig.

„Berühren? Wo denn?" Sein Lächeln wurde erwartungsvoll.

„Überall." Sie zerrte an den Fesseln.

Er beugte sich über sie, seine Lippen und seine Zunge zogen eine heiße, feuchte Spur über ihre Schultern, ihre Brüste, ihren Bauch. Er atmete tief und genussvoll den Duft ihres Körpers ein.

„Wenn du mir nicht genau sagst, was du mit deinen Händen machen willst, werde ich dich nicht losbinden. Du bist imstande und benützt sie, um mir damit einen Fausthieb zu verpassen und dann abzuhauen."

„Schon möglich, dass ich das tue." Lana wand sich unter seinem Mund. Seine Zunge hatte jetzt ihren Nabel gefunden und rotierte lustvoll darin, während seine Hand die Innenseite ihres Schenkels massierte, presste. „Ziemlich sicher sogar", fuhr sie fort. „Aber zuerst werde ich etwas ganz anderes mit meinen freien Händen machen. Nämlich damit über deine Brust streichen, mit den Fingern deine Nippel reiben, daran ziehen, bis sie hart werden – und dann daran saugen, dass du glaubst, ich will sie dir abreißen. Meine Hände werden über deinen Bauch nach hinten zu deinem süßen Arsch wandern, und den werde ich später so lange mit Fingern,

Händen und Zunge bearbeiten, bis dein Schwanz fast zerplatzt. Erst danach werde ich mich um deinen Schwanz kümm ..."

Sie konnte den Satz nicht mehr beenden. Forrester hatte es plötzlich sehr eilig, sie loszubinden. Zwei Griffe genügten, um die Handschellen zu lösen.

Lana lächelte, als sie die Arme um ihn schlang, und er sich über sie beugte – aber das konnte Forrester nicht sehen, dafür war er zu nahe und schon zu blind für Anzeichen von Gefahr.

Er sah nur noch ihre Haut. Roch nur noch den Duft nach erregter Frau. Er zog ihre Unterlippe, diese volle Lippe, auf der es sich so gut nagen, lecken, saugen ließ, zwischen seine eigenen Lippen und Zähne. Kostete sie, wollte sie gar nicht mehr loslassen und hätte es vermutlich auch noch längere Zeit nicht getan, wäre da nicht Lanas Zunge gewesen, die zwischen ihren Zähnen hervorkam, eben über diese Lippe fuhr und seinen Mund traf. Es war wie eine Einladung, tiefer zwischen ihren Lippen weiterzuspielen. Zuerst diese feuchten Lippen und dann die nassen zwischen ihren Beinen. Auch dort würde er lecken und nagen.

Er freute sich schon darauf. Aber nur nichts überstürzen, sondern alle Reize hinauszögern. Sie warten lassen – auch sich selbst. Auskosten. Genießen. Mit allen Sinnen. Zwölf Stunden sollten reichen, um die größte Gier nach ihr auszuleben. Forrester verspürte plötzlich den Übermut und das Glücksgefühl eines kleinen Jungen, der sein Lieblingsspielzeug wiederhatte.

Es war gut, sie zu besitzen. Anregend zu sehen, wie sie ihrer Lust nachgab. Er kannte sie so gut, wusste, wie nach einem Tag am Strand ihre von der Sonne gebräunte Haut roch, wie ihre vom Meerwasser benetzten Schamlippen schmeckten, kannte den Geschmack der kleinen Schweißperlen zwischen ihren Brüsten. Er hatte ihren Körper erforscht und besessen. Stunden- und tagelang war er damit beschäftigt gewesen, jede Art von Stöhnen aus ihr hervorzubringen.

Und dann war sie eines Tages fort gewesen.

Sie hatte ihm gefehlt. Nicht nur wegen des großartigen Sex', den sie miteinander geteilt hatten, sondern wegen der vielen anderen Dinge, die sie ausmachten. Nicht zuletzt, weil sie ihn durch ihre freche Schnauze zum Lachen brachte. In seinem Job verlernte man das schnell.

Er folgte ihrer Zunge, die neckisch an seine Oberlippe tupfte, sogar kunstvoll seine Nasenspitze traf, bevor sie sich zurückzog. Plötzlich hatte er nichts anderes im Sinn, als eben diese spitze Zunge einzufangen, sie abzulutschen, sie zu streicheln. Er fuhr tief hinein, tastete sich vor und dann ...

„Jass jos." Es war nicht leicht für Forrester, diese Worte halbwegs verständlich zu formulieren. Schwierig, wenn die Zunge zwischen weißen, scharfen Zähnen eingeklemmt war. Verdammtes Luder, hatte ihm eine Falle gestellt. Und er in seiner Geilheit war drauf reingefallen. Es tat weh: Noch ein bisschen fester und seine empfindliche Zunge würde bluten. Wenn das Weib sie ihm nicht sowieso abbiss, genau so fühlte es sich nämlich an. Und genau dafür sprach auch ihr böses Kichern, das ganz tief aus ihrer Kehle kam und ihn noch mehr aufregte, bis in seinen Schwanz hinein kitzelte. Er gab ein unkontrolliertes Geräusch von sich, halb erregtes Stöhnen, halb Schmerzlaut, als sie mit ihrer Zunge das umrundete, was zwischen ihren Zähnen klemmte. Und das war nicht gerade wenig.

Er hatte keine Wahl mehr. Wenn er weiter mit ihr spielte, musste er seine Zunge in den nächsten Stunden annähen lassen. Er hob ein wenig seinen Unterkörper, griff hinunter und führte seinen Schwanz zum richtigen Eingang. Ihre Nässe empfing ihn und seine Finger, als er sich vortastete. Seine Eichel war von seiner eigenen und ihrer Flüssigkeit schon feucht und schob sich schnell tiefer, dankbar, endlich den Weg zur Erlösung zu finden. Er stieß bis zum Anschlag, bis seine Eier fest zwischen ihnen beiden lagen, bis er in ihr den Widerstand fühlte. So blieb er liegen, vollkommen ruhig, und ließ seinen Schwanz das Gefühl genießen, wieder daheim zu sein. Genau dort, wo er sich immer am wohlsten gefühlt hatte.

Vor wenigen Tagen im Bordell, als er sich auf sie gestürzt hatte, war keine Zeit für solch subtile Genüsse gewesen, da hatte er nur ein langes Jahr ohne sie und den Zorn auf sie und ihren verbrecherischen Verlobten und nicht zuletzt seine Eifersucht abreagieren müssen. Auch in der Gegenwart der anderen – und besonders der von Ming – war es zwar sehr erotisch gewesen, aber jetzt gehörte sie wirklich ihm ganz allein. Für viele lange Stunden.

Lana öffnete ihre Zähne. Sie hatte jetzt das, was sie wollte. Seinen Penis tief in sich. Die Verbundenheit, die sie in diesem Moment fühlte, überwältigte sie ebenso wie Forresters Blick. Er hob den Kopf und sah sie an. Sein Blick drang in sie wie sein Glied. Nur noch viel tiefer.

Und dann begann er sich leicht in ihr zu bewegen. Kreiste, zog sich Millimeter für Millimeter aus ihr zurück, um langsam und genussvoll wieder bis zum Anschlag zu ihr zurückzukehren. Zuerst hielt er dabei ihren Blick fest, aber dann beschäftigte er sich mit ihrem Hals. Ihren Lippen. Ihren Brüsten. Ihre Brustwarzen schrien danach, von ihm eingesogen zu werden. Die Nässe seines Mundes benetzte sie, seine Zunge streichelte sie, seine Lippen pressten sie.

Alles wurde nun schneller, heftiger. Seine Bewegungen, ihre. Lana schob ihre Hand zwischen ihre Körper und raste auf den Höhepunkt zu. Ihr ganzer Leib schien nur noch aus Lust zu bestehen. Sie hob ihm ihr Becken bei jedem Stoß rhythmisch entgegen. Seine Hoden klatschten auf ihr Fleisch, ihr Finger lag unverrückbar auf ihrer Klitoris, die gequält nach mehr schrie. Das Reiben wurde heftiger, der Zug in ihrem Inneren, die Anspannung noch unerträglicher als bisher und dann, endlich, fühlte sie die ersten Zuckungen. Vor Angst, er könnte weiter mit ihr spielen, sie unbefriedigt verlassen – obwohl er im Moment nicht den Eindruck machte, als läge das überhaupt noch in seiner Macht – umklammerte sie ihn mit den Beinen und den Muskeln ihrer Vagina. Ihre keuchenden Atemstöße vermischten sich mit seinem tiefen Stöhnen. Und schließlich ... Sie bäumte sich auf, als es sie innerlich zerrte, sie fast zerriss. Sie sah Sterne, und der Raum ging in einem rötlichen Taumel und einem langen, erleichterten Schrei unter.

***

Als Lana erwachte, war das erste, was sie fühlte, Geborgenheit und Wärme. Das war noch im Halbschlaf. Erst als ihr Bewusstsein langsam zu ihr zurückkehrte, erkannte sie, woher diese Geborgenheit kam. Von einem Arm, der müde und entspannt über ihr lag, einer kräftigen Männerhand, die nun locker auf ihrer Brust ruhte, die noch Stunden davor so gekonnt geknetet und gestreichelt worden war.

Mark schmiegte sich an ihren Rücken. Sie fühlte sein Glied zwischen ihren Hinterbacken – kein schlechtes Gefühl – sein Knie, das in ihrer Kniekehle lag, und seine Brust - warm und sicher an ihrem Rücken. Er musste noch schlafen, denn sein Brustkorb hob und senkte sich regelmäßig, sein ruhiger Atem kitzelte ihren Nacken.

Lana blieb ganz still liegen, um das Gefühl seiner Nähe noch länger auszukosten. War er einmal aufgewacht, waren Ruhe und Wärme dahin, das wusste sie. Dann sah er sich wieder genötigt, den überlegenen Macho zu spielen. Ein Mann mit sowohl erotischer als auch dominanter Ausstrahlung, die er hemmungslos einsetzte, um sie zu manipulieren. Normalerweise hätte sie dieser Gedanke verärgert, aber die vergangene Nacht war zu gut gewesen, um länger bei Forresters schlechten Eigenschaften zu verweilen.

Sie griff nach seiner Hand, drückte sie vorsichtig ein wenig fester an ihre Brust. Gut war sie auf ihrer Haut. Vertraut.

„Schon wieder Appetit auf mehr?" Er sprach ganz leise, aber klar. Es war nicht die Stimme eines Mannes, der eben erwacht war, und dem der Schlaf noch aus den Stimmbändern krächzte. Er musste schon länger wach gelegen haben. Und hatte sich nicht gerührt, um sie nicht zu wecken.

„Schon möglich." Lana lächelte zärtlich – er konnte es nicht sehen, weil sie ihm den Rücken zukehrte, also konnte sie sich diese Schwäche erlauben.

Er drängte seinen Unterkörper näher an sie. Sein Penis bohrte sich tiefer, schob sich durch ihre Spalte zwischen ihre Beine. Er rieb sich ein wenig an ihr. Nicht schlecht, diese Morgenlatte, fand Lana. Fühlte sich recht vielversprechend an.

Sie drehte leicht den Kopf zu ihm zurück. „Ich möchte vorher aber ins Bad."

„Hm. Muss das sein? Was tun?"

Sie wollte sich die Zähne putzen. Sie hasste es, mit diesem Morgengeschmack zu küssen. Nicht, dass es ihm vermutlich etwas ausmachen würde, aber sie fühlte sich nicht wohl dabei. Außerdem war sie schon seit etlichen Stunden nicht auf der Toilette gewesen.

Er griff über sie hinweg, langte nach einem Päckchen auf dem Nachttisch und hielt es ihr unter die Nase. Lana sah darauf, dann lachte sie. Kaugummi. Ihre Lieblingssorte. Reiner Mentholgeschmack. Das war früher ihr morgendliches Ritual gewesen, wenn sie mit Forrester aufgewacht war, bevor sie sich weiter geliebt hatten: der „Morgengummi". Es erinnerte sie an die Zeit mit ihm, den guten Sex, den sie damals gehabt hatten. Nicht gut, perfekt! Auch wenn er oft nur einfach – ohne fantasievolle oder raffinierte Spielereien – gewesen war. Ein einfaches Miteinanderschlafen. Und doch so konkurrenzlos gut, weil sie mit ihrer ganzen Seele dabei war. Es war jene Zeit, wo sie am Abend mit Mark eingeschlafen und am Morgen intim umschlungen mit ihm aufgewacht war, um das Spiel von Neuem zu beginnen, versessen darauf, die Nacht fortzusetzen.

Sie zog nachdenklich den Papierstreifen ab. Es war eine wunderbare Zeit gewesen. Aufregend. Und sehr romantisch. Und sie hatte nicht übel Lust, dort weiterzumachen, wo sie wegen ihrer Eifersucht und Kränkung aufgehört hatte.

Sie steckte den Kaugummi in den Mund und lutschte dran herum. Das war immer das Beste. Zuerst den Geschmack ablutschen und dann erst kauen. Die zarten Küsse, die in ihren Nacken gehaucht wurden, erhöhten noch den Genuss, ließen das Wasser im Mund zusammenlaufen. „Willst du auch einen?", fragte sie über die Schulter.

„Ja."

Lana griff nach dem Päckchen, aber er hielt ihre Hand fest.

„Nicht so." Seine Hand rutschte auf ihre Taille, umfasste sie tiefer. Sein fester, doch sanfter Griff drehte ihren Körper herum. Jetzt lag sie immer noch eng an ihn geschmiegt. Nur mit dem Unterschied, dass ihre Brust seine berührte und sein harter Schaft von vorne an ihre Pussy stach, ihre Klit berührte.

„Ich muss aber trotzdem mal raus."

„Nicht jetzt."

„Ich muss auf die …"

„Nein." Er lachte leise dabei. „Oder willst du, dass ich mitkomme und dich über der Klomuschel gebeugt nehme?"

„Asoziales Element."

Er lachte abermals, aber seine Hand strich ihren Rücken hinauf, erfasste ihren Nacken, massierte ihn minutenlang, bevor seine Finger in ihr Haar griffen. Fest genug, um es ihr unmöglich zu machen, den Kopf zu drehen oder ihn zurückzubiegen – und er mit ihr machen konnte, was er wollte. Sein Mund streichelte über ihren, zärtlich sanft, dann kam seine Zunge, teilte ihre Lippen, schob sich tiefer. Lana verhielt sich völlig passiv. Es gefiel ihr, wenn er sich nahm, was er wollte. Sie war nur noch ein Körper, der voller Lust alles mit sich geschehen ließ, was er ihr zudachte.

Aber allein schon der Druck auf die volle Blase verursachte Gänsehaut. Ein Glück, dass die Natur vorsorgte und alle peinlichen Systeme fest verschloss. Ein Schauder ging durch ihren Körper.

Er strich über die Gänsehaut und ließ sie los. „Ach was, mach, dass du ins Bad kommst."

Lana sprang auf und schoss ins Bad. Forrester grinste, als er ihr hinterhersah. Als sie eine Viertelstunde später frisch geduscht und mit geputzten Zähnen wieder rauskam, grinste er immer noch. Ziemlich selbstgefällig sogar. Er stand auf, und sie versuchte ihn nicht zu offen anzustarren, ihm nicht zu viel Aufmerksamkeit zu zollen, sondern betrachtete ihn lediglich aus dem Augenwinkel, als er auf sie zukam.

„Du solltest jetzt auch duschen." Sie verließ das Schlafzimmer, ging hinaus in den Salon. Er sollte bloß nicht glauben, dass sie noch nicht genug von ihm hatte. Forrester folgte ihr auf dem Fuß, und kaum war er in ihrer Nähe, hatte er sie auch schon wieder umfasst, obwohl sie ihm schnell den Rücken zudrehte, und zog sie an sich.

„Das war schon was, diese Nacht. Hm?" Er knabberte zwischen den Worten an ihrem Ohrläppchen, und seine Hand suchte unter dem feuchten Badetuch nach ihrer Brust.

Lana schmolz dahin. Diese Nacht war wirklich nicht schlecht gewesen. Besser als die aufregenden Stunden im Bordell. Weil sie intimer gewesen war. Nur zwischen ihnen beiden. Das Beste seit Langem.

„Ja, ganz in Ordnung", sagte sie laut.

„Ganz in Ordnung?!" Forrester drehte sie energisch zu sich herum. „Wenn das nur ganz in Ordnung war, dann brauchst du wohl noch einen Durchgang, um zu entscheiden."

„Kriegst du nie genug?"

„Nicht von dir."

Das Blut pulsierte wieder lauter in Lanas Ohren, als sie kurz darauf auf der weichen Couch lag. Es klopfte, das ganze Hotel schien vom Pochen erfüllt zu sein, als Mark sie küsste.

Aber plötzlich hob er den Kopf.

Das Klopfen ertönte wieder, dieses Mal länger. Und es war nicht in Lanas Ohren, sondern es kam von draußen. Und jetzt hämmerte offensichtlich jemand mit der Faust anhaltend gegen die Tür. Es hörte sich so an, als würde der Störenfried jeden Moment das Türblatt eintreten.

Nur zögernd lockerte Lana ihren Griff um Marks Körper, löste die Arme, während er sich mit einem ungehaltenen Knurren aufstützte. Er sah über seine Schulter hinweg nach hinten zur Zimmertür.

Sie schob ihn fort. „Na, geh schon."

Forrester holte seine Hose aus Lanas Schlafzimmer und fluchte innerlich, während er sie anzog und seinen harten Schwanz darin unterzubringen versuchte. Es war zu ärgerlich, den armen Kerl da reinzuzwängen und ihn jeglicher weiterer Aussicht auf Lanas klitschnasser und heißer Möse zu berauben. Auf dem Weg zur Tür blieb er stehen. Lana lag immer noch auf der Couch im Salon – mit erhitzten Wangen, feuchten Haarsträhnen und halbgeöffneten Beinen.

„Willst du etwa so liegen bleiben, wenn ich öffne?"

Sie lächelte nur anzüglich.

Forrester seufzte. Ein letzter, sehnsüchtiger Blick auf ihren Haarwald und die dunkelrosa nassen Lippen, dann fasste er sie unter den Armen und Beinen, trug sie in ihr Schlafzimmer und warf sie aufs Bett, bevor er breitbeinig zurück in den Salon stakste und vernehmlich die Tür hinter sich schloss. Derjenige, der sie jetzt störte, würde es bitter bereuen. Und wenn es der Jadedrache höchstpersönlich war, der auf die Idee kam, Forrester das Leben leichter zu machen, indem er sich selbst stellte.

Er lugte durch den Türspion hinaus. Joe Melbourne. Im nächsten Moment war sein Ärger verflogen. Wenn Joe es für nötig befand, zu kommen, obwohl er sich jede Störung verbeten hatte, dann musste etwas Schwerwiegendes geschehen sein. Hastig entriegelte er die Tür.

Das Erste, was er von Joe sah, war eine schwere Maschinenpistole. Dann sprang sein Assistent herein und blieb mit leicht gebogenen Knien stehen, wobei er den Lauf der Waffe hin und her schwingen ließ, um den Raum nach etwaigen Angreifern abzusuchen und zu sichern. Es war ein perfekter Auftritt. Hätte es sich um eine Sturmübung gehandelt, hätte Forrester jetzt applaudiert. So jedoch lehnte er sich mit der Schulter an die Wand und musterte seinen Assistenten mit gereizter Nachsicht.

„Was soll das werden?"

Joe richtete sich langsam auf. „Verzeihung, Sir. Als Sie nicht öffneten, obwohl ich fast eine halbe Stunde versucht habe, hereinzukommen, dachte ich, Sie wären in Gefahr."

„In Gefahr. So. Mit zehn chinesischen Leibwächtern vor der Tür?" Forrester rieb sich das Kinn. Eine halbe Stunde? Vermutlich hatte Joe jetzt übertrieben, normalerweise hätten sie es hören müssen, wenn sich jemand an der Tür zu schaffen machte. „Ich wollte nur endlich einmal ausschlafen."

„Ja, Sir, eine gute Idee. Sie sehen auch sehr ausgeruht aus."

Forrester musterte einen Assistenten eingehend. „Joe Melbourne, wenn Sie glauben, witzig werden zu dürfen, werden Sie schnell bemerken, dass Sie sich in einem schmerzhaften Irrtum befinden."

Um Joes Mundwinkel zuckte es. „Verstehe, Sir." Seine Aufmerksamkeit wurde abgelenkt. Und diese Ablenkung kam in Form von zwei langen Beinen und runden Formen.

Die Tür zu Lanas Schlafzimmer stand offen. Das entsetzliche Weib hatte es nicht für nötig befunden, sich anzuziehen, sondern hielt sich nur einen kleinen Frottéefetzen vor ihre Blöße, wobei die Schultern und ein Bein bis zur Hüfte frei blieben. Ihr Haar war verstrubbelt, hing ihr ins Gesicht und auf die Schultern, ihre Wangen waren gerötet und ihre Lippen von seinen Küssen geschwollen.

Und nicht nur das ganze Apartment, sondern auch er, Forrester selbst, rochen vermutlich nach heftigem Sex.

Er sah mit steigendem Groll, wie Lana zu Joe herüberlächelte, ihm sogar zublinzelte, und mit noch größerem Ärger, wie Joe, den ihr Sexappeal nicht kalt lassen konnte, zurückgrinste. Als sie seinen wütenden Blick sah, zuckte sie nur die Achseln und verschwand mit einem Lachen. Dabei drehte sie sich um und gab den Blick auf eine schlanke Taille, wohlgeformte Schultern und einen zum Anbeißen hübschen Hintern frei.

Forrester wandte sich wieder Joe zu. „Sie haben keine Minute lang geglaubt, dass ich in Gefahr bin", stellte er trocken fest.

Joe hatte fast Stielaugen Richtung Schlafzimmer bekommen, jetzt wandte er sich ertappt um, und ein kleines, reumütiges Grinsen erschien auf seinem Gesicht. „Ich wollte nur Ihre volle Aufmerksamkeit, Sir." Er sah bedeutsam zum Schlafzimmer, wobei er tonlos die Lippen bewegte. Forrester konnte etwas wie „Toter und Mord" ablesen. Offenbar eine Information, die Joe nicht mit Lana zu teilen gedachte. Er hielt Forrester eine Zeitungsmeldung hin und einen kurzen Polizeibericht.

Lana erschien wieder. Sie hatte sich zu seiner Erleichterung endlich herabgelassen, ihren anziehenden Körper, mit dem er noch so viel vorgehabt hatte, in den Bademantel zu hüllen. Sie war immer noch überdurchschnittlich attraktiv, aber anders als zuvor. Mit einem starken Gefühl des Bedauerns glitt sein Blick über sie. Natürlich hätte er Joe einfach wieder hinausschicken können, aber die Stimmung war trotzdem verdorben.

„Ist etwas passiert?" Lana befestigte ihr zerzaustes Haar mit einer Spange am Hinterkopf. Genau dieselbe Spange, die er vor etlichen Stunden ungeduldig gelöst und einfach fortgeworfen hatte, weil er es nicht erwarten konnte, endlich mit beiden Händen in ihrem seidenweichen Haar zu wühlen. Allein der Gedanke machte ihn schon wieder unduldsam. Verdammter Narr, dieser Joe Melbourne. Den musste wirklich der Teufel geritten haben, dass es ihm einfiel, mit schlechten Nachrichten aufzukreuzen.

Joe wandte sich bereitwillig nach ihr um, erleichtert, dem Unheil verkündenden Blick seines Vorgesetzten ausweichen zu können. „Nichts weiter, Madam." Es wunderte ihn selbst, dass er sie plötzlich so ansprach, ‚Miss McKenzie' hätte vollständig genügt, um der Höflichkeit Genüge zu tun. Noch dazu bei einer Frau, die gerade eben noch halbnackt vor ihm gestanden und ihn schamlos angegrinst hatte. Aber etwas hatte sich seitdem an ihr verändert. Ihr ganzer Ausdruck war ernster geworden.

„Die üblichen Nachrichten", setzte Forrester hinzu. Er gab Joe die Meldungen zurück.

„Wieder in der Zeitung?" Lana war bei dem Gedanken an die Nachrufe, die – wie sie von Forrester inzwischen herausgepresst hatte – täglich in verschiedenen Zeitungen auf Englisch und Chinesisch erschienen, blass geworden.

„Ja, aber nicht über mich." Man hatte wieder einen ehemaligen Kollegen von ihm im Hafen aufgefunden. Aufgedunsen, mit Knabberspuren von Fischen, die eine willkommene Mahlzeit in ihm gesehen hatten.

Forrester nickte Joe zu, der verstand den Wink und ging hinaus.

Lana sah Forrester besorgt an. „Schlimme Nachrichten?"

Er begann im Zimmer herumzulaufen. „Die ganze Idee war Schwachsinn."

„Die Idee, mich zu entführen und dich mit mir überall dort zu wälzen, wo es dir gerade einfällt?"

Er musste sich ein Grinsen verbeißen. „Nein, das war das einzig Vernünftige daran." Er atmete tief durch. „Es war dumm, dich hier zu lassen. Ich hätte sofort dafür sorgen müssen, dass du sicher heimkommst, und dich dort unter Bewachung stellen müssen."

Lana trat dicht an ihn heran. „Du glaubst doch nicht wirklich, dass du mich hättest abschieben können, oder?"

Forrester widerstand der Versuchung nicht, sondern legte den rechten Arm um ihre Taille, zog ihren Unterkörper eng an sich, während seine linke Hand unter den Bademantel wanderte, ihre Formen genoss, über ihre Hüfte strich, ihre Pobacken knetete und dann ihre Brust umfasste. Er verspürte den Drang, sie noch einmal in den Armen zu halten, jede Stelle ihres Körpers zu streicheln, mit seinen Händen und Lippen zu berühren.

Er sah sie eindringlich an. „Wenn diese Sache vorbei ist, dann möchte ich dort weitermachen, wo wir jetzt aufhören."

Lana entwand sich seiner Umarmung. „Du solltest das bisschen Sex nicht überbewerten."

„Das ist nicht nur ein bisschen Sex", erwiderte er heftig. „Das ist weit mehr. Und ich möchte schwören, dass dies auch bei dir der Fall ist."

„Warum glauben eigentlich immer alle Männer so gern, dass ‚es mehr ist'. Ist es, weil wir uns so gut verstellen können? Oder tut es eurem Ego gut, euch einzureden, jeder Orgasmus wäre echt?"

Forrester zog sie grinsend wieder an sich. „Ach was, halt doch ein einziges Mal den Mund, McKenzie."

Kapitel 6

Lana stürzte zur Tür, als etwas darunter durchgeschoben wurde. Endlich eine Nachricht von Charles! Er hatte sich drei Tage nicht gemeldet, und sie war besorgt gewesen.

Dieses Mal hatte er die Nachricht in einen Umschlag gesteckt. Lana riss ihn auf.

Ein Bild war darin.

Lanas Blick saugte sich für Sekunden ungläubig an dem Foto fest. Der gebrochene Blick eines Toten. Die vor Angst erstarrten Gesichtszüge eines Mannes, der nicht hatte glauben können, dass der Tod zu ihm kam. Ein Schnitt. Quer über den Hals. Jemand hatte schnell und sauber das Messer geführt. Blut. Es kam in einer kleinen Spur aus seiner Nase. Aus seinen Mundwinkeln. Mehr an seinem Kinn. Seine helle Jacke und das Hemd waren blutdurchtränkt. Und darüber der tiefe, erbarmungslose Schnitt.

Charles.

Lana tastete sich einige Schritte zurück, bis sie hinter sich eine stabile Wand fühlte. Dieser Anblick hatte ihr fast die Beine weggezogen. Am liebsten hätte sie sich auf den Boden gehockt, den Kopf auf die Knie gelegt und geweint. Und sich dann verkrochen.

Charles. Tot. Bestialisch ermordet.

Die Leute in dieser Stadt schienen Gefallen daran zu finden, sie mit Fotos von Toten zu konfrontieren.

Sie schloss die Augen, ihre Hände zitterten, als sie sich über das Gesicht fuhr. Es war eine hilflose Geste, als könnte sie damit den Anblick von Charles wegwischen.

Als sie die Augen wieder öffnete, fiel ihr Blick auf die Verbindungstür zum Wohnzimmer der Suite, in dem sich Forrester befand.

***

Forrester zuckte zusammen, als die Tür aufgerissen wurde. Der Stoß, den Lana ihr gegeben hatte, ließ sie an die Wand prallen und wieder zurückschnellen.

„Du hast es gewusst! Du musst es gewusst haben!"

„Was denn?"

„Dass Charles ermordet wurde! Vermutlich sogar in derselben Nacht, in der wir bis zur Verblödung gevögelt haben, während meinem ehemaligen Liebhaber die Kehle durchgeschnitten wurde! War es das, was Melbourne dir am Morgen gesagt hat? Ging es darum?!"

„Joe …" Forrester sah zu seinem Assistenten, der mit offenem Mund dabeistand.

„Ja, natürlich, Sir. Bin schon fort."

„Nein, bleiben Sie hier, Joe Melbourne! Es ist gut, dass Sie auch hier sind. Das geht Sie genauso an!" Lana hielt Forrester anklagend das Foto hin. „Das hat mir jemand unter der Tür durchgesteckt! Was hast du mir sonst noch alles verschwiegen?!"

Forrester griff nach dem Foto, blickte kurz darauf, drückte es dann Joe in die Hand. Als er aus dem Zimmer lief, wollte Lana ihm nach. „Oh nein, du bleibst schön da. Joe, Sie passen auf sie auf!" Und dann war er auch schon weg. Draußen hörte sie seine Stimme, scharfe Befehle auf Englisch und Kantonesisch. Tumult, laufende Schritte. Aufgeregte, durcheinanderredende Leute.

„Mr. Forrester wusste das nicht, Miss McKenzie. Ganz bestimmt nicht." Joe nahm Lana sanft um die Schultern und führte sie zurück ins Schlafzimmer. Lana stolperte mit und ließ sich von ihm auf einen Stuhl drücken. Dann goss er aus einer Wasserflasche ein Glas voll und hielt es ihr hin. Lana nahm es dankbar entgegen, einfach nur, um ihre Hände zu beschäftigen. Sie konnte im Moment ohnehin keinen Schluck runterkriegen.

Joe bückte sich nach dem Umschlag, den sie zu Boden hatte fallen lassen. Er sah hinein. „Hier ist noch ein Zettel. Eine Nachricht auf Chinesisch." Er reichte Forrester, der soeben mit einem gereizten Gesichtsausdruck das Zimmer betrat, das Papier.

Der warf einen schnellen, besorgten Blick auf Lana und las dann die Nachricht. Dabei veränderte sich sein verärgerter Blick in düsteren Zorn.

Lana umklammerte ihr Glas. „Was steht da?!" Sie musste noch zweimal nachfragen, bevor er ihr antwortete.

„Der 14. Tag des achten Mondmonats ist gekommen. Der Geist des toten Mannes kehrt zurück, um Rache zu nehmen für das Unrecht, das an ihm verübt wurde."

Sie zitterte so heftig, dass sie fast das Wasser verschüttet hätte. „Willst du jetzt immer noch behaupten, der Jadedrache wäre ein Fremder?!"

Forrester trat neben Lana und nahm ihr das Glas aus der Hand. Er stellte es auf den Tisch und kam dann wieder zurück. Sie lehnte sich an ihn, als er ganz neben sie trat und die Hand auf ihren Rücken legte, um beruhigend darüberzustreichen.

Joe drehte den Umschlag hin und her, sah nochmals hinein, aber es fanden sich keine weiteren Hinweise. „Da die Nachricht auf Chinesisch war, Sir, heißt das, dass sie für Sie bestimmt war."

„Oder, dass der Absender nur Chinesisch kann", erwiderte Forrester ruhig.

„Aber wenn nicht – woher sollte er wissen, dass du diese Sprache beherrschst?" „Das kann man in der Zwischenzeit leicht herausgefunden haben. Schließlich mache ich kein Geheimnis darum. Und es gibt genug Leute, die wissen, dass ich im Auftrag der Regierung einige Zeit in Peking und Hongkong gearbeitet habe. Viel bedenklicher ist, dass jemand unerkannt ins Hotel gelangen kann, diesen Brief unter die Tür durchsteckt und dann wieder verschwindet." Besonders ärgerlich war es, weil er die Polizeiwache vor Lanas Zimmer entfernt hatte, um Charles, sollte er wieder eine Nachricht hinterlassen, die Annäherung zu erleichtern. Aber alle Ausgänge waren besetzt, die wichtigsten Punkte im Hotel wurden überwacht. Seine Leute waren soeben dabei, die Zimmermädchen zu verhören. Möglicherweise war es eines von ihnen gewesen, das den Brief überbracht hatte.

„Jetzt werden wir nie erfahren, was Charles wusste."

„Aber du weißt, dass er einen Bruder hier hat. Wenn dieser Bruder nicht selbst ein Interesse daran hatte, Charles Pratt zu töten, dann muss er jetzt ebenfalls Angst um sein Leben haben. Jedenfalls wird er nervös werden. Und das wird ihn zu einem Fehler verleiten."

„Was sollen wir jetzt tun?"

Forrester lachte kurz auf. „*Wir* gar nichts, Lana. Schlag dir das gleich aus dem Kopf. *Ich* werde etwas tun." Er zog sie sanft hoch. „Komm, wir fahren."

„Wohin?"

„Ins Präsidium. Du wirst dort bleiben, während ich meine alten Verbindungen zu Hongkong ausnutzen werde. Nein", unterbrach er sie, als sie den Mund aufmachte, „jetzt nicht. Später erzähle ich dir alles. Im Moment ist keine Zeit." Er griff nach seinem Telefon. Kurz darauf führte er mit einem unbekannten Teilnehmer eine heftige kantonesische Diskussion.

***

Chens Diener führte Forrester hinein.

Der Hausherr saß auf einer niedrigen Couch, erhob sich jedoch höflich, als Forrester eintrat.

Forrester ließ seinen Blick über die Anwesenden schweifen. Chen war nicht allein. Ein junger Mann war bei ihm, lehnte lässig, die Hände in den Hosentaschen, am Fenster. Kein Unbekannter für Forrester. Es war Patrick Chen, Chen Wing-Luns Neffe.

Fremder war ihm allerdings der dritte Mann im Raum. Ein gefährlich aussehender Kerl, das perfekte Abbild eines Klischee-Killers. Eine Narbe zog sich über seine Wange und sein Kinn.

Es war jener Unbekannte, den sie auf unzähligen Fotos und Überwachungskameras festgehalten hatten. Das Verbindungsglied zwischen dem Jadedrachen und dessen Helfern oder Untergebenen.

Chen trat auf ihn zu. „Mr. Forrester, welch eine Überraschung. Was führt Sie zu mir?" Es war ihm anzusehen, dass er sich bemühte, höflich zu wirken, auch wenn sein Gesichtsausdruck alles andere als freundlich war.

Forrester bemühte sich nicht einmal um den Anschein von Höflichkeit. „Ich dachte, Sie könnten mir vielleicht behilflich sein?" Er zog ein Foto aus der Anzugtasche. Jenes Bild, das man unter Lanas Tür durchgeschoben hatte.

Chen sah darauf, ohne hinzugreifen. „Ich nehme an, Sie hoffen, dass ich diesen Mann identifizieren kann. Das ist aber leider nicht der Fall. Ich habe diesen bedauernswerten Toten niemals gesehen."

„Das will ich gar nicht abstreiten", erwiderte Forrester und zog ein anderes Foto hervor. Eines, das er von den Filmen der Hotelüberwachungskameras hatte machen lassen. „Aber vielleicht kennen Sie diese Frau?"

Das Bild zeigte eine Chinesin im traditionellen Qipao. Sie hatte langes Haar, war stark geschminkt und trug hohe Absätze. Chen hob nur die Augenbrauen.

„Diese Frau war noch vor zwei Stunden in dem Hotel, in dem ich wohne. Man hat sie gefilmt, als sie einen Umschlag unter Miss McKenzies Tür durchgeschoben hat. Einen Umschlag, in dem sich das Bild des Ermordeten befand." Sein Blick fiel auf den jungen Chinesen, der seine lässige Position nicht verändert hatte. „Zeugen haben zudem noch gesehen, wie die junge Frau das Hotel verließ, die Straße überquerte und dann in einen Wagen stieg." Er machte eine kleine Pause, um das wirken zu lassen, bevor er fortfuhr: „Und zwar genau den Wagen, der draußen vor Ihrem Haus parkt, Mr. Chen. Jetzt würde mich interessieren, ob Ihnen diese Frau bekannt ist. Vielleicht …", er wanderte, während er weitersprach, durch den Raum und blieb vor dem jungen Mann am Fenster stehen, „ist sie Ihnen ja sogar sehr gut bekannt, und ich könnte sogar schwören, dass sie sich hier im Zimmer aufhält." Er kniff ein Auge zusammen und betrachtete den jungen Mann vor ihm eingehend, während er das Bild neben ihn hielt. „Faszinierend diese Ähnlichkeit."

Patrick Chen sah kurz auf das Foto, dann auf Forrester. Sein Blick war spöttisch, als er ihn von oben bis unten musterte.

„Wollen Sie damit sagen, dass mein Neffe als Frau verkleidet durch ein Hotel spaziert?" Chen klang amüsiert.

„Warum nicht? Die Ähnlichkeit ist jedenfalls frappant. Und hübsch genug wäre er ja. Könnte mit der richtigen Frisur und Schminke glatt als Frau durchgehen." Er nahm das Bild und warf es dem jungen Chinesen vor die Füße. „Ist aber nicht weiter schlimm. Ich habe mir sagen lassen, dass manche Frauen auf hübsche Männer in Kleidern stehen." Forrester drehte sich nicht nach Chen um, sondern fixierte Patrick.

In dessen Augen blitzte jetzt eine Mischung aus Zorn und noch etwas Undefinierbares, seine gleichmäßigen Gesichtszüge waren kalt, es war deutlich zu sehen, dass er seine Hände in den Hosentaschen zu Fäusten geballt hatte.

Endlich atmete er tief durch und sah an Forrester vorbei.

„Onkel Chen, muss ich mich von diesem *gweilo* beleidigen lassen?" So wie er es aussprach, war der chinesische Ausdruck für Fremder wie ein Schimpfwort.

„Nein, mein Sohn. Deshalb werden wir Mr. Forrester jetzt auch höflich bitten, zu gehen. Der Zeitpunkt für seinen Besuch ist auch äußerst schlecht gewählt."

„Das sehe ich anders. Es könnte gar nicht günstiger sein." Der andere Besucher, der sich bisher schweigend im Hintergrund gehalten hatte, trat vor. Forrester wandte sich nach ihm um. Und blickte in die Mündung einer Waffe.

„Darf ich vorstellen", ließ sich Onkel Chen freundlich vernehmen, „das ist Feng, auch bekannt als die ‚Hand des Drachen'."

Feng hieß er also. Forrester hob langsam die Hände.

„Du gestattest doch, *gweilo*?" Chens Neffe trat an ihn heran, tastete ihn nach Waffen ab, dann nickte er Feng zu. „Er ist sauber."

Forrester spürte den Lauf von Fengs Waffe hart in seinem Rücken.

„Gehen wir, Special Agent Forrester. Der Jadedrache kann es kaum erwarten, Sie zu sehen."

***

Lana hockte in Forresters Büro im Präsidium auf der Couch und war drauf und dran, an den Nägeln zu kauen. Eines der Zimmermädchen im Hotel hatte einen Hinweis geben können. Offenbar hatte der Jadedrache, von dem das Bild und die Nachricht zweifellos stammten, eine Frau eingeschleust, die den Umschlag unauffällig unter der Tür durchgeschoben hatte. Das war nicht weiter schwierig, weil ständig Hotelangestellte durch die Gänge huschten. Einem der Polizeibeamten war jedoch eine junge Frau aufgefallen, die über den Gang stöckelte.

Die Beschreibung dieser Frau war zu Forrester gelangt. Dieser hatte dann noch zusätzlich das Video der Hotelüberwachungskameras angesehen und geflucht. Und dann war er gegangen. Allerdings nicht ohne Lana zuerst noch hier abzusetzen, einige Polizeibeamte zu ihrem Schutz abzustellen und ihr selbst einzuschärfen, es sich ja nicht einfallen zu lassen, auch nur die Nase aus dem Zimmer zu stecken. Eine Drohung, die er in der letzten Zeit häufiger angebracht hatte. Wenn auch nur mit mäßigem Erfolg.

Zusätzlich hatte er auch noch Joe zu ihr geschickt. Dieser war eine Zeit lang bei ihr gesessen, hatte ihr missmutiges Gesicht ertragen und war schließlich unter dem Vorwand, Kaffee zu holen, aus dem Zimmer gegangen.

Kurz darauf hörte sie jemanden mit dem Wachposten vor der Tür sprechen.

„Schon gut, ich habe Mark Forresters Erlaubnis, mit der Dame zu sprechen. Sie kennt mich. Ich bin ein Kollege von ihm."

Lana sah dem Mann, der jetzt eintrat, entgegen. Es war Michael Perkins. Sie hatte ihn bei ihrer Einreise am Flughafen kennengelernt. Er war einer jener Männer gewesen, die sie erwartet und ins Hotel gebracht hatten. Damals war er ihr schon nicht sonderlich sympathisch gewesen, aber jetzt war er ihr unangenehm. Vor allem die Art, wie er langsam näher schlenderte und sie dabei nicht aus den Augen ließ.

Schließlich zog er sich einen Stuhl neben die Couch, setzte sich rittlings darauf, kreuzte die Arme auf der Lehne und fixierte Lana.

Sie sah ihn fragend an. „Mr. Perkins?"

„Ich bin nur gekommen, um ein bisschen mit Ihnen zu plaudern, bevor Forrester zurückkommt."

„Plaudern?"

„Ja, zum Beispiel über Hongkong. Wie gefällt Ihnen die Stadt?"

„Kann ich nicht sagen, ich komme ja nicht viel raus."

„Den Eindruck hatte ich allerdings nicht. Sie waren doch vor einigen Abenden am Night Market, richtig?"

„Und …?"

„Es ist dort jemand ermordet worden."

Lana sah ihn aufmerksam an, sagte jedoch nichts.

„Ein guter Bekannter von Ihnen. Ein gewisser Charles Pratt."

Lana schwieg weiterhin.

„Sie wissen es also schon? Dann bewundere ich Ihre Haltung. Ich hätte eher erwartet, eine in Tränen und Schmerz aufgelöste Frau vorzufinden."

„Worauf wollen Sie hinaus, Mr. Perkins?"

„Haben Sie ihn dort getroffen?"

„Schon möglich." Lana studierte seine Augen. Sie waren nicht so kalt und ausdruckslos wie zuletzt, sondern tief drinnen war ein gefährliches Flackern. „Weshalb fragen Sie? Ich habe Mark Forrester alles gesagt, was ich weiß. Sind Sie jetzt ebenfalls in den Fall involviert?"

Sein Blick ließ sie nicht los. „Stellen Sie mir die Frage allen Ernstes, Miss McKenzie? Oder sollte Ihnen Charles tatsächlich nie etwas über mich erzählt haben?"

Zuerst verstand Lana gar nichts, aber dann, mit einem Mal, war ihr alles klar.

Der Schock ließ ihre Hände zittern. Michael Perkins war der Mann, dessen Stimme sie am Telefon gehört hatte, als sie Charles' Gespräch belauscht hatte. Der Mann, den Charles „Bruderherz" genannt hatte. Die Stimme war ihr nicht bekannt vorgekommen, aber sie hatte ihn schließlich nur einmal gehört, und am Telefon klang jeder etwas verzerrt. Außerdem hatte sie nicht damit gerechnet, Charles' verbrecherischen Bruder ausgerechnet in Forresters Nähe zu finden.

Perkins war also einer von vielen Geheimagenten, die zum Syndikat übergelaufen waren. Einer der Männer, die Anschläge geplant und durchgeführt hatten. Und Forrester hatte keine Ahnung und vertraute ihm auch noch.

„Sie sind also Charles' Bruder." Sie wunderte sich selbst, wie ruhig und kühl ihre Stimme klang.

Michael musterte sie belustigt. „Kluges Mädchen."

„Das war jetzt nicht mehr schwer zu erraten."

Es war Zeit, zu verschwinden. Aber er saß zwischen ihr und der Tür, und wenn sie flüchten oder Hilfe holen wollte, musste sie an ihm vorbei. Perkins war um einiges größer als sie, dazu breiter gebaut als Mark und wahrscheinlich auch schwerer. Sie sah sich unauffällig um. Sie brauchte also eine Waffe.

Perkins betrachtete sie von oben. „Was hat Ihnen mein Bruder von mir erzählt?"

„Nichts, sonst hätte mich Forrester nicht hier festgehalten, um mich zu verhören."

„Verhören und noch ein bisschen mehr! Gut, dass mein armer Bruder das nicht mehr miterleben musste."

„Hören Sie auf, solchen Schwachsinn zu reden", fuhr Lana ihn böse an.

„Ach, sieh an, das Kätzchen zeigt wieder seine Krallen. Ich hatte gedacht, Forrester hätte sie Ihnen endgültig gezogen und Sie gezähmt."

Lana sprang auf, aber Perkins hob die Hand und gab ihr einen Stoß, der sie wieder auf die Couch zurücktaumeln ließ. „Einen Schritt in Richtung Tür und Sie lernen mich kennen."

Lana rutschte so weit wie möglich auf der Couch von ihm weg. Die Schulter, an der er sie getroffen hatte, tat weh. Da hatte sie bestimmt am nächsten Tag einen blauen Fleck. Obwohl blaue Flecke in dieser Situation wahrscheinlich ohnehin zu den kleineren Übeln gehörten.

Sie schielte hoffnungsvoll zur Tür. Joe musste jeden Moment wiederkommen. Natürlich nur, wenn er wirklich Kaffee holen wollte, und es kein Vorwand gewesen war, um sich eine interessantere Beschäftigung zu suchen. Wenn Perkins nicht mit ihm rechnete, konnten sie ihn vielleicht gemeinsam überwältigen.

Vorausgesetzt, Joe glaubte ihr überhaupt. Lana wusste, dass er sie für schuldig hielt und seinem Boss insgeheim Vorwürfe machte, weil er sie nicht wie eine Verbrecherin behandelte. Er wusste ja nicht, was wirklich zwischen ihnen beiden war. Forrester hatte es ihm bewusst verschwiegen, um Lanas Identität zu verheimlichen – was sie betraf, so vertraute er nicht einmal seinem Assistenten.

Lana bemerkte den Spott in Perkins' Augen. Sie wurde wütend. Zorn machte sie unvorsichtig, sie musste sich beherrschen. Immerhin hatte sie einen Killer vor sich.

„Miss McKenzie, hören wir doch auf, wie kleine Kinder Versteck zu spielen. Ich weiß, dass Sie Forrester sogar sehr gut kennen." Er lehnte sich ein wenig vor, als er Lanas verschlossenes Gesicht sah. „Außergewöhnlich gut sogar. So sehr nämlich, dass Sie sich die Gelegenheit nicht entgehen ließen, ihn zu warnen."

„Sie müssen verrückt sein." Lana machte sich bereit, ihn anzuspringen, zu treten, zu kratzen und dann wegzurennen. Aber solange er sie nicht als erster angriff, ließ sie ihn reden, das brachte wertvolle Zeit und vielleicht nützliche Informationen.

„Charles hat es so gedreht, dass Sie das Video vom Anschlag sahen. Allerdings war es eine Aufnahme. Die Sendung wurde schon Tage früher ausgestrahlt. Aber davon haben Sie in ihrer ländlichen Gegend ja nichts mitbekommen. Wir konnten uns jedoch ausrechnen, dass Sie nicht widerstehen konnten und Forrester warnen würden. Die Informationen, die Charles Ihnen zugespielt hatte, sollten genügen, Forrester nach Hongkong zu locken."

„Er hat sie mir absichtlich zugespielt?"

„Reinste Absicht. Was glauben Sie, wer der Tourist war, der mitgefilmt hat? Einer unserer Leute."

„Es war also alles ein abgekartetes Spiel." Das war keine Frage. Es war eine Feststellung. Die Bestätigung dessen, was Charles vor zwei Tagen nicht zugegeben, sie jedoch vermutet hatte.

„Die Anschläge auf Forrester sind bewusst schief gegangen. Charles hat den Zeitpunkt, an dem er Ihnen die Aufnahme des Anschlags auf Forrester vorspielte, gut gewählt. Einen Tag, bevor er nach Hongkong abreiste. Damit konnte er schon längst über alle Berge sein, wenn Sie Forrester warnten." Er grinste. „Unerkannt einreisen konnte er schon deshalb, weil ich es war, der die Videoaufzeichnungen kontrolliert hat."

„Haben Sie Piet getötet?" Lana ballte die Fäuste.

„Nein, halten Sie mich für dumm? Werde ich den Boten töten, der Forrester erst weglocken sollte? Wir hatten erwartet, dass Sie selbst ihn warnen, aber Sie haben es unauffälliger angestellt. Recht geschickt sogar."

Er rieb sich das Kinn. „Oh, nein. Ihren Freund hat ein anderer auf dem Gewissen. Jemand, der Angst hatte, Piet hätte zu viel über ihn erfahren. Zum Glück war Ihr Freund zäh genug, Forrester noch den wichtigsten Teil der Botschaft zu übermitteln. Aber dann begann die Sache schief zu laufen." Perkins lehnte sich zurück und sah sie abwartend an. Lana wusste, er wartete darauf, dass sie Fragen stellte, aber den Gefallen tat sie ihm nicht. Schon deshalb nicht, weil möglicherweise ihre Stimme versagt hätte.

„Charles spielte verrückt", fuhr er dann von selbst fort. „Dass Sie ihm nachgereist sind, war ein reiner Glücksfall, mit dem ich nicht mehr rechnete. Doch Charles begann sich plötzlich quer zu legen. Er hatte den Auftrag, Sie nach Hongkong zu schaffen, hatte aber keine Lust mehr, Sie wie abgemacht dem Jadedrachen zu übergeben. Er wollte Sie für sich selbst haben. Was bedauerlich war. Für beide von uns. Vor allem aber für Charles. Ein Mann, der aufhört mit dem Kopf zu denken und dafür seinen Schwanz als Gehirn verwendet, lebt gefährlich. Allerdings haben wir erst hier herausgefunden, dass nicht Forrester das Hauptziel war, sondern Sie. Bis zu diesem Zeitpunkt dachten wir, Sie wären für den Drachen nur ein Mittel, um an Forrester zu gelangen. Seitdem war der Jadedrache auch hinter Charles her."

„Wer ist der Jadedrache?"

„Das wissen Sie vermutlich besser als ich, schließlich ist er ja an Ihnen interessiert – und das bestimmt nicht ohne Grund."

„Sie kennen Ihren Auftraggeber also nicht?"

„Keiner kennt ihn. Niemand – außer einem Kerl, der sich die Hand des Drachen nennt. Alle, die ihn gesehen haben, sind tot. Fragen Sie Ihren Freund Forrester: Es vergeht kaum ein Tag, an dem nicht die Leichen irgendwelcher ehemaliger Agenten aus dem Hafen gefischt werden. Kumpane des Drachen und dadurch mögliche Zeugen."

„Was Ihnen natürlich Angst macht", überlegte Lana laut. „Sie müssen damit rechnen, dass es Ihnen genauso geht. Charles hat es schon erwischt." Sie verzog den Mund. „Ein Auftragsmörder, der von seinem Auftraggeber erledigt wird. Einmal etwas anderes."

„Hören Sie auf zu spotten, dazu haben Sie keine Veranlassung. Sie sind ebenso dran. Und ich möchte nicht in Ihrer Haut stecken."

„Und was wollen Sie jetzt von mir?"

„Zuerst wollte ich Forrester helfen, auf die Spur des Drachen zu kommen." Er hob mokant die Schultern. „Wäre keine schlechte Idee gewesen. Er hätte mich vom Drachen befreit, und mit etwas Glück wäre er selbst auch draufgegangen."

„Sehr praktisch. Sie wären dann gleich beide los gewesen."

„Aber das geht jetzt nicht mehr. Der Drache wird ungeduldig, und ich muss eine andere Möglichkeit finden, um zu überleben", zischte Perkins „Also verwende ich Sie als Tauschobjekt."

„Ihr Leben gegen meines?" Lana sah ihn kalt an. „Wie stellen Sie sich das vor?"

„Indem ich den Auftrag des Drachen endlich ausführe und Sie zu ihm bringe."

„Und Sie meinen, ich würde mitgehen?"

Perkins griff unter seine Jacke und zog eine Waffe hervor. „Es wäre klüger."

„Aber noch klüger wäre es, Sie würden sich jetzt ganz langsam umdrehen und die Arme hochheben."

Lana schloss vor Erleichterung die Augen. Joe. Der Knabe war doch nicht auf den Kopf gefallen, wie sie manchmal vermutet hatte. Er war unbemerkt hereingekommen und stand jetzt mit gezückter Waffe hinter Perkins. Neben ihm tauchten zwei bewaffnete Männer auf, die Lana bekannt vorkamen. Zwei der kräftig gewachsenen Chinesen, die sie gemeinsam mit Joe am Night Market eingefangen und zu Forrester gebracht hatten.

„Lassen Sie die Waffe fallen. Sie können nicht mehr entkommen."

Perkins richtete seine Pistole auf Lana und überdachte seine Chancen.

„Was bezwecken Sie damit, wenn Sie mich bedrohen?", fragte Lana leise. Ihre Stimme zitterte, aber sie hoffte, dass er nicht schießen würde, wenn er nicht noch schlimmer in der Tinte sitzen wollte. Entweder würde ihn Joe auf der Stelle niederknallen oder, falls er entkam, fiel er dem Drachen in die Hände. Und der war weitaus gefährlicher als Forresters junger Assistent. „Wollen Sie mich wirklich erschießen? Wenn der Jadedrache wirklich derjenige ist, für den ich ihn halte, wird er Sie dafür zu Tode quälen. Er will mich lebend. Und sei es nur, um mich selbst zu töten."

Perkins wandte ihr den Kopf zu.

„Geben Sie auf, Perkins. Und lassen Sie Forrester seine Arbeit machen. Dann kommen Sie mit dem Leben davon. Er ist besser als Sie. Er wird mit dem Drachen fertig." Hoffte sie jedenfalls.

Perkins überlegte immer noch.

„Was ist?", zischte Lana, ihre Hände waren feucht, und trotz der Klimaanlage spürte sie, wie einige Schweißperlen zwischen ihren Brüsten hinunterrannen. „Lebenslänglich gegen lebenslang tot. Ich wüsste, wofür ich mich entscheide."

Perkins lachte heiser auf. Dann erhob er sich langsam und legte die Waffe auf den Stuhl. „Okay, ich gebe auf."

***

Nachdem die Männer Perkins abgeführt hatten, schloss Joe die Tür und setzte sich neben Lana, die in sich zusammengesunken halb auf der Couch lag. Dieses Mal drückte er ihr nicht ein Glas Wasser in die Hand, sondern eines mit Whiskey. Ihre Knie zitterten immer noch, und ihre Gedanken überschlugen sich, als sie kleine Schlucke machte und dabei versuchte, das Gehörte zu überdenken und ihre Schlüsse daraus zu ziehen. Sie hatte etwas übersehen. Etwas, das wichtig war, aber sie kam nicht dahinter.

„Das ist erstaunlich gut gelaufen", sagte Joe mit einem selbstzufriedenen Ausdruck. „Ich hatte ihn schon beobachtet, wie er vor dem Zimmer herumgeschlichen ist. Als ich ging, um Kaffee zu holen, war das ein Vorwand. Ich hatte das Handy mit eingeschaltetem Lautsprecher hier liegen lassen. Wir haben draußen alles mitgehört."

Lana sah ihn anerkennend an, einen solchen Trick hatte sie ihm nicht zugetraut. „Gute Idee. Aber erstaunlich, dass Sie ihn in Verdacht hatten."

„Das hatten wir schon die ganze Zeit. Wir konnten ihm nichts nachweisen, aber der Boss hatte immer ein wachsames Auge auf ihn." Joe wirkte plötzlich verlegen. „Aber ich muss Ihnen die Wahrheit sagen, Madam. Ich habe es nicht getan, um Perkins allein zu überführen, sondern Sie beide. Als ich bemerkte, dass er die Gelegenheit nutzte, mit Ihnen zu sprechen, hoffte ich, Beweise für Ihre Zusammenarbeit mit Charles zu bekommen."

Lana betrachtete ihn mit einer Mischung aus Groll und Belustigung. „Ziemlich mutig, mir das zu sagen. Hat Mark Forrester Sie nie vor mir gewarnt?"

„Doch. War aber nicht nötig." Er rieb sich grinsend sein Schienbein, das immer noch Spuren von Lanas Tritt aufwies. „Aber ich werde mich nicht entschuldigen", setzte er hinzu, wobei er Lana an einen trotzigen Jungen erinnerte. „Ich wollte es nur klarstellen."

„Aber gewiss doch. Es ist ja immerhin auch schon ein Fortschritt, dass ich nicht mit Perkins in einer Zelle lande."

Joe war Sarkasmus von seinem Boss gewohnt, er überging ihn einfach. „Sie sind also dieser ominöse Mac, wenn ich die Abkürzung von McKenzie richtig deute."

Lana sah ihn überrascht an. „Wie kommen Sie darauf?"

„Piet hatte, bevor er starb, von einem Mac gesprochen, der Forrester warnen wollte. Und dass der Jadedrache hinter ihm und diesem Mac her sei. Der Boss wollte jedoch nie mit der Sprache rausrücken, wer hinter dem Namen steckt." Sein Gesicht wurde weich, als er sah, dass Lanas Augen traurig wurden. Er lächelte sie zaghaft an. „Er hat Piet versprochen, gut auf Sie aufzupassen."

Lana biss sich auf die Lippen. Piets Tod würde sie noch lange quälen. Jede Erwähnung tat weh.

„Und wo ist Mark jetzt?"

„Unterwegs, um Befragungen durchzuführen. Wir haben herausgefunden, dass der Jadedrache mit den Triaden, also Leuten wie Chen Wing-Lun, und auch mit einigen Regierungskadern aus Peking kooperiert …"

„Wong?", fragte Lana. Der Typ, der Mark aufgesucht hatte, um ihn unter Druck zu setzen. Der ihm die Zeitung als versteckte Drohung hingelegt hatte.

„Ja, auch mit diesem Wong. Und nun haben wir festgestellt, dass dieser Graacht sich zur Zeit des Anschlags in New York aufgehalten hat. Möglicherweise ist er nicht nur mit den Triaden befreundet, sondern auch ein direkter Handlanger des Jadedrachens."

„Meinen Sie, dass er mit Charles Kontakt hatte? Vielleicht war er einer von denen, die den Anschlag planten?"

Joe hob die Schultern. „Das will der Boss jetzt herausfinden."

Ein Gedanke stieg ihn Lana hoch. „Könnte es sein, dass Graacht mit dem Mord an Piet zu tun hatte?"

„Das ist sogar ziemlich sicher."

Lana setzte sich auf die Couch, stützte den Kopf auf die Hände und dachte nach. „Vielleicht war er aber auch meinetwegen dort? Wenn der Jadedrache derjenige ist, den ich in ihm vermute, dann hat er wirklich großes Interesse an mir. Charles hat auch tagelang versucht, mich dazu zu überreden, mit ihm nach Hongkong zu fliegen. Als ihm das aber nicht gelungen ist, hat der Jadedrache wahrscheinlich einen Vertrauensmann geschickt, der mich holen sollte. Soweit ist mir jetzt klar, was geschehen ist. Aber dann haben sich die Ereignisse überschnitten. Ich wurde misstrauisch, warnte Forrester und Piet und ..." Sie unterbrach sich und sah hoch, plötzlich tief erblasst. Sie hatte die Bedeutung dieser Worte erst jetzt erfasst. „Piet sagte etwas vom Jadedrachen?"

Joe nickte. „Angeblich war der Jadedrache derjenige, der auf ihn geschossen hat."

Sie sprang auf. „Joe! Wenn Graacht in New York war, und Piet den Jadedrachen gesehen hat, dann könnte er es sein!" Sie lief zur Tür. „Wo ist Mark, haben Sie gesagt?"

„Er wollte zu Chen Wing-Lun und ihn zu Graacht befragen."

„Aber Chen ist doch ganz offensichtlich ebenfalls ein Handlanger des Drachens! Verdammt, Joe! Mark läuft geradewegs in eine Falle! Los! Kommen Sie, wir müssen sofort zu ihm!"

Joe erwischte sie am Kleid. „Moment, Miss McKenzie. Ich habe vom Boss strikte Order, Sie nicht aus diesem Raum zu lassen."

„Aber Mark ist in Gefahr!"

„Dann werden wir das anders lösen. Ich werde die Anti-Triad Squad informieren. Die werden sich freuen, einen heißen Tipp zu bekommen. Aber Sie ..." Er wurde vom Läuten eines Telefons unterbrochen. „Das ist das Handy von Perkins." Er hatte es, als sie Perkins festgenommen hatten, mit seinem anderen Eigentum auf Forresters Schreibtisch gelegt.

„Sie wollen sich doch nicht etwa melden!"

„Doch. Niemand weiß, dass wir ihn festgenommen haben. Es ist nicht abwegig, dass einer seiner Kollegen antwortet. Und vielleicht können wir den Standort ausfindig machen." Er drückte auf den Verbindungsknopf. „Joe Melbourne hier."

Sekundenlang war es still in der Leitung.

„Hallo?"

„Ich suche Michael Perkins."

Joe warf Lana einen sprechenden Blick zu. „Der ist gerade aus dem Zimmer gegangen. Soll ich ihm was ausrichten?"

Wieder Schweigen. Dann: „Verstehe. Ist Lana McKenzie hier?"

Joe sah auf die neben ihm stehende Lana, die ihren Kopf auf der anderen Seite des Telefons auf seinen gepresst hatte, um mithören zu können. Sie zuckte mit den Schultern.

„Was wollen Sie von Miss McKenzie?"

Die Stimme am anderen Ende der Verbindung klang plötzlich ironisch, mit einem gefährlichen Unterton darin. „Mit ihr über Mark Forrester sprechen."

Lana riss Joe das Telefon aus der Hand. „Was ist mit ihm?!"

Wieder Schweigen. Schweres Atmen. Als Lana schon ungeduldig hineinbrüllen wollte, meldete sich der andere wieder. „Es tut gut, wieder deine Stimme zu hören, mein Schätzchen. Ich habe lange Zeit drauf verzichten müssen."

Lanas Herz klopfte so stark, dass ihr beinahe schlecht wurde. Sie konnte allerdings nicht sagen, ob ihr Blutdruck vor Angst inzwischen auf zweihundert angelangt war – oder ob sie kurz vor einem Kreislaufkollaps stand. Wohl eher ersteres, überlegte ein Teil von ihr hoffnungsvoll. Eine Ohnmacht wäre nämlich genau das, was sie jetzt nicht brauchen konnte.

„Was ist mit Forrester?"

„Er ist … wie soll ich es ausdrücken … mein Gast."

„Das ist eine Lüge."

„Seit einer Stunde. Und ich könnte schwören, er sehnt sich nach dir. Wenn du ihn noch lebend zu Gesicht bekommen willst, so würde ich dir raten, das zu tun, was ich dir sage."

Lana schloss die Augen. Sie kannte den Anrufer gut genug, um zu wissen, dass er nicht log. Er hatte Forrester tatsächlich. „Und was soll ich tun?"

Joe wollte ihr das Handy aus der Hand nehmen, aber sie entwand sich ihm und machte einige schnelle Schritte auf die andere Seite des Zimmers.

„Verlass einfach das Gebäude und sieh zu, dass dir niemand folgt. Ich warte unten mit einem Wagen auf dich."

„Gut. Ich komme."

„Aber sei vorsichtig. Lass deine Freunde von der Polizei dort, wo sie hingehören. Wenn es auch nur die leiseste Andeutung gibt, dass du uns verrätst, töte ich ihn auf der Stelle."

„Das wird nicht der Fall sein." Lanas Kehle war wie zugeschnürt.

Die Verbindung wurde unterbrochen.

Joe baute sich vor ihr auf. „Was war das jetzt?"

„Nichts weiter."

„Wer war da dran?"

„Ein Bekannter."

„Miss McKenzie!"

„Schon gut. Es war offenbar Graacht. Er hat Forrester, und ich weiß auch wo."

„Und wo ist: wo?!"

„Das sage ich Ihnen nur, wenn ich mitkommen kann. Verständigen Sie die anderen. Ich warte so lange hier. Nun gehen Sie schon! Wie viel Zeit wollen Sie noch verlieren?!"

Joe sah ein, dass im Moment nichts aus ihr rauszukriegen war, da er nicht über Forresters Mittel verfügte, sie zum Sprechen zu bringen. Aber kaum war er aus dem Zimmer verschwunden, als Lana ebenfalls hinaushuschte. Glücklicherweise war der Schläger vor der Tür fort.

Sie lief zum Lift. Er war gerade da. Sie sprang hinein, drückte den Knopf und presste sich hastig an die Wand, weil sie sah, dass Joe gerade vorbeistürmte. Zwei, drei lange Sekunden, dann ging die Tür zu, der Lift fuhr los.

Sie konnte ungehindert das Präsidium verlassen, nickte sogar dem Wachbeamten unten freundlich zu und stand dann auf der Straße.

Dort blieb sie stehen und sah sich um. Ihr Atem ging so schnell, als wäre sie die zehn Stockwerke zu Fuß hinaufgelaufen anstatt mit dem Lift in die entgegengesetzte Richtung zu fahren. Es waren wie immer viele Menschen unterwegs – aber niemand, der dem Jadedrachen auch nur ähnlich gesehen hätte.

Sie atmete einige Male tief durch, um zur Ruhe zu kommen, und wandte sich unschlüssig nach rechts, als ihr plötzlich zwei Männer den Weg versperrten. Sie wollte an ihnen vorbei, aber sie vertraten ihr abermals den Weg. Jetzt erst bemerkte sie, dass ein Wagen neben ihr auf der Straße hielt. Ein weiterer Mann, der ebenfalls dazu gehören musste, hielt ihr die Tür auf.

Im Fonds des Wagens beugte sich jemand über den Sitz und sah heraus. Ein weißhaariger Mann. „Darf ich Sie mitnehmen, Miss McKenzie?" Ein kaltes Lächeln spielte um seine Lippen, als sie – sowohl vor der Stimme als auch vor dem Anblick –

zurückzuckte. „Ja, ich bin es tatsächlich, Nils Jackson, dein lieber Gatte. Auch wenn mich nicht einmal mehr meine eigene Mutter erkennen würde."

Lana zögerte. Sie musterte Jackson, entsetzt über die Veränderung, während sie hastig überlegte. Wenn sie einmal einstieg, war sie völlig in seiner Gewalt und konnte Forrester nicht mehr helfen. Sie hatte vielleicht doch dumm und unüberlegt gehandelt. Aber andererseits war Jackson nicht für seine Geduld bekannt, und die Drohung, Mark etwas anzutun, war sehr ernst zu nehmen.

„Steig ein." Das klang schon schärfer.

Sie warf einen letzten Hilfe suchenden Blick in die Runde, als sie in der Hand eines der Männer eine Waffe sah. Wenn sie nur Joe in ihr Vertrauen gezogen hätte, aber dann wäre sie jetzt vermutlich genauso eingesperrt wie Perkins. Joe hatte von Forrester den Auftrag, sie zu schützen, und das würde er auch bedingungslos tun.

„Es wäre äußerst unklug, jetzt zu schreien", hörte sie Jacksons Stimme. „Steig ein und mache kein Aufsehen. Möglich, dass du davonkommst, dass du die Schüsse überlebst, aber Forrester wird auf keinen Fall diese Chance haben."

Die Straße war wie immer stark bevölkert, aber keiner der Chinesen hier würde auch nur einen Finger für sie rühren. Ihr Blick fiel auf einen älteren Mann, der einige Schritte entfernt stand und aufmerksam herübersah. Es war derjenige, der sie schon von der Nathan Road bis zum Bordell verfolgt hatte. Also doch einer von Jacksons Männern, auch wenn Mark ihr nicht hatte glauben wollen.

Auch Jackson sah ihn. Nickte ihm zu. Der andere nickte zurück. Dann verschwand er in der Menge.

Lana sah ihm kurz nach, dann stieg sie ein. Jackson scheuchte den Mann, der sich hinter ihr in den Wagen drängen wollte, fort. Die Tür wurde zugeworfen, und der Wagen fuhr los.

Lana hielt die Hände im Schoß verschränkt, um ihr Zittern zu verbergen, und sah auf Jackson.

Der schloss das Verbindungsfenster zum vorderen Wagenteil. „Du scheinst nicht sehr überrascht zu sein."

„Nicht, seit ich weiß, dass der Jadedrache noch lebt."

„Aber du zeigst wenig Freude, mich wieder zu sehen. Ich hätte doch mehr Emotionen erwartet."

„Habe ich denn Grund zur Freude?" Lana musste sich räuspern.

„Das kommt ganz auf dich an."

Sie wandte den Kopf ab. Eine derbe, behandschuhte Hand griff an ihr Kinn und zwang sie, Jackson anzusehen.

„Gefalle ich dir nicht mehr?"

„Ist das nicht gleichgültig?"

„Nein, denn du wirst es ja schließlich noch auf unbestimmte Zeit mit mir aushalten müssen. Deshalb ist es besser, du siehst mich genau an und gewöhnst dich an mich."

Lana musterte das starrte Gesicht, das weiße Haar. Jackson war ein sehr gut aussehender Mann gewesen, in dessen Aussehen und charmantes Lächeln sie sich sofort verliebt hatte. Aber das war lange her. Und selbst wenn er jetzt als Adonis neben ihr gesessen hätte, hätte sie das nicht mehr berührt. Sie suchte in dem fremden Gesicht nach vertrauten Zügen, aber nur noch die Augen waren zu erkennen.

„Hast du dich operieren lassen, um untertauchen zu können?"

Jackson ließ sie los und lehnte sich zurück. „Vielleicht hätte ich das getan, aber nachdem du und Forrester die Fabrik in die Luft gesprengt habt ..."

„Haben wir niemals getan! Du hast den Zünder ausgelöst!"

„Aber ihr habt verhindert, dass ich rauskommen konnte!"

„Aber offenbar nicht vehement genug", zischte Lana. „Sonst würdest du jetzt nicht hier sitzen und mich mit Forrester erpressen."

Sie sah Jacksons Hand nicht kommen, spürte nur den Schlag. Ihr Kopf fiel hart gegen die Rückenlehne.

In Jacksons Augen glitzerte es gefährlich. „Ich habe damals schon versucht, dir Benehmen beizubringen, aber offenbar muss ich die Lektionen jetzt fortsetzen."

Lana zwang sich, nicht ihre Wange abzutasten. Sie verkrampfte ihre Finger ineinander. Jackson zog sich langsam die Handschuhe aus. Sie blickte auf seine Hände. Sie waren vernarbt.

Er lachte spöttisch. „Eine weitere Erinnerung an meine liebe Ehefrau, die mich in eine Falle laufen ließ. Das Gesicht haben sie wieder menschlich machen können, aber bei den Händen konnte man gerade nur so weit kommen, dass ich sie wieder benutzen kann." Er drehte sie hin und her, betrachtete sie eingehend. „Nicht ganz so wie früher, aber es reicht. Und", er hob den Blick und sah Lana aufmerksam an, „es wird auch für dich reichen. Für das, was ich mit diesen Händen mit dir tun werde." Er hob die vernarbte Hand, fuhr spielerisch ihre Wange hinunter, über ihren Hals bis zu ihren Brüsten.

Lana atmete flach und schnell. „Niemand ahnte, dass du entkommen bist. Wir haben alles untersucht. Aber bis auf ein paar Hautfetzen haben wir nichts gefunden. Da dachten wir, du wärst in den Chemikalien völlig verbrannt."

„Dieser Hautfetzen war vermutlich ein Teil meines Beins. Es wurde mir halb abgerissen. Was ein Glück war, denn sonst hättet ihr Verdacht geschöpft und mich gesucht. Und noch mehr Glück", er beugte sich näher, „dass mein Schwanz das Einzige an mir war, das wirklich heil geblieben ist. Du wirst das noch sehr zu schätzen wissen."

Lana blickte zum Fenster hinaus. Sie verließen soeben das Stadtzentrum und nahmen Kurs auf den Flughafen. Was hatte er vor? Wollte er sie aus der Stadt bringen?

„Wohin fahren wir?"

„Zum Hubschrauberlandeplatz. Forrester wartet auf Macau auf uns. In einem meiner Casinos. Offiziell halte ich sie treuhändisch für meine Freunde von der Partei, aber in Wahrheit gehören die Anteile mir." Jacksons Stimme war jetzt wieder ruhig und freundlich, als hätte er sie nie geschlagen. Dieses Verhalten war Lana nicht fremd. Sie kannte es schon von ihm. Nicht anfangs, aber später, als sie ihm hinter seine verbrecherischen Machenschaften gekommen war, und er sie bedroht hatte, weil sie nicht mitmachen wollte.

Jackson griff nach ihrer Hand, drückte sie. „Ich hatte nicht lange gebraucht, um dich wiederzufinden. Du hast dich nicht besonders gut versteckt."

„Ich habe mich gar nicht versteckt. Ich habe lediglich ein neues Leben begonnen." Ihre Wange brannte schmerzhaft, aber sie versuchte, nicht darauf zu achten. „Du hättest mich doch einfacher haben können – weshalb dieser Aufwand?"

„Es erschien mir zu gefährlich, in die Staaten einzureisen. Charles und Michael Perkins hatten den Auftrag, dich aufzuspüren und Forrester hierher zu locken, wo ich mit ihm abrechnen konnte. Aber dieser Charles konnte seine dreckigen Finger nicht von dir lassen. Das konnte ich auf keinen Fall dulden. Oder meinst du, ich sehe zu, wie einer meiner Angestellten ein Verhältnis mit meiner Frau anfängt? Als er auf die Idee kam, dir zu nahe zu kommen, war das sein Todesurteil. Ich musste seinetwegen sogar in die Staaten reisen, um hinter ihm aufzuräumen. Obwohl es riskant war zurückzukehren."

„Ich bin nicht mehr deine Frau. Du bist offiziell für tot erklärt worden: Du bist bei der Explosion ums Leben gekommen. Aber wie ich sehe, hast du deinen scheinbaren Tod gut genutzt. Ein interessanter Lebenslauf. Vom Geheimdienstagenten zum Terroristen und nun zum Leiter einer Triade."

„Nein, keine Triade. Triaden arbeiten für mich. Ich bin so etwas wie deren oberster Boss. Ich halte sie unter Druck, in Angst. Und sie können doch nicht an mich heran."

Er streichelte immer noch über ihre Hand, und Lana brauchte ihre ganze Beherrschung, um sie nicht wegzuziehen. „Weshalb hast du Piet getötet?"

„Piet, ach ja, der gute alte Piet. Auch einer von denen, die mir damals die Falle gestellt haben." Er nickte betrübt. „Ihr wart damals alle gegen mich. Piet, Forrester – obwohl er mich nicht einmal kannte – und meine eigene Frau." Sein Griff um ihre Hand wurde fester, schmerzhaft, dass Lana einen Laut unterdrücken musste.

„Piet kam dahinter, dass ich noch lebe. Als du ihn kontaktiert hast, damit er Forrester vor den Leuten warnt, die ihm nach dem Leben trachten, hat Piet weitergeforscht. Er ist auf meinen ehemaligen Decknamen gestoßen. Vielleicht hatte er keine Beweise, dass der Jadedrache wieder auferstanden ist, aber ich konnte das Risiko nicht eingehen – du solltest nicht zu früh gewarnt werden. Außerdem war er einer der wenigen, die mich gut genug kannten, um mich wiederzuerkennen. Und daneben hat er ohnehin den Tod verdient. Es war mir ein Vergnügen, ihn niederzuschießen."

Lana zitterte vor Angst und Hass. Es wäre ihr ein noch weit größeres Vergnügen gewesen, Jackson kalt zu machen. Ihn für immer aus ihrem Leben verschwinden zu lassen und zwar auf eine Art, die es ihm unmöglich machte, auch nur als ‚Hungriger Geist' wiederzukehren.

Sie waren in der Zwischenzeit am Hubschrauberlandeplatz angekommen. Der Wagen fuhr langsam zwischen zwei abgestellten Helikoptern durch und blieb dann stehen.

„Sag mir eines, mein Schätzchen, ich brenne darauf, es zu erfahren: Was hat Forrester dir damals im Bordell gesagt? Womit hat er dich bedroht? Oder war es nur zum Schein? Habt ihr die ganze Zeit gemeinsame Sache gemacht?"

„Bordell?!"

„Ja, als er dir die Filme vorgespielt hat."

„Woher …" Lana erstarb das Wort zwischen den Lippen.

„Das Bordell gehört einem Freund von mir. Chen Wing-Lun. Einem ehemaligen Triadenführer, den ich in der Hand habe. Du hast ihn vorhin gesehen, als du bei mir eingestiegen bist. Er hat mir den Gefallen gerne getan. Eine kleine Kamera. Ebenso unscheinbar wie die Mikrofone und ebenso unauffällig platziert." Der Ausdruck in seinem Gesicht stieß sie ab: Man konnte ihn nur mit purer Geilheit beschreiben. Er kam ihr näher.

„Ich hatte keine Ahnung und habe auch nicht so getan!", fuhr Lana ernstlich erzürnt auf. Der Gedanke, dass Jackson ihr und Forresters heftiges Liebesspiel mitangesehen hatte, verursachte ihr Übelkeit. „Er hat mich gezwungen."

„Aber damit hat er dich offenbar doch auf seine Seite bekommen." Er lehnte sich zu ihr hinüber, griff in ihr Haar und hielt sie fest. „Was hat er dir ins Ohr geflüstert? Womit hat er deine Hilfe bekommen. Sag es mir."

Um nichts in der Welt hätte Lana ihm jetzt die Wahrheit gesagt. „Er wollte mich ins Gefängnis stecken und mich wegen Beihilfe zu den Anschlägen vor Gericht bringen."

„Das klingt sehr unglaubwürdig." Graacht klang nachdenklich. „Du lügst, meine Liebe. Aber ich denke, ich habe Mittel und Wege, die Wahrheit herauszufinden. Das könnte sogar recht vergnüglich werden."

Lana erschauderte, als er seine Zunge über ihre Wange streichen ließ, bevor er die Tür aufstieß und aus dem Wagen stieg. „Ich glaube, wir beide werden noch viel Spaß miteinander haben."

***

Das erste, was Lana sah, als sie hinter Jackson – flankiert von zwei Leibwächtern – in dessen Privaträume trat, war Forrester.

Das zweite war sein schockierter Blick.

Ihr Liebster saß auf einem Stuhl, um ihn herum bewaffnete Schläger, die nichts Geringeres als Maschinenpistolen auf ihn richteten. Jackson musste wirklich große Angst vor ihm haben. Es waren nur Männer anwesend, abgesehen von einer jungen Frau, die blass und ruhig in einer Ecke stand und alles beobachtete.

Lana straffte sich und wich Forresters Blick geflissentlich aus. „So. Du hast jetzt mich und damit, was du wolltest. Du kannst Forrester also gehen lassen."

Jackson sah sie überrascht an. „Aber völlig unmöglich, meine Liebe! Wie kommst du nur auf diesen Gedanken! Ich hatte dir auch nicht versprochen, ihn freizulassen, wenn du kommst, sondern nur, dass du dann noch die Möglichkeit hättest, ihn noch einmal lebend zu sehen. Du musst das verstehen", sagte er, als er ihr versteinertes Gesicht sah, „zum einen hat er mich damals verfolgt, mir geschadet, obwohl er mich nicht einmal persönlich kannte. Und zum anderen hat er sich an meine Frau herangemacht. Und meine Frau hat eifrig dabei mitgetan. Dabei hatte ich dich warnen lassen vor dem ‚Hungrigen Geist'. Aber du hast nicht gehört, hast seinen Zorn heraufbeschworen."

„Ich dachte schon, dass der Wahrsager von dir kam. Du willst dich an mir rächen. Dann tu das." Lana kam sich in diesem Moment nicht einmal tapfer vor, nur verzweifelt. „Aber lass Forrester aus dem Spiel. Ich habe ihn damals dazu überredet, dir eine Falle zu stellen. Weil ich Angst vor dir hatte. Weil ich dich loswerden und daran hindern wollte, noch weitere Verbrechen zu begehen."

„Über das ‚Warum' deines Verrates werden wir später sprechen", flüsterte Jackson ihr ins Ohr. „Bis dahin solltest du dich gut benehmen."

„Sie haben uns wirklich sehr glaubwürdig den harmlosen Geschäftsmann vorgespielt, Graacht", sagte Forrester in diesem Moment laut und deutlich, um ihn von Lana abzulenken, die zu seinem Entsetzen wieder mal nicht den Mund halten konnte. „Mein Kompliment."

„Es war nötig. Aber es hat mich auch viel Aufwand gekostet, diesen Eindruck hervorzurufen und zu kultivieren", gab Jackson jovial zur Antwort.

„Das kann ich mir vorstellen", mischte sich Lana bissig ein. „Es ist, als würde sich eine Schlange Schuhe anziehen."

Jackson verzog den Mund zu einem kalten Lächeln. „Du solltest mich nicht zu viel provozieren, meine Liebe. Das könnte sehr ungesund werden."

„Du bringst uns doch sowieso um!"

„Aber es gibt verschiedene Todesarten." Jackson beugte sich vertraulich zu ihr hinüber. „Hast du noch nicht gesehen, wie die Opfer der Triadenkriege aussehen? Willst du ihm so ein Schicksal nicht ersparen?" Er strich ihr über die Wange, die jetzt noch von seinem Schlag schmerzte. „Es liegt an dir, sein Sterben zu verkürzen. Ganz kurz und schmerzlos wird leider unmöglich sein, aber es gibt einen Unterschied zwischen Stunden und Tagen oder sogar Wochen."

„Wenn du Forrester etwas tust", sagte sie mit kaum unterdrücktem Hass, „werde ich dich töten. Und wenn ich aus der Hölle wieder zurückkommen müsste, um dich ebenfalls dorthin mitzunehmen. Du hast mit einem ‚Hungrigen Geist' gedroht, aber glaube mir, ich werde viel schlimmer sein!"

„Das ist mein Täubchen. Treu und entschlossen." Jackson strich nochmals zärtlich über ihre Wange, dann schlug er zu. Lana taumelte.

Ein Geräusch von der anderen Seite des Raumes. Einer der Chinesen hatte eine schnelle Bewegung nach vorn gemacht, aber als er Jacksons Blick auf sich gerichtet sah, trat er wieder zurück. Lana sah kurz hin. Er kam ihr bekannt vor, aber der Schlag hatte kurzfristig alles vor ihren Augen verschwimmen lassen, und dann war auch schon Jackson da, der auf sie einsprach.

„Ich mochte dein Temperament immer schon", sagte er. „Aber hebe dir das fürs Bett auf. Oder wenn die Zeit dazu gekommen ist."

„Graacht!" Forresters Stimme klang scharf durch den Raum. „Wie weit glauben Sie, kommen Sie damit? Meinen Sie nicht, dass schon längst die Polizei verständigt und auf dem Weg hierher ist?"

„Das stimmt", fiel Lana, sich diesmal doch die Wange massierend, ein. Ihr Kopf summte und brummte. „Joe hat die Anti-Triad Squad verständigt. Nicht lange, und sie werden hier sein. Ich bin sicher, sie haben uns verfolgt!"

„Die Anti-Triad Squad steht seit knapp zwölf Stunden unter dem Kommando von meinem alten Freund Wong." Jackson grinste höhnisch. „Es tut mir leid, euch enttäuschen zu müssen, aber hier hilft euch niemand." Er klatschte in die Hände. „So. Und jetzt werden wir das alles etwas reizvoller gestalten. Zieh dich aus, Forrester."

Forrester hob die Augenbrauen und rührte sich nicht.

„Hörst du nicht?"

Forrester verschränkte die Arme vor der Brust. Im nächsten Moment spürte Lana den kalten Lauf einer Waffe an ihrer Schläfe.

„Soll ich sie gleich abknallen lassen, oder soll ich euch noch die Hoffnung auf ein Entkommen lassen? Du entscheidest, Forrester."

Forrester presste die Lippen aufeinander, dann beugte er sich hinunter, zog die Schuhe aus, die Socken. Er stand auf. Das Sakko folgte, das Hemd, dann nach einigem Zögern die Hose. Lana konnte nicht anders, sie starrte auf seinen Schritt. Sie liebte Forresters altmodische Unterhosen. Weiß, mit verlockendem Eingriffsschlitz. Ungemein sexy in ihren Augen. Lana hatte ihn am liebsten damit gesehen und mehr als einmal darin rumgefummelt. Sie hatte sie auch selbst gelegentlich übergezogen und Forrester denselben Spaß vergönnt.

Und dann fiel auch diese erinnerungsträchtige Unterhose. Lana sah weg. Einer der Männer trat hin, fixierte Forresters Hände auf dem Rücken mit Handschellen.

„Und jetzt du."

Sie zuckte zusammen.

„Wenn ihr beide nackt seid, wird jeder Fluchtversuch ein wenig interessanter. Solltet ihr wirklich entkommen, so brauchen wir nur nach zwei Nacktflitzern in den Straßen zu suchen." Er lachte, und die anderen Männer grinsten.

Lana zog sich ebenfalls aus. Sie bemerkte wieder den jungen Mann auf der anderen Seite des Raumes. Es war auch schwierig, ihn nicht wahrzunehmen, denn er ließ keinen Blick von ihr. Jetzt sah sie genauer hin. Kein Unbekannter. Sie hatte ihn schon mehrmals gesehen. Zuletzt am Night Market, als er vor dem Stand auf sie gelauert und ihr dann gewunken hatte. Seltsamer Typ. Aber gefährlich. Sie hatte recht gehabt, er gehörte tatsächlich zu Jacksons Mörderbande.

Und wie er herüberstarrte – konnte kaum wegsehen, als sie begann, ihre Hüllen fallen zu lassen.

Zuerst das Kleid. Dann den Büstenhalter, den Slip. Die Stöckelschuhe behielt sie – typisch weiblich – an.

Die Männer im Raum gafften sie ausnahmslos an. Einer legte unauffällig die Hand auf seinen Schwanz, wie um dessen Interesse an ihr zu verbergen.

Das Mädchen stand immer noch stumm und reglos in der Ecke. Als sich ihre Blicke trafen, war Lana überrascht, in ihren Augen eine ähnliche Verzweiflung zu sehen, wie sie selbst sie empfand. Sie hatte jedoch keine Zeit darüber nachzugrübeln, denn Jackson ging um sie herum. Begutachtete sie von allen Seiten.

„Du hast dich nicht verändert in den letzten Jahren, mein Schätzchen. Bist noch genauso hübsch und knusprig wie damals. Das ist gut für uns beide. Und", er streckte die Hand aus, und seine Finger fuhren federleicht über ihr dunkles Schamhaar, als er sich vorbeugte und flüsterte, „Du hast immer noch dieses hübsche Pelzchen. Die Frauen hier rasieren sich oft, was manchmal ganz angenehm ist, aber ich erinnere mich gerne daran, wie ich dich hier gekrault habe, bis du mich angewinselt hast, endlich zur Sache zu kommen."

Er lachte, als Lana einen Schritt zurücktrat. Sie verschränkte die Arme vor der Brust und presste ihre Schenkel zusammen. Ihr war kalt in der kühlen Luft der Klimaanlage, die Brustspitzen hatten sich erhoben und formten ihre Brüste zu den weichen Rundungen, die Jackson früher so gerne gesehen hatte. Er hatte sie oft oben ohne in der Wohnung herumlaufen lassen, nur um ihre Brüste zu sehen. Und sie hatte es damals gerne getan. Es hatte auch sie erregt und ihr geschmeichelt, so begehrt zu werden.

Er war so ganz anders gewesen als Forrester. Auch im Umgang mit ihrem Körper. Allerdings war ihr das erst später wirklich klar geworden. Jackson hatte sie behandelt wie eine lebendige Statue, dann wieder wie eine Sklavin.

Forrester dagegen behandelte sie wie eine Frau, von der er, sobald auch nur ein größeres Stück ihrer Haut freilag, nicht mehr als einen Millimeter Abstand halten konnte. Die er, wenn sie nackt war, ständig streicheln, berühren, küssen musste. Sie hatte einmal versucht, ihm einen Strip hinzulegen und nackt zu tanzen, aber es war beim Versuch geblieben. Kaum hatte sie auch nur nach dem ersten Blusenknopf gegriffen, war sie auch schon in seinem Bett gelegen, und er hatte den Rest erledigt.

Auch er sah jetzt her. Aber nicht geil wie die anderen, sondern voller Sorge, voller Zorn.

Jackson legte den Arm um sie und drehte sie so, dass sie auf die andere Seite des Raumes sah, weg von Forrester.

„Siehst du den hübschen jungen Mann dort, der dich mit den Augen verschlingt?", fragte er leise.

„Einer deiner Mörder?" Schade um den Jungen, er sah eigentlich nicht wie ein Killer aus, aber er gehörte zu Jackson. Vielleicht war sogar er derjenige gewesen, der Charles die Kehle durchgeschnitten hatte.

„Aber nein", Jackson hob abwehrend die Hand. „Der Kleine hat Stil, Klasse. Der bringt die Leute nicht selbst um. Genauso wenig wie sein Onkel. Die haben ihr eigenes Gefolge dafür." Er sah zu dem jungen Chinesen hinüber. „Nicht wahr, Patrick, ist es nicht so? Ihr macht euch schon lange nicht mehr die Hände schmutzig!"

Ein ausdrucksloser Blick glitt über ihn, dann sah der junge Chinese wieder auf Lana. Aber dieses Mal funkelten seine Augen zornig.

Jackson senkte seine Stimme. „Mit dem werden wir später unseren Spaß haben. Er weiß es noch nicht, aber er ist mein neuester Lustknabe. Und dazu aus guter Familie. Ein Neffe von Chen Wing-Lun. Er ist meine Garantie für dessen Treue. Und er kann uns abwechselnd bedienen. Ich bin sicher, das macht ihm Spaß."

Seine Hand strich über ihre Hüften. „Und jetzt möchte ich, dass du im Raum auf und ab gehst. Ich will dich sehen. Wie dein Busen wippt, wie deine Arschbacken sich bewegen." Er löste ihre Arme und presste sie seitlich an ihren Körper. Dann gab er ihr einen kleinen Klaps auf den Hintern. „Los, geh hin zu ihm. Zeig dem Kleinen, was du hast."

Lana stöckelte los. Sie wollte schnell gehen, um es auch schnell hinter sich zu bringen, aber ihre Knie waren zu weich, also ging sie langsamer. Sie hatte rote Wangen vor Scham. Aber schlimmer als die Blicke der anderen Männer war der gequälte Ausdruck von Forrester. Sie bemühte sich, nicht hinzusehen, als sie an ihm vorbeiging, spürte seinen Blick jedoch auf ihrem Gesicht, ihrem Rücken.

Als sie bei dem jungen Mann ankam, sah sie, dass seine Stirn gerötet war, die gut geformten Lippen waren zusammengepresst.

„Miss … es tut mir so …" Er flüsterte, sah ganz unglücklich aus. Und jetzt, aus der Nähe, kam er ihr noch bekannter vor als bei den früheren kurzen Treffen. Wo hatte sie ihn bloß schon gesehen? Am Flughafen? Im Hotel? Auf der Straße?

„Lana! Komm zurück!"

Lana drehte um. Wieder ging sie die volle Länge des Raumes ab. Dieses Mal knirschte Forrester mit den Zähnen.

Jackson schickte sie ein weiteres Mal. Nun ging sie noch langsamer, dachte nach. Jackson würde sie ohnehin töten, das war sicher. Und auch Forrester. Auf schmerzvolle Art. Sollte sie darauf warten?

Nein, es war klar, sie musste handeln.

Sie veränderte ihren Schritt. Bewegte stärker die Hüften, sah auffordernd in die Runde. Einer der Männer, der Forrester mit einer Maschinenpistole bedrohte, kam näher. Sie machte noch zwei Schritte auf ihn zu, dann sprang sie vor und griff nach der Waffe.

Sie hatte sie kaum erfasst, als sie auch schon jemand an den Haaren zurückzerrte.

Jackson lachte spöttisch. „Unternehmungslustig wie immer. Was hast du gedacht? Dass du uns alle niederschießen kannst?"

„Ja! Das hätte ich getan. Und dich zuerst! Du Arschlutscher! Schwanzficker!", brüllte Lana, außer sich vor Verzweiflung.

Forrester bedauerte, dass er keine Hand frei hatte, um ihr den Mund zuzuhalten. So konnte er auch nicht verhindern, dass Jackson mit schnellen Schritten auf sie zukam und ihr einen Schlag verpasste, der sie umwarf.

***

Als Lana wieder zu sich kam, lag sie auf einem kalten Betonboden. Sie setzte sich auf, griff sich an den Kopf und sah sich stöhnend um.

Um sie herum standen Männer in dunklen Anzügen. Der junge Chinese, den Jackson Patrick genannt hatte, kniete neben ihr und half ihr auf.

Und an der Wand war Forrester. Angekettet.

„Gefällt es dir hier? Dein Freund fühlt sich jedenfalls ganz wohl." Jackson war dicht neben ihr.

Sie kam ein wenig schwindlig auf die Beine, aber immerhin stand sie. Patricks Hand lag unter ihrem Ellbogen. Sein Blick war finster. Sie zog demonstrativ ihren Arm zurück.

„Dein höchst privates Verlies?", fragte sie Jackson. Ihr Kiefer tat beim Sprechen weh, ihr Kopf brummte und pochte.

„Ja. Überwältigend, nicht? Mit allem Drum und Dran. Wie in dem Film, den ihr gesehen habt."

„Film?" Lana begriff nicht sofort.

„Ja, in dem Bordell! Du erinnerst dich doch! Ich habe nicht recht gewusst, womit ich dir eine Freude machen kann. Zuerst dachte ich, wir könnten aus Forresters Handknöchelchen ein nettes Mahjong Spiel für dich machen. Als Andenken an ihn, wenn er schon längst verrottet ist. Der Vorteil dabei ist, dass er nicht gleich daran stirbt, wenn man ihm die Hand abtrennt, sondern man noch eine ganze Weile mit ihm spielen kann, wenn man ihn gut verbindet. Zuerst die eine Hand, dann die andere. Ein Fuß ..."

„Du bist krank!"

Seine Hand griff in ihr Haar, er zerrte sie nahe zu sich heran, bis sie seinen Atem fühlen konnte. Unvorstellbar, dass sie diesen Mann jemals geliebt und geküsst hatte.

„Du wirst viel Freude daran haben. Du kannst damit spielen, während du mir deinen

Arsch hinreckst, damit ich dir meinen Schwanz hineinstecke. Wie es sich für einen Arschficker gehört, nicht wahr? Und dein Freund darf dabei zusehen, während er langsam verblutet. Was sagst du dazu?"

Ihr wurde übel. Der Raum drehte sich, ihr Kopf schmerzte stärker. Lana atmete tief durch. Zweimal, dreimal, viermal. Dann blinzelte sie. Jetzt hatte auch Jackson wieder aufgehört, vor ihren Augen zu wanken. Sie sah hinüber zu Forrester. Man hatte ihn tatsächlich wie in dem Film mit Ketten an die Wand gefesselt. Nur dass hier keine Fackeln brannten, sondern Neonlampen.

„Als nächstes dachte ich, würde es dich freuen, seinen Schwanz auf einem Silbertablett serviert zu bekommen. Aber dann bin ich davon abgekommen. Das wäre zu simpel. Und da fiel mir eben der Film ein. Jener in dem Verlies."

Die Übelkeit kam wieder. Lana hätte sich gerne irgendwo angelehnt - am besten an Forrester -, die Augen geschlossen und sich in seine Umarmung geflüchtet. Sie wollte es nicht, aber sie sah zu ihm hin. Sein Blick traf ihren, und sie spürte, wie die Übelkeit nachließ. Er war besorgt, hatte aber keine Angst. Der Gedanke gab ihr Kraft.

„Ein sehr aufschlussreicher Film. Und da er dir auch so gefallen hat, dachte ich, es macht dir Freude, ihn nachzuspielen. Und wie du siehst, habe ich weder Kosten noch Mühen gescheut, dir das entsprechende Ambiente zu bieten." Er winkte seinen Leuten. „Hängt sie an."

Obwohl sie sich wehrte, fesselten sie ihr die Hände auf den Rücken, dann stülpten sie ihr ein Kopfgeschirr in der Art über, wie die Sklavin es im Film getragen hatte. Schließlich drückte man sie vor Forrester in die Knie. Sie sah hoch. Er hatte die Kiefer so zusammengepresst, dass seine Backenmuskeln hervortraten.

Sie schoben sie näher an ihn heran. Lana versuchte, nicht auf Forresters Penis und seine Hoden zu schauen. Was schwierig war, denn immerhin kniete sie genau davor. Sie wünschte, sie hätte ihre Hände frei gehabt, dann hätte sie alles getan, um loszukommen. Hätte gekratzt, gebissen, getreten. Alles, um Forrester zu retten. Schlimmer noch als der Gedanke an ihren eigenen Tod war die Vorstellung, was mit ihm passierte.

Jackson strich über ihren Hintern, sein Finger rutschte in die Spalte, presste sich auf ihren Anus.

„Weißt du, wie der Film weitergeht? Der Henker legt irgendwann die Peitsche weg und greift zu Brandeisen. Die haben wir hier zwar nicht, aber dafür Schmerzstöcke. Wenn ich dir so was in den Arsch schiebe, was glaubst du wohl, wie lange du durchhältst?"

Er fasste wieder nach ihrem Haar, drehte ihren Kopf auf die Seite und so, dass sie hinaufblickte. „Siehst du da oben die Kamera? Die filmt alles mit, was ihr beide tut. Das wird dann, wenn alles schon lang vorbei ist, unser kleiner privater Filmgenuss. Du kannst damit Tag für Tag miterleben, wie du deinem Liebsten den Schwanz abbeißt, wenn der Rest von ihm schon lange Fischfutter ist."

Man drückte ihren Kopf in dem Ledergeschirr nahe heran. „Mund auf." Jacksons Stimme klang sanft.

Lana presste die Lippen aufeinander.

„Hilf nach." Ein Wink von Jackson. Ein Surren. Ein Pfeifen. Der brennende Schmerz der Peitsche auf ihrem Rücken trieb ihr die Tränen in die Augen.

Ein unterdrückter Laut von der Seite, wo Patrick Chen stand. Und über sich hörte sie Forresters Zähne knirschen. „Hören Sie damit auf, Jackson."

„Widerspruch? Das mag ich aber gar nicht."

„Hören Sie auf, sie zu schlagen. Sie wird vernünftig sein."

„Das hoffe ich doch. Wozu denn auch tapfer sein?" Jackson sprach leise. Und wie Lana wusste, war er dann am unberechenbarsten, am gefährlichsten. „Es gibt noch mehr Möglichkeiten, dir den Mund aufzumachen. Warum machst du es dir nicht leichter? Ihm hilfst du damit nicht."

Die Peitsche pfiff ein weiteres Mal durch die Luft. Ein Geräusch, als Leder auf Fleisch traf. Ein unterdrückter Laut von Forrester. Die Peitschenspitze hatte scharf in seinen linken Arm geschnitten.

„Für jede Sekunde, die du dich weigerst, ein weiterer Schlag."

Der nächste Hieb, knapp darunter. Die Wunde platzte auf, einige Blutstropfen quollen hervor. Lana riss den Mund auf und stülpte ihn von selbst über Forresters Penis.

„Na also, geht ja."

Sie drückten ihren Kopf so nahe heran, dass seine Eichel hinten an ihrem Gaumen anstieß, und ihr Kinn fast seine Hoden berührte. Sie unterdrückte das Würgen, versuchte zu schlucken und ruhig durch die Nase zu atmen. Ihre Zunge lag eng an seinem Schwanz, und sie hielt sie so ruhig wie möglich. Solange er nicht erregt war, hielt sich das Würgen in Grenzen. *Bleib bloß schlaff*, dachte sie verzagt. Das letzte, was sie jetzt brauchen konnte, war einer von Forresters Ständern in ihrem Rachen.

„Lana …", Forresters Stimme war ein kaum hörbares Flüstern. „Ich wäre dir dankbar, wenn du nicht …"

Lana hätte am liebsten hysterisch aufgelacht. Das hatte er jetzt davon. Nicht nur, dass er sich dabei hatte beobachten lassen, er sollte es auch am eigenen Leib erfahren. Aber sie würde durchhalten, nicht beißen. Egal, was sie mit ihr machten. Auch wenn ihr der Angstschweiß aus allen Poren brach.

Plötzlich näherten sich schnelle Schritte. Zwei Männer kamen herein, flüsterten auf Kantonesisch mit Jackson.

„Verdammt. Gerade jetzt." Er wandte sich an Lana. „Es tut mir unendlich leid, meine Liebe, aber ich fürchte, ich werde dich ein wenig warten lassen müssen. Es ist Besuch gekommen. Aber sobald er fort ist, kümmere ich mich wieder um euch."

Er wandte sich um. „Noch nicht festbinden", sagte er zu Patrick Chen, der mit harten Augen auf Lanas Rücken sah. „Ich möchte nicht, dass sie anfängt, bevor ich dabei bin." Lachend ging er hinaus. „Lassen wir die Täubchen ein wenig allein."

Die anderen verließen mit ihm den Raum. Patrick folgte ebenfalls, aber bevor er aus der Tür ging, warf der junge Chinese einen Blick zurück und hatte noch die Unverschämtheit, ihr zuzublinzeln. Dann schaltete er das Licht aus. Die Tür fiel zu, sie saßen im Dunkeln.

Lana schüttelte die Lederriemen vom Kopf. „Mark?"

„Hm ...?" Sie hörte, wie er an den Ketten zerrte.

„Kannst du dich freimachen?"

„Nein. Die Ketten sind aus Stahl und die Handschellen erste Klasse. Vermutlich amerikanische Exportware." Er klang gereizt.

„Ich kann meine Hände auch nicht freikriegen." Sie kam auf die Füße. „Siehst du was?"

„Nein. So wenig wie du ... Es heißt übrigens ‚Schwanzlutscher' und ‚Arschficker'", klärte er sie mit ätzender Stimme auf.

„Habe ich was anderes gesagt?"

„Ja, aber Jackson hat's auch so verstanden." Da Jackson nicht greifbar war, ging sein Zorn über Lana los. „Du hast das blödeste Mundwerk, das mir je bei einer Frau untergekommen ist! Musstest du ihn so reizen!? Er hätte dir den Kiefer brechen können!"

„Musstest du so dämlich sein, dich von Jackson schnappen zu lassen?", fragte Lana zurück. „Was weißt denn du schon, warum ich ihn beschimpft habe." Sie schluckte hart. „Ich ... dachte, wenn ich ihn genügend provoziere, verliert er vielleicht die Beherrschung und tut ... es gleich. Erschießt uns auf der Stelle ..."

„Himmel, Lana", Forrester war entsetzt. „Vergiss das. Hörst du? Solange wir nicht tot sind, haben wir eine Chance. Also halte den Mund! Wieso bist du überhaupt hier?!"

„Er hat mich angerufen, dass er dich geschnappt hat! Und dass er dich umbringt, wenn ich nicht komme! Was hättest du denn an meiner Stelle getan?", fügte sie heftig hinzu. „Schon mal ein Begräbnis vorbereiten lassen?"

Forrester machte den Mund auf. Machte ihn hörbar wieder zu. Dann sagte er ehrlich: „Ich wäre sofort losgerannt, um dir zu helfen."

Sie tastete sich an ihn heran, lehnte sich an ihn und schmiegte den Kopf in seine Halsbeuge. „Tut es sehr weh? Die Peitschenhiebe, meine ich."

„Geht so."

„Es tut mir so leid, Mark. So entsetzlich leid."

„Mir auch, aber wenn du ein einziges Mal auf mich gehört hättest, wärst du jetzt nicht hier. Und mir wäre bedeutend wohler, wenn ich dich irgendwo sicher wüsste."

„Das ist mir aber lieber so. Ich will bei dir sein. Ich will nicht allein sterben, sondern nur mit dir." Sie drückte sich enger an ihn, fühlte seinen Körper, seine Haut, rieb ihr Gesicht an ihm, sog tief seinen Geruch ein. Es war wahrscheinlich die letzte Gelegenheit, ihm auf diese Art nahe zu sein.

„Sterben? Mal sehen. Noch ist …"

„Mark?", unterbrach sie ihn.

„Ja?"

„Ich möchte noch ein letztes Mal, bevor wir sterben." *Und vor allem, bevor sie mich dazu bringen, am Ende doch deinen Schwanz abzubeißen,* setzte sie in Gedanken hinzu.

„Noch ist es nicht so weit … aber …", schränkte er ein, als sie begann, sein Gesicht, seinen Hals, seine Schultern, seine Brust zu küssen, mit den Lippen nach seiner Brustwarze schnappte, die Zunge darum kreisen ließ, „… aber vielleicht hast du ja recht."

„Bestimmt." Sie glitt an ihm hinunter, ihr Mund wanderte an seinem Körper entlang, zog eine feuchte und erotische Spur hinunter bis zu seinem Bauch. Dann war sie bei seinem Schwanz. Halb erregt dieses Mal. Sie knabberte mit den Lippen daran, fing ganz oben an und arbeitete sich bis zur Spitze vor. Mit der Nase schob sie ihn zur Seite, leckte über seine Hoden. Es war erst wenige Tage her, seit sie ihn im Bordell auf diese Weise verwöhnt hatte – und doch eine Ewigkeit. Wie sicher hatte sie sich dort gefühlt. Und dabei gehörte es dem Schuft, der mit oder für Jackson arbeitete.

Sie wandte sich wieder seinem Glied zu, stülpte die Lippen drüber, dieses Mal freiwillig. Er war schon hart. Sie hätte gerne ausgiebig mit ihm gespielt, aber sie wussten nicht, wann die anderen wiederkamen. Daher schob sie sich wieder an ihm hinauf. Sie drängte sich eng an ihn und erkannte, dass sie vor einem Problem stand. Er hatte sie im Laufe ihrer Bekanntschaft schon mehrmals im Stehen gebumst, aber da hatten beide die Hände frei gehabt. Er hatte sie am Hintern halten und sie ihre Arme um seinen Hals schlingen können. Aber jetzt waren ihre Hände auf den Rücken gefesselt und seine an der Wand.

„Warte …" Forrester klang etwas atemlos. „Sie haben mich noch nicht ganz festgebunden, die Ketten geben nach."

„Genug, um freizukommen?"

„Nein, aber genug, um mich hinzuhocken."

Sie rutschten gemeinsam hinunter. Forrester stemmte seine Füße fest am Boden ab und presste dadurch seinen Rücken an die Wand. Seine Oberschenkel bildeten fast perfekt einen rechten Winkel zum Körper. Lana glitt über ihn. Spürte seinen Ständer an ihrem Schenkel, bewegte die Hüfte, bis er mit der Eichel an ihre Scham stieß, dann ließ sie sich herab. Sein Schwanz schien wie von allein den richtigen Weg zu finden. Einen Weg, den er in ihrer gemeinsamen Zeit wohl Hunderte Male gefunden hatte.

„Meinst du, dass sie mit der Kamera auch im Dunkeln filmen können?"

„Ist mir egal." Forresters Hüften kamen ihr ein Stück entgegen, als sie sich auf ihm niederließ. Die Muskeln auf seinen Beinen traten stark hervor. Sie spürte sie hart und verlässlich unter ihren Schenkeln. Lana bedauerte, dass sie den Anblick nicht genießen, sondern nur ertasten konnte. Sie spürte ihn gegen ihre Enge pressen, tiefer hinein. Sie war nicht so feucht wie sonst, was ihm das Eindringen erschwerte, aber um wirklich erregt zu sein, musste sie sich sicher fühlen.

Sie setzte sich nicht schwer auf ihn, sondern verlagerte ihr Hauptgewicht auf ihre eigenen Beine. Auf diese Art konnte sie ihn auch besser reiten, ihre Hüften stärker schwingen, im Kreis bewegen, auf und ab gleiten. Ihre Vagina wurde zunehmend saftiger, je schneller und tiefer sie Forrester ritt. Das vertraute, schmatzende, gleitende Geräusch erfüllte den Raum, vermischt mit ihren schweren Atemzügen, gelegentlichem, leisem Stöhnen. Sie hätte sonst was drum gegeben, jetzt mit ihm im Hotelzimmer zu sein, die Hände frei zu haben und ihn bis zum Umfallen zu vögeln, während seine Finger ihre Klit stimulierten. Aber auch so hoffte sie, dass sie rasch einem Höhepunkt entgegenritt.

Der Orgasmus packte sie überraschend plötzlich. Ohne Vorwarnung. Ohne beginnendes sanftes Ziehen, das zum Krampf wurde, der sich dann entlud. Es war wie ein Gewitter in dunkler Nacht. Blitze zuckten durch die Finsternis, Sterne leuchteten auf. Ihr Körper pulsierte, ihre Vagina knetete und melkte Marks Penis. Die letzten Zuckungen ließen sie auf ihn fallen, sich mit den Lippen an seinem Hals festsaugen.

Das Abebben ihres Höhepunktes fiel mit Forresters Kommen zusammen. Sein Unterkörper schnellte nach oben, sein Schwanz fuhr tief in sie hinein, zweimal, dreimal, ein tiefes Stöhnen, dann hing er regungslos in den Ketten.

„Mark?"

„Donnerwetter." Er klang erschöpft. „Nicht schlecht. So habe ich mir mein Ableben immer vorgestellt: von dir zu Tode gebumst werden."

Lana wusste nicht, ob sie lachen oder weinen sollte und entschied sich für eine Mischung aus beidem. Sie suchte seine Lippen, fand sie, küsste sie zärtlich, nass. Seine Zunge angelte nach ihrer, sie umschlangen sich, spielten miteinander, bis sie sich atemlos voneinander lösten.

„Wenn du so weiter machst, komme ich gleich noch einmal", flüsterte er an ihrer Wange.

„Haben wir noch Zeit?"

„Hm. Eher nicht."

Lana erhob sich. Sein Schwanz glitt aus ihr heraus, ließ sie leer und traurig zurück. Sie hätte am liebsten geweint, geschrien, getobt. Das war das letzte Mal. Das letzte Mal ...

Sie sank vor ihm zu Boden.

Forrester stemmte sich gegen die Wand, bis er wieder stand. „Was tust du?"

„Dich saubermachen." Sie suchte mit den Lippen nach seinem Schwanz. Er roch nach seinem Sperma, nach ihrem Saft.

„Was?!"

„Ich will nicht, dass sie das sehen. Ich will nicht, dass sie vielleicht drüber lachen. Das hier gehört ganz uns." Sie begann zu weinen. „Für immer und bis in den Tod."

„Lana, nicht, hör auf. Hör mir doch zu! Himmel, Liebling, nicht weinen." Forrester klang zutiefst bestürzt.

Lana schluchzte leise, als sie ihn säuberte. Die Spuren ihrer Liebe, ihrer letzten Lust. Niemand sollte den klebrigen Saft sehen und wissen, was sie noch einmal geteilt hatten.

„Darling, es wird doch alles wieder gut."

Sie nickte tapfer und schluckte die Tränen hinunter.

„Lana, komm her. Komm zu mir." Seine Stimme lockte durch das Dunkel. Sie stand auf und lehnte sich an ihn. „Lana, ich muss dir etwas sagen. Es ist noch nicht zu Ende ..." Er unterbrach sich, lauschte und sie fühlte, wie er sich anspannte.

Auch Lana hatte die Schritte gehört. Jetzt wurde der Riegel aufgeschoben. Das Licht ging an. Sie blinzelte, schniefte auf. Jackson sollte nicht merken, dass sie geweint hatte, dieser verdammte Bastard.

Es war nur ein Mann, der hereinkam. Patrick Chen, den sie inzwischen schon öfter gesehen hatte, als ihr lieb war, und der sie jedes Mal so intensiv ansah, dass sie seine Blicke körperlich spürte. Auch jetzt wieder, als er mit einer Waffe in der Hand herankam, suchte sein Blick zuerst sie und ließ sie nicht mehr los.

Lana stellte sich demonstrativ vor Mark.

„Gehen Sie zur Seite. Ich habe Befehl, Sie in einen anderen Raum zu bringen."

„Nein."

„Lana, bitte."

„Nein, wenn er dir was tun will, dann nur über meine Leiche!"

Sie bemerkte, dass der Blick des Chinesen unsicher zu der Kamera in der Ecke ging. Von der Kamera zu Forrester. Der schubste sie mit seinen Hüften weg.

„Lana! Tu, was er sagt", zischte er ihr zu.

Lana trat zur Seite. Vielleicht hatte Mark ja einen Plan. Der Chinese zog einen Schlüssel aus seiner Jackentasche und schloss Forresters Handschellen auf. Dann warf er ihm einen zweiten Schlüssel zu, und Forrester öffnete damit Lanas Fesseln, während der Chinese mit der Waffe dastand und wartete. Das Blut auf Marks Oberarm war schon eingetrocknet, aber allein der Anblick der Wunde machte Lana zornig.

„Was haben Sie vor?" Wollte man sie fortbringen? Zu Jackson?

„Ruhe." Patrick klang scharf. Sein Blick ging kurz zur Kamera, dann zur Tür. „Raus jetzt."

Als Lana keine Anstalten machte zu gehorchen, schob Forrester sie energisch weiter.

Halb in der Tür fasste sie einen Entschluss. Sie wandte sich um, setzte ihr reizendstes Lächeln auf und trat hüftschwingend auf den jungen Chinesen zu, wobei sie beide Hände unter ihre Brüste legte und sie dabei zärtlich massierte.

Patrick gaffte mit großen Augen auf ihren Busen, und im nächsten Moment saß ihm ihr Knie zwischen den Beinen. Er krümmte sich, nach Luft schnappend, zusammen, ihr Knie traf ihn ein zweites Mal, aber nur am Arm, den er blitzschnell und schützend vorgehalten hatte, dann war auch schon Forrester da, riss ihn hoch und zerrte ihn hinaus. Die Tür fiel hinter ihnen zu, und sie waren im Halbdunkel des Ganges.

„Was ist?", zischte sie, als Forrester keine Anstalten machte, den Kerl endgültig zusammenzuschlagen. „Willst du warten, bis die anderen kommen?" Sie griff nach dem Kopf ihres Opfers, wollte ihn am Haar hochreißen und die Faust ins Gesicht knallen, als Forrester ihre Hand abfing.

„Nicht! Das ist Ming!"

Lana hielt in der Bewegung inne. Ming? Jackson hatte ihn doch Patrick genannt! „Dein Freund aus dem Bordell."

„Ming? Der Transvestit? Der mich nicht vögeln durfte, weil du selbst zum Zug kommen wolltest? Dieses Schwein! Den muss Jackson dort eingeschleust haben! Wahrscheinlich hat er sogar die Kamera installiert, mit der Jackson uns beobachtet hat!" Lana hatte mehr als einmal an diese Stunden im Bordell gedacht, und jedes Mal war dabei ein weiches, warmes Gefühl für Ming haften geblieben. Aber nun war ihr Zorn auf diesen Verräter doppelt so groß.

Forrester musste sie zurückhalten, als sie sich auf den jungen Mann stürzen wollte, der sich halb abgeknickt an die Wand gelehnt hatte und langsam Luft holte. „Patrick ist ein Freund, Lana. Hör auf, ihn zu attackieren."

„Aber er gehört zu Jackson! Er hat mich verfolgt! Auch am Night Market! Und Jackson hat gesagt, dass seinem Onkel das Bordell gehört. Und die Waffe …"

Patrick richtete sich vorsichtig auf. Er war blass, aber ein schwaches Lächeln erschien auf seinen Lippen. „Ein Schlag wie Pferd."

„Ja, dafür ist sie berüchtigt." Forrester hielt ihn mitfühlend am Arm. „Geht's wieder?"

„Ja. Danke …" Es kostete Patrick sichtbare Mühe, nicht nach seinen Geschlechtsorganen zu greifen. „Damit hatte ich nicht gerechnet."

„Das hat man gemerkt. Dabei dachte ich immer, Kung-Fu Kämpfer hätten bessere Reaktionen." Forrester sah sich um. „Sind auch Kameras hier draußen?"

„Nein, nur im Gefängnis selbst." Patrick wandte sich an Lana. „Sie können mir wirklich vertrauen. Ich habe Sie nicht verfolgt, sondern beschattet, damit Ihnen nichts passiert. Auf dem Markt habe ich Sie auch nur beschützen wollen." Seine Blicke wanderten, während er sprach, wie von selbst zu Lanas Brüsten.

„Patrick, lass deine Augen bei dir." Forrester hatte ihm zwar den Rücken zugekehrt, um den Gang entlang zu spähen, aber er schien einen sechsten Sinn dafür zu haben.

„Verzeihung." Patrick riss nur mit Mühe seinen Blick von Lanas Busen los, um ihn gleich darauf hungrig auf ihre Lippen zu richten, während er seine Jacke auszog. „Hier, bitte, Miss Lana."

Er hielt ihr die Jacke hin, aber bevor Lana dankbar reinschlüpfen konnte, strich er vorsichtig über ihren Rücken. „Brennt es? Zum Glück hat der Mann nicht stark zugeschlagen. Das ist nur ein zarter Striemen."

„Es tut nicht weh." Lana versuchte, in dem jungen, ebenmäßigen Gesicht die schöne, stark geschminkte Transe zu erkennen. „Sie arbeiten also auch im Bordell? Darauf wäre ich nie gekommen."

„Nein, das war nur eine Ausnahme. Aber eine", er lächelte leicht, „die ich nie vergessen werde, Miss Lana."

Sie sah zerknirscht, dass er sich wieder an seine Hoden griff. „Tut mir leid, Ming. Ich hoffe, es tut nicht zu sehr weh."

„Aber nein ..." Er zog schnell seine Hand zurück. „Es war sogar sehr angenehm ... ich meine ..." Er unterbrach sich mit einem Grinsen.

„Hör auf, dich wie ein verliebter junger Hund zu benehmen, Patrick." Forrester machte eine gereizte Handbewegung. „Gib mir lieber deine Hose."

Patrick fuhr herum. „Meine Hose?"

„Soll ich etwa nackt herumlaufen?"

Ein vermutlich gehaltvoller Austausch chinesischer Worte folgte, dann streifte Patrick widerstrebend die Hose hinunter und übergab sie Forrester.

Lana sah auf Patricks Beine. Das Hemd ging über seine Hüften, aber was drunter hervorsah, war auf eine wohlgeformte Art kräftig und haarlos. Sehr schmeichelhaft die Ausbuchung weiter oben. Jetzt, wo sein erigierter Penis nicht mehr von der Hose im Zaum gehalten wurde, hob er das Hemd vorne weit in die Höhe. Wenn sich die Knopfleiste ein wenig verschob, würde er herausstehen wie aus dem Kleid, das er im Bordell getragen hatte.

Er bemerkte ihren Blick und zog sich verlegen das Hemd vorne zusammen.

Lana wandte sich ebenso verlegen ab und Forrester zu. Er war etwa einen halben Kopf größer als der rechtmäßige Besitzer der Hose und die Hosenbeine reichten ihm grade bis über die Knöchel. Außerdem war er kräftiger gebaut.

„Die wird dir zu klein sein." Sie sah zu, wie Mark sehr vorsichtig den Reißverschluss hochzog.

„Nein, bisschen eng, aber passt schon. Jedenfalls so lange du nicht mit deinem nackten Hintern vor mir herumwackelst wie vor dem armen Patrick." Er warf ihr einen sprechenden Blick zu und wandte sich dann an ihren Befreier. „Du hast dir Zeit gelassen, uns hier rauszuholen."

Patrick hatte eine weitere Waffe hervorgezaubert, die er jetzt Forrester reichte. „Es war nicht sicher genug. Ich konnte kein Risiko eingehen, sondern musste erst Onkel Chens Ankunft abwarten. Graacht hat zu viele Leute hier."

„Und wie bringen wir sie jetzt hier heraus?"

„Ich habe die Wachen dort hinten betäubt, die waren noch auf Graachts Seite. Wir können Miss Lana hier rausbringen. Und draußen steht ein Wagen. Dein Freund Joe Melbourne ist mit einigen Leuten der Anti-Triad Squad gekommen."

„Ja, ich habe gehört, als man sie Jackson ankündigte. Das macht noch zusätzliche Leute, aber ich glaube nicht, dass Jackson sich problemlos überwältigen lassen wird. Er hat eine Menge zu verlieren. Deshalb will ich sie vorher in Sicherheit haben."

Mit „sie" war jedes Mal Lana gemeint, die schon längst begonnen hatte, Forrester misstrauisch zu beäugen.

Patrick lächelte Lana an. „Ich bin froh, dass es Ihnen gut geht, Miss Lana. Als Marks Plan über den Haufen geworfen wurde und Sie mit Graacht hier auftauchten, wurde es gefährlich. Es tut mir leid, dass ich Sie nicht davor bewahren konnte, diese Demütigungen durchzumachen."

„Plan?" Sie hob die Augenbrauen.

Er nickte. „Im Grunde gar nicht so dumm. Mark hat so getan, als würde er sich gefangen nehmen lassen, dabei hatten wir schon längst mit unseren Leuten Graachts Bande infiltriert. Wir hatten nur keine Beweise, dass er der Jadedrache ist, die brauchten wir noch. Wir hielten ihn bisher für einen Mittelsmann, einen engen Vertrauten, deshalb diese Vorkehrungen. Es lief auch hervorragend, bis dann …"

„… ich kam", ergänzte Lana seinen Satz. Sie packte Forrester am Arm. „Das war geplant? Und du hast gewusst, dass Ming uns helfen wird?!"

„Später, Lana. Jetzt sollten wir sehen, wie wir heil herauskommen."

„Und du hast mir nichts gesagt?", zischte sie wütend. „Du hast mich in dem Glauben gelassen, dass unser letztes Stündlein schlägt?"

„Lana, bitte …" Sein Gesicht war eine Studie aus Unbehagen und schlechtem Gewissen. Dann veränderte sich sein Ausdruck und nahm den eines Mannes an, der gerade äußerst guten Sex gehabt und den auch genossen hatte. „Ein gewisses Risiko war natürlich seit deinem Auftauchen dabei. Aber abgesehen davon …", er zuckte mit den Schultern, „… du warst so bezaubernd dabei."

„Bezaubernd? Ich glaubte, dass ich sterben muss – und du findest das bezaubernd?!" Forresters Gesicht verschwamm vor Lanas Augen zu einem Fleck.

„Mach jetzt bloß kein Theater", sagte Forrester argwöhnisch.

„Theater?!" Lana wurde hochrot im Gesicht.

„Miss Lana, bitte seien Sie leiser. Wir kommen in die Nähe der anderen. Noch ist es nicht völlig sicher. Ich kann nicht sagen, inwieweit es Onkel Chen gelungen ist, alle von Graachts Leuten zu überwältigen." Patricks Stimme klang eindringlich.

Lana ließ von Forrester ab. Vorläufig. Ihr fiel plötzlich auf, wie gut Ming Englisch sprach, allerdings mit starkem amerikanischem Akzent. „Seien gut, Stellung?", fragte sie leise, aber höhnisch.

Ming wurde rot, als er schief lächelte. Das gefiel Lana. Er hatte noch ein Gewissen – etwas, das bei Forrester Mangelware war.

„Ich wollte die Rolle im Bordell möglichst echt spielen."

„Natürlich kann er ausgezeichnet Englisch. Er hat bei uns studiert", mischte sich Forrester ein.

„Das stimmt." Ming ließ den Gang vor ihnen nicht aus den Augen, während er leise weitersprach.

„Onkel Chen ist Ihr Onkel …?" Lana überlegte.

„Mein Großonkel. Wir sagen alle Onkel Chen zu ihm. Familientradition. Er ist der ältere Bruder meines Vaters. Und der Bruder von …"

„Schluss jetzt." Forrester fasste Lana am Ärmel.

Sie stolperte ihm nach. „Sag Mark, ist nicht deine Großmutter auch aus Hongkong? Du hast mir mal erzählt …"

„Jetzt nicht, Lana!"

Sie bogen vorsichtig in einen Gang ein und sahen sich nur wenige Schritte später einem halben Dutzend Maschinengewehren gegenüber.

Patrick stellte sich schützend vor Lana, als Jackson hinzukam.

„Ich bin enttäuscht, Patrick. Von Chen Wing-Luns Neffen hätte ich nicht erwartet, dass er mich verrät. Aber wenn Frauen im Spiel sind, werden wahrscheinlich alle Männer unberechenbar." Eine lässige Handbewegung zu seinen Begleitern. „Entwaffnet ihn. Aber dass ihm nichts geschieht. Ich werde es seinem Onkel überlassen, ihm beizubringen, dass man Geschäftsfreunde nicht betrügt."

Patrick hielt den Männern lässig die Waffe hin, Forrester ließ sie sich nur zähneknirschend aus der Hand nehmen, und dann wurden sie zu dritt in den Raum geführt, in dem Lana nackt ihre Runden hatte drehen müssen. Jackson trat auf einen Mann zu, der abwartend mitten im Zimmer stand und der Gruppe mit dem Ausdruck eines Menschen entgegensah, den nichts überraschen konnte.

Es war derselbe Mann, den sie schon in Kowloon gesehen hatte, dann im Wagen vor dem Bordell und zuletzt auf der Straße vor dem Präsidium, bevor Jackson sie in seinen Wagen hatte einsteigen lassen.

„Ah! Freund Chen! Bereits hier! Ich hatte Sie erst in einer Stunde erwartet." Jackson zog Lana zu sich heran. „Schätzchen, darf ich dir vorstellen, dies ist mein Geschäftspartner Chen. Der Mann, der mich informiert hat, als du nach Hongkong gekommen bist, und der mir berichtete, dass Forrester dich vor mir geschnappt hat. Der mir sogar Zugang zu seinem Bordell gewährt hat, damit meine Leute die Kamera installieren konnten."

„Wir haben uns bereits gesehen." Chen lächelte Lana an. „Wie geht es Ihnen, Miss Lana? Ist alles in Ordnung?"

Lana sah ihn nur stumm an. Sie war an irgendeiner Stelle geistig ausgestiegen und versuchte nun, die Puzzleteilchen wieder zusammenzusetzen. Ming war Chens Großneffe. Forrester hatte, wie sie wusste, eine chinesische Großmutter, die in Kalifornien lebte. Und Ming hatte in Kalifornien studiert.

Jackson unterbrach ihre Schlussfolgerungen, die ohnehin so ungeheuerlich waren, dass sie schwindlig davon wurde. „Ist Wong mit Ihnen gekommen? Es waren einige Männer vom Anti-Triad Squad da. Das hätte nicht passieren dürfen. Sagen Sie ihm, er soll die Leute zurückpfeifen."

„Das wird bedauerlicherweise nicht möglich sein. Wong hat vor einer Stunde alle seine Ämter in Hongkong niedergelegt und ist abgereist. Einer seiner Vorgesetzten hatte ihm nahegelegt, seine Pflichten in Peking wieder aufzunehmen."

„Darüber sind aber meine Freunde in Peking nicht informiert!"

Onkel Chen neigte leicht den Kopf. „Es stimmt, dass Sie Geschäfte mit der Regierung gemacht haben. Es hat sich aber das Mächteverhältnis zwischen den alten Kadern geändert. Neue Leute sind hinzugekommen. Leute, die sich auf alte konfuzianische Werte besinnen. Auf Ehre. Und vor allem auf gute wirtschaftliche Beziehungen zu den Vereinigten Staaten", fügte er mit einem ironischen Lächeln hinzu. „Leute, die es nicht dulden können, dass hier amerikanische Bürger – und noch dazu führende FBI-Agenten – getötet werden." Ein amüsierter Blick ging zu Forrester, der ihn ausdruckslos erwiderte.

Lana stand nur stumm dabei und beobachtete.

Jackson lachte höhnisch, um seine Betroffenheit zu verbergen. „Nun, einige weniger. Das kann mir gleich sein."

„Ich fürchte, da muss ich Ihnen widersprechen, Mr. Graacht", ließ sich plötzlich Patrick vernehmen. „Das Spiel ist beendet. Und der Jadedrache", es zuckte bei diesen Worten spöttisch um seine Mundwinkel, „hat es bedauerlicherweise verloren."

Jackson sah sich um. „Was soll das heißen? Bekommt Ihr jetzt Angst, weil ein paar Hosenscheißer sich zurückgezogen haben? Was kann uns Amerika hier anhaben?"

„Ich würde Ihnen unter anderen Umständen zustimmen", erwiderte Onkel Chen mit einem kühlen Lächeln, „aber hier stellt sich eher die Frage: was kann Ihnen Mark Forresters Familie anhaben?"

„Seine Familie?!"

„Gewiss." Chen nickte den Männern, die Forrester hielten, zu. Sie ließen ihn los und Jackson musste sehen, dass alle Waffen statt auf Forrester und Lana plötzlich auf ihn gerichtet waren. Die wenigen Leute, die noch zu ihm hielten, waren klug genug, aufzugeben, und wurden schnell entwaffnet.

„Was hat das zu bedeuten? Feng? Wo zum Teufel ist Feng?" Er sah sich nach seinem Parade-Killer um.

„Bereits in Gewahrsam der Anti-Triad Squad und von Joe Melbourne, dem Assistenten von Mark Forrester."

„Sie fallen mir also in den Rücken, Chen."

„Es bleibt mir leider nichts anderes übrig, Mr. Graacht", sagte Chen bedauernd. „Sehen Sie, Mark Forrester ist der geliebte Enkelsohn meiner Schwester, die in den Vereinigten Staaten lebt, und die mich seit zwei Wochen dreimal täglich mit ihren besorgten Anrufen quält. Und diese Leute hier, die vorgaben für Sie zu arbeiten, sind meine Männer. Es tut mir leid, Mr. Graacht. Der Botschafter, mit dem Sie so gerne zum Pferderennen gehen, würde sagen, dass Sie auf das falsche Pferd gesetzt haben."

„Eine Falle."

„Stimmt." Forrester kam langsam auf Graacht zu. Lanas Blick wurde wie magisch von seinem Hinterteil angezogen. Mings Hose saß wirklich verdammt eng, und Marks Hintern sah zum Anbeißen knackig darin aus.

Sie sah zu Ming hinüber, der hatte einen von Onkel Chens Männern dazu gebracht, seine Hose auszuziehen, und Ming schlüpfte soeben hinein. Sie war etwas zu groß, aber das schien Ming in diesem Moment, besonders im Schritt, ganz bequem zu sein. Er bemerkte ihren Blick, zog den Gürtel eng zusammen, ließ das Hemd darüber fallen und feixte herüber.

Lana grinste zurück, dann sah sie wieder zu Forrester in Mings viel zu enger Hose. Eine unachtsame Bewegung, und die gespannte Naht platzte auf. Genau das, was sie Forrester in diesem Moment vergönnt hätte. Ganz durchschaute sie die Sache noch nicht, aber klar war, dass er sie gründlich belogen hatte.

Forrester ahnte nichts von ihren rachsüchtigen Vorstellungen, sondern befasste sich nur mit Jackson. „Es war von Beginn an geplant. Sie haben Piet getötet, aber er konnte mich noch vor dem Jadedrachen warnen. Nicht, dass diese Warnung so eindeutig gewesen wäre, aber die Verbindung mit Mac war es. Es gab nur einen Jadedrachen, der Interesse an Lana McKenzie haben konnte, und dies war ihr ehemaliger Partner und Ehemann Nils Jackson, der, bevor er verschwand und sich für tot erklären ließ, im Geheimdienst den Decknamen ‚Jadedrache' führte. Die Zusammenhänge wurden mir sofort klar. Und als ich hörte, dass Lana schon nach Hongkong unterwegs war, habe ich sofort Onkel Chen verständigt. Der hat dann für alles andere gesorgt. Auch was den Beauftragten Wong betrifft."

„Sein Vorgesetzter ist der Mann meiner ältesten Nichte", fügte Chen hinzu. „Wir sind Ihnen natürlich verbunden, Mr. Graacht", sagte der Chinese höflich. „Durch

Geld und Geschäfte, sehr schwerwiegende Gründe also, die kein Chinese leicht nehmen würde. Aber noch mehr verbunden sind wir unserer Familie."

Lana hatte sich an Forrester herangemacht und zerrte nun an seinem Hosenbund.

„Nicht", flüsterte er. „Hör auf."

„Chen ist dein Onkel?!", zischelte sie zurück.

„Ja. Natürlich." Er sah sie harmlos an. „Wo ist das Problem? Ich dachte, du wüsstest, dass ich eine chinesische Großmutter habe."

„Habe ich auch gewusst! Aber nicht, dass deine Familie zu einem Verbrecherring gehört!"

„Tut sie auch nicht. Und jetzt halte endlich den Mund!" Forresters Verhältnis zu diesem Zweig der Familie war durchwachsen. Da es die Familie Chen geschafft hatte, schon seit Jahren unter dem Mäntelchen der Rechtschaffenheit zu agieren, waren die immer noch leicht fragwürdigen Beziehungen etwas, worüber er hinwegsehen konnte. Und zudem war er nicht Polizist in Hongkong, sondern Geheimagent gewesen, als er das erste Mal erfahren hatte, welche Geschäfte der liebe Onkel Chen hier tätigte. Geheimagenten kümmerten sich nicht unbedingt um solche Sachen. Sie gehörten zwar rein theoretisch zu den Guten, standen aber berufsbedingt nicht immer auf deren Seite.

„Und das Bordell, in dem wir waren, ist seines?"

„Hm."

„Und du hast überhaupt nichts von der Kamera gewusst?" Sie stemmte die Hände in die Hüften. Alle sahen her.

„Später, Lana. Wir reden später über alles."

„Ich schlage vor", sagte Chen, „dass du, Mark, mit Miss Lana nach draußen gehst. Dort wartet Mr. Melbourne schon ungeduldig. Überlasst uns diesen Mann, wir werden uns um ihn kümmern."

Forresters und Chens Blicke trafen aufeinander. Forrester wollte widersprechen, dann wurde sein Gesicht sehr ernst, und er nickte.

Natürlich hätte er darauf bestehen können, dass Jackson mit ihm kam und in den Vereinigten Staaten vor ein Gericht gestellt wurde. Aber er bezweifelte, dass er seinen Gefangenen auch nur lebend aus dem Hafen von Macau gebracht hätte. Und der Mord an einem Verbrecher, der sich in seinem Gewahrsam befand, hätte von seiner Seite wieder Ermittlungen nach sich gezogen. Selbst wenn die Familie Chen dies akzeptiert hätte, die anderen Triadenführer, denen Graacht so lange Zeit auf die Zehen gestiegen war, hätten nicht so verständnisvoll reagiert.

Bevor er ging, trat er hart an Jackson heran. „Es scheint heute kein Glück verheißendes Datum für Sie zu sein, Jackson. Vielleicht hätten Sie, statt den Wahrsager zu bestechen, sich selbst die Zukunft voraussagen lassen sollen."

Jackson verzog nur abfällig den Mund. Er wusste, dass er verloren hatte. Und er kannte auch die Rache der Triaden. Es würde unschön werden. Verdammt unschön.

„Mögest du interessanten Zeiten entgegensehen", zischte Lana ihm ihrerseits zu, dann ließ sie sich von Forrester hinausziehen.

Mehr als die Hälfte der Anwesenden starrte dabei auf ihre nackten Beine und den Ansatz ihrer Pobacken.

Als sie den Raum verlassen hatten, trat die junge Frau, die sich bisher im Hintergrund gehalten hatte, vor. Jetzt erst sah man, dass sie ein rückenfreies Kleid trug, das den Blick auf die Bambusmalerei auf ihrem Rücken zog.

Chen schüttelte den Kopf, als sie vor ihn trat und ihn eindringlich ansah. „Nein, Bambusblüte. Überlass das den Männern."

„Ich bitte dich, Onkel Chen. Lass es mich tun. Lass nicht zu, dass die anderen Triaden ihn bekommen. Du kennst ihren Hass auf ihn."

„Bambusblüte …" Zum ersten Mal zeigte Chens Gesicht etwas anderes als ruhige Überlegenheit. Schmerz lag in seinen Augen.

„Bitte, Onkel Chen." Sie sprach leise, hatte den Blick gesenkt. „Ich weiß, dass ich unsere Familie durch mein Schweigen verraten habe, denn ich wusste, wer der Jadedrache war." Sie flüsterte jetzt beinahe. „Ich habe mein Gesicht verloren und Schande über mich und meine Familie gebracht. Lass mich jetzt meine Ehre wieder herstellen."

Auf Onkel Chens Gesicht lag tiefe Trauer, aber er hielt sie nicht auf, sondern nickte einem der Männer zu, als sie nach dessen Waffe griff.

Dann ging sie langsam auf Jackson zu.

„Bambusblüte, was hast du vor?!" Patrick trat auf sie zu und fasste sie am Arm. In den Augen der jungen Frau standen Tränen.

„Bambusblüte, ich weiß, was in dir vorgeht, aber tu es nicht." Er sprach ganz leise, aber sehr eindringlich. „Überlass ihn seinem Schicksal. Es gibt noch so viele andere Dinge, für die es sich zu leben lohnt. Das Gesicht zu verlieren ist nicht alles und Hongkong nicht der Mittelpunkt des Universums, ich bin sicher …"

Eine Bewegung seines Onkels ließ ihn verstummen. „Lass sie, Patrick."

Dieser sah Chen an. „Das kannst du nicht zulassen." Er zog seine Waffe hervor, die er wieder an sich gebracht und in seinen Hosenbund gesteckt hatte. „Ich werde es für dich tun, Bambusblüte. Wir sind verwandt, das ist so gut, als hättest du dich selbst reingewaschen!"

Bambusblüte schüttelte den Kopf. „Nein. Bitte, versteh mich, es geht mir um mehr."

Patrick ließ langsam ihren Arm los, trat zurück, sah sie schmerzlich an, drehte sich um und ging mit raschen Schritten aus dem Raum.

„Du gehörst also auch zu dieser Brut?" Jackson lachte höhnisch.

Bambusblüte antwortete nichts. Sie trat ganz dicht an ihn heran, legte die Arme um ihn und schmiegte sich an ihn. Dann setzte sie die Waffe an seinem Rücken an und drückte ab.

Die Kugel ging durch sie beide hindurch.

Kapitel 7

Die Heimfahrt verlief verhältnismäßig ruhig. Lana legte den Weg dieses Mal nicht in einem Helicopter zurück, sondern in einem Polizeischnellboot. Sie hatte sich in eine Ecke des Decks zurückgezogen und grübelte, und Forrester saß auf der anderen Seite und überlegte die passende Formulierung für seine Vorwürfe. Bisher war noch keine Gelegenheit gewesen, Lana klar zu machen, wie unglaublich dumm ihr Verhalten gewesen war, aber der Wunsch, es ihr mitzuteilen, brodelte in ihm.

Sie wurden am Hafen von einem Polizeiwagen abgeholt. Der Fahrer brachte sie nach einem Blick auf ihre Aufmachung bis in die Garage, und von dort schafften sie es, ungesehen zu ihrer Suite zu kommen.

Forrester hatte von Joe die Schlüsselkarte bekommen. Er öffnete die Tür und schubste Lana mehr oder weniger unsanft hinein.

Lana stolperte ein Stück in den Raum hinein. Jetzt drehte sie sich nach ihm um und sah ihm mit einem gefährlichen Funkeln in den Augen entgegen, als er langsam näher kam. Knapp vor ihr blieb er stehen.

„Und nun zu uns beiden." Seine Stimme klang ruhig, aber es war ein dunkler Unterton darin. Ein Unterton von Gefahr. Aber eine, die sie in ihrem Bauch und tiefer unten fühlte und nicht in ihrem Kopf.

„Stimmt. Nun zu uns beiden."

Sie bewegte sich langsam von ihm fort. Er stand viel zu nahe. Wenn er so dicht vor ihr war, konnte sie nicht denken, dann steigerte sich ihr Bedürfnis nach seiner Nähe, und aus der wohlgenährten Wut, die sie bis zu dieser Stunde noch kultiviert hatte, wäre pures Verlangen geworden. Schon als Mittel, um die Angst der vergangenen Stunden abzureagieren. Und diese Reaktion konnte sie am wenigsten brauchen. Nicht ausgerechnet jetzt, wo die Stunde der Abrechnung gekommen war. Er hatte alles gewusst. Alles geplant gehabt! Und ihr kein Wort gesagt!

Sie schlenderte an ihm vorbei, um ihn herum. Er drehte sich nicht nach ihr um, aber sie sah, dass er leicht den Kopf wandte, um sie im Auge zu behalten. Schließlich kannte er sie lange und gut genug, um zu wissen, dass er ihr in einem solchen Moment nicht trauen konnte.

Als er die Hand nach ihr ausstreckte, schlug sie ihm mit der Faust darauf. Er sah sie aufreizend gründlich an. „Wieder eine deiner Launen?"

Damit brach der Damm ihrer bisher noch gezügelten Wut. „Launen?! Launen!!? Ich?! Ein verdammter, mieser, berechnender Bastard, der über Leichen geht, wagt es, mir Launen vorzuhalten?!"

Er hob die Augenbrauen. „Was habe ich denn schon wieder getan?"

„Das fragst du noch?!" Lana musste tief Luft holen, sonst hätte sie sich, atemlos vor Ärger, auf ihn gestürzt.

„Können wir das nicht alles vergessen, Mac?" Er streckte erneut die Hand nach ihr aus und setzte sein charmantestes Lächeln auf. „Es ist alles vorbei. Fangen wir doch einfach neu an."

Lana ließ ihm diese Strategieänderung nicht durchgehen.

„Nein, so einfach geht das nicht! Es war abgemacht! Zwischen deinem Onkel Chen und dir! Und dein sauberer Onkel – mit dem ich noch extra abrechnen werde – hat doch tatsächlich Jackson informiert, dass ich im Bordell war, und hat ihm erlaubt, eine Kamera zu installieren! Ich dachte, ich höre nicht recht, als Nils mir sagte, dass wir beobachtet worden waren!" Sie war nahe daran, die Zähne zu fletschen. „Beobachtet! Die ganze Zeit über, während du deine versauten Spielchen mit mir gespielt hast, um mich rumzukriegen. Wer weiß, wer sonst noch zugesehen und sich an mir delektiert hat!"

„Niemand. Bestimmt nicht. Und ich konnte dir nichts sagen. Es musste möglichst echt aussehen", verteidigte er sich etwas lasch. „Was ich mich allerdings schon die längste Zeit frage, ist, warum du dann doch mitgemacht hast. Du musstest doch genau wissen, dass ich dir nicht einmal ein Haar krümmen, sondern dich gehen lassen würde."

„Aus Mitleid natürlich, nachdem du mir im Bordell so ängstlich ins Ohr gewinselt hast." Sie stemmte die Hände in die Hüften, baute sich vor ihm auf und machte ihn nach, wobei sie ihre Stimme zu einem jämmerlichen Piepston verstellte, während sie die Worte wiederholte, die er ihr in seiner hilflosen Verzweiflung ins Ohr geflüstert hatte: „*Bitte mach mit*, hast du mich angefleht. „*Hilf mir doch, Lana. Hilf mir! Ich brauche deine Hilfe! Ich kann sonst niemandem vertrauen.*"

Forrester räusperte sich. „Lächerlich. Du übertreibst wieder einmal schamlos. Ich kann mich nicht erinnern, derart gewimmert zu haben."

„Ach, ja? Es war noch viel schlimmer! Viel erbärmlicher!", setzte sie in höhnischem Triumph hinzu.

„Du hättest ja auch nein sagen können."

„Damit du dein unerträgliches Geflenne noch stundenlang fortsetzt?!" Sie hatte aus demselben Grund nachgegeben, aus dem sie ihn vor den Triaden gewarnt hatte. Und aus demselben Grund, aus dem sie sich in Jacksons Gewalt begeben hatte: Aus geradezu blödsinniger Liebe zu Forrester.

Forrester wusste, dass es besser war, nichts darauf zu antworten. In Gedanken erlebte er diese Szene nochmals. Die Frustration und den Ärger, als ihm klar geworden war, dass sie anders niemals einwilligen würde. Es war ihm nichts anderes übrig geblieben, als sie zu bitten. Und seine Rechnung war aufgegangen: Sie hatte nachgegeben.

Aber nun war es Zeit, dem Streit ein Ende zu setzen.

Er machte einen unvermuteten Schritt nach vorn, riss sie in seine Arme und küsste sie. Er hielt sie so fest, als würde er ihr alle Rippen brechen wollen, seine Lippen waren hart, lieblos und sehr leidenschaftlich. Dann ließ er sie abrupt los, drehte sich um und stapfte davon. Mings Hose war wirklich verdammt eng.

***

Am nächsten Tag suchte Lana Onkel Chen auf.

Marks Onkel saß zur Entspannung und Kontemplation wieder bei seinen Schriftzeichen, sah aber freundlich hoch, als der Diener ihm Lana ankündigte.

Er erhob sich und ging ihr einige Schritte entgegen. „Es ist mir eine Freude, dich zu sehen, Lana McKenzie und – um der Wahrheit die Ehre zu geben – ich habe dich schon erwartet."

„Tatsächlich?" Lana sah ihn misstrauisch an. Ihren Erfahrungen nach durfte man dem gesamten Forrester-Clan nicht vertrauen.

„Gewiss doch. Du hast sicherlich viele Fragen an mich, die ich dir gerne beantworte. Aber willst du dich nicht setzen?"

„Danke." Lana nahm ihm gegenüber Platz und musterte ihn so ausgiebig wie er sie. „Forresters Onkel Chen ist also ein Triadenhäuptling", sagte sie endlich. „Wer hätte das gedacht?"

Onkel Chen schmunzelte, hob jedoch warnend die Hand. „Respekt, junge Dame."

Lana lächelte ihn an. Sie mochte Onkel Chen. Und sie hatte gute Gründe dafür – wenn man die fiese Kamera im Bordell nicht in Betracht zog: Er hatte ihr und Forrester den Hals gerettet.

„Bist du gekommen, um mir Vorwürfe wegen der Kamera zu machen?" Offenbar konnte er Gedanken lesen.

Lana lachte. „Das hatte ich tatsächlich vor. Aber jetzt, wo ich hier bin, geht es mir viel mehr darum, mich bei Ihnen zu bedanken." Ihr Lachen ging in ein warmes Lächeln über. „Sie haben uns das Leben gerettet, Onkel Chen."

„Es war mir ein tiefes Bedürfnis." Chen blinzelte ihr zu.

Lana betrachtete ihn wohlwollend. Der Mann hatte einen Charme, der fast so verheerend war wie der von Forrester. „Im Grunde", sagte sie, „kennen wir uns ja schon längere Zeit. Immerhin haben Sie mich die ganze Zeit über verfolgt, nicht wahr?"

„Es schien mir geraten. Es war von Anfang an offensichtlich, dass Mark mit deiner Aufsicht etwas überfordert war. Wir hatten dich aber immer unter Kontrolle, ohne dass du es wusstest."

„Immer?"

Onkel Chen lächelte. „Wärst du so freundlich, Lana McKenzie, mir einen deiner Schuhe zu geben?" Lana sah ihn einen Moment lang verwundert an, dann zog sie ihren Schuh vom Fuß. Sie untersuchte ihn, klopfte auf den Absatz. Als sie versuchte, den Absatz zu lösen, winkte Onkel Chen jemanden herbei.

„Patrick, sei unserem Gast behilflich."

Lana sah hoch.

Vor ihr stand Ming.

Der Ming, der sie gerettet hatte. Derselbe Ming, der sie gehalten, geküsst und mit Zunge, Lippen und Dildo befriedigt hatte. Ein warmes Gefühl von Zuneigung stieg in ihr hoch, als sie in seine Augen blickte und sein Lächeln darin sah. Dunkel und geheimnisvoll wie das von Mark, auch wenn man diesem die chinesische Abstammung nicht so offensichtlich ansah.

Er ließ hilfsbereit ein Klappmesser zum Vorschein kommen und wartete, bis Lana ihm den Schuh reichte. Dann machte er sich am Absatz zu schaffen. Zwei kleine Handbewegungen und schon war er vom Schuh gelöst. Lana sah nur schweigend zu und hob die Augenbrauen, als Ming eine winzige Metallkapsel aus dem Inneren des Absatzes zog, mit einem kleinen, wenige Millimeter langem Kabel daran.

„Ich nehme an, damit laufe ich schon länger herum. Und ich nehme weiter an, das ist nicht mein einziges Paar Schuhe, das verwanzt wurde."

Er verneigte sich zustimmend. „Patrick hat diese Aufgabe übernommen, als Mark Forrester mich gebeten hat, dir den Schutz der Familie zukommen zu lassen."

„Schutz der Familie?" Lana lächelte mit leichter Ironie. „Nennt man verwanzte Schuhe heutzutage so?"

Sie mochte Onkel Chens leises Lachen. Den Humor in seinen Augen. Die kultivierte Art, in der er sprach. Schwer zu glauben, dass der Mann vor ihr tatsächlich in der Lage war, kriminelle Taten zu begehen.

Es war eine Weile ruhig zwischen ihnen. Ming hatte sich neben Onkel Chen gesetzt und betrachtete Lana selbstvergessen.

„Wenn du dich aussprechen willst, Lana, dann werde ich dir gerne zuhören."

Lana hob den Kopf und sah den älteren Mann an. Ein Verbrecher, wenn man es genau nahm, aber einer, dem sie vertraute. Und deshalb erzählte sie. Zum ersten Mal.

„Nils war es, der mich in Kontakt mit dem Geheimdienst gebracht hat. Ich hatte ihn bei einer Konferenz kennengelernt, als ich noch Assistentin an der Universität war. Er hat mich sofort interessiert. Ein sehr gut aussehender, weltgewandter Mann. Genauso, wie man sich einen echten James Bond vorstellt. Er hat mich damals dazu gebraucht, ihm Informationen zu beschaffen. Was nicht schwierig war, denn ich war jung, abenteuerlustig und fasziniert von ihm und seiner Tätigkeit. Und irgendwann – nach nicht allzu langer Zeit – habe ich dann regelmäßig für ihn gearbeitet." Sie verzog spöttisch den Mund. „Nicht wie berühmte Filmagenten, sondern eher schlicht, habe nur Informationen, die man mir zusteckte, weitergegeben."

Onkel Chen griff nach der Teekanne und schenkte ein. Er wusste, dass Lana jetzt reden wollte, und ihr eine Tasse Tee dabei gut tat. Sie griff auch dankbar danach, nahm einen Schluck und sprach dann weiter.

„Wie gesagt, ich war fasziniert von Nils und bis über beide Ohren in ihn verliebt. Und als er mir einen Heiratsantrag machte, überlegte ich nicht lange. Immerhin hatte ich meinen Traummann und Helden gefunden. Aber dann kam ich dahinter, dass er ein doppeltes Spiel trieb. Er war jetzt unvorsichtiger, vermutlich hatte er mich schon deshalb geheiratet, um mich leichter benutzen zu können. Seine Geliebte konnte ihn eher verraten als seine Ehefrau."

Sie schwieg einige Herzschläge lang, starrte in die Teetasse. Endlich sprach sie weiter. „Er hatte Kontakte mit Terroristen geknüpft, allerdings ging es ihm nicht um irgendwelche Ideale, wie fragwürdig diese auch sein mögen, sondern um Geld. Er beschaffte ihnen Waffen und Informationen. Ein Leichtes für jemanden wie ihn. Sein Deckname war ‚Jadedrache'. Warum er ihn jetzt beibehalten hat, verstehe ich nicht. Er musste doch damit rechnen, dass man dahinterkommt."

„Aber vielleicht wollte er das. Es erhöhte das Risiko, den Reiz." Mings Stimme klang kalt, als er das sagte.

„Sehr leicht möglich." Lana nahm einen Schluck. Ihr Hals war rau. „Als ich entdeckte, dass er ein Chemiewerk in die Luft sprengen wollte, versuchte ich, ihn davon abzubringen. Zuerst wollte er mich mit Sex überreden, wie so oft, dann hat er mich geschlagen und bedroht. Und das war der Moment, wo ich mich Piet anvertraute, den ich einmal über Nils kennengelernt hatte, und mit dem ich dann in sehr engem freundschaftlichem Kontakt geblieben war. Und Piet zog wiederum Mark ins Vertrauen, auf den er große Stücke hielt. So lernte ich Mark kennen. Ich kann nicht sagen, dass es zwischen uns Liebe auf den ersten Blick gewesen wäre, aber ich hatte sofort das Gefühl, bei ihm mit meinen Problemen gut aufgehoben zu sein."

„Ein Gefühl, das dich nicht getäuscht hat", stellte Onkel Chen fest.

„Nein. Bis heute nicht. Es gibt keinen Menschen, dem ich mein Leben unbedenklicher anvertrauen würde." Sie lächelte.

Ming sah weg, als er ihr Lächeln sah, mit der Liebe zu Forrester darin, und starrte auf das Muster des kostbaren chinesischen Teppichs zu seinen Füßen.

Lana fuhr sehr ernst fort: „Wir stellten Nils eine Falle. Als er jedoch begriff, dass er nicht entkommen würde, hat er die Bombe gezündet. Dabei ist er verbrannt. Zumindest dachten wir das …" Lana verstummte und starrte über Onkel Chen hinweg auf die Wand, als würde dort Jacksons Bild erscheinen. Der Jackson, den sie gekannt hatte: gutaussehend und charmant.

„Sein scheinbarer Tod hat es ihm ermöglicht, wirklich als Verbrecher zu leben und mächtig zu werden. Und das in nur sehr kurzer Zeit." Onkel Chen nickte dem Diener zu, der eine weitere Kanne brachte. Ming saß ganz still auf seinem Platz. Sein Gesicht trug einen Ausdruck, der Chen zu Herzen ging. Sein Lieblingsneffe hatte sich in Lana McKenzie verliebt. Eine aussichtslose Sache bei einer Frau, die nichts anderes sah als Mark Forrester. Aber die Sache ging tief. So sehr, dass er sogar für einige Zeit fort wollte.

„Mark hat mir zuliebe Jacksons kriminelle Machenschaften verschwiegen. Er war tot, das genügte, und ich wurde nicht hineingezogen. Ich wollte aber nicht, dass Nils stirbt", fügte sie leise hinzu. „Nur, dass er festgenommen wird. Aber ich war damals trotzdem erleichtert, das gebe ich gerne zu."

„Und dann ist er wieder aufgetaucht." Onkel Chen saß ganz ruhig da. „Als Mr. Graacht, Geschäftsmann mit dubiosen Beziehungen. Und hat seine Rache geplant."

Lanas Gesicht wirkte angespannt. „Was ist mit Nils geschehen?"

Onkel Chen versuchte nicht, etwas zu beschönigen. „Seine Geliebte hat ihn gemeinsam mit sich selbst getötet."

„Die junge Frau, die dabei war?"

„Sie gehörte zu uns." Onkel Chens Stimme war ruhig, aber Mings Hände verkrampften sich, und seine Lippen waren zusammengepresst. Bambusblüte war auch diejenige gewesen, die Graacht geschickt hatte, um unter Lanas Tür Charles' Bild hindurchzuschieben.

Chen sprach weiter: „Wir hatten sie bei Graacht eingeschleust, um mehr über den Drachen zu erfahren. Aber dann hat sie sich verändert. Sie hat uns zwar nicht an ihn verraten, aber sie hat uns auch nicht die Wahrheit gesagt, obwohl sie zweifellos schon lange wusste, wer der Jadedrache ist."

„Sie hätte immer noch zu uns gehört", fiel Ming ein. „Es war nicht richtig, das zuzulassen, Onkel Chen!"

„Doch, das war es, mein Junge", erwiderte der ältere Chinese ruhig. „Bambusblüte war nicht wie du. Sie ist hier aufgewachsen, behütet in alten Traditionen, nicht wie die anderen jungen Leute heutzutage."

„Die anderen jungen Leute, wie du sie nennst, Onkel Chen, haben gelernt, ihr Leben selbst zu bestimmen. Ja, ich gebe zu", sagte er leidenschaftlich, „dass die Familie wichtig ist. Die Grundlage unseres Daseins, unsere Sicherheit. Aber ihr habt sie erzogen, um sie für eure Zwecke einsetzen zu können."

Onkel Chens Blick wurde schmerzlich, und auf dem gelassenen Gesicht war tiefe Trauer zu sehen. „Ja, Patrick, wir haben sie eingesetzt. Aber sie hat es freiwillig getan. Und sie hat sich auch freiwillig getötet. Und nicht der Familie wegen."

„Sie hatte sich in ihn verliebt", sagte Lana traurig.

Onkel Chen antwortete nichts darauf.

„Es tut mir so leid für sie", sagte Lana leise. „Unsagbar leid für alle, die wegen dieses Mannes ihr Leben lassen mussten."

***

Als Lana Onkel Chen verließ, bot sich Ming an, sie heimzubegleiten. Er führte sie jedoch nicht zum Wagen, der in der Einfahrt vor dem weitläufigen Anwesen parkte, sondern in einen Garten. Es war nicht zu übersehen, dass er noch etwas auf dem Herzen hatte. Lana wartete geduldig ab, als er schweigend vor ihr stand und auf seine Füße starrte. Endlich hob er den Kopf und lächelte, als sie ihm zublinzelte.

„Ming oder Patrick?", sagte sie fragend.

„Das ist mein richtiger Name: Patrick Chen. Sie wissen ja, dass viele Hongkonger ihren Kindern englische Namen geben. Es ist überhaupt im internationalen Geschäft praktischer. Auch als ich drüben in Amerika studierte."

„Und Ming ist der Künstlername, den Sie im Bordell tragen?" Sie legte den Kopf schief.

Ming musste grinsen. „Mein Spitzname. Weil ich als Kind immer zur Peking-Oper wollte und eine romantische Vorliebe für die Ming-Dynastie hatte. Nur meine Familie nennt mich so. Und was das Bordell betrifft, so war das eine Ausnahme. Ich hatte ja von Onkel Chen den Auftrag erhalten, Sie unauffällig zu beschatten."

„Ich erinnere mich. Einmal haben wir uns auf dem Schiff gesehen."

„Und dann auf dem Markt, als Sie mich angegriffen haben." Er lachte leise. „Einen Tritt wie ein Pferd, das stimmt schon."

„Sie hatten mir Angst gemacht!"

„Das tut mir leid." Er wurde ernst, als er Lanas forschenden Blick sah. „Sie denken darüber nach, was Sie von mir halten sollen, Miss Lana? Oder von uns allen?"

„Ja, so ähnlich."

„Es stimmt, ich arbeite für Onkel Chen. Und er ist das Oberhaupt der Familie, die früher einen gewissen Namen unter den Triaden hatte. Aber es sind keine schmutzigen Geschäfte mehr. Wir haben in seriöse Firmen investiert und verwenden legale Mittel, um sie zu führen. Schon seit vielen Jahren."

Lana legte ihm die Hand auf den Arm. „Ming … was uns betrifft … ich meine, ich habe gemerkt …" Es fiel Lana nicht leicht, das auszusprechen. Schließlich war Ming der erste und einzige Mann, der eine andere Frau benutzt hatte, um mit ihr, Lana, Sex zu haben. Diese Szene im Bordell würde sie niemals vergessen. Sie war rührend und sehr erotisch gewesen.

„Dass ich mich in Sie verliebt habe, Miss Lana?"

Sie zuckte mit den Schultern und lächelte hilflos.

„Das stimmt. Das habe ich tatsächlich." Jedes Lächeln war aus seinem Blick verschwunden, und es lag nur noch eine bestürzende Ernsthaftigkeit darin. „Ich wollte Sie deshalb nach Hause begleiten", sprach er weiter, „weil ich mich von Ihnen verabschieden möchte."

„Aber Mark wird sicher noch eine Woche hier bleiben und ich ebenfalls! Da können wir uns doch sehen!" Lana wusste nicht, ob sie das sagte, um Ming zu trösten oder sich selbst.

Er hob die Hand und ließ seine Finger durch ihr offenes Haar gleiten. „Das wird nicht gehen, Lana, ich fahre morgen weg."

„Im Auftrag Ihres Onkels?"

Er schüttelte den Kopf. „Nein, es ist so, dass ich eine Zeit lang genug von Hongkong habe. Ich will mich irgendwohin zurückziehen, wo es keine Triaden gibt, keine jungen Frauen, die sich selbst aus Liebe töten, und keine unerfüllbaren Wünsche."

Er sprach es zwar nicht aus, aber Lana wusste, dass er mit dem letzten sie meinte. Ihr Herz wurde schwer. Sie mochte Ming, aber sie liebte Forrester. Ganz abgesehen vom Altersunterschied, über den sie unter anderen Umständen wohl beide hinweggesehen hätten.

Fast eine Minute lang sahen sie sich stumm an, dann beugte sich Ming ihr entgegen, als wäre er unwiderstehlich von ihren Lippen angezogen. Lana zögerte zuerst, aber dann gab sie nach. Ein kleiner Kuss aus Dankbarkeit für den Schutz, den er ihr gegeben hatte, und als Trost für die Tritte, war wohl angemessen.

Mings Kuss war anders als die von Mark. Verspielter. Er dehnte ihn auf Minuten aus. Und er verstand was davon. Verzaubert und verblüfft hielt sie still, vergaß alles um sich herum, und als er sie endlich losließ, war sie wackelig auf den Beinen.

„Schon in Ihr Foto habe ich mich verliebt, Miss Lana, das man mir geschickt hatte, damit ich Sie überwache, was ich seit Ihrer Ankunft auf dem Flughafen getan habe. Deshalb auch die Rolle im Bordell. Mark hatte eine der Damen dafür vorgesehen gehabt, aber ich wollte Sie sehen und spüren. Und vielleicht sogar Ihre Aufmerksamkeit gewinnen. Es war damals nicht meine Absicht, es dabei zu belassen. Da wusste ich noch nicht, wie eng Ihre Beziehung zu Mark ist. Ich dachte, Sie beide spielten nur herum, hätten einfach nur Sex miteinander, wie ich das von meinem Aufenthalt in den Vereinigten Staaten kannte. Aber dann wurde Mark wütend."

Sein Blick glitt über sie, über jede Rundung ihres Körpers, ihr Gesicht. „Mark ist zu beneiden. Wäre er nicht mein Cousin, würde ich Sie nicht gehen lassen, ohne zu versuchen, Sie zu verführen. Aber Sie gehören ihm."

„Das tu ich nicht. Aber ich mag ihn sehr gerne." Sie scheute sich davor, vor Ming das Wort „Liebe" zu gebrauchen. Auch wenn es auf ihre Gefühle für Forrester zutraf.

„Sie gehören ihm doch. Ich weiß, dass das Zeichen auf Ihrem … ja, also, ich weiß, dass das Zeichen von ihm gewählt wurde und seinen Besitz kennzeichnet. Er hat es mir ja im Bordell gezeigt, um mich damit abzuschrecken."

Lana erinnerte sich an diese seltsame Geste. Aber Ming hatte auch sonst genügend Gelegenheit gehabt, auf ihren Hintern zu gucken. „Das tut es nicht!", widersprach Lana. „Im Gegenteil! Es heißt ‚Freie Liebe'."

„Freie Liebe?!" Ming sah sie amüsiert an.

„Ja, ich habe es ausgesucht. Und er hat dem Mann damals gesagt, was er zeichnen sollte. Ich konnte mich ihm ja nicht verständlich machen."

„Dann hat er ihm gesagt, er soll etwas anderes draufschreiben, Miss Lana. Es heißt soviel wie ‚Eigentum von Mark'."

Lana machte den Mund zu. „Sind Sie sicher?", fragte sie, nachdem sie diese Information verdaut hatte. „Haben Sie es genau gesehen?"

„Aber ganz sicher", beteuerte Ming. „Ich habe genau hingesehen! Ich …" Er unterbrach sich. Ein Räuspern folgte. „Sehr schön ausgeführt. Von einem Meister seines Fachs. Das ‚Mark' ist' so angepasst, dass es wie ein chinesisches Schriftzeichen aussieht."

Lana blieb stehen, verschränkte die Arme vor dem Körper, starrte zum Himmel hinauf und dachte nach. Dann drehte sie sich um und ging ins Haus zurück.

Ming ging verwundert hinter ihr her. „Aber Lana, das ist ein Zeichen seiner Liebe! Kein Mann würde einer Frau seinen Namen auf den Körper tätowieren lassen, wenn er sie nicht liebte!"

Durchaus möglich. Aber Forrester hatte sie schon wieder mal reingelegt.

„Da gibt es noch etwas, das Sie für mich tun könnten, Onkel Chen", sagte sie, als der Chinese bei ihrem Eintritt verwundert aufsah.

„Und das wäre?"

Lana beugte sich vor und sprach eindringlich auf ihn ein.

„Ich kann deinen Wunsch nach Rache gut nachvollziehen", sagte Onkel Chen endlich. „Aber du solltest sein Gesicht wahren." Er überlegte. „Immerhin ist Mark der Enkelsohn meiner geliebten Schwester, mein Großneffe."

„Er wird es auch bleiben." Sie hob die linke Augenbraue. „Nur ein bisschen weniger selbstherrlich vielleicht. Und wenn es Sie beruhigt: ich hatte gestern ein sehr ausführliches Telefonat mit Marks Großmutter. Sie ist in jeder Beziehung ganz auf meiner Seite." Es war das erste Mal gewesen, dass sie Kontakt zu Marks Familie gehabt hatte. Oder richtiger, zu seiner Großmutter. Die sehr energische alte Dame hatte sie damals, als Mark und sie zusammengewesen waren, kennenlernen wollen, aber dann war Marks Fehltritt dazwischen gekommen. Und nun hatte sie Lana im Hotel ausfindig gemacht und gut zwei Stunden mit ihr telefoniert. Über Hongkong, ihre dort lebende Familie, aber vor allem über Mark. Es war recht aufschlussreich gewesen.

Onkel Chen war noch nicht überzeugt, auch wenn es in seinen sonst so ruhigen Augen zu glitzern begonnen hatte. „In China würde eine Frau niemals auf die Idee kommen, ihrem Geliebten eine solche Falle zu stellen."

„In Amerika", sagte Lana, wobei sie ihr gesamtes Potential an Überzeugung in Blick und Tonfall legte, „ist das aber ganz anders."

Onkel Chen sah zweifelnd zu seinem Neffen. Der lehnte mit vor der Brust verschränkten Armen neben ihm an der Wand und ließ keinen Blick von Lana. „Wenn Sie jemanden brauchen, der Ihnen dabei hilft, Miss Lana, vergessen Sie nicht, dass Sie auf mich zählen können. Ich denke, es lässt sich durchaus machen, dass ich meine Abreise noch einen Tag oder zwei verschiebe."

Und Onkel Chen stellte fest, dass sowohl Bosheit als auch Übermut in seiner Stimme mitschwangen.

Epilog

„Das ist keine Neugier." Joes Gesichtsaudruck war emotionslos, als er Forrester in dessen Büro im Präsidium gegenübersaß. „Ich dachte nur, es würde vielleicht Ihr Gewissen erleichtern, wenn Sie mich jetzt einweihen."

Forrester grinste breit. Er fühlte sich rundum wohl, war in jeder Beziehung mit sich zufrieden. Und er hatte jeden Anlass, diesem Abend und den folgenden mit Vorfreude entgegenzusehen. „Kein Grund, deshalb eingeschnappt zu sein, Joe. Ich habe Sie nicht aus Misstrauen im Unklaren gelassen, sondern weil die Beziehung zu Lana McKenzie eben nicht immer ganz komplikationslos war."

Joe hob die Augenbrauen. „War?"

„Ja, gewiss, jetzt dürfte sich alles geklärt haben." Zumindest hatte er dies für den Abend geplant. Lana war am Vortag noch aufgebracht gewesen, hatte sich an diesem Morgen im Zimmer eingeschlossen, aber inzwischen hatte sie sich zweifellos beruhigt.

„Ist sie deshalb abgereist?"

Forrester fuhr hoch. „Abgereist?!"

Ganz hinten in Joes Augen glitzerte Bosheit. Die Rachsucht eines alten Freundes, der über Wochen hinweg belogen worden war. „Sie hat heute früh ausgecheckt."

Joe konnte zufrieden sein. So außer sich hatte er seinen Boss schon lange nicht mehr gesehen. Der Anblick, wie Forrester hochsprang und mit der Faust mehrmals auf den Tisch schlug, dass die Schreibutensilien hüpften, war ein Anblick, von dem er noch lange zehren konnte.

„Dann holen Sie diese Frau sofort zurück! Ich will sie wiederhaben! Haben Sie mich verstanden?!"

„Tot … lebendig … oder halbtot, Sir?" Joe bemühte sich um einen sachlichen Tonfall, auch wenn seine Stimme zitterte.

Forrester, dem klar wurde, dass er ein lächerliches Schauspiel bot, setzte sich wieder. „Lebendig", bestätigte er mit kühlem Grimm. „Umbringen möchte ich sie selbst."

Joe war kaum draußen, als das Telefon läutete. Sein „Forrester" klang gnadenlos und abschreckend.

„Liebling, bist du das?"

„Lana! Wo zum Teufel bist du?!"

„Hier, in Hongkong."

„Ich dachte, du wärst abgereist!"

„Nein, mein Liebster, nicht ohne dich. Ich habe lediglich das Hotel verlassen und bin nun hier an einem sehr romantischen Ort. Er heißt ‚Haus der Tausend Freuden'. Kannst du in einer halben Stunde hier sein?"

„Rühr dich keinen Schritt von dort weg!"

Special Agent Forrester machte sich unverzüglich auf den Weg, eilte seiner Liebsten mit klopfendem Herzen und pochendem Schwanz entgegen.

Und nur ein ganz zartes Stimmchen der Vernunft in seinem Hinterkopf fragte sich, weshalb Lana McKenzie plötzlich so zuckersüß war.

***

Als Forrester erwachte, brauchte er einige Minuten, um sich darüber klar zu werden, was passiert war, und wo er sich befand. Das „Wo" war einfach, denn dazu war ihm der Raum in den zwei Tagen, in denen er Lana hier festgehalten hatte, vertraut genug geworden. Auch das „Wie" war schnell gelöst. Das Weibsstück hatte ihm eine Falle gestellt. Als er nichtsahnend ins Zimmer gestürzt war, hatte sie ihn überwältigen und betäuben lassen. Zuerst hatte er nur sie gesehen. Alle Sinne waren nur auf den Anblick ihres Lächelns, den zärtlichen Augen und den Inhalt ihrer zarten Bluse ausgerichtet gewesen. Und nur wenige Sekunden später standen zwei Männer neben ihm. Lana hatte immer noch gelächelt, aber dieses Mal bösartig. Und dann hatte sie ihm höchstpersönlich dieses süßliche Zeugs auf die Nase gehalten, bis alles um ihn herum verschwamm und in Schwärze überging.

Jetzt war er also hier. Das „Wie" und „Wo" war also klar.

Nicht jedoch das „Warum"!

Die Tür ging auf. Er wandte den Kopf, soweit dies seine Fesseln zuließen. Im Gegensatz zu Lana lag er auf dem Bauch. Und wie er inzwischen schon festgestellt hatte, war er bis auf ein leichtes Tuch, das man über ihn gebreitet hatte, nackt.

„Nun, wie fühlt es sich an, hier so hilflos zu liegen?"

„Wunderbar", quetschte er hervor. „Und nachdem ich es jetzt schon eine halbe Stunde bei Bewusstsein genossen habe, kannst du mich wieder losbinden."

„Bedaure." Ihre Stimme klang kühl. „Wir haben noch etliches zwischen uns offen. Du hast mich die ganze Zeit über belogen, mein Freund."

Sie nahm auf einem Lehnsessel am Kopfende des Bettes Platz, legte elegant die schlanken Beine übereinander und zählte in einem sachlichen Tonfall an den Fingern ab: „Zuerst hast du mich unter dem Vorwand – es wäre wegen Charles – entführt und festgehalten. Dabei ging es in Wahrheit um Jackson. Du wolltest verhindern, dass ich auf ihn treffe, hattest aber nicht Vertrauen genug, mir die Wahrheit zu sagen. Dann führst du mich aber weiterhin hinters Licht, lässt zu, dass der selige Jackson mich beim Liebesspiel mit dir beobachtet und am Ende – und das wiegt am schwersten – lässt du mich in dem Glauben, dass ich in den nächsten Minuten sterben muss, obwohl deine Familie schon längst das ganze Haus besetzt hatte. Darüber hinaus hast du mich damals belogen, als ich mir die Tätowierung machen ließ. Das ist zwar fast zwei Jahre her, aber bei Weitem nicht verjährt. Und jetzt zahle ich es dir heim, und dann sind wir quitt."

Ein Geräusch an der Tür.

„Ja, kommen Sie nur herein, Meister!" Lana stand auf. Eine rasche Bewegung, und das schützende Tuch flatterte zu Boden und gab seinen Hintern frei.

Forrester drehte alarmiert den Kopf nach hinten. „Wer ist der Kerl? Was soll das?"

„Erkennst du ihn nicht wieder? Das ist Terry Chan. Der Tätowierer, bei dem wir damals waren. Einer der Besten, wie du mir versichert hast. Nur, dass er in der Zwischenzeit Englisch gelernt hat. Er macht die Sache gut, arbeitet auch hygienisch, davon habe ich mich überzeugt." Sie tätschelte ihm den Hintern. „Wir wollen ja schließlich keine Entzündung oder Blutvergiftung riskieren, nicht?"

„Was ... du willst ... hast du den Verstand verloren?!"

„Nein. Gar nicht. Und an deiner Stelle würde ich nicht so schreien, sondern mich gut benehmen. Andernfalls bekommst du einen Knebel." Sie ging um das Bett herum und hockte sich vor seinem Kopf auf den Boden. „Das müsste dich doch an etwas erinnern, oder?"

„Du wirst es nicht wagen ..."

„Hier, Miss?" Der Mann tupfte auf eine Stelle an seinem Hintern.

Lana ging zu Terry. „Ja, genau hier. Etwas weiter oben vielleicht. Es schadet nichts, wenn man es unter der Badehose oder der Unterhose ein bisschen vorblitzen sieht."

Forrester verrenkte sich den Hals. „Was zum Teufel …"

„'Besitz von Lana'", erwiderte Lana. „Ich finde das höchst passend, nachdem du mir damals quasi dein Brandzeichen hast draufmachen lassen."

„Du wolltest doch, dass ich etwas für dich aussuche."

„Ja, ich wollte etwas haben, dass so ähnlich wie „Freie Liebe" heißt. Und du hast mich reingelegt", sagte sie erbittert. „Es war nicht das erste Mal und nicht das letzte Mal. Sei froh, dass ich dir nicht quer drüber und in allen Sprachen ‚weltgrößter Arsch' draufschreiben lasse."

„Verdammt!"

„Ja, fluch nur", zitierte ihn Lana höhnisch, „es nützt dir nichts."

„Lady können zufrieden sein mit Gesäß von Mister", sagte Terry, während er seine flache Hand probeweise auf Forresters Hintern klatschten ließ. „Gute, feste Backen ist Zeichen für starken Hengst. Wird Ihnen machen viele schöne Kinder."

Forrester stöhnte.

„Ja, in dieser Hinsicht gibt er keinen Grund zur Klage. Und was die Kinder betrifft, mal sehen." Lana lachte und tätschelte liebevoll Forresters Allerwertesten. „Es wird ein bisschen weh tun, aber ich werde es dir versüßen", sagte sie mit falscher Freundlichkeit. „Mit einem Film vielleicht?" Sie griff nach den DVDs, die dort lagen, sah eine nach der anderen durch, spielte dabei mit den Elektrodenanschlüssen. Forrester unterdrückte einen ächzenden Fluch. Es war besser, sie jetzt nicht noch mehr aufzubringen.

In der Zwischenzeit hatte der Mensch hinter ihm seinen Arsch mit irgendwelchen kalten Desinfektionsmitteln bearbeitet. Eine Gänsehaut kroch aufwärts über seinen Rücken hinweg, und eine Flut chinesischer Worte erging an den Künstler.

Lana beschwichtigte den Mann. „Womit auch immer er Ihnen jetzt gedroht hat, mein Freund, es wird nichts gegen das sein, was ich mit Ihnen mache, wenn Sie nicht tun, was wir besprochen haben."

Sie blätterte eine Weile die Programme durch, dann schüttelte sie den Kopf. „Nein, ich möchte auch etwas Spaß dabei haben."

„Das kann nicht dein Ernst sein!"

„Doch, und dir würde ich ebenso ernsthaft raten, möglichst wenig Geräusche von dir zu geben. Sonst bekommst du tatsächlich einen Knebel. Aber so ein harter Mann wie du sollte schon ein bisschen was aushalten können, oder?" Sie stellte sich neben den Chinesen, der mit geschickter Hand die Zeichen vormalte, und sah ihm zu.

„Sehr gut. Und dann können wir uns überlegen, ob sein kleiner geiler Freund auch drankommt."

Der Chinese schmunzelte. „Da müssen Lady aber noch arbeiten. Geht nämlich leichter, wenn kleiner Freund ist hart und prall."

„Das sollte kein Problem sein." Sie zog einen bequemen Lehnstuhl vor Forrester Kopf und ließ sich darauf nieder.

Forrester fielen fast die Augen aus dem Kopf, als sie ihr Kleid hochzog und die Beine spreizte. Sie hatte nichts, rein gar nichts darunter an. Nicht, dass dies unter anderen Umständen ein Problem für ihn gewesen wäre, aber in Gegenwart von Terry Chan war es unpassend.

Er verrenkte sich den Hals, um zu sehen, ob Lana in genauer Blickrichtung des Mannes saß, oder ob das Bett und sein Körper genug Schutz boten. Es ging gerade noch so. Wenn er es richtig abschätzte, dann war sein Kopf genau über Lanas Möse.

„Dass du dich nicht schämst", quetschte er hervor, als sie sich bequem in den Sessel legte und mit dem Zeigefinger kleine Kreise über ihre Schamlippen zeichnete.

„Warum? Glaubst du, dein Arsch ist weniger obszön?"

Forrester schloss die Augen, als er den ersten Stich fühlte. Er hasste so etwas! Schussverletzungen, Verbrennungen, Stichwunden, abgetrennte Körperteile, halbverweste Leichen – kein Problem. Aber Nadeln waren die Hölle!

Terry arbeitet schnell und professionell. Forrester spürte ihn aber kaum, denn was sich vor seinem Gesicht abspielte, ließ ihn alles vergessen und rückte seinen unter seinem Körper eingesperrten Schwanz in den Mittelpunkt seiner Aufmerksamkeit.

Lanas Finger, die über ihre Schenkel glitten, die Lippen ihrer Scham teilten, trocken tiefer suchten und feucht wieder herausgezogen wurden. Sie leckte sie ab, steckte sie wieder hinein und hielt sie ihm dann unter die Nase. Der Geruch nach erregter Frau ließ seinen Hormonspiegel in die Höhe schnellen. Er konnte vielleicht die Augen schließen, auch die Ohren auf „Durchzug" stellen vor dem Geräusch, das der Finger in einer feuchten Möse verursachte, aber die Nase zuzukneifen war unmöglich.

Er versuchte seinen Hintern anzuheben, um seinem Penis die Möglichkeit zu geben, den Weg nach oben zu nehmen, aber der Tätowierer presste ihn wieder zurück.

„Ruhig liegen, Mister. Sonst falsches Zeichen."

Forrester wetzte trotzdem herum. So, jetzt war es besser.

Lanas Möse. Feuchte, dunkle Locken. Ihr Geruch. Die tief vergrabenen Finger. Gerötete Schamlippen. Finger, die eben diese Lippen auseinanderzogen, um ihm alles zu zeigen. Ein dunkelroter Knopf und darauf ein kreisender Zeigefinger. Und unter ihm ein praller, schmerzender Schwanz. Das Weib war eine Hexe!

Der Tätowierer führte seinen letzten Stich aus. Ein wenig zu tief. Forrester fluchte. Terry warf sein Handwerkszeug weg, hockte sich hin, fischte seinen hochroten Penis heraus und begann eifrig zu reiben.

Lana lag im Lehnsessel, sah von Forrester, der atemlos mit dem Gesicht nach unten dalag, auf den Chinesen, der so eifrig seinen Penis bearbeitete, und begann zu lachen.

„War nicht schlecht. Wir könnten eigentlich auch noch was auf die andere Seite tätowieren lassen? Was meinen Sie, Meister Chan?" Der nickte nur begeistert, ohne mit seiner befriedigenden Tätigkeit innezuhalten. Als er endlich mit einem tiefen, erleichterten Seufzen sein Sperma verspritzt hatte, drückte ihm Lana einige Banknoten in die Hand. Er versorgte Forrester fachgerecht, platzierte vorsichtig eine Folie über die frisch tätowierte Stelle und verabschiedete sich dann grinsend von Lana.

Als er fort war, setzte sich Lana neben Forrester.

„Und jetzt will ich die Wahrheit wissen."

„Die Wahrheit? Die werde ich dir gleich flüstern, du perverses Weib!"

„Die Wahrheit über deine Freundin."

Forrester ließ stöhnend den Kopf zurück aufs Bett fallen. „Die alte Leier …"

„Was war mit ihr?" Lana interessierte sich im Grunde nicht mehr für diese Frau, sie suchte nur einen Vorwand, Forrester noch ein wenig zu quälen. Er hatte es verdient. Sie durfte gar nicht mal dran denken, dass sie ihn in Jacksons Gefängnis sauber geleckt hatte!

„Ein Auftrag. Wie oft soll ich es dir noch sagen! Es war ein Auftrag. Ahhh!"

Lana hatte ihn auf die frisch tätowierte Stelle gestupst. „Tut das weh? Oh, das verstehe ich. Du fühlst dich so einseitig, nicht? Warte, das können wir ändern." Und Lana tat genau das, was sie sich schon die längste Zeit vorgestellt hatte. Sie ging zu Forresters heiler Backe und beugte sich hinab.

„Na schön, angenommen, diese verzeihe ich dir – wie viele andere gibt oder gab es parallel zu mir noch?" Lana begann zu knabbern. Sie liebte den Geschmack seiner Haut. Überhaupt, wenn er erregt und aufgeregt war. Zuerst küsste sie ihn zart, liebevoll, ließ ihn ihre Zunge spüren und gerade in dem Moment, als er sich entspannte, biss sie zu.

„Autsch! Verdammt! Verflixtes Weib! Musst du mich immer beißen?!"

„Ich werde es wieder tun. Oder dich weiter tätowieren lassen. Es sei denn, du spuckst endlich die Wahrheit aus. Also?" Lanas Finger fuhr den Abdruck nach, den ihre Zähne auf Forresters verlängertem Rücken hinterlassen hatten.

„Du als Historikerin solltest wissen, was Geständnisse unter Folter wert sind", keuchte er wütend. „Einen Dreck! Das sind sie wert!"

„Ich kann dir gerne den ganzen Hintern zernagen, wenn du willst. Dich weiter tätowieren lassen oder dich zusehen lassen, wie ich's mit Terry treibe." Sie ging zur Tür. „Er muss noch in der Nähe sein."

„Es gab keine und gibt keine! Ausgenommen Sabrina Webster." Der Gedanke an Sabrina lag schon die längste Zeit wie ein Stein in seinem Magen. Er hatte die Ärztin wirklich gern gehabt, mochte und schätzte sie jetzt noch, aber sobald er nach New York zurückkam, musste er sich von ihr trennen. Und er verabscheute Abschiedsszenen.

„Ach …"

Forrester wandte den Kopf. Seine Augen waren schmale Schlitze, als er sie ansah. „Meine Freundin in New York. Diejenige, die mich zusammengeflickt hat, während du dich mit meinem Mörder im Bett gewälzt hast."

Lanas boshaftes Grinsen verschwand. „War es sehr schlimm?"

„Was?", kam es knurrig.

„Deine Verletzung."

„Nein."

Sie strich über die fast völlig verheilte Narbe. „Du warst verrückt, dich so in Gefahr zu begeben."

„Was weißt denn du schon?"

„Ich habe das Video gesehen. Charles hat es mir vorgespielt. Allerdings wusste ich da noch nicht die Hintergründe. Im Fernsehen sagten sie, es wäre von einem Touristen zur Verfügung gestellt worden, dabei war es einer seiner Freunde. Alles war ein abgekartetes Spiel. Ich sollte das sehen, damit ich dich warne …"

„Was du auch gemacht hast."

„Natürlich. Sie haben mich gut eingeschätzt. Mich und meine Zuneigung zu dir." Ihre Augen waren jetzt vollkommen ernst und traurig.

Forrester zerrte an den Fesseln. Ihre milde Stimmung bot ihm eine Chance, loszukommen. „Okay, dann mach mich jetzt los."

Lana sah ihn kritisch an. „Nur, wenn du mir sagst, was du dann machst."

„Da sage ich dir dann, wenn du mich losgebunden hast."

„Kommt nicht in Frage."

„Tu, was ich dir sage." Langsam klang er ungeduldig.

„Willst du mir etwa Befehle geben?"

„Nein."

„Warum soll ich dich dann losbinden?"

Forrester knurrte etwas.

„Ich kann dich nicht hören."

„Weil ich k...", das letzte Wort ging in einem unverständlichen Gebrumm unter.

„Wie?"

„Kuscheln", sagte er gereizt.

„Kuscheln?" Lana war verblüfft. „Jetzt? Mit mir?"

„Nein, mit Joe Melbourne! Jetzt benimm dich endlich wie ein vernünftiger Mensch und mach mich los! Was willst du denn noch? Ich renne doch ohnehin schon bis an mein Lebensende mit deiner Markierung herum!"

Lana setzte sich neben ihn auf das Bett und sah ihn nachdenklich an. Endlich löste sie die Fesseln. „Du darfst in der nächsten Zeit ausnahmsweise oben liegen", sagte sie mit einem Blick auf seinen Hintern großzügig.

Forrester stützte sich mit einem erleichterten Seufzen auf die Ellbogen und sah über seine Schulter, um seine Kehrseite zu begutachten. Die Stelle unter der Folie war zum Glück wesentlich kleiner als er gedacht hatte, aber etwas geschwollen, und schimmerte in einer violetten Mischung aus Tintenblau und Blutrot. „Sieht völlig verblödet aus."

„Das ist Ansichtssache", erwiderte Lana und betrachtete ihn ebenfalls. „Ich habe schon schlechtere Ärsche gesehen."

Forrester schnaubte, halb erzürnt, halb belustigt. „Langsam verliere ich die Geduld mir dir."

Lana hob die Hand. „Lass dir nicht einfallen, jetzt auf andere Art als Kuscheln handgreiflich zu werden! Sonst binde ich dich wieder fest."

Statt einer Antwort fasste Forrester nach ihrem Haar, packte sie und zog sie neben sich – langsam, vorsichtig, aber unmissverständlich, während er sich auf die Seite rollte. Dann bettete er ihren Kopf auf seine Brust, legte die Arme um sie und zog sie eng an sich. Seine Finger fanden sie heiß und feucht, als er ihr Bein über seinen Oberschenkel legte und ihre Scham öffnete.

„So", murmelte er. „Und jetzt Schluss mit den Dummheiten. Kommen wir zur Sache."

Sein Kuss war tief und gründlich und sein Schwanz, der wie von selbst in sie fand, hart und unwiderstehlich.

Ende

Lena Morell

Lena Morell arbeitet für eine internationale Firma, reist gerne und schreibt schon seit Jahren Kurzgeschichten. Außerdem hat sie bereits etliche Romane unter anderem Namen veröffentlicht. Für Lena Morell ist die Handlung zwar nicht Nebensache, aber die erotischen Szenen stehen für sie eindeutig im Mittelpunkt der Geschichte und nicht umgekehrt. „Vor allem soll es bei meinen Storys um Sex gehen." Sie spricht in ihren Geschichten eine deutliche Sprache, wobei sie zu BDSM tendiert, nichts gegen ein bisschen Obszönität hat, jedoch darauf achtet, nicht ins Vulgäre abzurutschen.

Besuchen Sie auch die Website von Lena Morell: www.lenamorell.com

♥♥♥

Weitere Titel von Lena Morell im Plaisir d'Amour Verlag:

Unterworfen
ISBN: 978-3-938281-26-0
Enthält die Kurzromane „Die falsche Domina", „Spice in Space",
„Die Treulose" (alle drei auch einzeln als eBooks erhältlich) sowie den
exklusiv in dieser Anthologie erschienenen Kurzroman „Unterworfen"

Sklavin für 3 Tage
eBook (Adobe PDF)
Außerdem erschienen in der Taschenbuch-Anthologie **„Sinnliche Verführer …"**
ISBN: 978-3-938281-05-5

Sam Bullock. Der Club Erotika
eBook (Adobe PDF)

Plaisir d'Amour

Erotische Romane von Frauen für Frauen …

Onyxe
Die Wildrosenvilla
ebook (PDF), € 5,00
Taschenbuch:
ISBN: 978-3-938281-30-7
€ 14,90 (D)

Auf einem Ball lernt die einsame Celine Pete kennen, dessen Eleganz sie nachhaltig beeindruckt. Spontan nimmt sie seine Einladung an, ihn zu seiner Villa zu begleiten - doch die „Wildrosenvilla" entpuppt sich als ein Edelbordell der Luxusklasse. Gefangen im goldenen Käfig wird Celine in die geheimen Regeln des Hauses eingeweiht. Obwohl die märchenhaften Empfänge, die erotischen Inszenierungen und dargebotenen sinnlichen Verlockungen sie nicht ganz kalt lassen, weigert sich Celine, den Regeln des Hauses zu folgen und den männlichen Kunden zur Verfügung zu stehen. Ihre Halsstarrigkeit hat regelmäßige Bestrafungen und Demütigungen durch Pete zur Folge. Celine verfällt Pete mit Haut und Haar, und es gelingt ihr, Pete, der eine Schwäche für sie zu haben scheint, gnädig zu stimmen. Er fordert jedoch ihre völlige Unterwerfung und Hingabe - wozu Celine nicht bereit ist …

Sarah Schwartz
Tokyo Sins
ebook (PDF), € 5,00
Taschenbuch:
ISBN: 978-3-938281-27-7
€ 15,90 (D)

Mega-City Tokio - Konsum, Sex und ausschweifendes Nachtleben.
In diese pulsierende Metropole verschlägt es Laura, die ihre Zwillingsschwester Jessica in Japan besucht. In Tokio angekommen, stellt Laura entsetzt fest, dass Jessica Inhaberin des „Palastes der Wünsche" ist - einem exklusiven Etablissement, das die sexuellen Wünsche der reichen Frauen Tokios stillt! Fasziniert beobachtet die schüchterne Laura, wie die Gäste mit den schönen Hosts des Clubs die zügellosesten Fantasien ausleben. Lauras Gefühle geraten endgültig in Verwirrung, als sie sich in Jessicas mysteriösen Mitarbeiter Takeo verliebt, der jedoch kein Interesse an einer Beziehung hat. Als Jessica bei einem Unfall verletzt wird, soll ausgerechnet Laura sie bei einem Millionärspaar vertreten, das Jessicas Liebesdienste ersteigert hat. Damit der Schwindel nicht auffliegt, muss Laura sexuell aus der Reserve gelockt werden. Für Laura beginnt eine Schule der Lust in den Armen der Callboys des „Palastes der Wünsche"…

Das gesamte Verlagsprogramm finden Sie unter:
www.plaisirdamourbooks.com

Feigenblatt ist das erotische Magazin für Frauen und Männer, das gegen den Strom schwimmt. Es sucht die Erotik jenseits der Extreme, wagt den anderen – weiblichen - Blick auf die schönste Sache der Welt. Dieser Blick ist nicht prüde, aber er enthüllt auch nicht alles. Denn das Feigenblatt will seinen Leserinnen und Lesern Lust machen, indem es Raum für Fantasie lässt. Das Kulturmagazin widmet sich der schönsten Sache der Welt mit Reportagen und Kulturtipps; Kurzgeschichten und Gedichte drehen sich um die Facetten des Begehrens. Bekannte Aktfotografen wie Thomas Karsten, Ralf Mohr oder Tamara Amhoff-Windeler zeigen ihre Sicht auf den weiblichen und männlichen Körper.

Feigenblatt gibt es alle 3 Monate für 5,- Euro in Bahnhofsbuchhandlungen, ausgewählten Kiosken und Erotikshops sowie über www.feigenblatt-magazin.de.